NV

ゴッドファーザー

〔上〕

マリオ・プーヅォ
一ノ瀬直二訳

早川書房

5752

THE GODFATHER

by

Mario Puzo

Translated by

Naoji Ichinose

Published 2005 in Japan by

HAYAKAWA PUBLISHING, INC.

This book is published in Japan by

arrangement with

DONADIO & OLSON, INC.

through JAPAN UNI AGENCY, INC., TOKYO.

アンソニイ・クレリに

ゴッドファーザー

〔上〕

登場人物

ヴィトー・コルレオーネ…………ニューヨーク・コルレオーネ・ファミリーのドン
ソニー（サンティノ）……………ヴィトーの長男
フレッド（フレデリコ）…………同次男
マイケル……………………………同三男
コニー（コンスタンツィア）……同娘
トム・ハーゲン……………………ドン・コルレオーネの顧問役
ジェンコ・アッバンダンド………同前顧問役
ジョニー・フォンテーン…………歌手。ハリウッド・スター
テッシオ
ピーター・クレメンツァ
}………コルレオーネ・ファミリーの幹部
ポーリー・ガットー
ロッコ・ランポーネ
}……………クレメンツァの手下
ルカ・ブラージ……………………コルレオーネ・ファミリーの殺し屋
ケイ・アダムス……………………マイケルの恋人
カルロ・リッツィ…………………コニーの夫
ニノ・バレンティ…………………ジョニーの昔の仲間
ジニー………………………………ジョニーの元妻
ルーシー・マンチニ………………コニーの花嫁介添え役
エンツォ……………………………パン焼き職人
ジャック・ウォルツ………………ハリウッドの映画プロデューサー
バージル・ソッロッツォ…………〝ターク《トルコ人》〟と呼ばれるギャング
フィリップ・タッタリア…………タッタリア・ファミリーのドン
マーク・マクルスキー……………ニューヨーク市警の警部

第一部

財力の陰にあるもの、それは犯罪である。

——バルザック

1

アメリゴ・ボナッセラは、ニューヨークの第三刑事法廷で判決が下るのを待っていた。それは自分の娘を残酷に傷つけ、辱めようとした奴らに対する報復となるのだった。

恐ろしくがっしりとした身体つきの裁判官は、裁判官の前に起立している二人の若者へ、まるでその場で折檻を始めるかのように、黒衣の袖をまくり上げた。そしてこの二人を、冷たくさげすんだ眼でみつめた。しかしこの裁判には何か腑《ふ》におちないものがある、アメリゴ・ボナッセラはそう感じたのが、どうしてそうなのかはまだ理解ができなかった。

「おまえたちの行為は犬畜生にも劣るものだ」判事は荒々しい声で言った。そうだ、そのとおりだ、アメリゴ・ボナッセラはうなずいた。畜生め、けだものめ。すっきりしたクルー・カットの二人の若者は、もっともらしい反省の色を浮かべた顔をさすりながら、おとなしく頭を下げていた。

判事はつづけた。「おまえたちのやったことはジャングルの猛獣を思わせるものだ。おまえたちがあの気の毒な娘を犯さなかったのはまだしも幸運で、さもなければ、二十年は檻の中に閉じ込められるところなんだぞ」そこで判事は口を閉じ、きわだって濃い眉の下の目を、アメリゴ・ボナッセラの蒼白な顔にちらと走らせ、ついで、手もとにある調書の山に落とした。彼は自分自身の意思に反することをしぶしぶ納得する時のように、顔をしかめ肩をすくめ、再び口を開いた。

「しかしながら、おまえたちの若さと前科のないこと、おまえたちの立派な家族、加えて、尊厳な法律の精神はその尊厳において復讐を旨としないことを考慮して、ここに禁錮三年、執行猶予の刑に処す」

アメリゴ・ボナッセラが顔に深い失望と憎悪の表情を表わさなかったのは、四十年にわたる葬儀屋という彼の職業のためにすぎなかった。彼の若く美しい娘は、顎をくだかれいまだに入院しているというのに、こいつらけだものはこれにて釈放だというのか？　こいつはまったくの茶番だ。彼は、しあわせそうな親たちがかわいい息子を取り巻いているのを見つめた。ああ、うれしそうに笑っていやがる。

黒く苦いものがボナッセラののどいっぱいにこみ上げ、食いしばった歯のあいだからあふれ出そうになった。彼はポケット・ハンカチーフを取り出し、口もとにあてがった。二人の若者がすっかり落ち着きをとりもどした目つきで、微笑しながら、彼には目もくれずすたすたと通路を歩いてきた時も、ボナッセラはそのままの恰好で突っ立っていた。彼はハンカチを口に押しつけて一言もしゃべらず、彼らを素通りさせた。けだものどもの親、ボナッセラと同年輩だが彼よりずっとしゃれた服装の二組の男と女が、近づいてきた。彼らは顔では恐縮していたが、その瞳には妙に挑戦的な、勝ち誇ったような表情が浮かんでいた。

ついにこらえきれず、ボナッセラは通路に身をのり出すと、かすれた声でこう叫んだ。「俺の涙をきさまに味わわせてやる。きさまらの息子どもが俺に流させた涙をきさまたちにも流させてやる」彼はハンカチで目をおおった。両親を守ろうとするかのように、若者たちは通路を後ずさりし、しんがりにいた弁護士たちはあわてて一行を先へと追いたてた。大柄な看守がすばやくボナッセラの前に立ちふさがった。だが、その必要はなかった。

アメリカに来て以来、アメリゴ・ボナッセラは法と秩序の存在を信じていた。そして、そのおかげをもって成功を収めてきた。今、腹の中は激しい憎悪で煮えくり返り、拳銃を買って奴ら二人の脳味噌をめちゃくちゃに撃ちくだいてやりたいという思いにかられていた。ボナッセラはかたわらの事情がまだよく飲み込めていない顔つきの妻のほうを振り返り、こう言った。「奴らは俺たちを馬鹿にしやがった」彼は息をととのえ、きっぱりとした口調で言葉をついだ。「金はいくらかかってもいい。「ドン・コルレオーネのところへ行って、正しい裁きを仰ごうじゃないか」

けばけばしく飾りつけられたロサンゼルスのホテルのスイートルームで、ジョニー・フォンテーンは、世の亭主族がうらやむほどに酔いつぶれていた。赤い長椅子に寝そべり、手にしたスコッチをびんから口飲みしては、クリスタルの器に入った氷水で口をすすいでいる。もう午前の四時を回っていて、彼は男狂いをしている妻が帰ってき次第、彼女を殺してやろうという妄想にとりつかれていた。むろん、彼女が帰ってくれば、の話だが。前妻に電話して子どもたちの様子を尋ねるには少々遅すぎるし、彼の名声が下り坂となっている今、友だちの誰かれを呼び出すのも気がすすまなかった。かつては、そんな友だちも早朝の四時でさえ彼からの電話を受けることを歓迎し、用事とあればすっ飛んできたものだ。今ではそんな魔術も消え失せていた。人気絶頂の頃は、このジョニー・フォンテーンの欠点ですら何人かのアメリカの大女優を魅惑したものだったのに、と考え、彼は思わず苦い微笑を洩らした。

スコッチをがぶ飲みしていた彼は、ようやく妻がドアの鍵をあける音を耳にした。彼女が部屋に入ってきて目の前に立ち止まってもまだ、彼は飲むのをやめなかった。彼女はじつに美しかった。天使のような顔、いきいきとした菫《すみれ》色の瞳、きゃしゃでほっそりとしていながら完全な曲線をもつその身体。スクリーンに映ると、彼女の美しさはいちだんと強調され気高くさえ見えるのだ。世界じゅうの何千万という男が、マーゴット・アシュトンのこの顔に夢中になり、金を払って彼女の映画を見るのだった。

「一体どこへ行ってたんだ？」ジョニー・フォンテーンが訊いた。

「やりによ」彼女は答えた。

マーゴットは、彼がどの程度酔っているのか見抜いていなかった。ジョニーはカクテル用のテーブルを飛び越し、彼女の首をわしづかみにした。しかし彼女の魅惑的な顔、菫色の瞳をそばに見ると、彼は怒る気力をなくしてしまった。だが、マーゴットがまたしても判断を誤り、嘲るような笑みを浮かべたとたん、彼はこぶしを振り上げた。

「よして、ジョニー。顔はだめよ。撮影中なんだから」彼女が叫んだ。

マーゴットはゲラゲラ笑っていた。ジョニーは彼女の腹を殴りつけ、彼女は床に倒れた。彼はその上に馬乗りになった。彼女の喘ぐたびに洩らす甘い吐息が、彼の鼻孔をくすぐる。彼は彼女の腕やつやつやとした小麦色の太ももめがけてげんこを浴びせた。その昔、彼が十代の若者だった頃、ニューヨークのヘルズキッチンで薄汚ないジャリどもを殴りつけたように、ジョニーは妻を打ち続けた。歯を折ったり鼻をつぶしたりといった、ひどい外傷を残さない程度に痛めつけるのだ。

しかしジョニーは、力いっぱい殴りつけていなかった。彼にはとてもそんなことはできなかった。そしてマーゴットはクスクス笑い続けている。彼女は床の上に大の字になって、美しい金銀のあしらわれたパーティドレスは太ももの上までまくれ上がった。彼女はにやにやしながら彼をけしかけた。「さあ、入れなさいよ。入れないの、ジョニー。あんたやりたいんでしょ」

ジョニー・フォンテーンは立ち上がった。彼は床の上の女を憎んでいたが、彼女の美しさにいつも負けてしまうのだった。マーゴットは、ダンサーのような身軽さでくるりと身を起こした。そして、子どものようにぴょんぴょん飛んで踊りながら歌いだした。「ジョニーはあたしをいじめない、ジョニーはあたしをいじめない」それからきっと真顔になり、悲しげにこう言った。「かわいそうなおばかさん。駄々っ子みたいに私を痛めつけるなんて。ジョニー、あなたってどこまでもロマンチックなイタリアさんなのね。私を抱くときだって子どもみたい。女と寝ることも、あなたが昔歌っていた甘ったるい歌とおなじものだと思っているのね」彼女は首を振った。「かわいそうなジョニー。おやすみ、ジョニー」彼女は寝室に去っていき、中からドアに鍵をかける音が聞こえた。

ジョニーは顔を両手にうずめ、床の上に坐りこんだ。屈辱的な絶望感が彼を襲った。それでも、ハリウッドのジャングルで生きのびてきた彼の武器ともいえる負けじ魂がよみがえり、彼は電話で車を呼ぶと、飛行場まで行くよう命じた。この世に一人だけ、彼を救える人がいる。ジョニーはニューヨークへ帰るつもりだった。彼に必要な権力と知力、そして彼がいまだに信じている愛を備えもつ一人の男のもとへ帰るつもりだった。彼の名付け《ゴッドファー》親《ザー》、コルレオーネのもとへ。

イタリアのパンのようにずんぐりといかつい身体をしたパン屋のナゾリーネは小麦粉にまみれたままで、妻と、年ごろの娘キャサリン、それに使用人のエンツォをしかめ面で見やっていた。緑色の文字の入った腕章のついた戦争捕虜《POW》服に着替えたエンツォは、この騒ぎがもとで、ガバナーズ島（ニューヨーク、イースト・リバー南端の島で米国陸軍の要塞地）に連れもどされることになりはしないかとひどく恐れていた。仮釈放によって、アメリカ社会の労働力となることを許された何万というイタリア軍捕虜の一人である彼は、その仮釈放の取消しを何よりも恐れていたのだ。それゆえ、今起こっている喜劇的な事件も、彼にとっては重大問題なのだった。

ナゾリーネは声を荒らげて詰問した。「おまえはわしらの恩を仇で返そうってわけだな？　娘にあんな贈り物をした理由《わけ》もわかっている。戦争が終わった今じゃ、アメリカもたかだか、シシリーのくそだらけの村におまえを追い返すぐらいのことしかできんと高をくくったんだろうが」

背が低くがっしりとした体格のエンツォは、手を胸にあて涙を浮かべんばかりにして、しかし如才なくこう言った。「だんなさん《パドローネ》、聖母マリアに誓って申しますが、わたしは決してあなたの顔に泥を塗るつもりじゃなかったんです。わたしは心からあなたの娘さんを愛しています。本気で結婚の申込みをしたんです。こんなことを言えた義理ではありませんが、もしイタリアへ送還されたら、二度とアメリカへはもどってこられないでしょう。

キャサリンと結婚できなくなってしまいます」

ナゾリーネの妻、フィロメナが口をはさんだ。「つまらない口げんかはおやめなさいよ」そして彼女はずんぐりした夫に向かって言った。「どうすりゃいいかはわかっているでしょ。エンツォをロングアイランドのいとこのとこに置いてもらうんですよ」

キャサリンは泣きじゃくっていた。彼女はすでに、ぽっちゃりと女らしいふくらみを見せ、口のまわりにはうっすらとうぶ毛が生えている。エンツォのようにハンサムな夫を、彼のように心のこもった愛撫を与えてくれる男性をほかに見つけることは、もうできやしないだろう。「あたしもイタリアへ行って暮らすわ」彼女は父親に向かってわめいた。「もしエンツォをここに置いてくれないなら、家を飛び出してやるわ」

ナゾリーネは娘にけわしい一瞥《べつ》をくれた。彼のこの娘は〝好き者〟だった。エンツォが彼女の背後から身をかがめて売り場のかごに焼きたての長パンを入れている時、娘がプリプリしたお尻をエンツォのズボンの前にこすりつけているのを目撃したことがある。打つべき手を打っとかねば、奴の焼きたての長パンが娘のかまどにぶち込まれることになりかねんぞ、とナゾリーネはその時、そんなみだらな考えにとらわれたものだった。エンツォはアメリカに引き留めておき、市民権を取らせてやらねばならない。となると、これをうまくまとめることのできる人間は一人しかいなかった。名付け親《ゴッドファーザー》のドン・コルレオーネその人だ。

ここに集まった者はみんな、ほかの多くの人々と同様、ミス・コンスタンツィア・コルレオーネの結婚式に丁重に招待されていた。祝いの日は、一九四五年八月末の土曜日だった。花嫁の父親ドン・ヴィトー・コルレオーネは、ロングアイランドに大邸宅を構える身分となっても、決して昔の友人や隣人を忘れることができなかった。披露の宴《うたげ》は彼の自宅で行なわれ、お祭りさわぎは一日じゅう続くことになっていた。それが一大行事になるだろうことは疑う余地がなかった。対日戦争もちょうど終局を迎え、従って、戦場にいる息子たちの安否を気づかうことでこのめでたい宴に暗い影を落とすこともなかった。結婚式には、満面に喜びの笑みを浮かべて出席すればよいのだった。

それで、その土曜日の朝、ドン・コルレオーネの友人たちは彼に敬意を表わすため、こぞってニューヨークシティから駆けつけてきた。彼らはそれぞれ、花嫁への贈り物として、小切手ではなく現金の入ったクリーム色の封筒を携えていた。中には贈り主の名前と、ゴッドファーザーへの敬意の言葉を記したカードが入っている。それらは本当に、心からの尊敬の念を表わしたものであった。

ドン・ヴィトー・コルレオーネは、誰もが助けを求めに来て、しかも決して裏切られることのない男だった。彼は空約束したこともなければ、頼まれごとが自分の手に余るものだからといった卑怯な言い訳をしたこともなかった。自分が友人であるかどうかとか、恩義に報いる術がないとかいったことは問題でない。そこで要求されることはただ一つ、つまり、彼への友情の証を見せることだった。それさえあれば、ドン・コルレオーネは依頼人がどんなに貧しく微力であっても、真剣に悩みに取り組んでくれるのだった。そして彼にとって、依頼人の問題解決をはばむものなど一つとして存在しないのだった。彼への報酬はといえば、友情、〝ドン〟という尊称、あるいはもっと愛情のこもった、〝ゴッドファーザー〟という呼び名がそれであった。ときには、敬意を表わすためにささやかな贈物、決して金目のものでなく、自家製のワイン一びんとか、クリスマスの食卓を飾るために特に焼かれた胡椒入りのリング形パンを一かご送ったりすることもあった。そしてそれは、自分は彼に借りがあり、彼の呼び出しにはいつなりとも応じ、ささやかな奉仕でその埋め合わせをする用意があることを表明するものとして了解されていた。

娘の結婚式というこの佳き日、ドン・ヴィトー・コルレオーネはロングビーチの自宅の玄関に立ち、気のおけない友人である参列者たちと挨拶を交していた。彼らの多くはドンに多大の恩恵をこうむっており、このような内々の集まりでは、彼のことを気兼ねなく〝ゴッドファーザー〟と呼んでいた。披露宴をとりしきる者たちもすべて彼の友人だった。バーテンダーはドンの古い同志で、結婚式に必要な酒類一切と彼の技量とを提供した。ウェイターは、ドン・コルレオーネの息子たちの友人が受け持った。庭園のピクニック・テーブルに並べられたご馳走は、ドンの妻とその友人の手によるものであり、一エーカーほどある庭園の華やかな飾りつけは、花嫁のガールフレンドたちが引き受けたものである。

　ドン・コルレオーネは参列者全員を、富める者も貧しい者も、権力ある者も微力の者も、わけへだてのない笑顔で迎えていた。彼は誰をも軽んずるようなことはせず、それが彼の性格なのだった。その上、彼はみんなが驚くほどタキシードが似合っていた。知らない者が見れば、彼自身が幸運な花婿に間違えられそうだった。

　玄関脇のドンのそばには、彼の三人の息子のうち二人が控えていた。長男は洗礼名をサンティノといい、父親以外の誰もがソニーと呼んでいるのだが、彼は年配のイタリア人連中からは多少ねたましげな、若い連中からは賛美の眼差しを受けていた。彼はアメリカのイタリア系一世としては上背のあるほうで六フィート近く、五分刈りの濃いくせ毛が彼をいっそう長身に見せていた。また彼は、キューピッドを思わせるような童顔をしていたが、弓形の唇は官能的で、くっきりと割れ目の入った顎に妙に猥褻な魅力がある。身体つきは牡牛のようにたくましく、生まれついて頑丈なため、彼の妻はまるで異教徒が拷問を恐れるように、結婚初夜を恐れたという話が語り草になっていた。彼が若い頃、売春宿へ行くと、一番強くてこわいもの知らずの女ですら、彼の一物を見たとたん二倍の料金を要求したというまことしやかなうわさもあるほどなのだ。

　婚礼の祝宴で、花嫁介添え役の見事な腰と大きな口をした若い娘たちは、大胆な視線をソニー・コルレオーネに走らせていた。しかし、この日に限り、彼女たちのせっかくの秋波も役には立たなかった。妻と三人の幼い子どもたちが居合わせているにもかかわらず、ソニー・コルレオーネのお目当ては、花嫁介添え役の一人であるルーシー・マンチニにあったのだ。この若い娘は、彼を充分意識しながら、ピンクのフォーマル・ドレスを身にまとい、豊かな黒い髪に花飾りをさし、テーブルについていた。彼女は先週、式のリハーサルの時にソニーとふざけあい、今朝も祭壇の前で彼の手をつねったりした。が、彼女のほうからそれ以上のことはできなかった。

ルーシーにとって、ソニーが彼の父親のような大物になれないということなど、少しも問題ではなかった。ソニー・コルレオーネには強靭な肉体があり、勇気がある。彼は寛大で、彼のモノ同様の大きな度量をしていた。彼に欠けているのは、父親のもつ謙虚な心で、気短かなためにしばしば、物事の判断を誤ることがあるのだった。それゆえ、彼は父親の仕事上の頼りになる片腕ではあったが、彼が後継者となることに疑念を抱く者も少なくなかった。

次男の、フレッドあるいはフレドーと呼ばれているフレデリコは、イタリア人の両親の誰もが願うような息子だった。忠実で従順で、三十歳になる今も両親と一緒に住み、常に父親に仕えていた。小柄だがたくましく、ハンサムではないがやはりキューピッドに似た童顔で、ちぢれっ毛が丸い頭と魅力的な弓形の唇の上をおおっている。だがフレッドの場合、この同じ弓形の唇も官能的ではなく、むしろ冷たい感じを与えていた。じっくり型の彼は、父親にとって心の支えであり、言い争いをしたこともなければ、女のことで面倒をかけたこともなかった。これらすべての美点にもかかわらず、彼は上にたつ者に必要な力強さ、人を引きつける魅力に欠け、彼もまた、父親の後継者たる器ではないとされていた。

三男のマイケル・コルレオーネは、父親や二人の兄のそばでなく、一番隅っこのテーブルについていた。だがそこにいても、出席者たちの注視から逃れることはできなかった。

マイケル・コルレオーネはドンの末の息子であり、父親の命令を拒否したただ一人の息子でもあった。彼の顔は、ほかの息子たちのようながっちりしたキューピッド形のそれではなく、まっ黒な髪もちぢれっけのないまっすぐな毛をしていた。肌はつややかな小麦色で、女にしたいくらいだった。この末の息子の線の細さを父親はかつて危惧したものだったが、そんな心配もマイケルが十七歳になるまでのことだった。

マイケルは、父親や家族の者から遠ざかったのが自分の意思であったことを示すように、庭園の一番隅のテーブルについていた。彼の横にはアメリカ人の娘が坐っている。みんなうわさこそ耳にしていたが、実際に会うのは今日が初めてだった。彼はもちろん礼儀をわきまえて、家族の者を含む参列者全員に彼女を紹介した。だが、彼女から格別によい印象を受けた者は誰もいないみたいだった。彼女は、あまりに痩せぎすで、肌も白く、女にしては知的すぎる顔立ちだし、また娘にしてはあまりにも開けっぴろげな態度だった。それに彼女の名前も、彼らには耳慣れぬものだった。ケイ・アダムスがそれである。たとえ彼女が、自分の先祖は二百年前に米国に移住し、名前にしたってありふれたものであることを説明したとしても、彼らはみなおおぎょうに肩をすくめただけのことだったろう。

参列者の誰もが、ドンがこの三番目の息子にあまり注意を払っていないことに気づいていた。戦争が始まるまで、マイケルはドンのお気に入りだったし、その時が来れば当然、家業の跡目を継ぐ者とされていた。彼には父親同様、内に秘めた闘志と知性が備わってお り、人の尊敬を得るように行動するための、生まれついての勘といったものをもっていた。ところが、第二次大戦が勃発すると、マイケル・コルレオーネは海兵隊に志願してしまった。これによって、彼は父親の命令にそむいたのである。

ドン・コルレオーネには、彼にとって異国といえる軍隊に末の息子を入隊させ戦死させる気はもとよりなかった。そしてそれを阻止するべく、大金が投ぜられた。が、マイケルはすでに二十一歳になっており、その彼の志願をはばむ術はいかにドンといえども持ってはいなかった。彼は入隊し、太平洋のかなたで戦った。海兵隊大尉に昇進した彼は数々の勲章を受けた。一九四四年には、彼の武勲を示す写真と共に彼自身の写真がライフ誌に載ったほどである。友人の一人がそれをドン・コルレオーネに見せたところ(家族の者は誰もその勇気がなかったのだ)、ドンは、「あいつは一家のためでなく、よそ者のために勇敢にやっておる」と、苦々しげにつぶやいたという。

一九四五年初めに、マイケル・コルレオーネは戦闘で負った傷の治療のため除隊を余儀なくされたが、この除隊に、父親が一役買っていたとはマイケルはつゆ知らなかった。彼はほんの二、三週間自宅に滞在し、そのあいだに、誰にも相談せず、ニューハンプシャー州ハノーバーにあるダートマス大学への入学手続きを済ませ、父親のもとから去っていった。そして今、彼は妹の結婚式に参列するため、また自分の婚約者を、生粋のアメリカ娘をみんなに紹介するため、ここにもどってきているのだ。

マイケル・コルレオーネはケイ・アダムスに、参列者のうちから話題の豊富な人物を選んでは、彼らの話をして喜ばせていた。そして、彼女の目に彼らが物珍しげに映るのが、マイケルにはまたおもしろく、今さらながら、新しいもの未知なものへの彼女の旺盛な好寄心が魅力的に思えるのだった。ケイの好寄の眼差しは、自家製ワインの樽を取り巻いている数人の男たちのところまできて、釘づけになった。男たちはアメリゴ・ボナッセラ、パン屋のナゾリーネ、アンソニー・コッポラ、それにルカ・ブラージの四人だった。頭の回転の速いケイはすぐに、彼らはあまり楽しそうには見えないが、と口にした。マイケルはそれに微笑して答えた。「そのとおりだよ。あの人たちは個人的な用事でおやじに会いにきてるんだ。何か折り入って頼みたいことがあるんだろうね」そういえば、さきほどからその四人は、しょっちゅうドンを目で追っているのだった。

ドン・コルレオーネが招待客と挨拶を交している最中に、黒塗りのシボレー・セダンが舗道の端に来て止まった。前部席の二人は上着から手帳を取り出すと、あたりはばからず、舗道に駐車している車のナンバーを次々にメモしている。ソニーが父親の耳もとで言った。

「あいつらきっとポリ公ですよ」

ドン・コルレオーネは肩をすくめた。「あの道は私のものではないからね。彼らの好きなようにさせておくさ」

ソニーの彫りの深い童顔が真っ赤になった。「くそったれめが。あいつらは敬意を払うってことを知らないんだ」彼は庭から出ると舗道を横切り、黒塗りセダンに近づいた。そして運転席にぬっと顔を突っ込んだが、相手は平然たるもので、札入れを開いて緑色の証明書を見せた。ソニーは無言のまま二、三歩しりぞくと、セダンの後ろのドアに唾を吐きかけ、もどってきた。彼は運転席の男が車を降りて追いかけてくることを期待していたのだが、そんなことは起こりはしなかった。玄関口の階段にもどり、彼は父親に報告した。

「FBIですよ。車のナンバーを全部控えているんだ。薄汚ない野郎どもめ」

ドン・コルレオーネには、そんなことは初めからわかっていた。だからこそ前もって、身近な友人には他人《ひと》の車でやってくるよう注意してあったのだ。だが、息子の怒りにまかせた馬鹿げた行動をほめるつもりはないが、ある意味ではそれは都合がよいのだった。ソニーのそんな様子を見れば、闖入者たちも自分たちの出現が予期されたものではなかったと思うにちがいない。それで、ドン・コルレオーネは平然としているのだった。彼はもうずっと昔に、人生には耐えねばならない侮辱を受ける場合があるが、目をしっかり開いてさえいれば、いつの日か、最も弱き者が最も強き者に復讐することができるという知識を会得していた。友人すべてが称える謙虚な心を彼が失わずにすんでいるのは、まさにこの知識のおかげなのだった。

家の後方にある庭では、四人編成のバンドが演奏を始めていた。招待客はみんなそろっている。ドン・コルレオーネは闖入者たちのことを忘れることにし、二人の息子をうながして、祝賀の宴に加わっていった。

広大な庭園には、数百人もの客が集まり、花を敷き詰めた木製のステージの上でダンスをしたり、美味しそうな料理や自家製ワインの入った黒っぽい大瓶《おおがめ》が山積みされた長いテーブルを前にして坐っていた。美しく着飾った花嫁のコニー・コルレオーネは、一段高くなったテーブルに、花婿と、数人の花嫁付添い人、それに花婿の友人たちと並んで坐っている。これは、古いイタリアの、それも田舎《いなか》ふうの結婚式で、コニーの趣味ではなかったが、夫を選ぶにあたってひどく父親の心を傷つけた彼女が、イタリア式の結婚式を挙げることでせめて父親に喜んでもらおうと考えた結果なのだった。

花婿のカルロ・リッツィは、シシリー人の父と北イタリア人の母のあいだに生まれたハーフで、そのためか髪はブロンドで目はブルーだった。彼の両親はネバダ州に住んでいたが、彼はちょっとした事件を引き起こしてネバダにいられなくなり、そこでニューヨークに出てきてソニー・コルレオーネと出会い、それが縁で妹のコニーと知り合ったのだった。ドン・コルレオーネはすぐに、信頼できる友人を何人かネバダに送った。その彼らの報告によると、カルロが引き起こした事件というのは、拳銃がからんでいるものの若さが原因のつまらぬ事件であり、警察の記録からその一件を削除させ、彼を清廉潔白の身にすることは容易にできるということだった。また彼らはその時、ネバダにおける合法的賭博に関する詳細な調査をしてきており、それはドンの関心を大いにそそり、それ以来彼は、次に打つべき手をじっくり考えていたのだった。あらゆることから利益を得る、それは、ドンの偉大さを示す一つの証左でもあったのだ。

コニー・コルレオーネは美しい娘ではなかった。痩せて神経質で、いずれ口やかましい女房になるだろうことは明らかだった。ところが今日は、白い花嫁のガウンを身にまとい、身体じゅうから若さと恥じらいを発散させ、ほとんど美しいと言っていいほどだった。木のテーブルの下で、彼女の手は花婿のたくましい太ももに置かれ、その弓形の唇は投げキスを贈る時のように軽くとがっていた。

こんなにハンサムな男がいるだろうか、とコニーは思っていた。カルロ・リッツィは、若い頃から苦しい肉体労働をしてきており、そのために腕はおそろしく太く、タキシードの肩は盛りあがって見えた。彼は、うっとりと自分を見つめる花嫁の視線に気づき、グラスにワインを満たしてやった。二人はまるで芝居の登場人物のようで、カルロは花嫁に対し驚くほどの思いやりを示していた。だが、彼の視線は時々、彼女が右腕にかかえている大きな絹の財布にそそがれていた。さっきからこの中に、金の入った封筒が次々と詰め込まれているのだ。もうどれくらいになっただろう？　一万ドルか？　それとも二万か？　カルロ・リッツィは満足げに微笑んでみせた。幕は今切って落とされたばかりなのだ。自分はこれで、権力者の家族の一員となることができた。まさかこの俺を見捨てるような真似はしないだろう。

祝い客の中でも、白イタチのように頭を光らせた小柄な若い男が、この絹の財布にチラチラ視線を走らせていた。これまでの癖が抜けきらず、あの財布を盗むにはどの手が一番かと、ついつい考えてしまうのだ。ポーリー・ガットーはその考えに熱中していたが、それが、豆鉄砲で戦車をやっつける子どもの夢のような、他愛のない空想に過ぎないことは彼もよくわかっていた。ポーリーは視線を移し、彼のボスのピーター・クレメンツァを見つめた。ボスはでっぷりと太り、年もすでに中年を迎えていたが、木造りのダンス・フロアで若い娘たちを相手に単純で激しいタランテラを踊っていた。人並みはずれて大きな身体をした彼は、自分の突き出たお腹が若くほっそりとした娘たちの胸にうまくぶつかるように巧みに踊ってみせ、見物人たちは割れんばかりの拍手を彼に送っていた。今度は年配の女たちが彼の腕をつかみ、次のパートナーになってくれるよう彼にせがんだ。若い男どもは敬意を表してフロアから去り、マンドリンの激しいリズムに合わせて手をたたきだした。やがて、さすがのクレメンツァも椅子に坐り込んでしまい、ポーリー・ガットーは冷えた黒ワインのグラスを運んでいくと、汗が吹き出したその広い額を自分の絹のハンカチでぬぐってやった。だがクレメンツァは礼を言う代わりに、そっけなくポーリーにこう言ったのだった。「ダンスなんぞに見とれてないでおまえの仕事をやるんだ。あたりを一回りして、異状がないかどうか確かめてこい」ポーリーは、人混みからそっと姿を消していった。

バンドマンたちが休憩時間となってステージから去ると、ニノ・バレンティという若者がマンドリンを取り上げ、椅子に左足をかけてシシリーの卑猥なラブ・ソングを歌いはじめた。ニノ・バレンティは美男子の部類に入る男だったが、酒びたりの生活のためか顔にむくみがきており、今日もすでにかなり酔っ払っていた。彼は、歌詞が卑猥な部分でくるりと目を動かし、女たちはそのたびに金切り声を上げ、男たちは各節の最後の歌詞を大声で唱和するのだった。

生まれつきそういったことの嫌いなドン・コルレオーネは、他の女たちと一緒になってニノを冷やかしている妻を後に、いつの間にか家の中に姿を消してしまっていた。これを見届けると、ソニー・コルレオーネは花嫁のテーブルに近づき、花嫁付添い役のルーシー・マンチニの横に坐った。彼らは安全だった。彼の妻はキッチンにいて、今ごろはウェディング・ケーキの仕上げにかかっているところなのだ。ソニーはその若い娘の耳もとで何事か囁き、彼女はつと立ち上がった。彼もまた数分して立ち上がり、そこかしこで客と挨拶を交しながら、何食わぬ顔で彼女の後を追っていった。

だが、みんなはそれにごまかされはしなかった。〝評判高い〟三年間の大学生活ですっかりアメリカナイズされたこの花嫁付添い人は、今では成熟した娘となっていた。結婚式のリハーサルの時に、ソニー・コルレオーネとふざけ半分にいちゃついた彼女は、彼こそ自分にうってつけのパートナーにちがいないと確信をもっていた。今、ルーシー・マンチニは長いピンク色のガウンをつまみ上げ、無邪気を装った微笑を浮かべながら、バスルームへ通じる階段を軽やかに登っていった。しばらくしてバスルームから出てみると、上の踊り場のところにソニー・コルレオーネが立っており、上がってくるようにと彼女に向かって手招きしていた。

ドン・コルレオーネの〝事務室〟――それは、いくぶん床が高くなった隅っこの部屋だった――の締め切った窓から、トム・ハーゲンは庭で華やかに催されている披露宴の様子を見守っていた。彼の背後の壁には、法律関係の本がずらりと並んでいる。ハーゲンはドンの弁護士で、コンシリエーレつまり顧問役をしており、ドンの仕事の上でも要《かなめ》の役を果たしているのだった。彼とドンは、幾多の面倒な問題の解決をこの部屋で計ってきていた。だから、ゴッドファーザーが宴席を離れて家に入った時には、結婚式にもかかわらず何か仕事があるのだな、と彼にはピンときたのだった。ドンはきっと、自分に会いにくるのにちがいない。ついでハーゲンは、ソニー・コルレオーネがルーシー・マンチニに何事か耳打ちし、やがて彼女の後を追って家の中に入ってくるというへたな芝居の一部始終を見届けていた。ハーゲンは顔をしかめ、ドンに報告したものかどうか考えたが、結局黙っていることにした。それから彼は机へゆき、個人的にドン・コルレオーネとの面会を許された人々の、手書きのリストを手に取った。ドンが部屋に姿を現わし、ハーゲンがリストを手渡すと、彼はうなずいて言った。「ボナッセラを最後にしてくれないか」

ハーゲンは観音開き《フレンチ・》になった扉《ドア》からまっすぐ庭に出て、ワイン樽のまわりに集まっている嘆願者たちのところへ行った。そして、ずんぐりと太ったパン屋のナゾリーネを指差した。

ドン・コルレオーネは、パン屋を抱擁して迎えた。二人は子ども時代を一緒にイタリアで過ごし、それ以後も友人として成長してきたのだ。イースターには毎年、トラックの車輪ほどにも大きな、皮が金色に輝いた焼きたてのチーズ・パイを送ってきたし、クリスマスやドンの身内の誕生日には、いつも必ずナゾリーネから送られたクリーム・ペイストリーが食卓を飾っていた。また彼は、ドンが青二才時代に組織したベーカリー・ユニオンへの手数料の支払いも、この長い年月のあいだ一度として欠かしたことがなかった。しかもナゾリーネは、大戦中にただ一度、ＯＰＡ（物価管理局）の砂糖の闇クーポン券を手に入れる時をのぞいて、恩着せがましい態度をとったことがなかった。その彼が今、忠実な友として頼みごとを胸にやってきたのだ。ドン・コルレオーネのほうも、友の頼みごとを聞き、力になってやれることを楽しみに待っていたのだった。

彼はパン屋にディ・ノビリのシガーと黄色いストレーガ（オレンジで風味をつけたイタリア産のリキュール）のグラスをすすめ、相手の肩に手を置きながら話すように言った。これはドンの人間性をよく表わしていた。これまでの苦い経験から彼は、友人が願いごとを口にするのにどれだけ勇気がいるかということをよく承知していたのだ。

パン屋は、自分の娘とエンツォの話をした。エンツォはシシリー生まれの立派なイタリアの若者だが、アメリカの軍隊につかまり、捕虜として米国に送られてきた。それが仮釈放となって自分の店で働いているうちに、最愛の娘キャサリンと正直者のエンツォとのあいだに純粋な恋が芽生えた。ところがこうして戦争が終わった今、この哀れな若者はイタリアに送還されるだろうし、娘は失恋の痛手にきっと死んでしまうことだろう。この悲しい運命の二人を救うことができるのは、ゴッドファーザーのあなただけです。あなたが彼らの最後の望みなのです。

ドンはナゾリーネの肩に手をまわし、部屋の中をぐるぐると回って歩いていた。彼は話の合間に元気づけるように何度もうなずいてみせた。パン屋の話が終わると、ドン・コルレオーネはにっこり笑い、こう言った。「ああ、友よ、そんな心配はもうやめにして」それから彼は、今から何をすべきかをこと細かに説明した。ナゾリーネが住んでいる地区出身の国会議員にまず、嘆願書を提出しなければならない。するとその国会議員は、エンツォに米国市民権を許すための特別書類を議会で可決させることは絶対にまちがいない。議員のあいだには、恩の貸し借りが網の目のように張りめぐらされているのだ。ついでドン・コルレオーネは、これには金がかかること、現在の相場は二千ドルであるということを説明した。この計画の実施とそのための費用の支払いは、この私が、ドン・コルレオーネがすべて引き受けることにする。これでどうだろう？

パン屋は威勢よく頭をうなずかせた。ドンは彼のために、これだけのことをタダでやってくれるというのだ。否も応もない。議会に特別の要求を通すとなれば金がかかるに決まっている。ナゾリーネはもう、感謝のあまりほとんど涙ぐんでいた。ドン・コルレオーネは彼を戸口まで送ってゆき、細部の打合わせと必要な書類の作成に、優秀な人物を彼の自宅まで行かせるからと確約した。パン屋はドンを抱きしめ、庭へと出ていった。

ハーゲンがドンに笑顔を向けた。「ナゾリーネにとっては文句のない投資でしょうね。義理の息子と安い終身雇用のパン屋の職人が、たかだか二千ドルで手に入るんですから」彼はちょっと躊躇した。「それで、この仕事は誰にやらせましょう？」

ドン・コルレオーネは眉をしかめ、しばし考えこんだ。「身内の人間ではなく、隣の地区のユダヤ人にやらせるのが無難だな。まず現在の住所を変えさせるんだ。戦争が終わってこれと同じような事件も増えているだろうから、誰か別の人間をワシントンにやって、価格の上昇を抑えなければならんだろうな」ハーゲンは手帳にメモをつけていた。「今回はルテッコ議員でなく、フィッシャーがいいだろう」

ハーゲンが次に連れてきた男の頼みごとは、とても単純なものだった。彼は名前をアンソニー・コッポラといって、彼の父親がずっと以前に、ドン・コルレオーネと一緒に鉄道で働いていたのだった。コッポラは、ピザの店を開くために五百ドル貸してほしいと言った。その内訳は諸々の設備と特別のオーブンを買うためだが、ちょっとした理由から貸し付けに応じてもらえないのだという。ドンはそれを聞くなりポケットに手を突っ込み、札束を取り出した。だがそれが五百ドルに足りないとわかると、恥ずかしそうにトム・ハーゲンにこう言った。「百ドルばかり貸してくれないか。月曜日に銀行に行った時に返すよ」コッポラは四百ドルで充分だからと言いつのったが、ドン・コルレオーネは彼の肩を軽くたたき、申し訳なさそうにこう言った。「この大層な結婚式のおかげで現金が少し不足してしまってね」そして彼はハーゲンが差し出した金を受け取り、それに自分の金を加えてアンソニー・コッポラに手渡した。

ハーゲンは、この様子を感心したような面持ちでながめていた。相手が寛大ならば、こちらもそれ以上の寛大さを示さなくてはならない、これがドンの持論だった。ドンほどの人物が借金までして金を貸してくれるとは。アンソニー・コッポラはこの好意を生涯覚えていることだろう。ドンが百万長者であることはともかく、貧しい友のために一時の不便を忍んでくれる百万長者が、いったい何人いるだろうか。

ドンが促すように視線を上げた。ハーゲンが言った。「リストにはありませんが、ルカ・ブラージが会いたがっています。人目につかないようにそっと今日のお祝いを言いたいんだそうです」

この時初めて、ドンの顔に不愉快そうな表情が浮かんだ。そして彼は、決めかねるといった調子でこう尋ねた。「会わなくてはいかんかな？」

ハーゲンは肩をすくめてみせた。「あなたのほうが彼をよくご存知のはずです。でも、彼は結婚式に招待されたことをひどく喜んでいましたよ。きっと思いもよらぬことだったんでしょう。それでその感謝の意をあなたに伝えたいんだと思いますが」

ドン・コルレオーネはうなずき、ルカ・ブラージを連れてくるよう身振りで示した。

一方、披露宴が行なわれている庭では、ケイ・アダムスがルカ・ブラージの顔に刻まれた狂暴な表情にショックを受けていた。彼女は早速、彼についてマイケルに質問した。マイケルがこの結婚式にケイを連れてきた理由の一つには、ゆっくりと、あまりショックを受けずに、父に関する諸々のことを知ってもらおうという魂胆があった。そして彼女は今のところ、ドンのことを少々倫理観に欠けた実業家といった具合に考えているみたいだった。マイケルはルカ・ブラージについて、真実の一部分を教えることにした。ルカ・ブラージは、東部の暗黒街で最も恐れられている男の一人であること、彼は仲間を作らず単独で殺しをやることを得意とし、警察による発見、追及をまったく不可能にしてしまうこと。マイケルはさらに、口もとをゆがめてこう言った。「全部が全部事実かどうかはわからないけどね。しかし、彼がぼくのおやじの友人であることは本当らしいよ」

ケイはそう言われてやっと、事実をいくらか理解したみたいだった。彼女が怪しむような口ぶりで訊いた。「つまり、あの人はあなたのお父さんのために働いているってわけなのね？」

彼は心の中で舌打ちをしたが、あけすけにこう言った。「十五年ほど前にね、ある連中がおやじのもっているオリーブ・オイルの仕事を乗っ取ろうとしたんだ。奴らはおやじをつけ狙い、殺そうと計った。ところがそこへルカ・ブラージが現われ、二週間のうちに六人の男を殺し、それであの有名なオリーブ・オイル戦争に終止符が打たれたってわけなのさ」彼は話し終えると、冗談めかすように笑ってみせた。

ケイが身体を震わせて言った。「つまり、あなたのお父さんはギャングにピストルで撃たれたってわけね？」

「十五年前のことさ。それ以来、すべては順調にいってるんだ」マイケルは、少々しゃべりすぎたかなと後悔していた。

「あなた、あたしをおどかして、結婚する気をなくそうという腹でいるのね」ケイはマイケルに笑いかけて、彼の横腹を肘で突ついた。「その手に乗るもんですか」

マイケルも笑みを返した。「いや、その気を起こしてもらうために言ったのさ」

「あの人、本当に六人も人間を殺したの？」ケイが訊いた。

「新聞にはそう書いてあったけどね」とマイケルが答えた。「実際のところは誰にもわからないんだ。でも、彼についちゃ、誰も知らないもっとすごい話があるんだよ。あんまりすごい話なんで、おやじはそのことにぜんぜん触れようともしないし、一部始終を知っているトム・ハーゲンもぼくに教えてくれないんだ。一度ね、いったいいくつになったらルカのその話を聞かせてくれるんだ、ってトムに訊いてみたことがあるんだ。そしたら彼は、百歳になるまではだめです、って言うんだ」マイケルはワインを一口すすった。「とにかく何かすごい話らしいよ。あのルカが人の度肝を抜くようなことをやったんだ」

ルカ・ブラージは実際のところ、彼の姿を見れば地獄の鬼も退散するといわれるほどの男だった。背が低くがっしりとしていて、頭が大きく、彼が行くところ常に血なまぐさい風が吹き荒れていた。顔からはいつも、狂暴な気配がうかがわれる。瞳は茶色だが、そこには一片の温かみも見えず、ただの渋い色の点みたいだった。薄いゴムのような唇は、死人のそれとはいわないまでもいかにも冷酷そうで、子牛の生肉のように真っ赤だった。

ブラージの狂暴さはみんなから恐れられ、また、彼のドン・コルレオーネに対する忠誠ぶりはあまねく知れ渡っていた。彼が、ドンの権力組織を支えるうえで、多大の貢献をしてきたことは明白な事実だった。いずれにしても、彼は実にまれな存在だったのだ。

ルカ・ブラージは、警察も恐れなければ社会も恐れなかった。神も恐れず地獄も恐れず、また、人間を恐れなければ愛することもしなかった。ところがその彼が、恐れ敬う対象にドン・コルレオーネを選んだのだ。今、ブラージはドンの前に連れていかれ、緊張にすっかり身体をこわばらせていた。そして半分つかえながら、キザったらしい祝辞を述べ、さらに、ドンの最初の孫が男の子だったらどんなにいいだろうと言った。それから、若いカップルへの贈り物として、現金のぎっしり詰まった封筒をドンに差し出した。

ブラージの本当の目的はここにあったのだ。ハーゲンは、ドン・コルレオーネの態度が変化したことに気がついた。国王が功績のあった家臣を迎える時のように、決して馴れ馴れしくなく、一歩距離をおいた形でドンはブラージを迎えていた。あらゆる身振り、あらゆる言葉のうちに、ドンは自分が感謝していることをルカ・ブラージに伝え、しかも、彼が結婚式の贈り物を、自分あてに手渡したことをとがめるような素振りはまったく見せなかった。ドンにはちゃんとわかっていたのだ。

ブラージの封筒の中には、誰の封筒よりも多くの金が入っていることだろう。他の招客がいくら入れるかわからないのだから、最終的に金額を決めるまでに何時間も頭をしぼっていたにちがいない。彼は、一番の敬意を表わすためには一番の気前よさを示さなければと思い、だからこそ、ドンあてに封筒を手渡したのだ。そしてドンは、大げさな感謝の言葉のうちに、この無作法を黙認したのだった。ルカ・ブラージの顔から狂暴な表情が失せ、それに勝ち誇った喜びの表情が取って代わった。ブラージはドンの手にキスをし、ハーゲンが開けたドアから出ていった。ハーゲンは如才なくブラージに笑みを送ったが、このずんぐりとした男は、子牛の生肉のような色をしたゴムを思わせる唇を、軽くねじ曲げて応えただけだった。

ドアが閉まると、ドン・コルレオーネはほっとしたような小さなため息をもらした。さすがのドンも、ブラージがそばにいるとなんとなく気分が落ち着かないのだ。彼は自然力みたいなもので、時としてコントロールが効かなくなる。だから、ダイナマイトを扱うみたいに慎重に扱わねばならないのだ。ドンは肩をすくめた。たとえダイナマイトであっても、使い道さえあやまたなければ害はないではないか。彼は先を促すようにハーゲンを見やった。「残りはボナッセラ一人かな?」

ハーゲンはうなずいてみせた。ドン・コルレオーネは眉をしかめて考えていたが、やがて言った。「ボナッセラを連れてくる前に、サンティノにここに来るように言ってもらいたい。ちょっと話しておきたいことがあるんでね」

ハーゲンはソニー・コルレオーネを呼びに庭に出ていった。そして、先ほどから待っているボナッセラにもうしばらく待ってくれるように言い、マイケル・コルレオーネと彼の女友だちのところへ行った。「ソニーを見なかったかい?」彼が訊いた。マイケルは頭を振った。こいつはまずいことになったな、とハーゲンは思った。花嫁付添い役の娘とこれだけ念入りにやらかしているとなると、これから先どんな面倒が起こるかわからないのだ。ソニーの細君のこともあれば、娘の家族のこともある。ばれたら一悶着あることは必定だ。ハーゲンは急いで取って返し、およそ三十分前にソニーが消えた戸口へと向かった。

家の中に入っていくハーゲンを見送りながら、マイケル・コルレオーネにケイ・アダムスが尋ねた。「あの人だれ？　あなたのお兄さんだって紹介されたけど、名前もちがうし、それにイタリア人みたいな顔をしてないわ」

「トムは十二歳の時からぼくの家に住んでるのさ」マイケルが説明した。「両親と死に別れ、しばらくぐれかかっていたんだけど、ある晩ソニーが家に連れてきて、それ以来ずっと住みついているんだ。どこといって行く当てもないし、それで結婚するまでぼくの家で暮らしていたんだよ」

ケイ・アダムスはいたく感動したみたいだった。「まあ、なんてロマンチックなんでしょう」彼女は言った。「あなたのお父さんてきっと、心のやさしい方なのね。自分の子どもがたくさんいるのに、赤の他人を養子にするんですもの」

マイケルは、しかし、イタリア系の移民にとって四人の子どもぐらいではまだ少ないほうだ、といったようなことは口にせず、ただそっけなくこう言った。「トムは養子じゃないよ。ただぼくたちと一緒に住んでいただけなんだ」

「あら」とケイは、不思議そうに尋ねた。「どうして養子にしなかったの？」

マイケルは笑い声をたてた。「ぼくのおやじがね、名前を替えたりしたらトムに対して失礼になるだろうと言ったからさ。トムの両親に対しても失礼になるって」

彼らのところから見ると、ハーゲンがフレンチ・ドアからドンの事務室へソニーを追いやり、ついで指を曲げてアメリゴ・ボナッセラを呼んでいるのが見えた。「あの人たち、こんな日になぜ仕事の話なんかしに来るの？」

マイケルは再び笑い声をたてた。「シシリーには昔から、娘の結婚式の日には友人の頼みごとを聞き入れなくてはいけないという習慣があるからさ。それに、そんなチャンスをむざむざ見逃がすようなシシリー人もいないからね」

ルーシー・マンチニは、ピンクのドレスの裾を床からひょいとつまみ上げると、階段を駆け登っていった。みだらに赤ワイン色に染まったソニー・コルレオーネの童顔に恐怖のようなものを覚えたが、先週来彼にいろいろちょっかいを出していたのも、まさにこれが目的だったからなのだ。大学時代の二度の恋愛経験において、彼女は少しも得るものがなく、相手の男性は一週間と付き合ってくれなかった。そして、言い争いをした時に、二番目の恋人が「でかすぎる」とかなんとか妙なことを言ったのだ。ルーシーにもそれは察しがつき、それ以後、大学生活のあいだ彼女はすべてのデートを拒んできたものだった。

この夏、彼女の親友コニー・コルレオーネの結婚式の準備の手伝いをしていた時に、ルーシーはソニーに関するうわさ話を耳にした。ある日曜日の午後、コルレオーネ家のキッチンで、ソニーの妻のサンドラがあけすけなうわさ話に花を咲かせていたのだ。サンドラはイタリア生まれの、粗野なところはあっても人の善い女で、幼い頃にアメリカに両親と一緒に渡ってきていた。身体はたくましく、巨大なバストをしており、五年間の結婚生活においてすでに三人の子どもをもうけていた。それは、そのサンドラとまわりの女たちが、初夜の恐ろしさを盛んにコニーに言い立てていた時だった。「ほんとにさ」とサンドラは、くすくす笑いながら言った。「初めてソニーのあれを見て、そいつがあたしの中に突き立てられるんだとわかった時には、あたし思わず人殺しって叫んじゃったものよ。一年もしないうちに、あたしあそこはもうガタガタ。あの人が浮気をしたって話を聞くたびに、あたし、教会へ行ってそのかわいそうな女《ひと》のためにお祈りをしたぐらいだもの」

　その話に女たちは笑いころげていたが、ルーシーは両ものの付け根あたりがむずがゆくなるのを感じたのだった。

　今、ソニーに向かって階段を駆け登っていくルーシーの身体の中では、すさまじい情欲の炎が燃えさかっていた。踊り場のところで、ソニーは彼女をつかまえ、廊下伝いに空いた寝室へと彼女を引っ張っていった。ドアが背後で閉まると同時に、彼女は自分の脚から力が抜けていくのを覚えた。彼女の唇に、苦くきついタバコの味がするソニーの唇が押しつけられた。彼女は口を開いた。やがて彼女のドレスの中にソニーの手がはい上がってきて、衣擦《きぬず》れの音と共にドレスをたくし上げた。そして、熱い大きな指が内ももに迫りサテンのパンティを引き破ると、彼女の敏感な部分をまさぐりはじめた。ルーシーは彼の首に両手をまわしてかじりつき、ソニーは自分のズボンのボタンをはずした。それから彼は彼女の裸の尻に両手を当てると、ぐいと引き上げた。それに調子を合わせるように、彼女も小さくジャンプし、彼の腰のあたりに両脚を巻きつかせた。ソニーの舌はルーシーの口の中に入り込み、彼女は彼にむしゃぶりついている。彼が強引に腰を突き上げ、彼女の頭がドアにぶつかった。彼女は何かひどく熱い物が内もものあいだをすり抜けるのを感じるや、首に巻いた右手を下ろしその手で猛り狂った強大な肉のかたまりを包みこんだ。

それはまるで、感窮まって今にも泣きださんばかりに、彼女の手の中で打ち震えており、彼女はそれを、自分の濡れてふくれ上がった内部へと導き入れた。それが挿入される際の信じられぬほどの快感に彼女は息を詰まらせ、両の脚を高く彼の肩のあたりまで持ち上げると、獰猛にまるで拷問でも加えるかのように乱暴に、繰り返し射ち込まれる強烈な矢先を受け止めていた。彼女の腰はしだいにせり上がってゆき、やがてルーシーは、生まれて初めて、身体がばらばらになるようなオルガズムを覚え、それと同時に、ソニーの硬さがほぐれ、彼女の太ももをねばっこい精液がしたたり落ちた。彼女の脚からゆっくりと力が抜け、ソニーの身体をすべり降りると、彼女はかろうじて床に足を踏みしめた。二人は息を切らしながら互いに身体をよりかからせていた。

そんな時、ドアから柔らかいノックの音が聞こえた。ソニーはドアが開かないように身体を押しつけながら、素早くズボンのボタンをとめた。そのあいだにルーシーも、急いでピンクのドレスを引き下ろした。彼女の瞳にはまだきらめきが残っていたが、ついさっき彼女にあれほどの喜びを与えてくれたものは、すでに地味な黒のズボンの中に隠れてしまっている。ドアの向こうから今度は、トム・ハーゲンの押し殺したような声がした。「ソニー、いるかい？」

ソニーはほっとしたように吐息をもらし、ルーシーに片目をつぶってみせた。「ああ、トム、なんだい？」

ハーゲンはやはり、声を押し殺して言った。「ドンのオフィスに来てくれって。今すぐにだ」それからハーゲンの歩き去る足音が聞こえ、ソニーはそれを確かめてからルーシーに思い入れたっぷりにキスをし、ハーゲンを追ってドアを出ていった。

ルーシーは髪を直し、服装をチェックすると、ガーターのストラップを元にもどした。彼女は自分の身体がはれぼったく、唇が柔らかくとろけそうになっているのを感じていた。彼女の内ももには、まだ冷んやりとしてねばっこい異物の感触が残っていたが、彼女はドアを開けるなりバスルームへは行かず、まっすぐ階段を走り降りて庭へと出ていった。ルーシーが花嫁のコニーの横に坐ると、彼女がすねたような調子で言った。「ルーシー、どこへ行ってたの？　なんか酔っ払っているみたいよ。もうどこにも行かないであたしのそばにいてちょうだい」

ブロンドの花婿がルーシーのグラスにワインをつぎ、心得顔ににやっと笑ってみせた。だが、ルーシーは気にしなかった。彼女はその暗紅色のグラスを取り上げ、喉元に一気に流し込んだ。その時ねばっこい液体が再び内ももを濡らし、彼女はしっかりと膝を閉め合わせた。身体の震えはまだ止まっていなかった。彼女はグラスの縁越しにソニー・コルレオーネを捜し求めたが、彼の姿は庭のどこにも見えなかった。そして彼女は、コニーの耳もとでこっそりこう囁いた。「あと何時間かすれば、あなたもたっぷり味わえるのよ」コニーはくっくっと喉の奥で音をたてた。ルーシーは、花嫁から大切な宝物を奪い取ったような一種後ろめたい勝利感を覚えながら、テーブルの上で殊勝げに両の指を組み合わせていた。

ハーゲンの後について隅の部屋に入っていったアメリゴ・ボナッセラは、大きな事務机を前にして坐っているドン・コルレオーネを見つけた。窓のそばには、庭のほうに顔を向けてソニー・コルレオーネが立っていた。その日の午後で初めて、ドンの態度からは冷ややかなものがうかがわれた。彼は、訪問者の肩を抱こうともしなければ、握手もしなかった。この青白い顔をした葬儀屋にとっての頼み綱は、彼の妻とドンの妻とが親しい友だちということだけで、アメリゴ・ボナッセラ自身はドン・コルレオーネにひどく嫌われていたのだった。

　ボナッセラは、遠回しに、巧妙に話を切り出した。「まず、私の娘、あなたの奥様の名付け娘《ゴッドドーター》が今日ここに来られなかったことをおわびいたします。娘はまだ病院にいるのです」彼はチラッと視線を上げ、ソニー・コルレオーネとトム・ハーゲンの前では話したくないといった素振りを見せたが、ドンはまったくの無表情だった。

「あんたの娘さんの不幸な事件については私たちも聞いているが」とドン・コルレオーネは言った。「彼女のために何かできることがあれば、なんなりと話してもらいたい。私の妻は彼女の名付け親《ゴッドマザー》だし、それを名誉に思う気持ちに変わりはないのだから」これは、ボナッセラに対する巧みな当てこすりだった。この葬儀屋は、彼らの世界の習慣を無視して、ドン・コルレオーネのことを〝ゴッドファーザー〟と呼んだことがなかったのだ。

　今や、ボナッセラはその灰色の顔を振り立て、こうはっきりと口に出した。「こちらのお二人には席をはずしていただきたいのですが」

　ドン・コルレオーネは頭《かぶり》を振った。「あいにく、ここにいる二人は私が心から信用している連中でね。私の二本の右腕に当たるんだ。その二人をこの部屋から追い出すなんて真似は、私にはできないことさ」

　葬儀屋は一瞬目をつぶり、やがて話し始めた。彼の声はとても穏やかで、それは彼がいつも、遺族を慰める時に使う商売用の声の調子だった。「私はアメリカの流儀に従って娘を育ててきました。私はアメリカを信用しているのです。このアメリカのおかげで、私は財産を築くことができたのですから。家族の不面目になるようなことはしないようにと注意しながらも、娘のやることにはなるべく干渉しないようにしてきました。娘にボーイフレンドができました。イタリア人ではありません。娘は彼と一緒に映画に行ったり、夜遅くまで家に帰ってこないこともありました。ただ、そのボーイフレンドは一度も私たち両親に会いにこようとせず、ちょっとおかしいなとは思いましたが、特にそのことで娘に文句を言ったりはしませんでした。――私が悪かったのです。二カ月前、彼はドライブに娘を連れ出しました。身体のいかつい彼の友だちが一緒でした。そして、彼らは娘にウイスキーを飲ませ、乱暴しようとしました。しかし娘は抵抗しました。娘は操を守ったのです。すると奴らは、けだもののように娘を殴りつけました。私が病院へ行ってみると、娘は両の目の縁に黒いあざをつくり、鼻はつぶされ、顎は砕かれていました。顎の骨は針金でつながなければならなかったほどだったのです。娘は涙を流し、痛みをこらえながらこう訴えていました。『お父さん、お父さん、あの人たちはなぜこんなことをしたの？　どうしてあたしがこんな目に遭わなくちゃならないの？』私には涙を流すことしかできませんでした」ボナッセラは、話しているうちに感情を抑えきれなくなったのか目に涙を浮かべ、そこで口をつぐんでしまった。

だが、ドン・コルレオーネは自分の意思に反するかのように同情の身振りをし、ボナッセラは再び、声を震わせながら話を続けた。「私はなぜ泣いたのでしょう？　あれは私の人生における希望であり、最愛の娘でした。しかも美しい娘でした。あれほど人間を信じていたのに。もう決して人間を信じようとはしますまい。またもう二度と美しくなることもないのです」彼の身体は小刻みに震え、その黄ばんだ顔は醜い暗紅色になった。「私はアメリカの善良な一市民として、警察へ行きました。二人の若者は逮捕され、裁判にかけられることになりました。証拠は山ほどあり、二人に有罪が宣告されました。ところが裁判官は、三年間の禁錮刑に執行猶予をつけ加えたのです。彼らはその日のうちに自由の身になりました。しかも奴らは、あのけだものみたいな連中は、法廷に唖然として立ち尽くしている私ににやにや笑いかけてきたではありませんか。そこで私は妻にこう言いました。『公平な裁きを受けにドン・コルレオーネのところに行こうじゃないか』と」

ドンは、相手の不幸に哀悼の意を表わすように、頭を下げてみせた。だがその口をついて出てきた言葉は、自分の尊厳を傷つけられたもののように冷ややかだった。「しかしあんたはどうして警察に行ったんだ？　初めから私のところに来ることもできたんだろうに」

ボナッセラは、ドンの言葉をほとんど聞いていないみたいだった。「私に何をお望みです？　お望みのことをおっしゃってください。ただし、私の希望どおりに事を運んでいただかなければ困りますが」その言い方には、どことなく横柄な響きがあった。

ドン・コルレオーネが重々しい調子で言った。「というと？」

ボナッセラはハーゲンとソニー・コルレオーネのほうをチラリと見やり、頭を振った。ハーゲンの机に腰をおろしたまま、ドンは葬儀屋のほうへ上体を傾けた。ボナッセラは一瞬ためらっていたが、すぐにかがみこみ、ドンの毛深い耳にほとんど触れ合わんばかりに自分の口を近づけた。ドン・コルレオーネは、あたかもざんげ室における司祭のように、視線を遠くに遊ばせ、顔の表情一つ変えずに聞き入っていた。やがてボナッセラの長いひそひそ話が終わり、背筋を伸ばすと、ドンはいかめしい顔で葬儀屋を見やった。ボナッセラは頬を朱に染めながら、たじろぐ様子もなくドンを見返した。

やっとドンが口を開いた。「そいつはだめだ。無理な相談というものだよ」

ボナッセラは声を励まし、はっきりとこう言った。「金に糸目はつけませんが」これを聞いたとたん、ハーゲンはどきりとしたように首をすくめ、ソニー・コルレオーネは腕組みをほどくと、冷たい笑みを浮かべながら初めて窓から振り返った。

ドン・コルレオーネは椅子から立ち上がった。彼はやはり無表情だったが、その声には聞く者の心を凍らせるような響きがあった。「あんたと私とは、長いあいだの付き合いだったな」彼は葬儀屋に向かって言った。「しかし今日という日まで、あんたは一度として私のところに助けを求めにきたことはなかった。私の妻はあんたのひとり娘の名付け親であるにもかかわらず、あんたの家に最後にお茶に招かれたのがいつだったか思い出せないほどだ。率直に言おう。あんたは私の友情を足蹴にした。あんたは私から恩を受けるのを恐れているのだ」

ボナッセラは口ごもりながら言った。「私はただ、面倒に巻き込まれたくなかっただけで……」

ドンは片手を上げてそれを制した。「いいから、黙って聞きなさい。アメリカはあなたにとってパラダイスだった。商売もうまくゆき、生活も安定し、なんの不安もなしに人生をエンジョイしていればよかった。だから、あんたは心の友人と手をつないで、自分の身の安全を守る必要を認めなかった。何か事があれば、警察と法廷に守ってもらえると考えていたのだろう。つまり、あんたはドン・コルレオーネを必要としなかったのだ。それで結構。私は気持ちこそ傷つけられたが、友の名に価しない相手に、私のことを軽んずる相手に、友情を押しつける類の人間ではないからな」ドンはそこでちょっと息をつき、品のよい、皮肉まじりの笑みを葬儀屋に向けた。「ところがあんたは今になってやってきて、『ドン・コルレオーネ、公平な裁きをひとつ』とか言いだした。しかもその頼み方ときたらひどく横柄だし、友情の証を私に見せてくれようともしない。あんたは娘の結婚式の日にやってきて、私に人殺しを頼み、そのうえ」――ドンは小馬鹿にするように、葬儀屋の口調を真似て言った――「『金に糸目はつけません』と公言したのだ。いやいや、私は怒っているんじゃない。しかし、この私がどうして、こんなにも無礼な仕打ちを受けなくてはならないのかね？」

ボナッセラは、恐怖に顔を引きつらせながらこう叫んだ。「アメリカは私によくしてくれました。ですから私は善き市民となり、自分の娘もアメリカ人として育てたかったんです」

ドンは、もうわかったというように両手を打ち合わせた。「それで結構。つまりあんたには何も文句はないわけだ。裁判官が、言い換えるならアメリカが断を下したのだからな。今度病院に見舞いに行く時には、花束とキャンデーの箱でも持っていってあげるんだ。彼女にはそれがいちばんの慰めさ。あんたも我慢しなければいかん。考えてみれば、これは何も騒ぎ立てるような事件ではないんだ。若者たちにしてみれば若気の至りというやつだし、そのうちの一人が有力な政治家の息子だったというだけのことだからな。たしかに、アメリゴ、私はあんたが嘘一つついたことのない真っ正直な人間だってことを忘れていたよ。私の友情には泥をかけられたが、アメリゴ・ボナッセラがいったん口にしたことには信用がおけるってことを忘れてしまったんだ。さあ、今ここで、さっきのような気ちがいじみた考えは引っ込めると約束してもらおうか。あんなことはアメリカ人らしくないからね。許し、そして忘れること。人生には不幸はつきものなのさ」

このドンの、怒りを抑えた冷ややかで痛烈な皮肉を聞いているうちに、哀れな葬儀屋は全身をガタガタ震わせはじめていた。それでもボナッセラは、気力を振りしぼるようにして言った。「私は裁きをお願いしたいんです」

ドン・コルレオーネの返事はいかにもそっけなかった。「法廷がちゃんと裁きをしてくれたじゃないか」

ボナッセラは激しく首を振ってみせた。「ちがいます。若者たちのほうはともかく、私のほうはまだ決着がついていないんです」

ドンはこの申し立てに納得したように一つうなずくと、こう尋ねた。「で、あんたの言う決着の方法とは？」

「目には目をです」ボナッセラが答えた。

「だとすると先ほどの頼みは度が過ぎているじゃないか」ドンが言った。「あんたの娘さんは生きているんだからね」

ボナッセラも譲歩せざるをえなかった。「娘が味わったのと同じ苦しみを奴らに味わわせてください」ドンは黙って先を促した。やがてボナッセラは、最後の勇を奮い起こして言い足した。「一体いくら支払えばいいんです？」それはもはや、やぶれかぶれの悲鳴としか聞こえなかった。

ドン・コルレオーネはくるっと背中を向けてしまった。それは帰るようにという合図だったが、ボナッセラは頑としてその場を動こうとしなかった。

しばらくして、友人の無礼にいつまでも腹を立てていられない人の善いドン・コルレオーネは、ため息をひとつつき、今や死人のように顔を真っ青にしている葬儀屋のほうへ向き直った。ドンは、優しくて忍耐強い男だった。「あんたはなんだって、私の真の友人になることを恐れるのかね？」彼が言った。「あんたは法廷へ行き、裁決が下るまで何カ月間も指をくわえて待っている。しかも、あんたのことなど歯牙《しが》にもかけない弁護士たちに金を払っている。そのあげくに、最低の売春婦も顔負けするほどに節操のない裁判官の判決を、ありがたくちょうだいしているのだ。ずっと昔、あんたが金に困って銀行に失業救済金をもらいに行った時、その金の返済能力があるかどうかを調べるとかで、あんたはひどい辱めを受けたのではなかったかね」ドンはそこで息をついたが、その口調はしだいにきびしいものとなっていた。

「だがその時にも、もし私のところへ来ていれば、あんたは私の財布を自分の物のように使うことができたのだ。今度の場合にしたって、初めから私の裁きを求めに来ていたら、あんたの娘さんを傷つけたくずどもは、今日にでも苦い涙を流していることだろう。つまり、あんたのような正直者がちょっとした不幸な事件から敵を作ったとしたら、それは私の敵でもあるのだからね」──ドンは片手を上げ、一本の指をひたとボナッセラに据えた──「そして、まちがいなく、連中はあんたを避けて通らねばならない羽目になるのだ」

ボナッセラは首をうなだれ、かすれた声でつぶやいた。「わかりました。友情を誓います」

ドン・コルレオーネは葬儀屋の肩に手を置いた。「結構」彼が言った。「これであんたは公平な裁きを受けることができるわけだ。いつの日か、そんな日が来るかどうかわからないが、あんたにこのお返しをしてもらう時が来るかもしれない。とにかくその日まで、この裁きを私の妻からの、あんたの娘さんの名付け親からの贈り物ということにしておこうじゃないか」

感謝の思いでいっぱいの葬儀屋の背後でドアを閉じると、ドン・コルレオーネはハーゲンに向かって言った。「この一件はクレメンツァに任せよう。信用がおけて殺しの前科のない人間にやらせるよう彼に言ってくれ。あの鈍な葬儀屋がどう考えようと、われわれは結局のところ殺し屋じゃあないんだ」ドンは、窓から庭のパーティをながめている自分の長男を、たくましい息子のほうを見やった。こいつはだめだな、そうドンは考えていた。たとえどれほど教育したところで、サンティノに家業を継がせるわけにはいかないだろう。どう贔屓《ひいき》目に見てもこの男にドンになる器ではない。となれば早急に別の誰かを捜さなければならない。人間いつ死ぬことになるかわかりはしないのだ。

部屋の中の三人を驚かすように、庭から歓声が沸き起こった。ソニー・コルレオーネは窓ガラスに顔をくっつけるようにして庭をうかがっていたが、やがて満面に笑みを浮かべながら急ぎ足にドアに向かって歩きだした。「ジョニーです。ぼくが言ったとおり、彼は結婚式にやってきたんですよ」ハーゲンが窓ぎわに寄った。「ああ、本当にあなたの名付け子《ゴッドサン》です」彼はドン・コルレオーネに言った。「ここに呼んできましょうか?」

「いいや」とドンが言った。「来る早々みんなの愉しみを取り上げたりしたら、後がこわいからね。適当な時にここへ呼んできてくれればいい」彼はハーゲンに笑いかけた。「ほらね? 彼は申し分のない名付け子なのさ」

ハーゲンはうずくような嫉妬心を覚えながら、すげなくこう言った。「あれから二年ですよ。また面倒を起こして、あなたに泣きつきに来たんじゃありませんか?」

「ああ、名付け親なんていうのはそんな時のためにいるんだからね」それがドン・コルレオーネの答えだった。


庭に入ってくるジョニー・フォンテーンの姿を最初に目にとめたのは、花嫁のコニー・コルレオーネだった。彼女は自分が厳粛な花嫁の座にいることを忘れ、「ジョニーッ!」と金切り声を上げながら彼の腕の中に飛びこんでいった。彼はしっかりとコニーを抱きしめると、彼女の口に接吻し、彼に気がついたみんなが集まってきた時もまだ、彼女の身体に手を回していた。彼らはみんな彼の古い友人で、ウエストサイドで一緒に成長してきた仲間だったのだ。やがてコニーは、花婿のところへ彼を引っ張っていった。このブロンドの若い男は、今日のスターの座から引きずり降されたことで内心不愉快な思いをしているみたいだったが、ジョニーはにこやかに握手を求め、ワインのグラスをあげて二人して乾杯した。

その時、バンド用のステージからなつかしい声が彼に呼びかけた。「いっちょう歌ってくれよ、ジョニー」その声の主は、ステージから笑顔を彼に向けているニノ・バレンティだった。ジョニー・フォンテーンはステージに飛び上がり、ニノに抱きついた。ジョニーの名前がしだいに売れだし、ラジオで歌うようになるまでは、二人はいつも一緒にいて、歌を歌ったりダブルデートをしたりしていたのだ。ジョニーは、映画を撮りにハリウッドへ行ってからも、何度かニノに電話をし、いずれどこかのクラブの歌手の職を見つけてやるからと約束していたのだった。ただしこの約束はまだ果たされていなかったが、今こうしてニノの陽気で酔いの回った笑顔を目にし、急になつかしさがこみあげてきたというわけなのだった。

ニノがマンドリンを鳴らしだし、ジョニー・フォンテーンはニノの肩に手を置いた。「この歌を花嫁に捧げます」そう言うなり、彼は足でリズムをとりながら、猥褻なシシリーのラブソングを歌い始めた。ジョニーの歌につれて、ニノは全身を使ってそれとわかるパントマイムを演じている。花嫁は誇らしげに頬を染め、聴衆は歓声を上げてそれに応えた。そして、歌が終わりにくる頃には、聴衆全員が足を踏み鳴らしながら、微妙でどちらともとれる《ダブル・ミーニング》各節の最後の歌詞を声をかぎりに歌っており、いざその歌が終わってしまうと、ジョニーがせき払い一番、次の歌を歌いだすまで手拍子をやめようとしないのだった。

ジョニーは彼らの英雄だった。彼らの昔の仲間でありながら、彼らにとっては夢にしか見ることができない幾多の女性とベッドを共にすることができる、有名な歌手となり銀幕のスターとなったのだ。にもかかわらず、彼はこの結婚式に出席し、ゴッドファーザーに敬意を表わすために、三千マイルを物ともせずに駆けつけてくる。しかもニノ・バレンティのような昔の仲間のことを忘れてはいない。その席に居合わせた人のほとんどが、まだほんの少年だったジョニーとニノが一緒に歌を歌っていた時のことを覚えていた。しかし当時そのうちのいったい何人が、五千万の女性のハートをつかんでいる現在のジョニー・フォンテーンの姿を想像したことだろう。

ジョニー・フォンテーンはステージから飛び降りると、花嫁を台上に抱え上げ、自分とニノのあいだにコニーを立たせた。そして二人の男は向かい合って床に膝をつき、ニノのマンドリンからは荒々しいリズムが流れだした。これは彼らが昔よくやっていた、声を剣のかわりに交互に歌詞をぶつけ合い、求婚を競い合う歌だった。ジョニーは巧みに、ニノの声の引き立て役に回り、ニノはやがて彼の腕から花嫁を奪い取ると、最後の勝利の歌詞を高らかに歌いだし、ジョニーはすごすごと引きさがる歌詞を小さな声で歌い終えた。それと同時に、披露宴は拍手の嵐に包まれ、三人は台上でしっかりと抱き合った。次の歌をせがむ聴衆の拍手は、いっこうにやむ気配がない。

しかし、家の隅の戸口に立ってこれを見守っていたドン・コルレオーネだけは、ジョニーの様子が普通でないことを感じ取っていた。そこで彼は陽気に、出席者の気持ちを傷つけないようちょっとしたユーモアを交えながら声をかけた。「私のゴッドサンがはるばる三千マイルもかけてやってきたというのに、誰も彼にお酒を注いであげないのかね？」そのとたんに、ワインをなみなみとたたえた一ダースほどのグラスが、ジョニー・フォンテーンの目の前に差し上げられた。彼はそのグラスにそれぞれちょっとずつ口をつけるや、ゴッドファーザーのもとへ走ってゆき、抱擁を交している合間にドンの耳もとで何事か囁いた。ドン・コルレオーネはすぐに彼を家の中へ招き入れた。

ジョニーが部屋に入ると、トム・ハーゲンが手を差しのべた。ジョニーはその手を握り、「元気かい、トム？」と声をかけたが、それには他の人に対するような温かみがこもっていなかった。ハーゲンはこの冷ややかな調子に少々気分を悪くしたが、すぐ忘れることにした。ドンの側近となって以来、しばしばこのような目には遭っているのだ。

ジョニー・フォンテーンはドンに向かって言った。「あなたからの結婚式の招待状を受け取った時には、『ああ、ぼくのゴッドファーザーは機嫌を直してくれた』ってこう自分に言い聞かせたものですよ。離婚してから五回あなたのところに電話したんですが、そのたびにトムが、外出中だとか忙しいとか言って取り次いでくれないんですからね、あなたを怒らせてしまったってことはぼくもよく承知していたんです」

ドン・コルレオーネは、黄色いボトルからストレーガをグラスに注いだ。「いや、そいつはもう忘れることにしよう。で、私にまだ何かできることがあるのかい？　おまえはすっかり有名になったし、金もたっぷりあるし、私の助けなんてもういらないんじゃないのかな？」

ジョニーは黄色い強烈な液体をぐっと飲みほすと、さらにグラスを差し出した。そして快活さを装って言った。「ぼくは金持ちなんかじゃありませんよ、ゴッドファーザー。もう落ち目なんです。あなたの言うとおり、あんな女と結婚するために離婚なんぞしなければよかった。ぼくの馬鹿さかげんにあなたが腹を立てたのも無理はありません」

ドンは肩をすくめた。「おまえは私のゴッドサンだからだね、それでちょっと心配しただけのことさ」

ジョニーは部屋の中をぐるぐる歩きだした。「ぼくはあの売女《ばいた》に夢中だったんです。ハリウッド一のスターだし、まるで天使みたいな可愛い顔をしていますからね。しかし、撮影が終わった後、あの女は何をしていると思います？　メークアップ係の男が上手に仕事をしたといってはやらせ、カメラの映り具合がいいとカメラマンを衣裳部屋にくわえ込んです。それこそ相手構わずで、ぼくがポケットの中の小銭をチップに使うみたいに、あいつは自分の肉体を使っているんです。生まれながらの淫売とはあいつのことですよ」

ドン・コルレオーネがそっけなく口をはさんだ。「で、家族のほうはどうしているかね？」

ジョニーはため息をついた。「できるだけのことはしてやりました。離婚が決まった後、法廷が下した額以上の金をジニーと子どもたちにくれてやったんです。今でも一週間に一度の割で会いにいっていますが、どうにも淋しくって。時々、気が変になるんじゃないかと思うことがありますよ」彼は一口ストレーガをあおった。「しかも、二番目の女房には馬鹿にされっぱなしです。あいつにはぼくがなぜ妬《や》くのかわからないんです。ぼくのことを頭の古いイタ公呼ばわりするし、ぼくの歌にまでケチをつけるんです。ここに来る前に、ぼくはあいつを痛めつけてやりました。でも、今は撮影の最中ですから顔は殴れません。上から押さえつけ、腕やら脚やらずいぶんとぶん殴ったんですが、それでもあいつはにやにや笑っているじゃありませんか」彼はタバコに火をつけた。「そんなわけで、ゴッドファーザー、現在のぼくは生きる希望もなくなりかけているんです」

ドン・コルレオーネの返事はつれないものだった。―そいつばかりは私にもどうしようもないね」彼は言葉を切り、今度はこう尋ねた。「声は一体どうしたのかね？」

ジョニー・フォンテーンの顔から、自信に満ちた、しかし自嘲気味の微笑が消えた。そして息を詰まらせんばかりにして言った。「ゴッドファーザー、ぼくはもう歌が歌えないんです。喉がおかしくなって、医者にも原因がわかりません」ハーゲンとドンはびっくりしたように彼を見つめた。これまでにこのジョニーが弱音を吐いたことがあったろうか。

フォンテーンは言葉をついだ。「主演した二本の映画のおかげで大金がころがり込み、ぼくは大スターになりました。それなのに奴らはぼくをおっぽり出そうとしているんです。ぼくのことを毛嫌いしていたスタジオのボスが、今になってぼくに復讐しようとしているんです」

ドン・コルレオーネはゴッドサンの前に立ちはだかり、いかめしい顔で尋ねた。「その男がおまえを嫌っていた理由は何かね？」

「ほら、あなたがいい顔をしなかった、進歩的な団体向きの歌をぼくはいくつか歌っていたでしょう、ジャック・ウォルツもあれが気に入らなかったんです。奴はぼくをアカ呼ばわりし、そこでぼくは、奴が自分のためにとっておいた女を横からとってしまったんです。でもあれは一晩こっきりのことでしたし、女のほうから誘いにのってきたんですよ。となれば、仕方ないじゃありませんか。ところがいまの女房はぼくを追い出そうとするし、ジニーと子どもたちはぼくが床にはいつくばって謝らないかぎり心を元にもどしてはくれない。しかもぼくはもう歌えないときている。ゴッドファーザー、ぼくは一体どうしたらいいんでしょう？」

ドン・コルレオーネは、少しも動ぜぬ冷ややかな顔で、不興げに言った。「人間らしく振る舞いさえすればいいんだ」そして急に怒りにかられたように、声を張り上げた。「人間らしくな！」ドンは机越しに手をのばし、ジョニー・フォンテーンの髪の毛をつかんだ。

それはいかにも乱暴ながら、可愛くてたまらないといった仕草だった。「おまえはいつまでたってもさっぱり利口にならんようだな、うん？　ハリウッドの色男が哀れっぽく泣きごとをならべるのかね？　まるで女みたいに『どうしたらいいんでしょう、ああ、どうしたらいいんでしょう』と泣き叫ぶのかね？」

ドンの突飛な、しかも不意をついた声色に、ハーゲンとジョニーは思わず笑い出してしまった。ドン・コルレオーネは満足だった。そして彼は、このゴッドサンがどれほど自分の気に入っていたかを思い出していた。自分の三人の息子だったら、このような小言にどんな具合に反応を示したろうか。サンティノはふくれっつらをし、その後何週間もふて腐れていることだろう。フレドーはすっかり怖気《おじけ》づいてしまい、マイケルは冷たい笑みを浮かべ、何カ月ものあいだ行方をくらましてしまうにちがいない。ところがこの可愛いジョニーときたら、すぐにゴッドファーザーの本心を見抜き、元気を取り戻してもうにこにこしているのだ。

ドン・コルレオーネは続けて言った。「おまえは自分のボスの、おまえよりも力のある男の女を横取りし、そのあげくに彼が助けてくれないとこぼしている。なんたるナンセンス！　おまえは淫売と結婚するために家族を置き去りにし、子どもたちを父《てて》なし子にし、そのあげくに彼女らが両手を広げて迎えてくれないと泣きごとを言っている。しかもおまえは映画の撮影中とかでその淫売の顔を殴ることもできず、そのあげくに彼女がおまえを馬鹿にすると言って怒っている。いいか、おまえは馬鹿同然の生き方をしてき、その結果、それに見合った報いを受けているだけなんだ」

ドン・コルレオーネは一息つき、低い声でこう訊いた。「で、おまえは今度は私の忠告を受け入れるつもりかね？」

ジョニー・フォンテーンは肩をすくめた。「しかしぼくは、あいつが望んでいるような形でジニーと再婚するわけにはいきませんよ。ギャンブルだって酒だって断つわけにはいかないし、仲間と出歩くことだってやめるわけにはいきません。それに、美人に追いかけられると我慢できなくなっちゃうんです。そんなわけで、ぼくはいつも、ジニーに後ろめたい思いをしながら家に帰らなきゃならなかったんです。ええ、ぼくはあれをもう一度繰り返すつもりはありませんね」

ドン・コルレオーネが珍しく癇癪玉を破裂させた。「誰がいつおまえに再婚しろと言った？　おまえは自分の好きなとおりにすればいい。しかしおまえが、子どもたちの父親でいたいと思うのはいいことだ。父親になれん男は決して一人前の男になれんのだからな。となれば、子どもたちの母親におまえを受け入れさせなければいかん。おまえが彼女たちに毎日会えないなんて誰が決めたんだ？　一つ屋根の下に住んではいけないと誰が決めた？　どうしておまえが望みどおりの生活をしてはいけないんだ？」

ジョニー・フォンテーンが笑い声をたてた。「ゴッドファーザー、女はみんな、昔のイタリア人の女房みたいだと思っているんですか？　ジニーはそんなことを許してくれやしませんよ」

ドンは冷ややかに言ってのけた。「それはおまえが色男の真似をするからさ。ジニーには請求額以上の金をやり、もう一人のほうは映画を撮っているとかで顔を殴らなかったからだ。つまり、おまえは女の言いなりになってきたんだ。確かに、女は天国に行き、男は地獄に落ちるのかもしれんが、女にそんな真似を許してはいかんのだ。いいか、私はこれまでずっとおまえのやることを見守ってきた」ドンの口調は熱を帯びてきた。「おまえは私に敬意を払うことを忘れず、実に申し分のないゴッドサンだった。しかしおまえは、古い友人たちに対してはどうだったかね？　遊び回る相手の男もひっきりなしに変わっているじゃないか。映画であれほど愉快な演技を見せたあのイタリアの男にしたって、彼が不運続きでいったん落ち目になると、おまえは自分の幸運をよいことに彼には見向きもしなくなる。それから昔おまえと一緒に学校に行き、一緒に歌を歌っていた古い古い仲間のことはどうかね？　そう、ニノだ。彼は失望のあまり酒にとりつかれてしまったが、それでも文句一つ言ったことがない。平日は砂利トラックの運転手として懸命に働き、週末にはちょっとした小遣銭かせぎに歌を歌っている。それでもおまえの悪口を言ったりはしない。彼に少しでも力を貸してやることはできなかったのかね？　うん？　歌だってうまいじゃないか」

ジョニー・フォンテーンはうんざりしたように言った。「ゴッドファーザー、彼にはそれだけの才能がなかったんですよ。確かにうまいことはうまいんですが、それだけじゃだめなんですよ」

ドン・コルレオーネは両の目をほとんどつぶらんばかりにし、言った。「いや、ゴッドサン、おまえにだって才能なんかありゃしないんだ。ニノと一緒に砂利トラックの仕事でもしたほうがいいんじゃないか？」ジョニーは答えようとせず、ドンは言葉をついだ。「友情がすべてなんだ。友情に比べれば、才能なんて屁のようなもんだ。いいか、友情とは家族みたいなもので、国家よりも大切なものなんだ、そのことを忘れるんじゃないぞ、おまえがこれまでに友情の壁さえ作っておけば、わざわざ私のところに助けを求めにこなくてもよかったんだからな。ところで、歌をもう歌えないとはどういうわけだ？　庭では立派に歌っていたじゃないか。ニノに少しも引けをとらないようだったが」

ハーゲンとジョニーは、この微妙な当てこすりににやりとした。わざとらしい低い声でジョニーが言った。「声帯が弱ってしまったんです。つまり、一曲か二曲続けて歌うと、その後何時間か、時には何日というもの、声が出なくなってしまうんですよ。そんなわけで、歌の練習や映画の撮り直しができません。これもなんらかの病気だとは思うんですが」

「なるほど、女の問題に声の病気か。それじゃ、おまえに仕事をくれないというハリウッドの権力者《ペッツォノヴァンテ》について話してもらおうか」ドンはいよいよ、仕事《ビジネス》に取りかかるつもりらしかった。

「彼はあなたのペッツォノヴァンテなんか足下にも及ばないほどの権力をもっているんですよ」ジョニーが言った。「彼は自分の撮影所も持っているし、戦争中には、宣伝用映画《プロパガンダ》を作るにあたって大統領の顧問役までしたんです。そしてちょうど一カ月前には、今年最も評判のよかった小説の映画化権を買い取りました。ベストセラーですよ。その小説の主人公にあたる男が、ぼくにそっくりなんです。演技の必要もないほどぼくにうってつけの役で、歌う場面もありません。ひょっとしたらそれでアカデミー賞を獲れるかもしれないのです。みんなもこれは絶対にぼく向きの役だと言ってくれるし、俳優として立ち直れるまたとないチャンスなのに、あのジャック・ウォルツの野郎は例のことを根にもって役を回してくれないんです。ぼくは出演料など問題じゃないとまで言ったんですが、それでも奴は首をたてに振らず、そのあげくに、撮影スタッフの面前でオレのケツにキスでもしたら考え直してみようなぞとぬかすじゃありませんか」

ドン・コルレオーネは片手を振り、この感情にかられたたわごとを一蹴した。相手が理性を備えた人間であるかぎり、仕事の問題にはどこかで解決の糸口が見つかるものなのだ。彼はゴッドサンの肩に軽く手をやった。「おまえはすっかり落胆し、誰も自分のことなどかまってくれないとそう思っているんだな。それに目方もずいぶんと減ったようだ。酒もむちゃ飲みしているんだろう、うん？　夜も眠れず、睡眠薬の世話になっている、ちがうかな？」彼はとんでもないことだといわんばかりに頭を振ってみせた。

「ではまず、私の指示に従ってもらうことにしよう」ドンが言った。「これから一ヵ月間、おまえはこの家で暮らすことになる。充分に食べて寝て体力を取りもどすことだ。私の客というわけだが、おまえのような客だったら私も大歓迎だし、それに、ここにいるうちに、ハリウッドで役に立つようなことをこのゴッドファーザーから学び取ることができるかもしれん。ただし、歌と酒と女はだめだ。そして一ヵ月後におまえがハリウッドにもどった時には、例のペッツォノヴァンテが希望どおりの仕事をおまえにくれることになる。わかったかね？」

ジョニー・フォンテーンは、ドンにそれだけの力があるとはとても信じられなかった。しかし、彼のゴッドファーザーは、できもしないことを安請合いするような男ではなかったのだ。「奴はJ・エドガー・フーバーの親友なんですよ」ジョニーが言った。「普通なら乱暴な口ひとつきけないところなんですが」

「彼は実業家だろうが」とドンは穏やかに言った。「だったら断わりきれない申し出《オファー》ってものがあるはずさ」

「しかし、もう間に合わないんです」ジョニーが言った。「契約書のサインもすべて終わり、撮影は一週間後に始まる予定なんですからね。今からじゃ何をやったって手遅れに決まってますよ」

ドン・コルレオーネが言った。「いいから、おまえはパーティにもどるんだ。友だちがみんな待っているぞ。これからのことは大船に乗った気持ちで私に任すんだ」そして彼は、ジョニー・フォンテーンを部屋から押し出した。

ハーゲンは机に坐り、メモを取っていた。ドンはため息を一つつき、質問した。「他には何か？」

「ソッロッツォをこれ以上待たすわけにはいきません。今週中には会わなければならないと思いますが」

ドンは肩をすくめてみせた。「この結婚式が終わった後ならいつでもいいさ」

この返事から、ハーゲンは二つのことを理解した。一つは、つまりバージル・ソッロッツォに対する肝心の返答のほうは否《ノー》ということであり、もう一つは、娘の結婚式の前にこの返答を伝えなかったところから見て、ドン・コルレオーネはこの否が面倒を引き起こすことを予期しているということだった。

先手を打ってハーゲンが訊いた。「クレメンツァに言って、部下を何人かこの家に来させましょうか？」

「それはまたなぜかね？　今日みたいな大切な日に、ささいな暗い影一つ落としてはならんと思ったからこそ、私はわざわざ結婚式前に返事するのを渋っていたんだ。それに奴の腹の内もすでに読めている。奴の狙いは恥をかかせることさ」そうドンはじれったそうに言った。

ハーゲンが訊いた。「それで、あなたは拒否なさるんですね？」ドンがうなずき、ハーゲンが言った。「でしたら、あなたが返事をなさる前に、ファミリー全員が集まって協議すべきだと思うんですが」

ドンは笑みを浮かべた。「そうかね？　けっこう、みんなで協議しようじゃないか。君がカリフォルニアからもどってきしだいね。君に明日向こうへ飛んでもらい、ジョニーの件をまとめてもらいたいんだ。映画のペッツォノヴァンテにも会ってもらう。ソッロッツォには、君がカリフォルニアからもどってきたら会うと伝えてくれ。他に何か？」

厳めしい口調でハーゲンは言った。「病院から連絡がありました。顧問役《コンシリエーレ》のアッバンダンドが危篤で、今夜一晩もたないだろうということです。彼の家族はすでに病院に呼ばれています」

ハーゲンは昨年来、癌で入院を余儀なくされたジェンコ・アッバンダンドに代わり、コンシリエーレの地位を務めていたのだった。時ここに至り、ハーゲンは彼の地位が不変のものとなった旨をドン・コルレオーネの口から聞けるものと期待していたが、事はそう簡単にはいかなかった。この地位は非常に重要であるがゆえに、イタリア人の両親の間に生まれた者にのみ与えられるというのがこれまでの慣例だったのだ。ハーゲンがジェンコの代役を一時的に務めることにすら反対の声が上がっており、彼らは、ハーゲンがまだ三十五歳にしかならぬことを理由に、立派なコンシリエーレになるために必要な経験と熟練が不足しているとみなしているのだった。

ドンはそのことに関しては何も言わず、こう訊いた。「娘と花婿は何時に出発するのかね？」

ハーゲンは腕時計に目をやった。「あと五分でケーキにナイフを入れ、それから三十分後です」彼は他のことを思い出した。「花婿のことですが、ファミリー内部の要職に彼をあてるおつもりですか？」

ドンの返事は強烈なものだった。「とんでもない」ドンは手のひらでどんと机を叩いた。「とんでもないことだ。楽に生活できるだけの仕事は見つけてやるが、われわれの本業のほうには一切タッチさせないつもりだ。この点、ソニーやフレドーやクレメンツァたちによく伝えておいてくれ」

間を置いて、ドンは続けて言った。「私と一緒に気の毒なジェンコの見舞いに病院に行くよう、息子たち——三人ともだ——に伝えてもらいたい。最後の挨拶に彼らを連れていきたいんだ。車は大きな車を使って、運転はフレディ、それからわれわれと一緒に来るかどうかジョニーに訊いてもらいたい、私が特にそう希望していると言ってね」彼は、ハーゲンが物言いたげに自分を見やっているのに気づいた。「君には今夜、カリフォルニアに行ってもらう。だからジェンコに会う暇はないだろうが、私が病院からもどって打ち合わせするまでは出発しないでほしい。わかったかね？」

「ええ」ハーゲンが言った。「フレッドには何時に車を回させましょう？」

「客がみんな引き上げてからだ。ジェンコもそれぐらいは待ってくれるだろうさ」

「上院議員から電話がありました」とハーゲン。「今日出席できなかったことを謝りながら、気を悪くしないでほしいと言っていました。路上で車の番号を控えていた二人のFBIのような連中のことを言っているんでしょうね。それでも、彼の息のかかった使いの手で贈り物が届けられています」

ドンはうなずいてみせた。ハーゲンには言わなかったが、彼はあらかじめ、出席しないほうがいいだろうと上院議員に注意してあったのだ。「高価なプレゼントだったかね？」

ハーゲンは、そのドイツ系アイルランド人の顔に似合わぬ奇妙にイタリア人的な表情を作り、うなずいた。「昔風の銀器で、非常に高価なものです。少なくとも千ドルはするでしょうね。適当なものを見つけるのにだいぶ歩き回ったらしいんですが、あの人たちのような人種には、値段よりもそっちのほうが大切なんですね」

上院議員のような要職にある人物が、かくも心のこもった贈り物をしてくれたことに、ドン・コルレオーネは内心の喜びを隠しきれないでいた。上院議員は、ルカ・ブラージと同じく、ドンの権力組織を支える要石《かなめ》的な存在であり、その後もまた、贈り物をすることによってドンへの忠誠を改めて示してくれたのだ。

庭に現われたジョニー・フォンテーンに、ケイ・アダムスはいち早く気づいていた。彼女は心底びっくりしたみたいだった。「ジョニー・フォンテーンが友人だってこと教えてくれなかったじゃないの」彼女は言った。「これであなたと結婚する決心がついたわ」

「彼に紹介しようか？」マイケルが訊いた。

「後でね」ケイはそう言い、ため息をついた。「あたし、三年間ほど彼に夢中だったの。州会議事堂でリサイタルがある時には、あたしいつもニューヨークまでやってきて、喉が破れるほど彼の名前を叫んだものだわ。彼ってそれは素敵だったんですもの」

「それじゃ、後で会ってみるさ」マイケルが言った。

ジョニーが歌を終え、ドン・コルレオーネにともなわれて家に消えてしまうと、ケイがいたずらっぽい調子でマイケルに訊いた。「ジョニー・フォンテーンのような一流の映画スターでも、あなたのお父さんに頼みごとがあるものなのかしら？」

「彼はおやじのゴッドサンなんだ」マイケルは説明した。「彼が一流の映画スターになれたのも、もとはと言えばおやじのおかげなんだよ」

ケイ・アダムスははずむような笑い声をたてた。「それもまたとっても感動的なお話のようね」

マイケルは頭《かぶり》を振った。「こいつは話せないんだ」

「あたしを信用してくれないの？」彼女が言った。

マイケルは話を始めた。彼の話しぶりは真面目そのもので、事はドンがもっと気力充実していた八年前にさかのぼり、自分のゴッドサンのこととて、彼は喜んで事の処理に当たったということ以外、注釈をいっさい入れずに事実だけを述べたものだった。

物語自体は単純だった。八年前、ジョニー・フォンテーンはある有名なダンス・バンドと共に歌って素晴らしい成功を収めた。そして一躍、ラジオの人気歌手となった。ところがまずいことに、ジョニーはそのバンドのリーダーで、ショー・ビジネス界の辣腕家として知られているレス・ハリーと、五年間の個人契約を結んでしまっていた。それはショー・ビジネスの世界における慣例ではあったが、今やレス・ハリーは、ジョニーを思うままに操り、彼の稼ぎの大半を自分のふところに収めることになったというわけなのだった。

ドン・コルレオーネは自ら交渉に乗り出した。彼はまず、ジョニー・フォンテーンの契約を解除してくれれば二万ドルを支払うとレス・ハリーに申し出た。ハリーの返事は、その金でジョニーのギャラの取り分を折半にするというものだった。ドン・コルレオーネはにやりとし、申し出の額を二万ドルから一万ドルに値下げした。ショー・ビジネス以外の世界では明らかに赤子同然のこのバンド・リーダーは、申し出の金額が切り下げられたことの意味を完全に見誤り、言下にそれを拒絶した。

翌日、ドン・コルレオーネは信用のおける二人の友人、彼のコンシリエーレをしていたジェンコ・アッバンダンドとルカ・ブラージを連れ、バンド・リーダーに会いに行った。そして人払いを頼んだ後、ドン・コルレオーネは、一万ドルの支払い保証小切手と引き換えに、ジョニー・フォンテーンに関するすべての権利を放棄する旨を記した書類にサインするよう、レス・ハリーを説得した。この間、バンド・リーダーの額にはドン・コルレオーネのピストルが突きつけられており、しかもドンはしごく真面目な顔で、今からきっかり一分後に、彼のサインか頭のいずれかがこの書類の上で休むことになるだろうと言ったのだった。レス・ハリーはサインに応じ、ドン・コルレオーネはピストルをポケットにしまうと、小切手を彼に手渡した。

後は世間によく知られているところだった。ジョニー・フォンテーンは全米のアイドル歌手となり、彼が主演したハリウッド・ミュージカルは大当たりをとり、巨万の富がころがり込んできた。彼のレコードはそれこそ飛ぶように売れた。やがて彼は二人の子どもがいるにもかかわらず幼なじみの妻と離婚し、ハリウッド一のブロンドの人気女優と結婚した。ところがこの女が〝浮気者〟であることがわかり、彼は酒と女と賭け事で憂さを晴らすようになった。その頃から声もおかしくなり、レコードの売れゆきも低下した。彼のエージェントは契約の継続を拒否した。そんなわけで、彼は今、ゴッドファーザーのもとにやってきたというわけなのだ。

感に堪えないといった調子で、ケイが言った。「あなた、本当はお父さんのこと妬《や》いているんじゃないの？　あなたの話を聞いていると、お父さんはいつも人のために何かをやっていらっしゃるみたい。きっととても心の優しい方なんだわ」彼女は苦笑を浮かべた。

「むろん、その方法はあまり合法的とは言えないようだけど」

マイケルはため息をついた。「そう取られても仕方がないようだけど、これだけは覚えてもらいたいね。北極の探検家がルートのあちこちに食料箱を置いていくって話、君も知っているだろう？　いつかその食料が必要になるかもしれないってんでそうするのさ。おやじのやり口は、それと同じなんだ。いつの日か、おやじがそんな連中の家を訪ねていった時、彼らはいやがおうでも恩義を返さなきゃならないんだよ」


ウェディング・ケーキがようやく庭に運び出されたのは、そろそろ夕暮れ近くなってからで、ひとしきりの賞賛の声が交された後、ナイフが入れられた。そのケーキはナゾリーネが特別に丹精こめて作ったもので、華やかに派手にクリームで飾られ、味もまた格別、花嫁はがまんできずに一口頰張ってから、ブロンドの花婿と手を取り合ってハネムーンに飛び出していった。ドンはちょうどあたりにＦＢＩの黒いセダンがいないことを見て取るや、素早く、しかし丁重に来客を送り出した。

しばらくするうちに、車道に残っている車はフレディの運転する黒い大型キャデラックだけになった。ドンはその年齢と巨軀《く》に似合わぬ身軽さで、助手席に身体をすべり込ませた。続いて、後部席にソニーとマイケルとジョニー・フォンテーンが乗り込んできた。息子のマイケルに向かい、ドン・コルレオーネが言った。「おまえのガールフレンドだが、一人で街まで帰れるんだな？」

マイケルはうなずいてみせた。「うん、トムが送ってくれるってさ」ハーゲンの手回しのよさに満足したように、ドン・コルレオーネはうなずいた。

ガソリンの配給制がまだ実施されているためか、マンハッタンに向かうベルト・パークウェイにはほとんど車の姿は見えなかった。一時間足らずでフレンチ・ホスピタルに着くことだろう。途中ドン・コルレオーネは、学校のほうはうまくやっているのかと末の息子に尋ねた。マイケルはうなずいた。やがてソニーが父親に尋ねた。「ジョニーから聞いたんだけど、ハリウッドでの揉めごとにおやじさんが手を貸すそうじゃありませんか。なんならぼくが行ってもいいですよ」

ドンの返事はそっけなかった。「今夜トムが行くことになっている。簡単なことだし、彼なら誰の助けもいらんだろうさ」

ソニーは笑い声をたてた。「ジョニーはそんなことは無理だと思っているんですよ。だからこそぼくに任してくれと言っているんです」

ドン・コルレオーネは頭をねじ曲げ、ジョニー・フォンテーンを見やった。「なんだって私を疑うのかね？　おまえのゴッドファーザーは一度でも言をたがえたことがあったかね？　できもしないことをできると言ったことがあったかな？」

ジョニーは口ごもりながら弁解した。「ゴッドファーザー、相手はそこらの小物とはちがうんです。金じゃ絶対に動かないし、すごいコネももっています。それにぼくを憎んでいるんです。ほんとに、あなたがどんな手を打つつもりなのか、ぼくにはさっぱり見当がつきませんね」

「とにかくこの私を信じることだ——おまえの悪いようにはならんのだからな」ドンはそう思いやりのこもった調子で言うと、マイケルを軽く肘で突ついた。「ゴッドサンを失望させるわけにはいかんだろうが、うん、マイケル？」

これまで一度として父親の言葉を疑ったことのないマイケルは、静かに首をうなずかせた。

病院の玄関に向かう途中、ドン・コルレオーネは他の三人を先にやり、マイケルの腕をとって言った。「大学を卒業したら、私に相談にやってくるんだ。おまえの気に入りそうなプランがいくつかあるんでね」

マイケルは返事をせず、ドンは怒りを嚙み殺して続けた。「おまえの気持ちもわかっているさ。これは特別なプランなんだが、おまえの気に食わなかったらやらなくたっていいんだ。おまえももう一人前の男だし、自分の信じる道を進むことに私だって反対じゃない。

ただ、どこの息子だってやるように、学校を卒業したら私のところに相談にきてもらいたいのだよ」

ジェンコ・アッバンダンドの家族、黒い衣服に身を包んだ妻と三人の娘は、病院の廊下の白いタイル張りの床の上に、群れをなしたカラスのように肩を寄せ合っていた。エレベーターから現われたドン・コルレオーネの姿を見るや、彼女らは、本能的に親鳥の庇護《ひご》を求めるひな鳥のように、白いタイルの床から飛び上がった。黒いドレスの母親は見るからに堂々とした体軀の持ち主で、娘たちもまた太り肉《じし》で不器量だった。アッバンダンド夫人はドン・コルレオーネの頰に口づけすると、涙に暮れながらこう言った。「ああ、なんと気高いお人でしょう、自分の娘の結婚式の日にわざわざいらして下さるなんて」

ドン・コルレオーネは、この感謝の言葉をあっさりとかわした。「これまで二十年間も、私の右腕として働いてくれた友人じゃありませんか、これしきのことは当然ですよ」彼は、ジェンコ・アッバンダンドの病状はまさに差し迫ったものであり、自分が今夜にも未亡人になることに彼女が気づいていないことをすぐに見て取っていた。癌におかされ、死期を待つばかりのジェンコ・アッバンダンドの入院生活もすでに一年近くになり、彼女の心の内で、この不治の病《やまい》の恐怖はしだいに薄れてしまっていたのだ。今夜危ないったって、そんなことはもう何度もあったんだから。彼女は取りとめなく続けて言った。「さあ、お入りになって可哀相な亭主に会ってやってくださいな。あの人ったらそりゃああなたに会いたがって。今日の結婚式にもどうしても出席すると言い張ったんですが、医者に止められたんです。そしたらあなた、あの人は今日、あなたが会いにきてくれるだろうというじゃありませんか。あたしにはとても信じられなかったんですが、なんというか、男の人の友情には女にはわからないところがあるんですね。さあ、お入りくださいな。あの人の喜ぶ顔が見えるようですわ」

ジェンコ・アッバンダンドの個室から、医者と看護婦が出てきた。医者は生真面目そうな顔つきの若い男で、日の当たる場所ばかり歩んできた人間に特有の、自信に満ちた雰囲気を漂わせていた。娘の一人がおずおずと尋ねた。「ケネディ先生、部屋に入ってもよろしいでしょうか？」

ドクター・ケネディは、目の前にいる大変な人数をびっくりしたように眺めやった。この人たちは、中にいる男が死にかかっていることを、耐えがたいほどの苦痛のうちに死にかかっていることを知っているのだろうか？　今や穏やかに死を迎えさせてやることが最善の道だろうに。

「御家族の方だけでしたら結構です」彼はそう、上品な口調で言った。そして、夫人や娘たちがまるで指示でも仰ぐように、ぎごちなくタキシードに身を包んだ背の低いがっしりとした男のほうを振り返るのを見て、もう一度びっくりしてしまった。

その背の低い男が口をひらいた。男の英語にはかすかにイタリア訛が残っていた。「ドクター」とドン・コルレオーネが言った。「あの男が死にそうだというのは本当なんですな？」

「ええ」

「ということは、あんたにはもう何もすることがないというわけだ。あとはわれわれが心の重荷を取り除き、慰めの言葉を与え、瞼を閉じてあげればいい。彼を埋葬し、葬儀にあたっては彼のために涙を流し、夫人や娘さんたちの将来の面倒を見てあげればいいわけだ」事態ののっぴきならないことを知らせようとするドンのこのあからさまな言葉に、アッバンダンド夫人はたまらず泣きだしてしまった。

ドクター・ケネディは肩をすくめた。こんなわからない連中には何を言っても無駄なのだ。しかし彼は同時に、男の言葉の中に露骨な真実が隠されていることを認めないわけにはいかなかった。確かに、彼の役割はもう終わっているのだ。彼はやはり上品な口調でこう言った。「看護婦がご案内するまでお待ちください。今少し必要な処置がありますので」そして彼は、白衣のすそをひるがえしながら廊下を去っていった。

看護婦は病室にもどり、彼らは待っていた。やがて彼女は再び姿を現わすと、ドアを押さえながら入るようにと合図した。彼女が耳もとで囁いた。「痛みと熱で意識がはっきりしておりませんので、患者を興奮させないようにしてください。それから、奥様以外の方の面会は手短かにお願いします」看護婦は部屋に入りかけたジョニー・フォンテーンに気づき、目を見張った。ジョニーは軽く微笑んでみせ、彼女は甘えるような目つきで彼を見つめた。ジョニーは記憶の隅に彼女の顔を書き留めると、みんなの後に続き、病室に入っていった。

ジェンコ・アッバンダンドは死を相手に長いレースをくりひろげてきたが、今や完全に打ちのめされ、頭の部分を高くしたベッドに疲労しきって横たわっていた。身体も痩せ細って骸骨みたいになり、かつては黒くつややかに光っていた髪も、今ではねっとりとしたまばらな髪になっていた。ドン・コルレオーネが陽気に声をかけた。「よう、ジェンコ、今日は三人の息子を連れてきたよ。それからどうだい、君に会いにジョニーがハリウッドから来てくれたんだぜ」

死を目前にした男は、熱に潤んだ目で嬉しそうにドンを見やった。そして彼は自分の骨張った手を差しのべ、若い健康な手がそれを次々に握りしめた。彼の妻と娘たちはベッドぎわに並び、一人ずつ頬にキスし、もう一方の手は互いに添えていた。

ドンは古い友人の手をさすりながら、元気づけるように言った。「早く元気になって、イタリアの故郷の村に二人して旅行しようじゃないか。そしてわれわれのおやじ連中がやったみたいに、ワインショップの前でボッチェ（ボーリングに似た屋外ゲーム）をやるんだ」

死にかかっている男は頭を振ってみせた。彼は若い男たちや家族を身振りでベッドぎわから去らせると、骨張った手でドンにしがみついた。彼は何かを話したがっているのだ。ドンは腰をかがめ、やがてベッドぎわの椅子に坐りこんだ。ジェンコ・アッバンダンドは幼い頃のことをしゃべっていた。そうするうちに彼の漆黒の瞳にいたずらっぽい表情が浮かび、声が低くなり、ドンはさらに耳を近づけた。やがて、驚いたことに、首を横に振っているドン・コルレオーネの頬を涙が伝って落ちた。震えを帯びた声はまたしだいに高くなり、部屋のみんなの耳に届くようになった。アッバンダンドはすさまじい努力を払って枕から頭をもたげると、見えない目をぐいと見開き、枯れ枝のような人差し指でドンを指差した。「ゴッドファーザー、ゴッドファーザー」そう彼は子どものような叫びを上げた。

「お願いです、私を助けてください。肉は焼け、頭の中にはうじ虫がたかっています。ゴッドファーザー、お救いください。あなたにはそれだけの力がある、哀れな妻の涙をかわかしてください。幼なじみの私が、罪の深さにかくも死を恐れている私が死ぬことを、コルレオーネともあろうお人が黙って見過ごされるのですか？」

ドンは無言をまもり、アッバンダンドは言葉をついだ。「今日はあなたの娘さんの結婚式じゃありませんか。私の願いを無視してはならないはずです」

この神を恐れぬたわごとを叱りつけるように、ドンは声を殺し、厳めしい調子で言った。

「友よ、私にそんな力などありはしないんだ。もしあるとすれば、私は神よりも慈悲深い者となってしまう、ちがうかね？ 君は死を恐れることはない、地獄を恐れることはない。

私はこれから毎朝毎晩、君の魂のために祈りをささげることにする。君の奥さんや娘さんたちも君のために祈ってくれるだろう。慈悲を求めるこれだけ多くの声に、神が応えぬ訳があるだろうか？」

骸骨を思わせる顔にどこか卑猥な狡猾《こうかつ》そうな表情が浮かび、アッバンダンドはうかがうように訊いた。「それじゃ、もう準備ができているんですね？」

ドンの返事は冷たく、容赦なかった。「そのとおり。君も潔くすることだ」

アッバンダンドの身体が枕に落ちた。その瞳からは一縷の望みにかけた荒々しい光がうせていた。看護婦が部屋にもどってき、まったく事務的な態度で見舞客を追い出しにかかった。ドンも立ち上がろうとすると、アッバンダンドの手が伸びてきた。「ゴッドファーザー」彼が言った。「ここにいて、私の死を看取ってください。いや、私のそばにあなたがいるのを見たら、死に神も恐れをなして逃げてしまうかもしれない。あなたただったら、奴にひとこと言って、追い返すことができるかもしれないんです」死にかかった男は、最後のほうを半分ふざけた調子でそう言うと、小ばかにしたようにドンに片目をつぶってみせた。「あなたと私は血を分けた兄弟と同じなんです」そして、ドンを怒らせまいとでもするように、ドンの手を握りしめた。「どうかここにいて、私の手を握っていてください。これまでやってきたみたいに、二人して奴をやっつけるんです。ゴッドファーザー、お願いです、私を見捨てないで」

ドンはまわりの人々に部屋を出るよう、身振りで示した。彼らが去ってしまうと、ドンはその肉の厚い両手の中に、ジェンコ・アッバンダンドの枯れ木のような手を包みこんだ。そして二人して死を待ち受けながら、彼は優しく友を元気づけていた。そんなドンの姿は、人間の最もいまわしく罪深い敵の手から、本当にジェンコ・アッバンダンドの生命を奪いもどせるのではないかと思えるほどだった。

コニー・コルレオーネの結婚披露の宴は、盛況のうちに幕を降ろした。花嫁の財布にころがり込んだ二万ドルを超える祝い金に発奮してか、カルロ・リッツィも花婿の役を見事に務め終えた。しかしながら、花嫁にとっては、財布を諦めるより処女を失うほうがずっと容易だった。財布を諦めるにあたって、彼女は片方の目に黒いあざをつくらねばならなかったのだ。

自宅にもどったルーシー・マンチニは、もう一度デートの申し込みがあるにちがいないと、ソニー・コルレオーネから電話がかかるのを待っていた。だが、最後には彼女のほうから電話し、女の声が聞こえてくるや電話を切ってしまった。ルーシーには、彼女とソニーが姿をくらましたわずか三十分のことを、披露宴に出席したほとんどの人がどうして知っているのか、なんとしても理解できなかった。サンティノ・コルレオーネの次の犠牲者は自分の妹の花嫁付添い役をした女で、彼女に〝いい思いをさせた〟といううわさがもうかなりひろまっているのだった。

アメリゴ・ボナッセラは悪夢にうなされていた。その夢の中で、前びさしの帽子をかぶり、仕事着とぶ厚い手袋をつけたドン・コルレオーネが、彼の店先で全身に弾丸を撃ち込まれた死体を車から降ろしながら叫んでいた。「いいか、アメリゴ、他言は一切無用。こいつをさっさと埋めちまうんだ」彼は大きく長々とうめきを上げ、気づいてみると女房が彼の身体をゆさぶっていた。

「いったいどうしたのよ」彼女は不平を鳴らした。「結婚式から帰った夜に悪い夢を見るなんてさ」

ケイ・アダムスは、ポーリー・ガットーとクレメンツァの二人に、ニューヨークシティにあるホテルまで送られていった。車は大型の高級車で、ガットーが運転手だった。クレメンツァは後部席に坐り、ケイは助手席に坐った。二人の男は共にひどくエキゾチックな顔立ちで、映画で時々見聞きするようなブルックリン訛の英語をしゃべり、彼女に対しては芝居がかって見えるほど礼儀正しかった。ホテルに到着するまで、彼女はいつもの調子で二人に話しかけ、たまたまマイケルのことに話がおよぶと、彼らの話しぶりからマイケルに対するなみなみならぬ好意と尊敬の念がうかがわれ、彼女は内心意外な思いにうたれたものだった。ケイ・アダムスは、これまでのマイケルの話から、彼は父親の世界にとって無用の人間だとばかり信じこんでいたのだ。クレメンツァはしかも、喘息もちのようなしゃべり方で、マイクが〝老人〟の一番のお気に入りであること、いずれは家業を継いでくれるものと期待しているというようなことを言ったのだった。

「家業っていったいなんですの？」ケイのその問いからは、まったく邪気は感じられなかった。

ポーリー・ガットーはハンドルを切りながらケイに素早い一瞥《べつ》をくれ、後ろの席からはクレメンツァのびっくりしたような声がした。「マイクから聞かなかったんですか？　ミスター・コルレオーネは、イタリア製オリーブ・オイルの米国最大の輸入業者なんですよ。戦争も終わり、これからはますます忙しくなるはずです。だからこそ、マイクのような頭の切れる人物が必要なんです」

ホテルに到着すると、クレメンツァはロビーまで送っていくと言ってきかず、ケイの抗議もこう言って軽く封じてしまった。「ちゃんとお送りしろとボスから言いつかっていますからね。いやでもそうしなければならないんです」

ケイが部屋のキーを受け取ると、エレベーターの前まで送っていき、彼女が乗り込むまで待っていた。彼女はにっこりしながら手を振り、クレメンツァもまた誠実そうな笑顔を返した。ケイが行ってしまうと、クレメンツァはカウンターに取って返し、係員にこう尋ねた。「あの女性の投宿名はどうなっているかね？」

係員は冷ややかにクレメンツァを見つめた。だが、クレメンツァが手にした小額の紙幣を机越しに丸めてころがすと、彼はすぐにそれを拾い上げて言った。「マイケル・コルレオーネ夫妻となっていますが」

車にもどるなり、ポーリー・ガットーが言った。「いい女だ」

クレメンツァは不満の声を上げた。「マイクときたひにゃ、あの女にすっかりいかれてるようじゃないか」彼は、マイケルとケイは本当に結婚しているのではないかと考えたのだ。「明日朝早く迎えにきてくれ」ポーリー・ガットーに言った。「ハーゲンの話じゃ、急ぎの仕事があるんだそうだ」

日曜日の夜遅く、妻にお別れのキスを済ませたトム・ハーゲンは、空港に向けて車を走らせていた。特別最優先パス（これは、国防省《ペンタゴン》のある高官からプレゼントされたものだった）のおかげで、彼は難なくロサンゼルス行きの飛行機に乗り込むことができた。

その日は、トム・ハーゲンにとって、忙しいながらも充実した一日だった。午前三時にジェンコ・アッバンダンドが息を引き取り、病院からもどってくるなりドン・コルレオーネは、本日をもって正式に彼を一家《ファミリー》のコンシリエーレに任命するとハーゲンに伝えたのだ。これは取りも直さず、権力はむろんのこと多額の富が、ハーゲンの今後に約束されたということだった。

ドンは長年の慣習を打ち破ってくれた。これまでのコンシリエーレは、常に純粋のシシリー人が選任されるのがしきたりで、ハーゲンがドンの家族同様に育てられたという事実も、この慣習の前には問題にならなかった。つまりは血の問題なのだ。沈黙の掟《オメルタ》により、シシリー生まれの人間だけがコンシリエーレの要職につくことができたのだ。

ファミリーの中枢部は、命令を与えるドン・コルレオーネと、その命令を実行に移す部下の統轄部のほかに三つの層ないしは緩衝帯《かんしょう》に分割されていた。こうすることによって、コンシリエーレ自身が裏切り者とならない限り、何が起こってもトップの地位は安全なのだった。日曜日の朝、ドン・コルレオーネは、アメリゴ・ボナッセラの娘を殴った二人の若者の処置をどうするか、細かい指示を与えた。だがこの指示も、トム・ハーゲン個人にひそかに与えられたもので、後刻、ハーゲンはやはり個人的に、この指示をクレメンツァに伝えた。これを受けたクレメンツァは、この指示の遂行をポーリー・ガットーに伝える。かくして、ポーリー・ガットーが必要な人員を集め、命令を実行することになる。ポーリー・ガットーを含め彼の部下たちには、この特別な仕事の目的がどこにあるのかわからないし、最初の命令がどこから発せられたのかもわからない。ドンの安全を脅かすためには、その各々の環《リンク》から裏切り者が出なければならず、その可能性は常に存在しているのだが、いまだ一度としてそのようなことは起こったことがなかった。また、そういった危険に対する防御策も講じられており、それには、環のどれか一つを消してしまえばいいのだった。

コンシリエーレとはその名のとおり、ドンの顧問役であり、右腕となる人物であり、補佐的な頭脳だった。彼はまた、ドンの最も近しい同志であり、最も近しい友人でなければならなかった。重要な旅行に出かける時は、彼がドンの車を運転し、会議においては、彼がドンのためにコーヒーやサンドイッチやシガーなどを取ってやる。彼は、ドンが知っていることのすべてを、いやほとんどすべてを、そして組織内のあらゆることを知っていなければならない。この世にドンを破滅させ得る人間がいるとすれば、それはコンシリエーレなのだ。だが、米国で強大な組織を築いたいずれのファミリーにおいても、コンシリエーレが自分のドンを裏切ったことは一度としてなかった。それはすなわち身の破滅であり、すべてのコンシリエーレは、ドンに忠誠を尽くしている限り、財産と権力が増し、尊敬をかちとることができるということをはっきり心得ていたのだ。たとえ、彼の身にどのような不幸が訪れようとも、彼の妻や子どもたちは、彼が生きていた時、または自由の身だった時と同じように、彼らの庇護を受けることができるのだ……彼がドンに忠誠を尽くしている限りは。

場合によってはまた、実際のドンを事件に巻き込まない形で、コンシリエーレがドンの代行を務めることがあった。カリフォルニアに向かうハーゲンにとって、今はまさにそのような場合だった。この任務が成功するか失敗するかによって、彼のコンシリエーレとしての将来に大きな影響を与えることになるのだ。ビジネスの点からだけ考えれば、例の戦争映画においてジョニー・フォンテーンが望みどおりの役を取れるかどうかなど、大した問題ではなかった。はるかに重要なことはハーゲンがこの金曜日に予定しているバージル・ソッロッツォとの会談の成行きのほうだった。しかしながらハーゲンは、ドンがこの二つの件を同じように重要視しており、有能なコンシリエーレとしての彼は両方に満足のゆく解決をつけねばならぬと知っていたのだ。

飛行機の震動が初めから神経の高ぶっているトム・ハーゲンの胃袋をゆさぶり、彼はそれを鎮めるためにスチュワーデスにマティーニを注文した。映画プロデューサー、ジャック・ウォルツなる人物についてドンとジョニーの両方から話を聞いていたが、ハーゲンはジョニーの話からだけでも、ウォルツを説得できるとは思っていなかった。だが、ドンがジョニーとの約束を守るだろうということにも疑う余地がなかった。要するに、ハーゲンの役割は接触し交渉することにあったのだ。

座席にゆったりと背をもたせかけると、ハーゲンはその日彼に与えられた情報の吟味に取りかかった。ジャック・ウォルツはハリウッドにおける三大映画プロデューサーの一人で、自分の撮影所を持ち、契約をかわした俳優を何十人とかかえている。戦争情報に関する米国大統領を長とする諮問協議会のメンバーで、映画部門を担当し、平たく言えば、宣伝映画を作っている。ホワイトハウスでの晩餐会に招かれたこともあれば、ハリウッドにある彼の自宅にJ・エドガー・フーバーを招待したこともある。だが、これらはすべて公的な付き合いであり、こけおどし的な要素が強いものだ。ウォルツには個人的な政治力といったものはほとんどなかったが、これはおもに、彼が極端な保守主義者であったためと、敵が無数に増えるということも知らずに権力獲得に狂奔する、誇大妄想狂であったためだった。

ハーゲンはため息をついた。ジャック・ウォルツを〝正攻法〟で攻め落とすのは無理なようだ。ハーゲンはブリーフケースをあけ、書類に目を通しだしたが、疲れがひどくすぐにやめてしまった。彼はマティーニをもう一杯注文すると、これまでの自分の一生を振り返ってみた。彼に後悔はなかった。それどころか、自分は実に幸運だったという思いのほうが強かった。理由はどうあれ、十年前の決断が正しかったことを、現在の彼が如実に示しているのだ。彼は成功し、人並以上に幸福で、人生そのものが楽しかった。

トム・ハーゲンは頭をクルーカットにした、これといって特徴のない顔立ちのひどく痩せた男で、年齢は三十五歳だった。彼の本業は弁護士で、司法試験に合格してから三年間ばかり、弁護士稼業に精を出したこともあったが、コルレオーネ一家のビジネスの実際的な細かい法律問題については、いっさい口をはさんだことがなかった。

十一歳の時にハーゲンは、やはり当時十一歳だったソニー・コルレオーネと遊び友だちだった。ハーゲンの母親は目をわずらい、彼が十一歳の時に死んだ。父親は大酒飲みで、当時すでに救いようのないアルコール中毒になっていた。大工としては素晴らしい腕をもち、正直一徹の男だったが、結局酒が彼の家族を破滅へと追いやり、彼自身にとっても命取りとなったのだった。トム・ハーゲンは孤児となり、町をうろつき回ったり他人の家の玄関先で眠るようになった。妹のほうは孤児院に収容されたが、一九二〇年代当時の社会福祉家たちには、せっかくの善意に背を向けるような十一歳の少年にかかずらわっている暇はなかったのだ。ハーゲン自身も目をわずらっていた。それで近所の人々は、あの病気は母親から伝染《うつ》ったものか遺伝したものだろうから、また彼から伝染されるかもしれないとうわさし合い、彼はまったくのひとりぼっちになってしまった。そんな時、心が優しく侠気に富む十一歳の少年だったソニー・コルレオーネが彼を自宅に連れていき、両親に向かって今日から彼をここに住まわせると宣言した。やがてトム・ハーゲンの前には、油をたっぷり使った熱いトマトソース・スパゲティの皿が並べられ、また金属製の折りたたみ式ベッドが与えられた。

ごく自然に、言葉に出したり話し合いといったことはまったくせずに、ドン・コルレオーネは少年が自宅に住みつくことを許してくれた。それどころか、ドン・コルレオーネ自身が彼を目の専門医のところへ連れていってくれ、彼の眼病は遠からず全快した。大学にも法科大学院にも行かせてくれた。この間ドンは父親というよりも後見人といった立場でハーゲンに接し、愛情を見せないかわりに息子たちに対するよりも思いやりを示し、彼に自分の意見を押しつけようとはしなかった。大学を卒業したあと、大学院に行ったのも、ハーゲン自身の考えだった。その時、ドン・コルレオーネはこう言ったものだった。「拳銃をかざした百人の男よりも、ブリーフケースを持った一人の弁護士のほうが強いこともあるからね」一方、ソニーとフレディの二人は、父親の迷惑顔も意にせず高校卒業と同時に家業に入ると言って聞かず、マイケルだけが大学に行き、真珠湾攻撃の翌日に海兵隊に入隊したのだった。

司法試験にパスした後、ハーゲンは結婚した。花嫁はニュージャージー生まれの若いイタリア娘で、当時の学士としては珍しい結婚相手だった。結婚式――これはむろんドンの自宅で催されたのだが――が済むと、ドンはハーゲンに、どんな仕事をやろうと自分は援助を惜しまない、もし弁護士になるつもりだったら、事務所の用意から顧客の世話までなんでもやってやろうと申し出た。

トム・ハーゲンは、感謝の気持ちをこめながらドンに言った。「ぼくはあなたのために働きたいんです」

ドンは驚きと喜びがいっしょになったような顔をした。「君は私がどんな人間だか知っているのか?」彼が訊いた。

ハーゲンはうなずいてみせた。しかし彼は、ドンの権力がどの程度のものか実際には知っておらず、ジェンコ・アッバンダンドが病気になり、彼自身がコンシリエーレとなるまでの十年間にも、その点については推測の域を出ていなかった。だがとにかくハーゲンはうなずき、その目がドンの目と合った。「ぼくはあなたの息子のように、あなたのために働きたいんです」ハーゲンはそう繰り返したが、これはドンに対する終生の忠誠と、ドンの父親としての権威を絶対的に受け入れるということを意味していた。当時まだ自分の勢力範囲の拡張期にあったドンは、それを聞くなり初めて、この若者に父親らしい愛情を表現してみせた。彼は素早く、ハーゲンを両の腕で抱きしめたのだ。そしてそれ以後、彼を本当の息子のように扱うようになったが、それでも時々、ハーゲンにというより自分に言い聞かせるような調子で、こう言うのを忘れなかった。「トム、両親のことを忘れてはいかんぞ」

しかしながら、ハーゲンにはその心配は無用だった。彼の母親は少々にぶくだらしのない女性で、その上、重い貧血症のために母親らしいことは一切できなかった。また父親のほうは、ハーゲンにとって憎しみの対象でしかなかった。死ぬ前に母親が盲目になったことがハーゲンを怯えさせ、自分が眼病におかされた時には、不吉な運命の予感におののいたものだった。自分も盲目になるにちがいないと信じ込んでしまったのだ。やがて父親も死に、十一歳の少年の心は奇妙にねじ曲ってしまった。それからというもの、裏口で眠っている彼を見つけ、自分の家に連れていってくれたソニーとの運命的な出会いの日まで、トム・ハーゲンは死を待ちながらけだもののように町中をうろつき回っていた。その日以後のことは、まさに夢の中の出来事としかいいようのないことだった。しかしその後何年ものあいだ、ハーゲンは自分が盲目となって白い杖をつきながら物乞いに歩いており、その後をやはり盲目の自分の子どもたちが、白い杖を片手についてくるといった悪夢にうなされたものだった。そんな朝、彼は目覚めるなりドン・コルレオーネの顔を頭に思い描き、ほっと安堵のため息をもらすのだった。

だがドンは、コルレオーネ一家のビジネスに手を染める前に、一般の弁護士業を三年間やってみるべきだと主張した。そして後年、この時の経験が非常に役に立ち、ハーゲンの頭の中から、ドン・コルレオーネのために一身をささげることへの疑念をすっかり洗い流してくれたのだった。彼はそれから二年間、ドンの知り合いの有名な刑事専門弁護士の下で実地訓練を受けた。やがて、ハーゲンが法律のこの分野において才能に恵まれていることが誰の目にも明らかとなった。彼がドンの仕事をフルタイムで助けるようになってからの六年間というもの、仕事の面で一度としてドンに不愉快な思いをさせたことはなかった。

そしてハーゲンが代理のコンシリエーレとなった時には、他の有力なシシリー人のファミリーたちは〝アイルランドのギャングども〟と言ってコルレオーネ一家をけなしたものだった。ハーゲンはびっくりすると同時に、自分は決してドンの称号を継ぐことができない人間なのだということを悟ったが、それでも彼は満足だった。というよりも、彼は一度としてそんなことを自分の人生の目標に据えたことはなかったし、そのような野心を抱くことは、彼の恩人やその家族に対し〝失礼に当たる〟と考えていたのだ。

飛行機がロサンゼルスに到着した時、夜はまだ明けていなかった。ハーゲンはホテルに着くなり、シャワーを浴び髭をそり、街に夜明けが訪れるのを見守っていた。それから朝食と新聞を自分の部屋まで届けさせると、ジャック・ウォルツとの午前十時の約束の時間までゆっくりくつろぐことにした。面会の約束そのものは、拍子抜けするぐらい簡単にとれていた。

昨日、ハーゲンは、撮影所労働組合で最も発言力の強いといわれている、ビリー・ゴフという男に電話をかけていた。そこでハーゲンは、ドン・コルレオーネの指示どおり、ジャック・ウォルツに連絡をして翌日の自分との面会約束を取りつけてくれるよう頼んだ。また、その面会の結果がハーゲンにとって思わしいものでなかったら、彼の撮影所でストライキが起こる可能性があることをウォルツにほのめかすよう伝えた。三十分後、ハーゲンはゴフから電話を受け取った。約束の時間は午前十時で、ゴフの話によると、ストライキのおどしをかけたところウォルツは別段驚きもしなかったようだという。ゴフは言葉をついだ。「もし本当にストライキをやるんだったら、俺自身がドンに話をしなきゃならんな」

「ああ、そうなったら彼のほうから話を持っていくだろうさ」ハーゲンが言った。そう言うことで、彼はあらゆる意味において言質を取られることを避けたのだった。だが彼は、ゴフがドンの意向をかくも簡単に受け入れたことを特に意外だとは思わなかった。技術的に言って、コルレオーネ・ファミリーの勢力はニューヨークの外までおよんではいなかったが、最初にドン・コルレオーネは、労働組合の指導者たちを援助することによって力を貯えてきたのだ。そのため、彼に友情と恩義を感じている指導者たちがかなりいるのだった。

だが午前十時の約束というのは吉兆ではなかった。これはつまり彼の名前が面会リストの先頭にあることを、昼食には招待されないことを意味している。要するにウォルツは、ハーゲンとの面会を大して重要視していないのだ。これはゴフのおどしが充分でなかったためか、それともひょっとしたら、ウォルツは前もってゴフに鼻薬を嗅がせているのかもしれない。また、ドンがなるべく表面に出ないで事件の解決を計ろうとするこれまでのやり方が、同ファミリーのビジネスの面で時としてマイナスに働いていることを見逃がしてはならないだろう。そうすることによって、彼の守備範囲外のところでは、ドンの名前がさっぱり威力をなくしてしまっているのだった。

事態はハーゲンの予想どおりに進展した。約束の時間を三十分過ぎても、ウォルツは姿を見せなかった。だが、ハーゲンは気にもかけなかった。応接室はいかにも豪華な造りで居心地よく、彼の反対側、深紫色をしたソファの上には、ハーゲンが見たこともないような可愛らしい少女が腰をかけていた。年の頃は十一か十二だが、おとなの女性と同じように、高価ながら簡素な衣服を身につけている。髪はまごうかたなき金色で、大きな瞳は深いブルー、そのいちごのように赤い唇はみずみずしく輝いている。少女の脇には一見して母親と思われる女性が付いており、彼女は尊大な視線でハーゲンをねめ回し、彼はその女の横面を張りとばしてやりたい思いにかられていた。天使のような娘に悪魔のような母親か、そうハーゲンは、母親の冷ややかな視線を受け止めながら考えていた。

それでもついに、がっしりした身体を優美なドレスに包んだ中年の女性が現われ、事務室をいくつか抜けて映画プロデューサーの専用事務室までハーゲンを案内していった。ハーゲンは事務室とそこで働いている人々の美しいことに仰天し、ついでにやっとした。彼らはみんな、まずは事務をとることから映画入りの夢を果たそうとしている連中なのだが、その大部分は、ここで一生働いて過ごすことになるか、敗北を認め自分の故郷に帰るかするかのどちらかになるにちがいないのだ。

ジャック・ウォルツは背の高い、いかにも頑丈そうな身体つきの男で、そのたいこ腹を最高級のスーツで包み隠していた。ハーゲンが得た報告によると、ウォルツの生い立ちは次のようなものだった。十歳の時、ウォルツはイーストサイドで空のビール樽や二輪車を押していた。二十歳の時、彼は父親の片腕として衣料品工場の労働者を低賃金で働かせることに奔走した。三十歳の時、彼はニューヨークを離れて西部へ行き、ジュークボックスの会社に投資し、映画製作に乗り出した。四十八歳の時、彼はすでにハリウッドにおける映画プロデューサーの大立者となっていたが、まだ言葉づかいは乱暴で、底知れぬほど好色で、無力なスターの卵たちを次々と毒牙にかける狂暴な狼みたいな男だった。五十歳を迎え、彼は自己の変革を図った。話し方のレッスンを受け、イギリス人の従者からは洋服の着こなしを習い、やはりイギリス人の執事からは上品な立居振舞いの訓練を受けた。そして最初の妻が世を去ると、俳優業に未練のない、世界的に有名な美人の女優と再婚した。現在六十歳になった彼は、古い名画の収集に意を注ぎ、大統領諮問委員会のメンバーとなり、映画芸術発展のためと称し、彼の名前で基金何千万ドルもの財団を設立している。また、彼の娘はイギリスの貴族と結婚し、息子はイタリアの王族の娘と結婚している。

従順なアメリカの映画評論家たちの報告によると、ウォルツの最近の関心はもっぱら、昨年一年間で一千万ドルもの金をつぎ込んだ自分の競走馬に向けられているらしい。ごく最近も、彼は六十万ドルもの驚くべき大金を投じ、カートゥムという名高いイギリスの競走馬を購入したばかりだった。そして新聞に、このたび、ウォルツ厩舎は専用種馬として不敗を誇る競走馬を手に入れたと発表し、世間を大いににぎわせたものだった。

ウォルツは温かくハーゲンを招き入れた。端正で、ほどよく日に焼け、理髪師が細心の注意を払って髭をあたったと思われる顔はゆがんでいるように見えた。どうやらそれは笑みを浮かべているものらしい。金に糸目をつけず、最新の技術をもってしても、年齢は顔に現われていた。顔の肉がまるで縫い合わされたように見えるのだ。だが、その動作からは衰えを知らぬバイタリティがうかがわれ、ドン・コルレオーネと同じように、自己の住む世界に絶対的な権力を持つ人間に特有の雰囲気を漂わせていた。

ハーゲンはすぐ要点を述べた。自分はジョニー・フォンテーンの友人の使いであること。この友人は非常な権力を持ち、もしウォルツ氏が彼の小さな願いを聞き入れてくれたなら、彼はウォルツ氏に永遠の感謝と友情を誓うだろうこと。その小さな願いとは、ウォルツ氏の撮影所が来週撮影を開始する予定の新しい戦争映画の配役に、ジョニー・フォンテーンを加えてもらいたいこと。

しわのよった顔は、上品ながらまったく無表情だった。「その友人とやらは、お返しに何をしてくれるんですかな?」ウォルツが尋ねた。その声には、かすかに嘲るような響きがあった。

ハーゲンはそれを無視し、説明した。「この撮影所で労働争議が起こるはずですが、私の友人ならそれを事前に抑えることができるでしょう。あなたの撮影所の稼ぎ頭といわれている男優は、マリファナを卒業して今はヘロインの常習者となっていますが、私の友人は彼の手にこれ以上ヘロインが渡らないことをお約束します。また、今後あなたの撮影所で何が起ころうとも、電話一本いただければすぐに解決してお目にかけます」

ジャック・ウォルツは、まるで子どものホラ話を聞くような調子で、ハーゲンの話に耳を傾けていた。そしていきなり、イーストサイド口調丸出しにして乱暴に言い放った。

「あんた、わしをおどそうっていうのかね?」

ハーゲンは冷ややかに応じた。「とんでもありません。私は友人のためにお願いにあがったんです。そして、それを受け入れてもあなたには何も損はないはずだと申し上げたんです」

あたかも待ち受けていたかのように、ウォルツは満面に怒りをあらわにした。唇はめくり上がり、ギラギラ光っている目の上の、黒く染めた二本の太い眉毛は間隔をせばめた。そして彼は、机越しにハーゲンのほうへぐいと身体を乗り出してきた。「いいか、チンピラ、きさまときさまのボスに一言教えてやる。ジョニー・フォンテーンは絶対にあの映画に出られやせん。マフィア風情が何人やってこようとわしのこの決心は変わらんからな」彼は上体を元にもどした。「いいかね、君に一言注意しておこう。J・エドガー・フーバー、むろん君も彼のことは聞いているだろうが」ウォルツはせせら笑いを浮かべていた――「彼はわしの個人的な友人なんだ。そのわしが君らに脅迫されていると知ったら彼がどう出るか、え、ちょっとした見物だと思うがね」

ハーゲンは辛抱強く耳を傾けていた。ウォルツは想像していたよりもできの悪い人間のようだ。資本金何億ドルもの会社の責任者が、このような馬鹿げたことを口にするものだろうか。ドンは新たに投資するに足る企業を捜していたが、これでは考え直さなくてはなるまい。企業の最高幹部にあたる人物がこんなにも無能では、この企業のつくる映画そのものも先が見えていると言えるだろう。罵言自体は少しもハーゲンの気に障らなかった。

彼は交渉のこつといったものをドンから教え込まれていたのだ。「決して怒ってはいかん」ドンはそう言ったものだった。「また決しておどしてもいかん。道理でもって相手を説得することだ」この〝説得する〟という言葉は、〝再びつなぎ合わせる〟という意のイタリア語で言い換えると、よけい意味がはっきりするのだった。交渉のこつは、あらゆる侮辱、あらゆるおどしを無視すること、一方の頰を打たれたら他方の頰を差し出すこと、これに尽きる。ハーゲンは以前に、腕っ節の強さで名を売った誇大妄想狂の男を説得しようと交渉の場におもむいたドンが、その男の侮辱の数々に耐えながら、八時間もテーブルに坐っていたのを目撃したことがある。その八時間が過ぎると、ドン・コルレオーネは仕様がないといった調子で両手をひろげ、「この男には道理が通じんようだ」とつぶやくなり会見室から出ていってしまった。それを見るや、腕っ節の強さを誇っていた男の顔が恐怖で真っ青になり、すぐに男の使いが行ってドンを会見室に連れもどしてきた。その時は両者のあいだで合意が成立したのだが、それから二カ月後、男は行きつけの理髪店で何者かの手によって撃ち殺されたのだった。

ハーゲンは、普段とまったく変わりのない声で話を続けた。「私の名刺をごらんください」彼は言った。「私は弁護士です。その私が危険をおかしたりするとお思いですか？私が何か脅迫まがいの言葉を口にしたでしょうか？ ただ私は、あの映画でジョニー・フォンテーンに役を与えてくださるなら、いかなる条件にも応じる用意があるということをお伝えしたかったのです。これだけのささやかな希望に対し、私もすでに充分なお礼を申し出ているはずです。それにこの希望については、あなたのほうにも一考するだけの価値があるはずです。ジョニーの話では、あなた自身、彼が適役であることを認めているそうではありませんか。そうでないなら、初めからこんな話を持ってきやしません。またあなたが資金繰りに不安を感じていらっしゃるのなら、私の友人は今度の映画の資金を肩代わりしてもいいとまで言っているのです。しかしこの点だけはまちがえないでください。私たちはあなたの意見を尊重します。ノーならノーで結構、何もあなたにこちらの意見を押しつけようとしているのではありませんから。それから、一言申し添えれば、私のボスはあなたとフーバー氏との友情をよく承知しています。彼はそういった友人関係を高く評価しているのです」

ウォルツは、赤い羽根飾りのついた大きなペンを手でもてあそんでいた。ハーゲンの話が資金のことにおよんだとたん、興味をそそられたらしく、手の動きがやんだ。そしてもったいぶった調子でこう言った。「あの映画には五百万ドルを予定しているんだがね」

ハーゲンは感銘を受けたことを示すように、そっと口笛を吹いてみせた。それからごくさりげなくこう言った。「私のボスには、彼の判断を支持してくれる友人が大勢いるんですよ」

ここで初めて、ウォルツは事態を真面目に考えてみようという気になったみたいだった。

彼はハーゲンの名刺に目をやって言った。「あんたの名前は聞いたことがないな。ニューヨークにいる有名な弁護士ならほとんど知っているが、あんたは本当に弁護士なのかね？」

「私はかつてはある大会社の顧問弁護士をやっていましたが」とハーゲンはぶっきらぼうに言った。「この件は特別な依頼を受けてやっているんです」彼は立ち上がった。「どうもお邪魔いたしました」彼は手を差し出し、ウォルツが握り返した。ハーゲンはドアのほうへ二、三歩歩きかけたが、もう一度ウォルツのほうに向き直った。「ご商売柄、見掛けだけ立派で中味のともなわない人たちともしょっちゅう取引きをなさるんでしょうが、私どもの場合はまさにその逆なんです。われわれの共通の友人に私のことを尋ねてみるようお勧めしますね。気が変わりましたら、私のホテルのほうへお電話ください」彼はちょっとここで息をついた。「あなたには信じられないことかもしれませんが、私の友人はフーバー氏にも不可能なことを可能にできる人物なんです」映画プロデューサーの目が細くなった。ウォルツはついに、こちらの餌に食いついてきたのだ。「ところで、私はいつもあなたの映画に深い感銘を受けています」ハーゲンはできるかぎりおもねるような調子で言った。「これからも立派な作品を作られるよう期待しています。わが国はそういった映画を必要としているんですから」

その日の午後遅く、ハーゲンはプロデューサーの秘書から電話を受け取った。それは、一時間以内に迎えの車を行かせるから郊外にあるウォルツの自宅で夕食を共にしないかという誘いだった。秘書の話によると、そこに行くまで三時間ほどかかるが、車の中にはお酒とオードブルの用意ができているとのことだった。ハーゲンは一瞬いぶかった。ウォルツはいつも専用飛行機を利用しているはずだが、今日はどうして飛行機で招待してくれないのだろう。だが、秘書は丁重に言葉をついでいた。「ミスター・ウォルツは、明日の朝あなたを飛行場までお送りできるよう、スーツケース持参でおいでになるようにと申しております」

「そうしましょう」ハーゲンが言った。しかしこれもまた意外なことだった。彼が明日の朝飛行機でニューヨークに帰ることを、どうしてウォルツは知っているのだろう？　ハーゲンはしばし思いをめぐらした。考え得る唯一の説明は、ウォルツが私立探偵を放ち、彼に関するあらゆる情報を集めているということだった。となれば、ウォルツは確実に、ハーゲンがドンの代理で来たことを知っているだろうし、ということは彼がドンについて何かを知っていることを意味し、つまり彼がこの件を真剣に考えようとしていることを意味しているのにちがいない。うかうかしておれないな、そうハーゲンは考えた。それにあのウォルツという男は、今朝の印象よりもずっと手強い男なのかもしれないのだ。

ジャック・ウォルツの住居は、どことなく映画のセットを思わせる作りだった。農家風の邸宅に、黒土の馬道で囲まれた広大なグランド、厩舎、何頭もの馬のための牧場。生垣や花壇や芝生は、映画スターの爪のように念入りに手入れが施されている。

ウォルツは、冷房装置のついたガラス張りのポーチにハーゲンを招き入れた。プロデューサーは胸元のひらいたブルーの絹《シルク》シャツに、からし色のスラックス、なめし革のサンダルといったラフな恰好で、その濃い色鮮やかな生地の上で、頑丈そうなしわだらけの顔が輝いていた。彼は用意されたトレイの上から大型のマティーニ・グラスをハーゲンに手渡すと、自分も一つ手に取った。彼の態度は、今日の午前中よりもずっと友好的だった。ウォルツはハーゲンの肩に手を置いて言った。「夕食前にちょっとわしの馬でも見ていただこうかな」厩舎に向かって連れだって歩きながら、ウォルツがふたたび言った。「わしは君のことを調べてみたんだ、トム。君のボスがコルレオーネだってことを話してくれればよかったじゃないか。それでわしはてっきり、ジョニーの口車に乗ってのこのこやってきた二流のトップ屋じゃないかと思ったんだ。わしはその口車って奴が嫌いでね。敵を作ることを恐れているわけじゃないが、とにかくそういった真似はわしの性に合わんのだ。しかし今は仕事の話は抜きにしよう。食事の後でもゆっくり間に合うからね」

意外なことに、ウォルツはホストぶりには心がこもっていた。彼は自分の厩舎を米国一の優れた厩舎にするための、様々な新機軸をハーゲンに説明してくれた。厩舎はすべて耐火材で作られ、衛生設備も高度に行き届き、馬の安全のためには特にガードマンを雇っていた。最後にウォルツは、外側の壁に大きなブロンズの飾り板がかかっている厩舎の前に、ハーゲンを連れていった。その飾り板には〝カートゥム〟という文字が刻まれていた。

その厩舎の中の馬は、経験のないハーゲンが見ても嘆声がもれるほどの代物だった。毛並は漆黒で、ただその広い額のまん中にダイヤモンド形の白斑がついている。大きな茶色の瞳は金色のりんごのような光を放ち、引き締まった身体を包む黒い皮膚はまるで絹のようだ。ウォルツは子どものようにはしゃいで言った。「こいつは世界一の競走馬さ。去年、イギリスから六十万ドルで手に入れたんだ。ロシアの皇帝だって馬一頭にそれだけの金は払うまいて。しかもわしはこいつを走らせるんじゃない。種馬にするんだ。そして誰も見たことがないような大規模な競走馬用の厩舎を作るんだ」彼はカートゥムのたてがみを撫でながら、優しく声をかけた。「カートゥム、カートゥム」その声音には心からの愛情がこもっており、馬もそれに応じるような素振りを見せた。ウォルツはハーゲンに言った。「わしは騎手としてもうまいものなんだがね、なんと初めて馬に乗ったのが五十歳の時なんだ」彼は笑い声をたてた。「ひょっとしたらロシアにいる祖母の一人がコサックに強姦されて、その男の血がわしに流れているのかもしれんな」彼はカートゥムの脇腹に手をはわすと、感嘆したように言った。「なんてまあ立派な一物じゃないか。わしにもあんなのがありゃいいんだが」

やがて夕食の時間となり、二人は邸宅にもどっていった。食事は執事の命を受けた三人のウェイターによって給仕され、テーブルクロスは金糸織りで食器はすべて銀製だったが、食事そのものは平凡だった。ウォルツは明らかに一人暮らしで、また明らかに食事に気を使うような男ではないらしい。食事を終え、太いハバナ・シガーに火をつけてから初めて、ハーゲンはウォルツに尋ねた。「それで、ジョニーは出演できるのでしょうか？」

「だめだね」ウォルツが言った。「たとえわしがジョニーを出演させたいと思ってももうだめなんだ。すでに役者全員の契約が済んでいるし、撮影開始は来週早々の予定なんでね。今となっては諦めてもらうほかない」

ハーゲンはじれったそうに口をはさんだ。「ミスター・ウォルツ、企業の最高幹部ともあろう人の返事がそれでは納得できませんね。あなたは好きなことができるはずです」彼はシガーをくゆらした。「それとも、私の友人との口約束は信用できないとお考えですか？」

ウォルツの答えはそっけなかった。「ストライキは起こるだろうね。ゴフがその件で電話してきたが、あの野郎、このわしが年に一万ドルずつ鼻薬を嗅がせているのをケロッと忘れたような口のきき方をしやがった。それからわしは、君があのホモ・スターからヘロインを取り上げてくれるって話を信じていないわけじゃない。しかしわしはあんな男がどうなろうとかまわんし、自分の映画の資金ぐらい自分で都合できるってわけだ。とにかくわしはあのフォンテーンという野郎をとことん憎んでいる。帰ってボスに伝えてくれ、この件だけはどうしても譲れない、しかしこの他のことだったらいくらでも話に乗るってな」

そんなことならなんでわざわざ俺をここまで呼んだんだ、ハーゲンはそう考えていた。プロデューサーはまだ、手の内を全部見せていないのにちがいない。ハーゲンは冷ややかに言った。「あなたはまだ事情をよく呑み込んでいらっしゃらないようですね。ミスター・コルレオーネはジョニー・フォンテーンの名付け親《ゴッドファーザー》なのです。これはつまり、二人がとても親密で宗教的な関係にあることを意味しています」宗教的という言葉を聞いてウォルツは軽く頭を下げ、ハーゲンは続けて言った。「イタリア人がよく言う冗談に、世の中はつらいことだらけだから、二人の父親に面倒をみてもらわなければ生きていけない、というのがあります。そしてそんな意味合いから、名付け親というものが生まれたのです。ジョニーの実の親が死んで以来、ミスター・コルレオーネは今まで以上に責任を感じています。彼はあたりかまわず頼みごとをして歩くような人間ではありません」

ウォルツは肩をすくめてみせた。「気の毒だが、それでも返事はノーだ。それからついでだから訊いておくが、ストライキをやめさせるにはいくら払ったらいいのかね？　むろん現金で、それも即決といきたい」

これでハーゲンの謎が一つ解けた。ジョニーに役をやらないことは席を改めるまでもなくわかっていたはずなのに、どうしてこのように彼にかかずらっていたのか、その理由が判然としたのだ。ウォルツは自信をもっていた。ドン・コルレオーネの力を恐るるに足りぬとにらんだのだ。国家的レベルの政治家との付き合い、FBIのボスとの親交、自己の巨額の財産、そして映画産業における絶対的な権力、これらをもってしてウォルツは、ドン・コルレオーネからいかなる脅威をも感じ取らなかったのだろう。ウォルツが自分の地位を適切に評価していることは、誰の目にも、むろんハーゲンの目にも明らかだった。ストライキによる損失さえ気にかけなければ、ドンなどウォルツにとって敵ではないのだ。しかしながら、この等式には一つだけ誤りがあった。すなわち、ドン・コルレオーネはその役を取ってやるとゴッドサンに約束しており、ハーゲンの知る限り、ドン・コルレオーネはそういったことで約束をたがえたことがなかったのだ。

ハーゲンは静かに言った。「あなたはわざと私の話を誤解なさっているようです。私を恐喝の共犯に仕立てようとしたってそうはいきません。ストライキの件も、あなたのためを思い、ささやかな願いを聞き入れてくれるお礼にとミスター・コルレオーネは言っているのです。影響力の友好的な交換、それ以上のものではありません。ところがあなたは、私の話を真面目に考えようとはなさらない。はっきり言って、あなたはまちがっていると思いますよ」

あたかもこの瞬間を待ち受けていたかのように、ウォルツは急にいきり立った。「ああ、わかってるさ」彼は言った。「つまりはマフィア流というわけだ。おいしい話をしながら、実はおどしをかけている。もう一度繰り返すが、あの役は絶対にジョニー・フォンテーンにはやらん。あれが奴にうってつけの役だってことは百も承知だ。あの役さえ無事にこなせれば、奴は一躍大スターになることだろう。だがそうはさせん。わしは奴が大嫌いだし、映画界から抹殺してやろうと考えている。その理由《わけ》を話してやろうか。あいつはわしがいちばん目をかけていた女優の卵をだめにしてしまったのだ。五年のあいだ、わしはその娘に歌と踊りと演技のレッスンを受けさせ、それこそ何万ドルもの金を注ぎ込んできた。わしは彼女をトップスターにするつもりだった。金の亡者などと思われたら迷惑だから正直に言うが、これは何も金銭ずくの話だけではなかったんだ。彼女は美しいことももちろんだが、わしがそれまでに聞いたことも経験したこともないほどの名器の持ち主だった。そう、あれはポンプだ。まるでポンプみたいに吸い出してくれるのだ。ところがそこへ、つやっぽい声とイタ公の微笑を振りまきながらジョニーがやってき、彼女は姿をくらましてしまった。わしひとり、阿呆づらをさらす羽目となった。わしのような立場にいる人間は、いいかねミスター・ハーゲン、絶対に阿呆づらをさらしてはいかんのだ。だからこそわしは、何がなんでもジョニーを首にしなければならないんだ」

ハーゲンはウォルツに会って以来初めて、彼の言葉にショックを覚えた。ウォルツほどの要職にある人物が、これほどつまらぬことでビジネスの判断を狂わせていいものだろうか。それもこれは非常に重大なビジネス上の話なのだ。ハーゲンの世界では、つまりコルレオーネの世界では、女性の肉体的な魅力とか性的能力とかいったものは、実務とはいっさい縁のないものであった。結婚とか一家の不面目といった場合を除き、それは個人的な事件として片づけられるのだ。ハーゲンは最後の試みをすることにした。

「おっしゃることはようくわかります、ミスター・ウォルツ」ハーゲンが言った。「しかしそれはそんなにも重大なことでしょうか？　このささやかな願いが私の友人にとってどれほど重大なものか、あなたはまだ充分に理解していらっしゃらないようです。赤ん坊のジョニーは、ミスター・コルレオーネの両手の中で洗礼を受けたのです。ジョニーの父親が死んでからは、ミスター・コルレオーネが父親代わりとなってきました。彼はそれこそたくさんの人々から〝ゴッドファーザー〟と呼ばれ、彼らはみな、心からの尊敬と感謝の念を彼に抱いています。そして、ミスター・コルレオーネは、今まで一度として友人を裏切ったことはないのです」

ウォルツは唐突に立ち上がった。「そんな話はもうたくさんだ。ギャングの指図は受けん、指図をするのはわしのほうだ。いいか、わしがこの電話を取り上げてみろ、きさまは留置所で一晩過ごすことになる。それからマフィアどもがちょっとでも手荒な真似をしてみろ、わしがバンドのリーダーでないってことを見せてやる。そんなことでこのわしがビクともするものか。コルレオーネに伝えてくれ、そのせいでどんな目に遭おうとわしは知らんとな。ホワイトハウスのわしの友人たちが、手ぐすねひいている様子がこの目に見えるようだね」

低能め、底無しの低能め。こんな男がどうしてペッツォノヴァンテになれたのだ、ハーゲンはそういぶかった。この男が大統領の顧問を務め、世界最大の撮影所のボスにおさまっているのだ。ドンは絶対に映画産業に乗り出すべきだ。そうとも知らずに、この男は面子《めんつ》にこだわって感情的なことばかり口走り、せっかくの伝言《メッセージ》を聞き入れようともしない。

「夕食と楽しい夜をどうもありがとう」ハーゲンが言った。「空港まで車で送っていただけますか？　お宅に今晩ごやっかいになるわけにはいかなくなったのです」彼は冷ややかな笑みをウォルッに向けた。「ミスター・コルレオーネは、悪いニュースはすぐに聞かないと承知しない人ですからね」

投光照明に照らされた邸宅の柱廊で車を待っていたハーゲンは、あらかじめ車道に駐車していた大型リムジンに二人の女性が乗り込もうとしているのを見つけた。その二人は、今朝彼がウォルッの事務所で会った、愛らしい十二歳ほどのブロンドの娘とその母親だった。しかし今や、少女のきりっと引き結ばれていた唇はぶざまにピンク色にふくれあがり、深海を思わせるブルーの瞳にはかすみがかかり、オープンカーに向かって歩きながら、少女は足のわるいろばのようによろめき歩いていた。母親は、娘の身体を支えるようにして車の中に押し込みながら、その耳もとでさかんにまくしたてている。その時、母親が首をひねるなり素早くハーゲンを見つめ、ハーゲンは、彼女の瞳の中で勝利の炎が燃えさかっているのを見逃がさなかった。そして彼女もまた、リムジンの中に姿を隠してしまった。なるほど、ロサンゼルスから飛行機で招待されなかったのはこのためなのだ。ハーゲンには初めて合点がいった。あの少女と母親が、映画プロデューサーと一緒に飛行機でやってきたのだ。そしてハーゲンが到着するまでのあいだ、ウォルツはゆっくりとくつろいで、あのいたいけな少女を慰み物にしていたのだろう。それでもなお、ジョニーはこの世界で生きることを願うのだろうか？　ジョニーに神のお恵みを、そしてウォルツにも神のお恵みを。

ポーリー・ガットーは半端《やっつけ》仕事という奴が嫌いだった。その仕事に暴力がともなうとなればなおさらだった。彼はあらかじめじっくりとプランを練るのが得意だった。たとえば今晩の仕事など、仕事そのものはしごく簡単だが、誰かがどこかでヘマをやらかすと重大な事件に発展する可能性がある。彼は今ビールをすすりながら、バーにいる二人の若造が、やはり二人の売春婦を口説いている様を横目でうかがっていた。

ポーリー・ガットーは、この二人の若造については知りうるかぎりのことを頭の中にたたきこんでいた。名前はジェリー・ワグナーにケビン・ムーナンで、年齢は二十歳前後、髪は茶色、ハンサムで背が高くがっしりとしている。二人とも、大学へもどるために二週間後に町を出る予定だが、父親が共に政治力をもっており、そのために——むろん大学生という資格のせいもあるが——これまでのところ徴兵を免除されている。また彼らは、アメリゴ・ボナッセラの娘を暴行したかどにより、執行猶予の刑を受けている。きたならしい野郎どもだ。そうポーリー・ガットーは考えていた。徴兵をのがれ、保護観察の身であるにもかかわらず、真夜中過ぎにバーで酒を飲み、女の尻を追いかけ回している。しようのない若造どもだ。ポーリー・ガットー自身は徴兵を延期していたが、これは彼の医者が、〈男、白人、二十六歳、未婚の当患者は、精神異常をきたしたがため電気治療を受けた〉旨を当局に報告したためだった。そんなことはむろん嘘っぱちだったが、ポーリーにしてみればそれで、終生の徴兵免除の資格を獲得したのと同じことだった。これは、ポーリー・ガットーが一人前の男になったことがファミリー内部で認められた後、クレメンツァによって手配されたことだったのだ。

そしてそのクレメンツァが、二人の若者が大学にもどる前に仕事を済ませるよう、彼に指示したのだった。どうしてわざわざニューヨークでやらなきゃならんのだろう、とポーリーはいぶかった。仕事を与える際に、クレメンツァは必ずといっていいほど余分の指示を添えるのだ。今、もしこの二人の売春婦が若造どもと一緒に外に出ていくとしたら、今晩もまたむだになってしまう。

そんな時、女の一人がけたたましい笑い声を上げ、こう言う声が聞こえてきた。「あんたおかしくなったんじゃないの、ジェリー？　あんたと二人っきりで車に乗るなんて真っ平よ。こないだの女の子みたいに病院送りにされるんじゃたまらないもの」その声はいかにも意地悪く、頑《かたく》なな調子だった。もうまちがいない。ガットーはビールを飲み終え、暗い通りに出ていった。完璧だ。真夜中過ぎで、他に一軒、光の洩れているバーがあるきりだ。残りの店はすべて戸を閉めている。この地域のパトロールカーには、クレメンツァのほうから手が打ってある。無線連絡を受けないかぎり彼らはこの方面に姿を現わさず、しかもしごくのんびりとやってくるだろう。

ポーリー・ガットーは、フォードアのシボレー・セダンに上体をよりかからせた。後部席には二人の男が坐っていたが、彼らは外から気づかれないよう、大きな身体を縮こまらせていた。ポーリーが言った。「奴ら、じきに出てくるぜ」

彼はいまだに、こんなに簡単に事が運んでいいものかと考えていた。彼はクレメンツァから、警察が撮った二人の若造の顔写真と、彼らが毎晩女を拾いがてら飲みに行くバーの名前を聞いていた。それでポーリーはファミリーの中から二人の屈強な男を選び、若造の始末にあたらせることにしたのだった。その際、彼は次のような指示を彼らに与えていた。脳天または後頭部への打撃は避けること、またまちがっても殺してはならない。あとは思う存分腕を振るってよい。しかし彼は、もう一つだけ彼らに注意を与えていた。「あいつらが一カ月以内に病院から出られるようになってみろ、おまえたちはトラックの運転手に逆もどりだからな」

二人の大柄な男たちは車から外に出た。彼らはいずれも元ボクサーで、小さなクラブでパッとしないところをソニー・コルレオーネに拾われ、貸付金の取立て役としてかなりの生活を保証されていた。それゆえ、彼らは恩返しの機会をいつも狙っていたのだった。

バーから出てきたジェリー・ワグナーとケビン・ムーナンは、まさにおあつらえむきの状態だった。さきほどの女の皮肉に、いたく気分を害しているようだ。車のフェンダーに身体をあずけながら、ポーリー・ガットーは嘲るような調子で声をかけた。「よう、カサノバ、あっさり振られちまったじゃないか」

二人の若者は、振り返るなりにやっとした。うっぷんを晴らすのに、ポーリー・ガットーは恰好の相手に思えたのだ。ほっそりした顔で、背が低くやせぎすの飛んで火に入る夏の虫。二人は勇躍、ポーリー目がけて飛びかかっていったが、そのとたんに、背後から二人の男に腕を取り押えられてしまった。次の瞬間、ポーリー・ガットーの右手には、二ミリほどの鉄のスパイクがついた特別製の真ちゅうのナックルがはめ込まれていた。タイミングは絶妙だった。彼は週に三回、ボクシングのジムに通っているのだ。まず彼は、ワグナーの鼻先を力まかせに殴りつけた。ワグナーを押えていた男が地面から彼をかかえ上げ、ポーリーは急所目がけてアッパーカットをたたきこんだ。ワグナーはぐったりとなり、背後の男が手を離した。この間、ほとんど六秒とたっていなかった。

次はケビン・ムーナンの番だった。彼は大声を上げようとしていたが、背後の男は筋骨たくましい片手で彼を押えつけ、もう一方の手でムーナンの喉元を締め上げていた。

ポーリー・ガットーは車に飛び乗り、エンジンをかけた。二人の大柄の男は、時間などいくらでもあるといった調子で、念入りにムーナンの料理にかかっていた。滅多やたらにぶん殴るのでなく、タイミングを計り、ゆっくりしたモーションから全体重をかけてパンチを繰り出すのだ。一撃ごとに、肉がはじけるような音がする。ガットーはちらりとムーナンの顔を見たが、それはもう、誰の顔だか見分けがつかないほどになっていた。二人の男はムーナンを歩道にころがすと、ワグナーのほうに向き直った。ワグナーは立ち上がろうともがきながら、大声で助けを求めた。バーから誰かが飛び出してき、もはやぐずぐずしてはいられない。彼らはまず、ぶん殴ってワグナーに膝をつかせると、一人が片手をねじ上げ、背骨あたりを思いきり蹴飛ばした。骨の折れる音がし、ワグナーの苦痛のうめき声と共に道路ぞいの窓がいっせいに開いた。二人の男は素早かった。一人がワグナーの頭を両手で万力のようにはさんで持ち上げると、もう一人の男がその静止した的を目がけて巨大なこぶしをたたきこんだ。バーから次々に人が飛び出してきたが、誰も割って入ろうとはしなかった。ポーリー・ガットーが叫んだ。「よし、もういいぞ」二人の男は車に飛び移り、ポーリーは力まかせにアクセルを踏んだ。車の形と番号《ナンバー》を覚えている者がいるだろうが、そんなことはかまわなかった。これはカリフォルニア・ナンバーの盗難車で、黒のシボレー・セダンだったら、このニューヨーク市内で十万台近くも走っているのである。

2

木曜日の午前中に、トム・ハーゲンは市内にある彼の法律事務所に出かけていった。金曜日のバージル・ソッロッツォとの会談に備えて、彼は必要な書類にすべて目を通しておきたかった。ドンには一晩じっくりと話し合う時間をつくってくれるように頼んでおいた。この重要な会談の前に、ソッロッツォが頼んできそうなことを確認しておきたかったのだ。ドンとの話し合いの前までに、彼はほんの小さな疑問も明らかにしておかねばならない。

火曜日の夜遅くにカリフォルニアからもどってきたハーゲンから、ウォルツとの交渉の結果を聞いても、ドンは少しも驚いた様子を見せなかった。彼はハーゲンに詳しく話をさせ、美しい娘とその母親のくだりでは忿懣《ふんまん》やる方ないといった表情をしてみせた。そして、強い嫌悪を感じた時によくやるように、「恥しらずめ」とつぶやいた。最後にドンはハーゲンにこう尋ねた。「そいつは本当に金玉を持っているのかね？」

ハーゲンには、ドンのこの質問が何を意味しているかよくわかっていた。これまでの長い付き合いのあいだに、彼は、ドンの価値判断が普通の人のそれとはちがっており、それゆえ、その言葉にもちがった意味があることに気づいていた。ウォルツは個性の強い男だろうか、また意志の強い男だろうか？　この答えは確実にイエスだが、ドンが言っているのはそんなことではなかった。この映画プロデューサーはおどしに屈しないだけの勇気をもっているだろうか？　彼はまた、撮影の遅延による財政上の損失と虎の子スターのヘロイン常習というスキャンダルを、真正面から受けて立つことのできる男であろうか？　今度もまた答えはイエスだった。しかし今度もまた、ドンの質問に対する答えとしては的をはずれていた。やがて、ハーゲンはドンの質問の意味を正しく翻訳し終えた。ジャック・ウォルツは、復讐に際し、主義にかけて名誉にかけて、自己のすべてを失うことを恐れない男であろうか？

ハーゲンはにっこりした。そして珍しく、冗談めかしてドンにこう言った。「つまり、彼がシシリー人かどうかっていうことですね？」ドンは愉快そうに、ハーゲンの機知とそこに含まれた真実とを認めるように頭をうなずかせた。「ノー」とハーゲンは言った。

それで終わりだった。明日まで考えさせてくれとドンは言い、水曜日の午後に電話でハーゲンを自宅に呼び寄せると、指示を与えた。ハーゲンは、その指示を実行に移すためにその日の残りの時間をすべて費さねばならなかったが、心の中はドンに対する賛嘆の念でいっぱいだった。彼はもう、ドンがこの問題を解決し、ウォルツが今朝にも電話をかけて寄こし、ジョニー・フォンテーンを新しい戦争映画に出演させると言明するだろうことに確信をもっていた。

ちょうどその時、電話が鳴ったが、それはアメリゴ・ボナッセラからのものだった。葬儀屋の声は感激のあまり震えを帯び、彼の永遠の友情をドンに伝えてくれと言いつのった。ドンが立ち寄ってくれたらこれにまさる喜びはない。自分は、アメリゴ・ボナッセラは、敬愛するゴッドファーザーのためだったら命を捨てても惜しくはない。ハーゲンは、その旨をドンに伝えることを彼に約束した。

《デイリー・ニューズ》の真ん中のページには、路上に横たわっているジェリー・ワグナーとケビン・ムーナンの写真が掲載されていた。写真はまたひどく陰惨な感じで、彼らは肉のかたまりにしか見えなかった。ニューズの記事によると、二人は全治数カ月の重傷ながら奇跡的に生きており、いずれ整形手術を受けるだろうということだった。ハーゲンは、ポーリー・ガットーにボーナスを与えるようクレメンツァへの指示をメモ帳に書き留めた。ポーリーは仕事を心得てる男らしい。

それから三時間ばかり、ハーゲンはドンの不動産会社、オリーブ・オイル輸入会社、建築会社からの会計報告書の整理に忙殺されていた。どれもあまり収益はかんばしくなかったが、戦争も終わり、これからはいずれ成績も上昇していくことだろう。それやこれやでジョニー・フォンテーンの問題を忘れかけた頃、カリフォルニアから電話が入っていると秘書が言ってきた。彼は期待にいくぶん胸をはずませながら、受話器を取り、「ハーゲンです」と言った。

電話の向こうからは、憎悪と怒りの入りまじったすさまじい声が響いてきた。「このろくでなしめ」ウォルツは金切り声を上げげた。「おまえを百年間刑務所にぶち込んでやる。全財産はたいたっておまえをふんづかまえてやるぞ。それから、ジョニー・フォンテーンの金玉をひっこ抜いてやる、聞いてんのか、イタ公？」

ハーゲンは優しくこう言った。「私はドイツ系アイルランド人なんですよ」電話の相手は長いあいだ黙っていたが、やがてカチッと電話の切れる音がし、ハーゲンはにやりとした。ウォルツは一言たりとも、ドン・コルレオーネを脅迫するようなことは口にしなかったではないか。天才はやはり、それに見合った報いを受けるものなのだ。

ジャック・ウォルツはいつも、寝る時はひとりだった。彼のベッドは十人分ほどもの大きさで、寝室も映画の舞踏室のセットと見まごうばかりの広さだったが、最初の妻が十年前に死んで以来、彼はいつもひとりで寝ていた。しかしこれはもちろん、彼がもはや女と縁がないというわけではない。年に似合わず彼は肉体的に驚くほど強壮だったが、今ではごく若い娘にしか興味がわかず、それも夕刻の二、三時間の手慰みが彼の身体と忍耐力が許す限界となっていた。

この木曜日の朝、どういうわけか彼は早くに目が覚めた。明け方の光に、広々とした寝室がもやのかかった牧場のようにかすんで見える。彼方のベッドの足下のところに見慣れた形のものが置いてあり、ウォルツはもっとはっきり見ようと肘をついて上体を起こした。馬の頭のような形をしている。ぼんやりした頭でそう考えながら、ウォルツは手を伸ばし、ナイトテーブルの上のランプのスイッチをひねった。

その物をはっきりと見定めたとたん、ウォルツの身体は変調をきたしてしまった。心臓の上を巨大なハンマーでぶん殴られたようで、鼓動が不規則になり、胸が悪くなった。そして次の瞬間、彼はぶ厚い絨毯《ラグ》の上に胃袋の中味をぶちまけていた。

胴体から切断された、名馬カートゥムの黒い絹のような頭が、どろどろした血の海の中に突っ立っていた。白い葦《あし》のような腱《けん》が見える。鼻口部はあぶくにまみれ、かつては金色の光を放っていたりんごほどもある両の目は、凝固した血で腐った果物の表皮のようにまだらになっている。ウォルツは純粋に動物的な恐怖に襲われ、その恐怖が覚めやらぬうちに悲鳴を上げて召使を呼び、同時に、自分でもよくわからないおどしをハーゲンに並べ立てていた。主人の狂乱状態に仰天した執事は、ウォルツのかかりつけの医師と撮影所の副責任者に電話をかけた。だが彼らが到着するまでにウォルツは自分を取りもどしていた。

ウォルツが受けたショックは激甚なものだった。六十万ドルもする動物を殺してしまうとは、いったいそいつはどんな人間なのだ？　警告もまったくなければ、命令を逡巡した様子も見られない。残忍きわまりないうえに、いっさいの価値を無視し、しかも自分が掟《おきて》であり神ですらあることをほのめかしている。それにこの命令を自己の権力と巧妙な計画において指示した男は、ウォルツの厩舎の警戒網をまったく歯牙にもかけていない。カートゥムはきっと、多量の睡眠薬を盛られたのだろう。そしてそのあいだに何者かが、巨大な三角形の頭を斧でもってゆっくりと切り落としたのだ。だが昨夜の夜警たちは、何一つ物音を耳にしなかったと言う。ウォルツにはとても信じられないことだ。奴らの口を開かせねばならない。奴らは買収されたにちがいなく、買収したのが誰なのか是が非でも聞き出さねばならない。

しかし、ウォルツは決して馬鹿ではなく、単に我欲が強いだけの男だった。それで彼は、自分がこの世で行使している権力のほうが、ドン・コルレオーネのそれより強大であると錯覚してしまった。だが、彼にはそれが事実でないことを証明してみせれば充分で、彼はすぐにメッセージを理解した。彼のありあまるほどの富にもかかわらず、大統領やFBIの長官との親交にもかかわらず、この怪しげなイタリアン・オリーブ・オイルの輸入業者は、彼を殺すことができるのだ。なぜに殺されるのか？　ジョニー・フォンテーンに望みの役を与えないから。こんなことが信じられるだろうか。そんな真似をする権利は誰にもないはずだ。あらゆる人間がそんな具合に行動しだしたら、社会生活そのものが成り立たなくなる。まともな神経とは思えない。自分の金、自分の会社、自分の権力をもってしても、思いどおりのことができないことになる。共産主義よりもよっぽど悪いではないか。

断固たたきつぶすべきだ。絶対にゆるすことはできない。

ウォルツは医者に言い、ごく穏やかな鎮静剤を処方してもらった。そのおかげでやがて彼は落ち着き、再び冷静に考えを進めだした。彼にとって何よりもショックなのは、六十万ドルもする世界的な名馬の惨殺を指示するにあたっての、ドン・コルレオーネのさりげなさだった。六十万ドル！　しかもそれがほんの小手調べなのだ。ウォルツは身震いし、自らの人生に思いをはせた。彼は金持ちだった。指を曲げ、契約を約束することだけで、世界じゅうの美女を物にすることができた。王族との付き合いもあった。要するに、これまでの人生は、金と権力があたう限りでまず完璧なものだったといえるだろう。そのすべてを、一時の気まぐれで失うことができるだろうか。コルレオーネを刑務所に送ることはできるかもしれない。だが、競走馬を殺したからってどれほどの罪になるだろう。ウォルツはけたたましい笑い声を上げ、その様子を心配そうに医師と召使たちが見守っていた。ウォルツはまたこうも考えた。自分がこんなにも軽々しく扱われたのが知れ渡ったなら、彼はまちがいなくカリフォルニアじゅうの笑い物になってしまうことだろう。それが彼に決心をさせた。それと、たぶん、彼らは自分を殺さないだろうという思いと、彼らはもっと利口で、二の手三の手はもっと残忍なものであろうという思いが、彼に決心をさせた。

ウォルツは必要な指示を与え、腹心の部下たちはただちに行動に移った。召使と医師は、もし口をすべらしたりしたら撮影所に大損害をもたらし、ウォルツを終生の敵に回すことになるとおどかされ、いっさい胸に秘めていることを誓わされた。新聞には、競走馬カートゥムは英国から船で輸送中にかかった病気がもとで、死亡したと発表された。また、馬の遺骸は州内にある秘密の場所に埋葬されるよう指示された。

それから六時間後、ジョニー・フォンテーンのもとに撮影所の最高責任者から電話がかかり、来週の日曜日に仕事に出てくるように彼に伝えた。

その日の夕刻、ハーゲンは翌日に控えたバージル・ソッロッツォとの重大な会見についての打ち合わせのため、ドンの家におもむいた。ドンはその席に長男も呼び寄せており、大きなキューピッド形の顔に疲労を漂わせたソニー・コルレオーネは、グラスの水をなめるようにして飲んでいた。あの花嫁付添いの女とまだいちゃついているんだろう、そうハーゲンは考えた。面倒の種などいくらでもころがっているものだ。

ドン・コルレオーネは肘掛け椅子に坐り、ディ・ノビリのシガーをくゆらしていた。ハーゲンはこのシガーが嫌いで、ドンにもハバナに宗旨変えするよう勧めてみたが、彼は喉が痛くなるからと言ってきかなかった。

「準備はすべてととのったかね?」ドンが尋ねた。

ハーゲンはメモが書き込んである書類ばさみをひらいた。しかしながらメモとはいっても、それは重要な点を網羅しているかいないかをチェックするためのハーゲンだけにわかる走り書きで、後々の証拠物件になるようなものではなかった。「ソッロッツォの目的は、われわれの援助を受けることにあります」ハーゲンは説明を始めた。「彼は、恐らく少なく見積もって百万ドルの投資をわれわれに申し込み、同時に、ある種の違法行為への参画を迫ることでしょう。その代わり、われわれの手もとには割前が入るはずですが、その額はまだわかりません。タッタリア・ファミリーはすでにソッロッツォに援助を約束しており、彼らも相応の割前を受け取るものと思われます。割前とはつまり麻薬のことですが、ソッロッツォはトルコに拠点を持っており、そこで芥子《けし》を栽培しているのです。そこから船でシシリーに運びます。面倒はまったくありません。シシリーには彼のヘロイン加工工場があります。そこで彼らは、必要に応じてモルヒネとヘロインを製造しているのです。シシリーにある加工工場の安全対策はまず完璧で、それゆえ、難関は米国への持ち込み、配送、それに当初の資金だけということになります。百万ドルの現金が木になるわけはありませんからね」ハーゲンは、ドン・コルレオーネが顔をしかめているのに気づいた。この老人は、ビジネスの話に文学的表現は無用だという意見の持ち主なのだ。ハーゲンは先を急ぐことにした。

「彼らはソッロッツォのことを〝ターク〟（トルコ人の意）と呼んでいます。その理由は二つあります。まず、彼が長いことトルコで暮らし、トルコ人の妻と子どもをもっていること、次にナイフ使いの名手だということ。この点については、それが単に彼の若い頃のうわさなのかどうかはっきりしておりません。非常に有能で、首領としての手腕もすぐれていま す。これまでに二度、一度はイタリアでもう一度は米国で、それぞれ刑務所に入っており、麻薬関係の大立者と目されています。これがわれわれにとって利点となることは言うまでもありません。これまでの彼の経歴その他から、当局の疑惑はまず彼一人に向けられるからです。また、彼の妻は今はアメリカ国籍をもち、子どもは三人、家庭はうまくいっているようです。それゆえ、妻子の生活の安全が確かめられないかぎり、彼としても馬鹿な真似はできないものと思われます」

ドンはシガーを一息くゆらしてから言った。「サンティノ、おまえの考えは？」

ハーゲンには、ソニーの考えが手に取るように理解できた。彼はドンの言いなりになるのが嫌で、自分がボスとなって何か大きな仕事をやってみたかったのだ。となれば、今度のような仕事はまさにうってつけのものだろう。

ソニーはぐいとスコッチを飲みほした。「あの白い粉は金のなる木とおんなじだ」彼が言った。「ところが危険もそれだけ大きいときている。つかまったら最後、二十年はムショから出てこれなくなる。だからやるんだったら、資金と安全面にだけ手を貸して、実際面は向こうに任せるようにすべきでしょうね」

ハーゲンは満足気にソニーを見やった。彼がこのような理にかなった適切な意見を言うとは思わなかったのだ。

ドンはさらにシガーをくゆらした。「それじゃ、トム、君の意見を聞こうか？」

ハーゲンはすでに、忌憚《きたん》のない意見を述べようと心に決めていた。ドンは十中八、九までソッロッツォの提案を拒絶することだろうが、ハーゲンはこれまでの経験から、ドンの決断には時として将来のビジョンが欠けているといった印象を受けていたのだった。ドンはどうやら、遠い将来を見通すことが不得手なようなのだ。

「遠慮なくやってくれ、トム」元気づけるようにドンが言った。「シシリー人のコンシリエーレでさえ、いつもボスと意見が合うとはかぎらんのだからね」三人は声を上げて笑った。

「私の考えでは、提案を受け入れるべきだと思います」ハーゲンは説明をはじめた。「その理由はいくつかあります。中でも最も重要なことは、麻薬は他のビジネスとは比較にならないほどの潜在的財源を確保しているということです。われわれがやらなければ、別の誰かがやるに決まっています。それはたとえばタッタリア・ファミリーかもしれません。彼らは麻薬から得た利益で、ますます多くの警官を買収し、ますます広範な政治力を手に入れることでしょう。そしていずれは、われわれより強力なファミリーとして成長することになるのです。実際のところ、彼らは今でもわれわれの地位を虎視眈《たん》々と狙っているんですからね。これはちょうど国家の関係と同じようなものです。相手が武装するなら、われわれも武装しなければなりません。相手が経済的に強くなれば、それだけわれわれに対する脅威も増すのです。現在、われわれは賭博と組合を掌中にしており、今のところはこの二つが最高の財源となっています。しかしいずれは、麻薬がこれらに取って代わることでしょう。だからこそ私は、ソッロッツォの提案を受け入れるべきだと思うのです。さもないとわれわれは、現在持っているすべてのものを危険にさらしかねません。今でなくとも、およそ十年の後には確実に」

ドンは非常に感銘を受けた様子だった。彼はシガーの煙を吐き出し、つぶやくようにこう言った。「うん、確かにそこがいちばん肝心なところなんだ」それからため息をつき、彼は立ち上がった。「明日何時にわしはこの異教徒と会わなきゃならんのかね？」

ハーゲンは望みをつないで言った。「朝十時にここに来る予定です」ひょっとしたら、ドンは自分の助言を聞き入れてくれるかもしれない。

「その時には、君たち二人ともここにいてもらいたい」ドンは背伸びをひとつすると、息子をかかえるようにした。「サンティノ、今夜はぐっすりと眠るんだ。すっかり疲れきった顔をしているじゃないか。おまえだってもう若くはない。身体には充分気をつけることだな」

この父親らしい心づかいに励まされてか、ソニーは、ハーゲンが訊くことを控えていた質問を口にした。「それで、おやじさんの返事はどうなんです？」

ドン・コルレオーネはにやりとした。「歩合とか、いろいろ細かい点を聞くまではなんとも言えないさ。それに、今夜の君たちの意見も参考にしなくてはな。いずれにしろ、わしは急いで物事を決めるのが嫌いな質《たち》なんだ」ドアに向かいかけたドンは、さりげなくハーゲンに声をかけた。「タークのことだが、彼が戦前に売春に手を出していたってことは君のノートに書いてあったかな。タッタリア・ファミリーが現在やっている商売だ。忘れないうちにちゃんと書き留めておいてくれたまえ」そこにはかすかながら揶揄《やゆ》するような調子がうかがわれ、ハーゲンは顔をあからめた。彼は、ドンが偏見をもつことを恐れ、またそれと今度の件とはまったく関係がないという判断から、わざとその点については触れなかったのだ。ドンはそれほど、セックスについては真面目一方の男なのだった。

〃ターク〃ことバージル・ソッロッツォは、中肉中背ながらがっしりとした身体つきで、本物のトルコ人と間違えられそうな濃い肌の色をしていた。三日月形の鼻に黒い冷ややかな瞳、そして相手を圧倒するような威厳を全身にみなぎらせている。

ソニー・コルレオーネがドアのところで彼を出迎え、ハーゲンとドンが待ち受けている事務室まで案内してきた。ハーゲンは、ルカ・ブラージを除いてこれほど険悪な顔をした男を見たことがなかった。

ひとしきり丁重な握手が交され、ハーゲンは、もしこの男に金玉があるかどうかと訊かれたら、イエスと答えざるを得ないだろうと考えていた。一人の人間にこれほどの力強さがあろうとは、それはドンをもってしても及ばないものだった。それどころか、今日のドンはまったく生彩を欠いているように思われた。淳朴《じゅんぼく》そうに見えるのはともかく、見ようによってはまったくのいなか者みたいに見えてしまうのだ。

ソッロッツォは直ちに要件に入ってきた。ビジネスの内容は麻薬で、準備はすべてととのっていること。トルコにいる芥子の栽培者が毎年一定量の出荷を彼に約束したこと。フランスとシシリーに、それぞれモルヒネとヘロインに加工する絶対安全な工場を確保していること。この両国への輸送にはまったく問題はないが、米国にはご承知のように買収不能のFBIがおり、そのため米国への密輸入に際しては五パーセントほどの損失を見込まねばならないこと。しかしながら利益は莫大で、これっぽっちの危険も存在しないこと。

「それではなぜ私のところに？」ドンが丁重に尋ねた。「こちらとしては濡れ手で粟の話じゃありませんか」

ソッロッツォの色黒の顔は無表情のままだった。「私は現金で二百万ドル必要としています」彼は言った。「また、ここぞと思うところに強力な友人をもっている人間が必要なのです。この仕事をする以上、何人かの人間がつかまることを覚悟しなければなりません。私の部下は全員前科がなく、それゆえ刑も軽いものになるはずですが、それにしても、刑期が一年ないし二年どまりになることを私の部下に保証してくれる友人が必要なのです。それさえあれば、彼らは決して口を割りません。しかしもし、十年も二十年も喰らい込むとすれば、私たちも安心してはおれません。人間なんて意外ともろいものですからね。彼らは口を割り、そのために上の者にまで危険が及んできます。それゆえ、法的な保護は絶対に欠くことができないものなのです。それで、ドン・コルレオーネ、あなたは靴磨きがポケットでじゃらつかせている小銭のように大勢の裁判官をご存知だと聞いたのですが」

ドン・コルレオーネは、このお世辞ともとれる言葉に何の反応も見せなかった。「で、私のファミリーの取り分は？」彼が訊いた。

ソッロッツォの目がきらっと光った。「五十パーセントです」彼は一息つき、今度はおもねるような調子で言葉をついだ。「最初の年のあなたの取り分は、三百万から四百万ドルになるはずです。そして二年目からはそれ以上になることでしょう」

ドン・コルレオーネが言った。「それで、タッタリア・ファミリーの取り分は？」

ここで初めて、ソッロッツォはかすかな動揺を見せた。「私の取り分から何割かをまわすことになります。運営面で彼らの手を借りなければなりませんから」

「なるほど」とドン・コルレオーネは言った。「つまりわれわれは、資金と法律面を援助するだけで五十パーセントをいただけるというわけですな。そして運営面には一切タッチする必要がないと？」

ソッロッツォはうなずいた。「現金二百万ドルを〝単なる資金面での援助〟だとお考えでしたら、それはまさにおっしゃるとおりですよ、ドン・コルレオーネ」

ドンは静かに言った。「私があなたと会うことに同意したのは、タッタリア・ファミリーに対する敬意の念からと、あなたが尊敬するに足る真面目な人間だと聞いたからなのです。この件に対する返事は残念ながらノーですが、それは次のような理由によるのです。あなたのビジネスがもたらす利益は莫大なものですが、同時にそれだけの危険もともないます。また、このビジネスに加担することは、私の他のビジネスをだめにしてしまう可能性があるのです。事実私は、数多くの政治家を友人にもっています。しかしその彼らも、もし私の商売が賭博でなく麻薬だと知ったら、これまでのような友情を示してはくれなくなるでしょう。彼らは、賭博はたとえば酒のように無害な悪習であっても、麻薬は汚ない商売だと考えているのです。いいや、まあお聞きなさい。私は自分のではなく、彼らがどう考えるかをお話ししているのです。他の人間がどんな生き方をしようが私には関心がありません。そして、あなたのいうビジネスはあまりに危険が大きすぎると思うのです。私のファミリーは過去十年間、危険にさらされることも危害を加えられることもなく、平穏無事に過ごしてきました。その彼らを、そして彼らの生活を、今さら危険な目に遭わせるわけにはいかないのです」

ソッロッツォは明らかに失望しているにもかかわらず、ハーゲンやソニーの口添えを頼むかのようにチラッと視線を横に走らせただけだった。やがて彼が言った。「あなたの二百万ドルに保証のないことが心配なんですかね？」

ドンは冷ややかな笑みを浮かべた。「いいや」と彼が言った。
ソッロッツォはさらに食い下がった。「タッタリア・ファミリーもあなたの投資を保証してくれるはずですが」

ソニー・コルレオーネが事態の判断と展望を見誤る重大な過誤を犯したのは、まさにこの時だった。彼は熱心な調子でこうソッロッツォに訊いたのだ。「タッタリア・ファミリーはわれわれから手数料をとらずに投資金の返済を保証するというんですね？」

事態のこの急変に、ハーゲンは青くなった。ドンの顔は石のように堅くなり、わけがわからぬまま身をすくませているいちばん上の息子を、険しい目つきでにらみつけている。ソッロッツォはもう一度きらっと目を光らせたが、今度のは明らかに満足した時のそれだった。彼はドンの要塞に亀裂を発見したのだ。ドンの口調は今や断固としたものになっていた。「若い連中は欲が深くて困りますな」彼が言った。「しかも近ごろでは、礼儀をわきまえず、目上の者に反抗し、いらぬ口出しばかりをする。私もごらんのように、自分の甘さがたたって息子をだめにしてしまったようです。ところで、セニョール・ソッロッツォ、私の返事がノーであることに変わりはありません。あなたのビジネスの成功をお祈りします。私のビジネスとはまったく抵触しませんから、その点はご心配なく。あなたのご期待にそうことができず、申し訳ありませんでした」

ソッロッツォは腰をかがめ、ドンと握手し、ハーゲンの見送りを受けながら車のところまで歩いていった。そしてハーゲンと別れの挨拶を交す時も、彼の顔は完全に無表情のままだった。

部屋にもどったハーゲンに、ドンが尋ねた。「あの男、君はどう思うかね？」

「彼はシシリー人ですよ」ハーゲンはそっけなく答えた。

ドンはゆっくり頭をうなずかせると、息子のほうに向き直り、静かにこう言った。「サンティノ、おまえは自分の考えていることをファミリー以外の人間に知らせないよう気をつけなければいかん。勝負の前から手の内を相手にさらす奴がどこにいる。あの若い娘との遊びが過ぎて、脳みそが柔《やわ》になってしまったんじゃないのか。いいかげんに目を覚まして、ビジネスに気を配るんだ。さあ、わかったらとっとと出てってくれ」

この父親の叱責で、ソニーの顔にはまず驚愕が、ついで怒りが吹き出してきた。自分の火遊びのことをドンが本当に知らないと思っていたのだろうか、ハーゲンはそういぶかった。また、今朝の過失がどれほど危険なものか、本当に彼は気づかなかったのだろうか？もしそうならば、ハーゲンは、ドン・サンティノ・コルレオーネのコンシリエーレには絶対になりたくないと思った。

ドン・コルレオーネは、ソニーが部屋を出ていくまで黙って待っていた。それから革張りの肘掛椅子に深々と腰をおろし、酒をくれるよう小さく身振りで合図した。ハーゲンはアニス酒をグラスに注ぎ、ドンに手渡した。ドンは彼を見上げて言った。「ルカ・ブラージを呼びにやってくれ」

　それから三カ月後、妻や子どもたちへのクリスマス・プレゼントの買物の時間を気にしながら、ハーゲンは街にある自分のオフィスで書類のチェックにあたっていた。そんなところへ、ジョニー・フォンテーンから電話がかかってきた。彼はまさに意気軒昂としていて、映画の撮影が終わり、ラッシュ（編集用のプリント）――ハーゲンにはなんのことだかわからなかったが――も素晴らしい出来だったとまくしたてた。びっくり仰天するようなクリスマス・プレゼントをドンあてに郵送した、本当は自分で持っていきたかったのだが、映画に関する雑事が二、三残っており、自分は太平洋岸を離れるわけにはいかなくなった、と言う。ハーゲンは内心の苛立を抑えていた。ジョニー・フォンテーンの魅力に一度として彼は振り回されたことはなかったが、今や好奇心のほうが先に立っていた。「何かあったのかい？」彼が尋ねた。ジョニー・フォンテーンはふくみ笑いをしてこう答えた。「今は言えないよ。それがクリスマス・プレゼントの最高の部分なんだからね」ハーゲンの興味は急激に失せ、彼はすぐに、それでも丁重に電話を切った。

　十分後に秘書がやってき、コニー・コルレオーネが電話で話があると言っていると告げた。ハーゲンはため息をついた。若い娘としてのコニーにはそれなりの魅力もあったが、結婚した女としての彼女はわずらわしい一方だった。とにかく夫の苦情ばかりを聞かされるのだ。彼女は三日とあけずに里帰りを繰り返し、カルロ・リッツィの面目は丸つぶれになっていた。彼はちょっとした仕事を任され、仕事はひどく熱心にやっていたが、飲む打つ買うの三拍子そろった遊び好きで、時には女房をぶん殴ることもあるという。コニーはこのことを、自分の家族には言わずハーゲンだけに話していた。それでハーゲンは、今日はいったいどんな泣き事を聞かせられるのかとうんざりした思いにかられたのだった。

しかしながらクリスマスのおかげで、今日のコニーは機嫌がよかった。そして、父親を初めとしてソニーやフレッドやマイクに、クリスマス・プレゼントとして何を贈ったらいちばん喜ばれるだろうかというのが電話の要件だった。母親へのプレゼントだけはもう決めてあるという。そこでハーゲンはいくつかヒントを与え、コニーはその一つ一つに文句をつけたあげくに、やっと彼を電話から解放してくれた。

次に電話のベルの音を聞くや、ハーゲンは書類をバスケットの中に放り投げてしまった。なんてことだ、電話になんか出てやるものか、俺は帰るんだ、だが、ハーゲンは一度として電話に居留守をつかったことはなかった。そして電話の相手がマイケル・コルレオーネだと秘書から聞くと、ハーゲンは急いで受話器を取り上げていた。彼はそれほどマイクが好きだったのだ。

「トム」とマイケル・コルレオーネが言った。「ぼくは明日、ケイと一緒にニューヨークへ出ていくよ。クリスマス前におやじに話しておきたいことがあるんだ。おやじさん明日家にいるかな？」

「ああ」ハーゲンが言った。「クリスマス過ぎまでは市にいる予定さ。何か私にできることがあるかい？」

マイケルは父親同様口が堅かった。「いいや」彼が言った。「クリスマスに会えるのを楽しみにしているよ。みんなロングビーチに出かけるんだろう？」

「ああ」ハーゲンが言った。そしてマイクは、珍しいことに冗談ひとつたたかずに電話を切ってしまった。

ハーゲンは秘書を呼び、少し遅くなるが軽い食事を用意してくれるよう、妻へ電話連絡を頼んだ。オフィスから出ると、彼は足早にメーシーに向かって歩き出した。誰かが彼の前に立ちはだかった。驚いたことに、それはソッロッツォだった。

ソッロッツォはハーゲンの腕を押さえ、静かな調子で言った。「驚くことはないさ。ちょっと話がしたいだけなんだ」道路の縁《へり》に止まっていた車のドアが急に開き、ソッロッツォがせっつくように言った。「さあ乗って。話したいことがあるんだ」

ハーゲンは腕を振りほどいた。彼はまだ、警戒するというよりも苛立っているだけだった。「時間がないんでね」彼が言った。しかしその瞬間、背後から二人の男が近づいてき、ハーゲンは足から力が抜けていくのを感じた。ソッロッツォがゆっくりと言った。「車に乗ってもらおうか。殺るつもりだったらとっくの昔にあんたは死んでるさ。信用してもらいたいね」

ハーゲンは自ら進んで車に乗り込んだ。

マイケル・コルレオーネはハーゲンに嘘をついていた。彼はすでにニューヨークにいて、十ブロックと離れていないホテル・ペンシルバニアから電話をかけたのだった。受話器を置いたマイクに向かい、タバコを差し出しながらケイ・アダムスが言った。「マイク、あなたって本当にひどい人ね」

マイケルはベッドの上の彼女の脇に腰をおろした。「これもみんな君のためなんだよ。市へ来ているなんて言ったら、すぐに会いに行かなきゃならなくなるからね。そうしたら今夜、ぼくたちは食事にも劇場にも行けないし、一緒に寝ることだってできなくなってしまう。ぼくの家じゃだめなんだよ、結婚するまでは」マイケルは両手を彼女の身体に回し、優しく唇の上にキスをした。ケイの唇は甘く、彼はゆっくりと彼女の身体を倒していった。ケイは目を閉じ、愛撫の幕開けを待ち受けている。マイケルはこの上もなく幸せだった。彼は何年にもわたって太平洋上で戦い、その血なまぐさい日々のあいだにいったい何度、ケイ・アダムスのような女のことを夢に描いたことだろう。その女はいつも決まって、彼女のように美しく、汚れのないきゃしゃな身体つきに乳白色の膚、そして激しい情熱の虜《とりこ》となっているような女だった。ケイは目を開け、マイケルの頭を引き下げてキスをした。

二人はそうやって、食事と劇場の時間がくるまで愛し合っていた。

食事を終えた二人が、煌《こう》々と明かりがともり、祭日の買物客でごった返すデパート街を歩いている時に、マイケルが訊いた。「クリスマスには何を君にあげたらいいかな」

ケイは彼に身体をすり寄せてきた。「あなただけで充分よ」彼女が言った。「でも、あなたのお父様許してくださるかしら？」

マイケルは優しく言った。「その点は問題じゃないよ。問題は、君のお父さんが許してくれるかどうかってほうさ」

ケイは肩をすくめてみせた。「どっちにしたってあたしはかまわないわ」

「ぼくは正式に改名してしまおうかと本気で思ったぐらいなんだ。しかしそうしても、いったん事が起これば何の役にも立たなくなってしまう。君はほんとにコルレオーネの姓を名乗りたいんだね？」マイケルは冗談めかしてそう訊いた。

「ええ」ケイはにこりともせずに答えた。二人はさらに身体を寄せ合った。彼らはクリスマス休暇のあいだに、友人二人だけを立会人にして市役所でつましい結婚式を挙げることに決めていたが、マイケルはその前に父親にだけは話しておかなくてはならないと考えていた。彼はケイに、こそこそとやることでなかったら、父親はどんなことにでも反対しないはずだと説明した。しかしケイのほうは半信半疑で、自分は結婚式が済むまで両親に打ち明けるつもりはないと言い張っていた。「そしたら両親も、妊娠したんだと思って諦めるでしょ」彼女が言った。マイケルもにやりとして言った。「ぼくの両親だってそう思うにちがいないさ」

二人とも口にこそ出さなかったが、マイケルが家族との密接な絆を切らなければならないという点では了解がついていた。マイケルはこれまでもある程度までそんな状態に身を置いていたが、それが彼らに後ろめたい思いをさせていないわけではなかったのだ。二人は大学を卒業するまでは、週末と夏の休暇だけ一緒に過ごすことに決めていた。それでも二人には、幸せな新婚生活にちがいなかった。

劇場の演物《だしもの》は回転木馬と呼ばれるミュージカルで、ほら吹きの盗っ人にまつわるセンチメンタルな物語に、二人は何度となく顔を見合わせ、笑みを交していた。劇場から出てきてみると、すっかり気温が下がり、凍えるぐらいになっていた。

ケイが身体をこすりつけながら彼に言った。「あのね、結婚したら、あたしをぶん殴って、目から出た星をつかまえてプレゼントしてくれる?」

マイケルは笑い声をたてた。「お生憎様、ぼくは数学の教師になるつもりなんでね」彼が言った。「ところで、ホテルにもどる前に何か食べていくかい?」

ケイは頭を振り、意味ありげにマイケルを見やった。先ほどのベッドの続きを求めているのだ。マイケルはいつもながらの彼女の熱心さに感動し、にっこりすると冷たい路上で彼女にキスをしてあげた。彼は空腹だったが、サンドイッチをルーム・サービスで頼むことにした。

ホテルのロビーまでもどってくると、ケイを新聞の売店のほうに押しやるようにしながらマイケルが言った。「ぼくはキーをもらうから、そのあいだに新聞を買ってきてよ」戦争は終わったにもかかわらず、ホテルには係員の数が不足していて、彼は短い列に並ばなければならなかった。マイケルはキーを受け取り、ケイの姿を捜し求めた。彼女は売店のそばに立ち、手にした新聞を穴のあくほど見下ろしていた。彼が近づき、彼女の視線が上がった。ケイの目には涙があふれていた。「ああ、マイク」彼女が言った。「ああ、マイク」彼はケイの手から新聞をひったくった。彼の目に最初に映ったものは、頭を血だまりに突っ込み、路上に横たわっている父親の写真だった。男がひとり道路の縁に坐り込み、子どもみたいに泣き叫んでいる。兄のフレディにちがいなかった。マイケル・コルレオーネは、自分の身体がしだいに冷えてくるのを感じていた。そこには悲しみもなければ恐怖もなく、ただ冷えきった怒りだけがあった。彼はケイに言った。「部屋に行くんだ」だが彼は、両手でかかえるようにして、彼女をエレベーターまで運んでいかなければならなかった。二人は一言も口をきかなかった。部屋に入るや、マイケルはベッドに腰をおろし、新聞をひろげた。見出しにはこう書いてあった。

〈ヴィトー・コルレオーネ狙撃さる――これによりギャング団の首領と目される彼は

危篤状態となり、当局の厳重な警戒の下に手術が行なわれた。今後のギャング団内部の血なまぐさい抗争が懸念される〉

マイケルの膝から力が抜けていくみたいだった。彼はケイに向かって言った。「おやじはまだ死んじゃいない。殺すまでにはいかなかったんだ」彼はもう一度新聞に目を通した。ドンが撃たれたのは午後の五時だという。となれば、彼がケイを愛撫し、食事に行き、ミュージカルを楽しんでいた頃に、父親は生死の境をさまよっていたことになる。マイケルは襲いかかる罪悪感をどうすることもできなかった。

ケイが言った。「すぐに病院に行ったほうがいいんじゃないかしら？」

マイケルは頭を振った。「いいや、まず家に電話しなくちゃね。おやじを撃ったのが誰にしろ、そいつはもう失敗したことを知っているはずなんだ。となると相手も必死だから ね、次にどんな手でくるかわかったもんじゃない」

ロングビーチの自宅にある二台の電話はいずれも話し中で、相手が出たのは二十分あまりも経ってからだった。受話器の向こうから「どなた？」というソニーの声が聞こえた。

「ソニー、ぼくだよ」マイケルが言った。

ソニーの声から緊張がほぐれ、それに安堵のひびきが加わった。「おう、おまえか、ずいぶん心配させるじゃないか。いったい今どこにいるんだ？　おまえの田舎町にまで人をやったぐらいなんだぜ」

「おやじはどうしてる?」マイケルが訊いた。「傷は深いのかい?」

「ああ、かなりな」ソニーが言った。「五発も喰らったんだ。しかしおやじはタフだからね」ソニーの声は誇らしげだった。「医者の話じゃ危険はないそうだ。ところで、おい、今忙しくてね、長く話してる暇はないんだ。どこにいるんだい?」

「ニューヨークさ」マイケルが言った。「ぼくが来るってことトムから聞かなかったかい?」

ソニーは心持ち声をひそめた。「奴らトムをさらっていきやがったんだ。それだからおまえのことも心配したんだよ。彼の奥さんはここにいるが、まだそのことは何も知っちゃいない。ポリのほうも同様だ。知らせたくないんでね。今度の件を企んだ奴ぁまったくのアホウだぜ。おまえすぐここに来てくれ、ただし必要なこと以外しゃべるな。オーケー?」

「オーケー」マイクが言った。「誰がやったのか見当はついてるのかい?」

「もちろんさ」ソニーが言った。「ルカ・ブラージが動きだしたら、死体がごろごろってことになるだろうぜ。こちらにはまだ兵隊が全員無傷で残っているんだ」

「一時間後にそっちに行くよ」マイクが言った。「タクシーでね」彼は電話を切った。夕刊が出てからすでに三時間以上経っており、ラジオでもこのニュースを流しているにちがいない。となれば、ルカがこの事件を知らないはずはない。マイケルは慎重に問題を検討していた。ルカ・ブラージはどこにいるのだろう？　それはその頃、ハーゲンが自分に問いかけた疑問であり、また、ロングビーチにいるソニー・コルレオーネの頭を悩ませている疑問でもあった。

その日の午後の五時十五分前にドン・コルレオーネは、オリーブ・オイル会社の営業担当部長が提出した書類のチェックを終えた。彼は上着をはおると、夕刊に熱心に目を通している息子のフレディの頭を、げんこつで軽くこつんとたたいた。「駐車場から車を出すようガットーに言ってくれ」彼が言った。「もう二、三分で家に帰るからな」

フレディが不平がましく言った。「今日のその役目はぼくなんだよ。今朝電話で、病気で休むと言ってきたんだ。また風邪を引いたんだってさ」

ドン・コルレオーネは、ほんの一瞬、考えるような目つきをした。「今月これで三度目だな。この仕事にはもっと健康な男のほうがいいかもしれん。トムにそう言っておいてくれ」

フレッドは異を唱えた。「ポーリーはいい男だよ。奴が病気と言うんなら、本当に病気なんだ。ぼくは何も、車を運転するのをいやがってるわけじゃないんだよ」そう言って彼はオフィスを出ていった。ドン・コルレオーネは窓越しに、九番街を駐車場に向かってよぎってゆく息子の姿を見守っていた。彼は思いついてハーゲンのオフィスに電話してみたが、返事はなかった。ついでロングビーチの自宅にも電話したが、ここも返事がなかった。ドンは苛立ちながら窓の外を見やった。建物の前の道路の縁に彼の車が止まっており、フレディが腕組みしフェンダーに身体をよりかからせながら、クリスマスの買物客の群れをながめていた。コートを着るのを営業部長が手伝ってくれ、ドン・コルレオーネは礼を口の中でつぶやくとドアを開け、階段を降りはじめた。

戸外にはもう、早い冬の夕暮れが訪れていた。大型ビュイックのフェンダーに所在なげに身体をもたせかけていたフレディは、建物から出てきた父親の姿に気づくなり道路側の運転席のほうに回り、中に乗り込んだ。ドン・コルレオーネもすぐに歩道側から車に乗ろうとしたが、ふと足を止め、通りの角近くにある露天の果物の売店に目をやった。これがドンの最近の習慣になっていたのだ。彼は温室で栽培される、季節はずれの大きな黄色い桃やオレンジが大好きだった。店の主人が注文を聞きにとび出してきた。ドン・コルレオーネは果物を手に取って見ようとはせず、気に入った物を順に指差していった。果物屋の主人は一度だけ、下側が腐っているという理由でドンの選択に異をはさんだ。ドン・コルレオーネは左手で紙袋を受け取り、五ドル紙幣で支払った。釣銭を受け取り、さて待ち受けている車のほうに向き直った時、通りの角から二人の男が姿を現わした。その瞬間、ドン・コルレオーネは今何が起ころうとしているかを感じ取っていた。

二人の男は黒いコートを着て、顔を隠すように黒い帽子を目深にかぶっていた。二人は、ドン・コルレオーネの素早い反応に虚を衝《つ》かれた形だった。ドンは果物の袋を放り出すや、彼の身体つきにしては驚くほどの敏捷さで止まっている車めがけて走りだした。しかも彼は同時に、「フレドー、フレドー」と叫び声を上げていた。二人の男が拳銃を取り出し発射したのは、この時だった。

一発目の弾丸がドン・コルレオーネの背中に命中した。彼はハンマーで殴られたような衝撃を感じたが、身体はまだ車めざして走っていた。次の二発が腰に当たり、彼は道路の真ん中でひっくり返ってしまった。二人のガンマンは、路上に散らばった果物に足を取られないように気を配りながら、命令どおりとどめを刺そうと近づいてきた。その時、ドンが息子の名前を呼んでから五秒と経っていないだろう、フレデリコ・コルレオーネがぼんやり車の外に姿を現わした。ガンマンたちはさらに二発、道路縁の溝にころがり込んだドンめがけてたたみかけるように撃ちこんだ。一発は腕の肉をえぐり、もう一発は右足の脹《ふくら》脛《はぎ》に命中した。これらの傷はすべて致命的なものではなかったが、激しい出血のために彼の身体のまわりにはいくつもの小さな血だまりができ、ドン・コルレオーネはすでに意識を失ってしまっていた。

フレディは父親の叫び声を、自分の幼い頃の名前が叫ばれるのを聞き、ついで最初の二度の爆発音が聞こえた。しかしながら彼は、車から出たもののあまりのショックに、自分の拳銃を引き抜くことすらできなかった。二人の暗殺者は、難なく彼を撃ち殺すことができたろう。ところが彼らもまた泡を食ってしまった。ドンの息子が武器を携えていないはずはないし、自分たちはあまりに手間を取り過ぎていたのだ。彼らは素早く通りの角に姿を消し、血を流し横たわる父親のそばにフレディひとりが取り残された。通りすがりの人々は、あるいは戸口にとび込み地面に突っ伏し、あるいは小さなかたまりになって肩を寄せ合っていた。

フレディはいまだに武器に手をかけていなかった。というよりも、彼は茫然自失の状態になっているみたいだった。黒ずんだ血だまりの中で道路のタールにうつぶせに倒れている父親の身体を、彼はぼんやりと見つめていた。フレディは肉体的にショックを受けてしまったのだ。人々が集まってき、今にも倒れんばかりのフレディに気づいた誰かが、道路の縁に彼を連れていき、その縁石に腰かけさせた。ドン・コルレオーネのまわりでひしめいていた人の群れが、サイレンを鳴らしながら突っ込んできた最初のポリスカーに道をあけた。そのすぐ後には《デイリー・ニューズ》のラジオ・カーがつづき、それが止まるか止まらないうちに中からカメラマンがひとり飛び出してき、血まみれになったドン・コルレオーネの写真をひとしきり撮りまくった。それからわずか遅れて、救急車が到着した。カメラマンの注意はフレディ・コルレオーネに向けられていた。彼は今や手放しで泣きじゃくっており、見るからにいかつい身体つきの若者が、大きな鼻とぶ厚い唇をしたキューピッド形の顔を涙でくしゃくしゃにしている様は、奇妙に喜劇的な光景だったのだ。すでに何人かの刑事が人ごみにまぎれこみ、ポリスカーの到着は引きも切らなかった。刑事がひとりフレディの傍に膝をつき、質問を浴びせかけたが、フレディはショックに打ちのめされ答えることもできなかった。刑事はフレディのコートの内ぶところに手を伸ばし、財布を引っ張り出した。身分証明書に目をやった彼は同僚に口笛で合図をし、一瞬のうちに、フレディのまわりには私服刑事の人垣ができてしまった。最初の刑事がフレディのショルダー・ホルスターの中の拳銃を見つけ、取り上げた。それから彼はフレディを引っ張り上げ、印《マーク》のない車に彼を放り込んだ。動きだしたその車の後に、《デイリー・ニューズ》のラジオ・カーがつづいた。しかしながらカメラマンだけは、現場にいるあらゆる人の、あらゆる物の写真をいまだに撮り続けていた。

父親が狙撃されてから三十分のあいだに、ソニー・コルレオーネは続けざまに五回の電話連絡を受けた。最初の電話は、現場に急行した私服刑事の先頭の車に乗っていた、ファミリーから金を受け取っているジョン・フィリップスという刑事からだった。彼は開口一番、ソニーにこう言った。「俺の声、覚えてるかい?」

「ああ」ソニーが言った。彼は午睡から醒めたばかりで、彼のそばには妻がいるだけだった。

フィリップスは早口に、単刀直入に話を切り出した。「おやじさんがオフィスの外で誰かに撃たれた。十五分前だ。傷は深いが生きてはいる。フレンチ・ホスピタルに収容した。あんたの弟のフレディはチェルシー警察管区にしょっぴかれていったが、いずれ釈放されるだろうから、その時には医者を用意しておいたほうがいい。俺は今から、おやじさんの尋問の手伝いに病院へ行かなきゃならん——むろんおやじさんがしゃべられたらの話だがね。何かわかりしだい連絡するよ」

ソニーの妻のサンドラは、テーブル越しに、夫の顔が見る見る朱に染まっていくのに気がついた。目はうつろに輝いている。彼女が囁いた。「どうかしたの？」ソニーは苛立たしそうに手を振って黙るように合図すると、くるっと彼女に背中を向け、受話器に向かって言った。「生きてるってのは本当だろうな？」

「ああ、まちがいない」刑事が言った。「だいぶ出血しているが、見てくれほどひどくはないはずだよ」

「わかった」とソニー。「明日の朝八時きっかりに家にいてくれ。お礼に千ドル贈らせてもらうよ」

ソニーは受話器をもどすと、必死に自分を抑えつけようとした。彼は自分の最大の弱点が怒りっぽい性質にあることを、また今度の事件にはそれが致命的なものになるということを知っていたのだ。まず最初にしなければならないことは、トム・ハーゲンに連絡をつけることだった。だが受話器を取り上げようとしたとたんに、ベルが鳴った。それは、ファミリーの許可を得て、ドンのオフィスがある地区で店開きをしている賭け屋からの電話だった。その賭け屋は、ドンが路上で撃ち殺されたという。だが二、三質問して賭け屋が死体を確認したわけではないことを突き止め、ソニーはその情報を不正確なものとして無視することに決めた。フィリップスの情報のほうがより正確だと見て間違いはないだろう。電話を置くとほとんど同時に、三度目のベルが鳴った。《デイリー・ニューズ》の記者からだった。ソニー・コルレオーネは、相手がそう名乗るやいなや、受話器を置いてしまった。

ソニーはハーゲンの自宅の電話番号を回し、彼の妻に尋ねた。「トムはまだもどりませんか？」彼女は「ええ」と答え、二十分ほどはまだ帰らないが、夕食は家でするはずだと言い添えた。「もどりしだい電話するように伝えてください」ソニーが言った。

ソニーは懸命に思考をめぐらしていた。このような場合、父親だったらどんな行動に出るだろう。今度の狙撃にソッロッツォが関係していることは確実だろうが、彼は誰か強力な後ろ楯がないかぎり、ドンのような大物を消そうなどとは思わなかったにちがいない。この時、四度目の電話のベルが彼の思考を中断した。電話の相手の声はとても柔らかで、しかも落ち着いていた。

「サンティノ・コルレオーネかね？」相手が訊いた。

「ああ」ソニーが答えた。

「トム・ハーゲンはこっちで押さえている」と相手の声が言った。「三時間ぐらいしたら、こちらの言い分と一緒に彼を放してやる。彼の話を聞くまでは何もするんじゃないぜ。面倒が大きくなるばっかりだからな。済んだ事は済んだ事だ。今はお互い、冷静にならなきゃいかん。あんたの有名な癇癪玉を破裂させんようにしてくれ」その声には、かすかに嘲るような気配がうかがわれた。はっきりとはわからないが、声の主はどうやらソッロッツォのようだ。ソニーはぶっきらぼうな、陰気な声で言った。「そうするよ」電話越しに、受話器を置くカチッという音が聞こえてきた。ソニーは重い金バンドの腕時計に目をやり、電話のかかった正確な時刻をテーブル・クロスに書き留めた。

ソニーはしかめっ面をしながら、キッチンの椅子に腰をおろした。彼の妻が尋ねた。

「ソニー、いったいどうしたの？」

彼は冷静に話をしてやった。「おやじが撃たれたんだ」妻の顔に驚愕の色がひろがるのを見るや、彼は叱りつけるように言った。「心配しなくていい。おやじは死んじゃいないんだ。それにもう何も起こりゃしないよ」彼はハーゲンのことは妻に話さなかった。そして、五度目の電話のベルが鳴った。

クレメンツァからだった。その太った男は、電話の向こうでぜいぜい息を切らし、怒鳴るように訊いた。「おやじさんのこと聞いたかい？」

「ああ」ソニーが言った。「しかし死んじゃいないそうだ」

長い沈黙のあげく、感きわまったようなクレメンツァの声が聞こえてきた。「おお、神様。おお、神様」だが彼は心配げに言葉をついだ。「そいつは本当だろうな？　俺は路上で撃ち殺されたって聞いたんだが」

「生きてるよ」ソニーは言った。彼は注意深く、クレメンツァの声の調子に耳を澄ませていた。先ほどの感情の高ぶりに偽りはなさそうだったが、この太った男は、俳優として通用するほどの演技力の持ち主なのだ。

「元気をださなくちゃいけないぜ、ソニー」クレメンツァが言った。「で、俺は何をしたらいい？」

「おやじの家に行ってくれ」とソニー。「ポーリー・ガットーを連れてな」

「それだけかね？」クレメンツァが訊いた。「病院と君の家に若い者をやろうかと思ったんだが」

「いや、あんたとポーリー・ガットーだけに用事があるんだ」ソニーが言った。長い沈黙が訪れた。クレメンツァはソニーが何を言わんとしているか理解したようだった。少しでも自然に見せようと、ソニーが尋ねた。「とにかく、ポーリーの奴はどこに行っちまったんだ？　いったいぜんたい奴は何をしているんだい？」

電話の向こうの声は、もはや息を切らしてはいなかった。クレメンツァは用心深い調子で言った。「ポーリーは病気だよ。風邪を引いて、それで家で寝ているんだ。冬になってからずっと身体の具合がよくないらしいんだよ」

ソニーは素早くそれに食いついた。「ここ二カ月ばかりのあいだに、奴は何回ぐらい休んでる？」

「三回か四回だろうな」クレメンツァが言った。「だから俺はフレディに、誰か別の男を雇うように勧めたんだが、彼はいいって言ったんだよ。しかしここ十年のあいだ、何も面倒は起こらなかったはずだぜ」

「そのとおりさ」ソニーが言った。「とにかくおやじの家で会おう。忘れずにポーリーを連れてきてくれ。途中で奴を拾ってくるんだ。どんなに病気だろうと知ったこっちゃない。わかったな？」そしてソニーは、返事も待たずにたたきつけるように受話器をもどしてしまった。

ソニーの妻は声を殺して泣きじゃくっていた。彼はそんな妻の様子をしばしにらみつけると、鋭い声で言った。「ファミリーの者から電話がかかったら、俺はおやじの家にいるから、専用電話で連絡するように言ってくれ。他の者からの電話だったら、いっさい知らぬ存ぜぬだ。トムの細君からかかってきたら、トムは仕事でしばらく帰れなくなったと伝えてくれ」

ソニーはしばらく思案をめぐらした。「この家にも若い連中を何人か詰めさせなきゃいかんな」妻の顔に恐怖の表情が浮かび、彼はじれったそうに言った。「びくびくすることはないいんだ。ただ念を押してるにすぎないんだからな。おまえは連中の言うとおりにしていればいい。何か俺に用事があったら、おやじの専用電話を使ってくれ。ただし、その用事は緊急な場合にかぎるからな。とにかく、心配は無用だ」そして、ソニーは家を出ていった。

戸外はすでに暗く、十二月の風が音をたてて散歩道を吹き抜けていた。ソニーは、闇の中に出ていくのに少しの不安も感じなかった。八軒の家はすべてドン・コルレオーネが所有しており、散歩道の入口の両側にある二軒の家には、ファミリーに関係のある人人とその家族、それに彼らのお気に入りの下宿人が住んでおり、独身者たちには地下室があてがわれていた。残りの半円を形作っている六軒のうち、一軒にはトム・ハーゲンと彼の家族が住み、ドンとその家族はわずかばかりの贅沢として二軒を使っていた。後の三軒は、必要時にはいつでも立ちのいてもらうという条件つきで、ドンの年老いた友人たちに無料で貸し与えられていた。要するに、一見なんの変哲もないこの散歩道は、難攻不落の要塞を形作っていたのだ。

また、八軒の家のそれぞれに周囲を照らす投光照明が付いており、散歩道内への無断侵入を不可能なものにしているのだった。ソニーは道をよぎって父親の家へ向かい、自分の鍵でドアを開けて中に入った。そして「母さん、どこにいるんだい?」と大声で叫ぶと、油とピーマンの匂いとともに母親がキッチンから姿を現わした。ソニーは彼女が何か言う前に両腕でかかえるようにし、椅子に坐らせた。「いいかい、ついさっきぼくは電話連絡を受けたんだ」彼は言った。「いや、心配なことはないんだよ。父さんは怪我をして、今病院にいる。だから着替えをして、そこに行く用意をしてもらいたいんだ。すぐに車と運転手の準備をするからね。わかったかい？」

母親はしばらくソニーの顔をじっと見つめていたが、やがてイタリア語で尋ねた。「誰かに撃たれたんだね？」

ソニーはうなずいてみせた。母親は一瞬頭を垂れ、すぐにキッチンへもどっていった。ソニーは後につづき、母親がピーマンのいっぱいに入ったフライパンにかけたガスの火を消し、キッチンを出て二階の寝室に行くのを見守っていた。それから彼はフライパンから、ピーマンと、テーブルの上のバスケットからパンを取り、指のあいだから熱いオリーブ油をしたたらせながら不細工なサンドイッチを作った。次に彼は父親が事務室として使っている角の大きな部屋に行き、鍵のかかったキャビネットから専用電話を取り出した。この電話は、偽《にせ》の名前と偽の住所を使い特別に取りつけられたものだった。ソニーが最初に電話をかけた相手はルカ・ブラージだった。だが返事がない。次に彼は、ドンに絶対の忠誠を誓っている、ブルックリンにいる幹部のところに電話をかけた。その男の名前はテッシオといい、ソニーは事件のあらましと用件とを彼に伝えた。その結果、テッシオは完全に信用できる男を五十名集め病院の護衛としてロングビーチに送ることになった。

テッシオが尋ねた。「クレメンツァはどうしてる？」

ソニーが答えた。「ぼくは今のところ、クレメンツァの連中を使いたくないんだよ」

テッシオはすぐにこの意味を理解し、しばしためらってからこう言った。「口はばったいようだが、ソニー、おやじさんだったらこう言うだろうな、あんまり性急に事を運んじゃいかんってね、クレメンツァが裏切るなんて、私には信じられないんだ」

「うん」とソニー。「ぼくもそうは思うよ。しかし用心に越したことはない、そうだろう？」

「そりゃそうだ」テッシオが言った。

「それからもう一つ」ソニーは言葉をついだ。「ぼくの弟のマイクがニューハンプシャーのハノーバーにある大学に行ってるんだ。ボストンにいる誰かを向こうにやって、彼をこっちに連れてきてもらいたい。この一件に片がつくまで、家に置いておきたいんでね。マイクにはこちらから電話で、迎えに行くのを知らせておくよ。とにかくあらゆることに手落ちなくしておきたいんだ」

「わかった」とテッシオ。「私も手配が済みしだいおやじさんの家に行くつもりだ。オーケー？　それから、あんたは私んとこの連中は知ってるね？」

「ああ」そう言って、ソニーは電話を切った。それから彼は小さな壁金庫のところへ行ってダイアルを回し、中から青い革表紙の索引簿を取り出した。彼はまずTの項を開け、そこから目差す項へもどっていった。そこには〈レイ・ファレル、クリスマス・イブに五千ドル送金の事〉と書いてあり、その下に電話番号が記してあった。ソニーはダイアルを回して訊いた。「ファレルかい？」相手の男は「はい」と答えた。ソニーが言った。「サンティノ・コルレオーネだがね、あんたに大至急やってもらいたいことがあるんだ。これから教える二人の電話の持ち主が、過去三ヵ月間にどこにかけどこから電話をもらったかを調べてもらいたい」ソニーはポーリー・ガットーとクレメンツァの自宅の電話番号を教え、さらにこう言い添えた。「これはとても重要なことなんだ。夜中までにやってくれたら、もう一度クリスマス・プレゼントを贈らせてもらうよ」

ソニーは腰を落ち着けて思いをめぐらす前に、再度ルカ・ブラージの家に電話を入れてみた。やはり返事はない。ソニーはちょっと不安を覚えたが、すぐに打ち消してしまった。ニュースを聞きしだい、ルカは駆けつけてくるにちがいないのだ。ソニーは回転椅子に背をもたせかけた。一時間もしないうちに、この家はファミリーの関係者であふれんばかりになっていることだろう。そして彼は、彼らの一人ひとりに適切な指示を与えなければならないのだ。こう考えてきて、彼は初めて、事態がどれほど容易ならぬものであるかを理解した。それは、コルレオーネ・ファミリーとその支配力に対する、過去十年間における最初の挑戦だった。ソッロッツォが背後で糸を引いていることはまず間違いのないところだが、それにしても彼は、ニューヨークの五大ファミリーのうち少なくとも一ファミリーの援助を取りつけないかぎり、このような無謀な行動には踏み切れなかったことだろう。そのファミリーとは、恐らくはタッタリアにちがいない。となるとそれは、全面戦争ないしはソッロッツォの条件を呑むかの、いずれかを意味しているのだ。ソニーは陰気な笑みを浮かべた。狡猾《こうかつ》なトルコ人はうまく計画を練ったつもりだろうが、どうやらつきがなかったようだ。老人はまだ生きており、残された道は戦争しかない。ルカ・ブラージを含め、コルレオーネ・ファミリーの人的資源をもってすれば、結果は自ら目に見えている。しかし再び、しつこい不安が頭をもたげかけてきた。いったい、ルカ・ブラージはどこにいるのだろう？

3

車の中には、運転手を入れて四人の男がいた。彼らは後部席にハーゲンを押し込み、その両側に、さきほど路上で、ハーゲンの退路を断った二人の男が乗り込んだ。ソッロッツォは助手席だった。ハーゲンの右側の男が身体をよじって手を伸ばすと、ハーゲンの帽子をぐいと引き下げ、前方が見えないようにした。「小指一本動かすんじゃないぜ」とその男が言った。

二十分ほどで車は止まったが、車から降り立ったハーゲンには、夜の闇のためにその場所がどこなのか見当すらつかなかった。彼らはとあるアパートの地下室に降りていくと、食卓用の背がまっすぐな椅子にハーゲンを坐らせ、ソッロッツォはテーブル越しに彼の正面に腰を落ち着けた。その浅黒い顔には、どこか禿鷹を思わせるところがあった。

「何もあんたを痛めつけようってわけじゃないんだ」ソッロッツォが口を開いた。「あんたが腕っ節を売り物にしてるんじゃないってことは先刻承知だ。ただ、コルレオーネの連中とこの私の、ちょっと手助けをしてもらいたいだけなのさ」

ハーゲンはタバコを口にくわえようとしたが、手がひどく震えていた。男の一人がライウイスキーのびんをテーブルに持ってき、磁器のコーヒーカップに注いで寄こした。ハーゲンはほっとしながらその火のような液体を飲み下し、やがて、手の震えも膝が落ち込むような感じもなくなった。

「あんたのボスは死んだよ」ソッロッツォが言った。彼は、ハーゲンの両の目から急にあふれ出した涙を見てびっくりしたようだったが、すぐに言葉をついだ。「オフィス前の路上で殺《や》ったんだ。その知らせを受けると同時に、私はあんたをつかまえにいった。俺とソニーの仲をうまく取り持ってくれるのはあんたしかいないからね」

ハーゲンは黙っていた。彼はドンを思う悲しみの深さに自分ながら驚いていた。それは、自分の死への恐怖がまぜ合わされた、いかにもみじめな心の動きだった。ソッロッツォが続けて言った。「ソニーは私の話に乗り気だった、ちがうかね？　それに、そうするのが賢明ってものなんだ。麻薬には将来性がある。二年もすれば、それでみんなのふところに大金が転がり込んでくるんだ。ドンは昔風の口ひげのピートで、自分の時代が終わったことに気づかなかった。そして今や彼は死んで、もう二度とこの世にもどってくることはない。私は新しい取り引きを用意している。それで、ソニーがそれを受け入れるよう、あんたに彼を説得してもらいたいんだ」

ハーゲンが言った。「そいつは無理というものさ。ソニーは何がなんでもあんたをつけ狙うだろうからね」

ソッロッツォがもどかしげに言った。「彼が初めのうちそう考えるのも無理はないよ。だからこそあんたにうまく説得してもらいたいんだ。タッタリア・ファミリーは全面的に私を支持してくれている。それに、他のニューヨークのファミリーたちも、われわれのあいだの全面戦争を回避する案にだったら何にでも賛成してくれるだろう。われわれの戦争は彼らを傷つけ、彼らのビジネスに被害を与えることになるんだ。もしソニーがこちらの取り引きを受け入れてくれたら、他のファミリーはおろかドンの最も古い友人たちだって、黙って目をつぶっていてくれると思うんだがね」

ハーゲンは黙然として自分の手を見下ろしていた。ソッロッツォは説得するような調子で語をついだ。「ドンはヘマをやらかしたんだ。昔だったら、私はドンを狙おうなんて夢にも思わなかったろう。しかし彼は、イタリア人でもなければむろんシシリー人でもないあんたを、コンシリエーレにした。それで他のファミリーたちは、ドンを信用しなくなってしまったんだ。もし全面戦争になれば、コルレオーネ・ファミリーは叩きつぶされ、私自身も取り返しのつかない損害をこうむることになる。私は金よりも何よりも、コルレオーネ・ファミリーの政治的なコネが欲しいんだ。だからソニーに話してくれ、幹部たちにも話してくれ。そうすれば、血なまぐさい殺し合いを避けることができるんだ」

ハーゲンは磁器のカップを差し出し、さらにウイスキーを注いでもらった。「やってみるよ」と彼は言った。「しかしソニーはコチコチの石頭でね。それにこちらには、ソニーにも手に負えないルカがいる。ルカだけは気をつけたほうがいい。たとえ私があんたの提案を受け入れるとしても、ルカを説得することは無理だろうね」

ソッロッツォが静かに言った。「ルカはこちらで引き受けるよ。だからあんたはソニーと他の二人の弟を引き受けてもらいたい。それから彼らにこうも話してくれ。フレディが今日死なずにすんだのは、ドン以外の人間を撃ってはならぬと私が命令したからだってな。私は必要以上のしこりを残したくなかったんだ。フレディが生きているのは私のおかげだと、そう彼らに話してくれ」

ハーゲンの頭脳は、やっと回転をはじめていた。またここで初めて、ソッロッツォが彼を殺したり人質にするつもりでないことを信じることができた。恐怖からのこの不意の解放感が身体の隅々に行きわたり、ハーゲンは恥ずかしさのあまり顔があからむのを覚えた。ソッロッツォは穏やかな、物わかりのよい笑みを浮かべながら彼を見守っている。ハーゲンは筋道立てて考えを進めだした。もしここでソッロッツォの提案を拒否したら、彼はまず殺されてしまうにちがいない。ソッロッツォは、理性的なコンシリエーレに相応しく、ハーゲンが彼の提案を正確に取り次いでくれることを期待しているだけなのだ。それに、考えてみれば、ソッロッツォの言い分は理にかなっている。タッタリアとコルレオーネとのあいだの全面戦争は、どのような犠牲を払っても避けなければならない。コルレオーネ

・ファミリーは死者を埋葬し、遺恨を忘れ、取り引きに応じなければならないのだ。そして時機が熟した時に、改めてソッロッツォに敵対行為をとればよい。
しかしながら視線を上げたハーゲンは、自分のこの考えがソッロッツォに見抜かれていると思わざるを得なかった。トルコ人は口もとに笑みを刻んでいる。その時、ハーゲンははっと思い至った。ソッロッツォはあんなにも平然としているが、ルカ・ブラージの身に何か起こったのではあるまいか？　ルカはすでに取り引きをしてしまったのだろうか？彼は、ドン・コルレオーネがソッロッツォの提案を拒否した晩に、ルカが事務室に呼ばれ、ドンと内密の協議をしたのを思い出した。しかし今は、そのような細かいことに意をくだいている場合ではない。ロングビーチにあるコルレオーネ・ファミリーの要塞まで、無事に帰り着かねばならないのだ。「全力を尽くしてみるよ」と彼はソッロッツォに向かって言った。「あんたの言い分は理にかなっているし、ドンだってきっとそうしただろうからね」

ソッロッツォはいかめしくうなずいてみせた。「けっこう」と彼は言った。「殺し合いは私の趣味じゃないんだよ。それに私はビジネスマンだし、戦争となると途方もない金がかかるからね」その時、電話が鳴り、ハーゲンの背後に坐っていた男の一人が受けに行った。男は耳を澄まし、やがてそっけなく言った。「わかった、そう伝えるよ」男は電話を置くとソッロッツォの脇に歩み寄り、トルコ人の耳もとで何か囁いた。ハーゲンは、ソッロッツォの顔が急に青ざめ、瞳に狂暴な光が宿るのを認め、身体の内を戦慄が走るのを感じた。ソッロッツォは思案するように彼を見つめている。ハーゲンは突然、自分はもう自由の身になれないのではないかという思いにかられた。自分の死を意味するような何かが起こったのだ。ソッロッツォが言った。「老人はまだ生きてるんだそうだ。五発も喰らいながら、あのシシリー人はまだ生きている」彼は仕方がないといったように肩をすくめてみせた。「ついてないな」彼はハーゲンに向かって言った。「私もあんたも、つきがなかったってわけだ」

4

マイケル・コルレオーネがロングビーチにある父親の家に到着してみると、散歩道に至る狭い入口は鎖で封鎖されていた。だが、散歩道自体は八軒の家からの投光照明で真昼のように明るく、カーブしたセメント道のところには、少なくとも十台の車が連なっていた。

入口の鎖には、マイケルの知らない二人の男が寄りかかっていた。そのうちの一人がブルックリン訛の英語で尋ねた。「あんた誰かね？」

マイケルは姓名を告げた。いちばん近くの家の一つから男が一人姿を現わし、彼の顔をのぞき込んだ。「うん、ドンの息子にちがいないや」男が言った。「俺が中へ案内するよ」マイクは男について父親の家まで行き、ドアのところにいた二人の男が彼と案内役を中に通してくれた。

居間に行くまで、家の中には知らない男ばかりがひしめいているみたいだった。居間にはトム・ハーゲンの妻のセレサがいて、ソファに身体を堅くして腰かけ、タバコを吸っていた。彼女の前のコーヒーテーブルの上には、ウイスキーのグラスが乗っている。ソファの反対側には、大きい身体を持て余すようにしてクレメンツァが坐っていた。この幹部は無表情を装っていたが、ひどく汗をかいており、手にしたシガーは唾で黒くつややかに光っていた。

クレメンツァは、マイケルを慰めでもするように手をもみながら近づいてくると、低い声で言った。「お袋さんはおやじさんと一緒に病院にいるよ。彼ももう心配することはないがね」ポーリー・ガットーが立ち上がり、手を差し出した。マイケルは意外そうに彼の顔を眺めやった。ポーリーが父親のボディガードをしていたことは知っていたが、そのポーリーが今日、病気で家で寝ていたことは知らなかったのだ。マイケルは、黒くほっそりとした顔に緊張感が漂っているのを見逃がさなかった。非常に精力的で、微妙な仕事も難なく片づけてしまうということで評判をとっているガットーが、今日、自分の仕事で失策をやらかしたのだ。部屋の隅にも五、六人の男がいた。みんなマイケルの知らない連中ばかりだった。クレメンツァの配下の姿が見えない。マイケルはこういった事実から、一つのことを理解した。つまり、クレメンツァとガットーは疑われているのだ。ポーリーは現場にいたものと思いながら、マイケルはイタチのような顔の若者に尋ねた。「フレディはどうしてる？　彼は大丈夫かい？」

「医者が注射を打ってね」とクレメンツァが言った。「彼は今眠っているよ」

マイケルはハーゲンの妻のところへ行き、かがみこんで彼女の頬にキスをした。二人は以前からお互いに好意をもっていたのだ。彼は囁くように言った。「心配しなくていいよ、トムは大丈夫だから。ソニーともう話をしたのかい？」

セレサはしばしマイケルにしがみつき、頭を振った。彼女はきゃしゃで、美人で、イタリア人というよりもアメリカ人的で、そしてひどく怯えていた。マイケルは手を差しのべると彼女をソファからかかえ上げ、二人して角にある父親の事務室へと入っていった。

ソニーは、黄色いメモ帳を片手に、もう一方の手に鉛筆を持ち、机の後ろの椅子に大の字にふんぞり返っていた。部屋にいるのは、ソニーの他にマイケルも顔見知りの幹部のテッシオだけで、家の中にいるのがテッシオの配下の者であり、新たにこの家の警備を任されているのだろうということがすぐに理解できた。そしてテッシオもまた、手にメモ帳と鉛筆を持っていた。

二人の姿に気づくと、ソニーは椅子から立ち上がり、ハーゲンの妻を両手でかかえるようにした。「心配しないでいいんだよ、セレサ」と彼は言った。「トムは大丈夫だ。連中は言い分さえ伝えたらすぐに帰すって言ってきたからね。トムは実際の業務にはタッチしていない。われわれの弁護士にすぎないんだ。だから彼が危害を加えられるおそれはまったくないってわけさ」

マイケルが驚いたことに、ソニーはセレサを離すと今度は彼を抱きしめ、頬にキスをした。彼はソニーを押しやり、にやっとしながら言った。「昔はさんざん殴られたもんだけど、今度は下手から出るつもりなのかい？」若い頃の二人は、よく喧嘩したものだったのだ。

ソニーは肩をすくめた。「いいか、おい、あの田舎町でおまえと連絡がとれないからって心配したのも、おまえが殺されたんではないかと不安に思ったわけじゃない、そんなニュースをお袋に知らせるのがいやだったんだ。おやじのことだってこの俺が知らせたんだからな」

「お袋どうだった？」マイケルが訊いた。

「立派だったよ」ソニーが言った。「お袋は同じようなことを以前にも経験してるからね。俺だってそうさ。おまえはその頃はまだガキだったし、それ以後は妙な事件も起こらなかったんだ」彼はちょっと言葉を切り、すぐに続けて言った。「お袋は病院に行ってるよ。それにおやじももう心配はない」

「ぼくたちは病院に行かないのかい？」マイケルが訊いた。

ソニーは首を振り、そっけなく言った。「事件の片がつくまで、俺はこの家を離れられないんだ」電話が鳴り、ソニーは受話器を取ると熱心に耳を澄ました。そのあいだに、マイケルは机のそばへ歩いてゆき、ソニーが何事か書きこんでいた黄色いメモ帳をのぞき込んだ。そこには名前が七つ書き連ねてある。そして最初に、ソッロッツォ、フィリップ・タッタリア、それにジョン・タッタリアの三人の名があった。マイケルが部屋に入ってきた時、ソニーとテッシオは殺害する人間のリストを作成中だったのだ。

ソニーは電話を終えると、セレサ・ハーゲンとマイケルに向かって言った。「二人とも外で待っていてくれないか？　テッシオとちょっとやってしまわなきゃならない仕事があるんでね」

ハーゲンの妻が言った。「今の電話、トムのことではなかったんですの？」彼女は不安に涙ぐみながらも、きっぱりした口調で尋ねた。

ソニーは彼女の身体に両手を回し、ドアのほうに連れていった。「誓ってもいい、トムは大丈夫だよ」と彼は言った。「居間で待っててくれれば、何かわかりしだいすぐに知らせるからね」彼はセレサの背後でドアを閉めた。マイケルは大きな革張りの肘掛け椅子の一つに腰を落ち着けた。ソニーはそんな彼に鋭い一瞥をくれながら、机の後ろの椅子にもどっていった。

「こんなところでうろうろしてると、マイク」とソニーが言った。「聞かなくてもいいことまで聞くことになるぞ」

マイケルはタバコに火をつけ、「仕方ないだろうね」と言った。

「いいや、そうじゃない」ソニーが言った。「この事件におまえを巻き込んでみろ、おやじは烈火のごとく怒るだろうぜ」

マイケルはつと立ち上がり、声高にわめきたてた。「何を言ってやがる。彼はぼくのおやじだぜ！　それとも何かい、ぼくはおやじの手助けをしちゃいけないのか？　ぼくにだって手助けぐらいはできる。銃をかかえて殺して回るのはご免だが、手助けぐらいならできるんだ。いつまでもガキの弟扱いはよしてくれ。ぼくは戦争にも行った。敵に撃たれだってした、そうだろう？　ジャップを何人か殺したことだってあるんだ。そのぼくが、殺しと聞くたびに気絶するとでも思ってるのか？」

ソニーはにやりとして言った。「口だけはずいぶんと達者になったもんだぜ。オーケー、おまえはここにいて、電話の番をしてくれ」彼はテッシオに顔を向けた。「さっきの電話ね、あれは別の報告だったんだ」そして今度はマイケルに向かって言った。「誰かがおやじを裏切ったってことには間違いない。それはクレメンツァかもしれんし、今日という日に都合よく病気になったポーリー・ガットーかもしれん。俺にはもう答えがわかっているが、どうだいマイク、おまえは学生さんだ、頭の切れるところを見せてもらおうじゃないか。さあ、ソッロッツォにおやじを売った奴はどっちだい？」

マイケルは革張りの肘掛け椅子に深々と背をもたせかけ、慎重に事態の検討にかかった。クレメンツァはコルレオーネ・ファミリー組織の幹部だった。彼はドンのお蔭で金のなる木をつかみ、しかも二人は二十年以上も前からの親しい友人だった。それに幹部といえば、組織の中で最も重要なポストの一つなのだ。ドンを裏切ることで、クレメンツァにどのような利益があるのだろう？　より多くの金か？　彼は今でも充分に裕福だが、むろん、人間の欲望には限りがないものだ。より多くの権力か？　彼だけにしかわからない侮辱とか無礼に対する復讐か？　たとえばハーゲンがコンシリエーレになってしまったというようなな？　それとも、ソッロッツォに勝目があるとにらんだビジネスマンの勘だろうか？　いいや、クレメンツァが裏切者であるはずがない。だがマイケルには、それがクレメンツァを死なせたくないという思いからきたものであることはわかっていた。あの太った男は、以前から折にふれプレゼントを持ってきてくれたり、ドンが忙しい時には散歩に連れていってくれたりしたのだ。マイケルにはどうしても、クレメンツァが裏切者だとは信じることができなかった。

しかしながら一方からすれば、ソッロッツォがコルレオーネ・ファミリーの誰よりもクレメンツァを味方につけたいと思ったろうことは容易に察しのつくことなのであった。

マイケルは次に、ポーリーについて考えてみた。ポーリーの暮らしはまだ裕福とまではいっていない。ファミリー・ガットー内での評判はよく、いずれ昇進するだろうことは間違いないが、一足飛びにというわけにはいかない。それにいずこの若者もそうであるように、より強大な権力を夢見ていることだろう。となれば、裏切者はポーリーということになる。だがマイケルは、小学校六年生の時に同じクラスでポーリーと机を並べていたことを思い出し、彼に裏切者の汚名を着せる気にはなれなかった。

マイケルは頭を振り、「どちらもちがうと思うね」と言った。しかしながら彼は、ソニーが答えをすでに知っていると断言したからこそそう言ったのであり、もしこれが投票であれば、彼はまちがいなくポーリーに有罪投票をしているところだった。

ソニーがにやりとして言った。「心配するなって、クレメンツァは白だったよ。裏切ったのはポーリーだ」

マイケルには、テッシオが安堵のため息をついたのがわかった。同じ幹部の一人として、彼の関心はもっぱらクレメンツァに向けられていたのだ。裏切者が高いポストの人間でないとなれば、事態の見通しもぐっと明るいものになる。念を押すような調子でテッシオが尋ねた。「となると、私は明日にでも若い連中を帰していいわけだな？」

ソニーが言った。「それは明後日にしてもらいたい。それまではいっさい知らん顔をしてるんだ。ところで、俺は弟と二人っきりで話したいことがある。話が済むまで居間で待っていてくれないか？　後回しになったが、リストの作成はあんたとクレメンツァに任せるよ」

「了解」そうテッシオは言って、部屋から出ていった。

「ポーリーが黒だってどうしてわかったんだい？」マイケルが尋ねた。

ソニーが言った。「電話会社に仲間がいてね、そいつにポーリーがかけたり受けたりしていた電話をすべて調べさせたんだ。クレメンツァも同様さ。今月ポーリーは三日休んだが、そのいずれの日にも、おやじのオフィスの向かいにある電話ボックスから奴あてに電話がかかってきている。今日もそうだ。奴らは、ポーリーが出勤しているか、それとも代わりの人間が出ているかチェックしていたんだろうよ。理由はそれだけじゃないかもしれないが、そんなことはどうでもいいことだ」ソニーは肩をすくめてみせた。「まったく、ポーリーでよかったぜ。クレメンツァがいなくなったら大変だからな」

ためらいがちにマイケルが訊いた。「こいつは全面戦争になるのかい？」

ソニーの目つきが険しくなった。「トムが殺られでもしたらすぐにそうするつもりさ。少なくともおやじが何か別のことを言いだすまではな」

マイケルが言った。「だったらおやじが元気になるまで待ってればいいじゃないか」

ソニーはまじまじと弟を見やった。「おまえが勲章をもらえたなんて実際不思議だよ。いいかい、俺たちは銃を突きつけられているんだ。戦わなきゃならんのだよ。それに、実を言えばトムの安否も心配なんだ」

マイケルは虚を衝かれた思いだった。「それはまたどうして？」

ソニーはまた、癇癪を抑えるような調子で言った。「いいかい、奴らがトムをひっさらったのも、おやじを完全に消して、俺と取り引きできると考えたからなんだ。トムは初っからデスクワークの人間だし、奴らの言い分さえ取り次いでやればいい。ところがおやじは生きており、奴らは俺が取り引きに応じないだろうと考える。そうなればトムは、奴らにとって余計に厄介な存在となる。トムを生かすも殺すも、ソッロッツォの気分一つというわけだ。そしてもしトムを殺すとすれば、それは奴らの、われわれに対する本物の宣戦布告ってことになるわけだ」

マイケルが穏やかに訊いた。「なんだってソッロッツォは、兄さんと取り引きできると考えたんだい？」

ソニーは顔を赤らめ、しばらく答えようとしなかった。が、やがて彼は言った。「俺たちは二、三カ月前に会っているんだよ。ソッロッツォが麻薬のことで相談をもちかけてきたんだ。おやじは奴の申し出を蹴ったが、その会合のあいだに俺はちょっと口をすべらし、取り引きに応じてもいいというような素振りを見せてしまったんだ。まったくあれは失敗だったよ。そういったことだけはするな、つまり、ファミリーの内部に意見の対立があるってことを相手に悟らせるな、これはおやじから耳にタコができるくらい聞かされてたことだからな。とにかくそれで、ソッロッツォはおやじさえ片づけてしまえば、俺は取り引きに応じざるをえなくなると考えたんだ。おやじがいなくなれば、ファミリーの内部は少なくとも二つに分裂するだろうとね。しかしながら俺は、いずれにしても、おやじが築き上げたビジネスを発展させることに命を賭けている。麻薬には将来性があるし、俺たちは絶対に取り引きに応ずるべきなんだ。それに奴がおやじを狙ったのも、純粋にビジネス上の問題で、個人的な恨みつらみじゃないんだよ。だからビジネスの面からだけ考えるとすれば、俺は奴と手を組むことになったかもしれないね。しかしむろんそうなっても奴は、俺をあまり近づけず、まちがっても正面から狙い撃ちされたりしないように気をつけるにちがいない。だが奴は、俺がいったん取り引きを呑んだ以上、二、三年のあいだは、復讐のための戦《いくさ》をおっぱじめるのを他のファミリーたちが許さないってことを知っているんだ。何しろ奴には、タッタリア・ファミリーがついているからな」

「しかし実際のところ、おやじがもし死んでたらどうした？」マイケルが尋ねた。

ソニーの答えは単純明快だった。「ソッロッツォは生きちゃいないね。どれだけ金がかかってもかまわん。ニューヨークの五大ファミリーを相手にしたってかまわん。タッタリア・ファミリーもたたきのめしてやる。たとえ共倒れになろうととことんやっただろうな」

マイケルが静かに言った。「おやじだったらそうはしないと思うがな」

ソニーは荒々しい身振りをした。「確かに俺はおやじほどの器じゃないぜ、しかしこれだけは言っておく、俺はむかしの俺と違うんだ。いいか、短期決戦だったら俺は誰にも負けないだけの自信があるんだ。そのことだったらソッロッツォだって知っている、クレメンツァだってテッシオだって知っている。俺が〝筋金入り〟となったのは、ファミリーが最後に戦をした十九歳の時で、俺はおやじの右腕となって活躍したんだからな。だから何も心配てなものはない。ファミリーの中にはこういったことに慣れた連中がわんさといるんだ。あとはルカと連絡がとれさえすればいい」

好奇心にかられてマイケルが訊いた。「ルカってのは実際そんなにタフなのかい？　本当に評判どおりの男なのかな？」

ソニーはうなずいてみせた。「彼は特別だよ。タッタリアの三人を彼にやらせるつもりなんだ。ソッロッツォは俺がやる」

マイケルは、居心地悪そうに椅子の中で身体を動かしながら、兄の顔をながめやった。ソニーは時にひどく残忍なこともあったが、内心はとても心の温かい男だったのだ。いわゆる、ナイス・ガイという言葉がぴったりの男だった。その彼の口から今のようなことを聞くと、なんだか不自然のような気がしてならないのだ。しかも彼は、新たに王位についたローマ帝国の皇帝のように、死刑を執行される男たちのリストを書きつづっている。マイケルは、自分がこういった組織の一員ではないことを、父親が命を取りとめた今、復讐のためのいざこざに巻き込まれないことを感謝したい思いだった。彼は電話番をしたり、細々とした使いで手助けしてやればいい。ソニーとおやじは、ルカもいることだし、なんとか事件の片をつけることだろう。

その時、居間からかん高い女の悲鳴が聞こえてきた。ああ、とマイケルは思った。あれはトムの女房の声じゃないか。彼はドアにかけ寄り、それを押し開けた。居間では全員が立ち上がっていた。そしてソファのそばに、照れくさそうな顔つきのトム・ハーゲンが、セレサを抱くようにして立っていた。セレサはさかんに泣きじゃくっており、さっきの悲鳴は、彼女が喜びのあまり夫の名前を叫んだものだったのだ。彼が見守るうちに、トム・ハーゲンは妻の両手を解き放し、彼女をそっとソファの上にかかえおろした。それから彼はマイケルににやっとしてみせた。「会えてうれしいよ、マイク、本当によく来てくれた」それだけ言うとトムは、いまだに泣きじゃくっている妻には目もくれず、事務室の中に大股で入っていった。トムにとって、コルレオーネ一家との十年間の生活はゼロではなかったんだ、マイケルは、奇妙な心の高ぶりを覚えながらそう思った。それは、おやじがもっている何かが、トムにも、ソニーにも、そして彼自身にも、知らず知らずのうちに影響を与えているのにちがいなかった。

5

ソニー、マイケル、トム・ハーゲン、クレメンツァ、テッシオの全員が建物の端の事務室にそろったのは、明け方の四時近くだった。セレサ・ハーゲンは隣の自分の家にもどるよう説得されて、すでに姿を消していた。ポーリー・ガットーは、テッシオの配下の者に彼を帰らせたり見逃がしたりしないようにとの命令が出ているとも知らずに、まだ居間で待っていた。

トム・ハーゲンはソッロッツォが申し出た取り引きを伝えた。また、ドンがまだ生きていると知ったあとのソッロッツォは、明らかに自分を殺すつもりだったようだとも彼は話した。ハーゲンはにやりとした。「もし私が最高裁の前で弁論したとしても、今晩タークの奴に向かってやったほどにはうまくできなかったろうな。私は奴に、たとえドンが生きているにしても、私がファミリーを説得して取り引きさせると言ってやったんだ。私は君を思うままに操れるんだと言ってやったんだよ、ソニー。子どもの頃からどんなに仲がよかったかと言ってね。それから気を悪くしてもらっては困るんだが、たぶん君は、おやじさんがいなくなったのを内心では喜んでいるのではあるまいかと、そう奴に思い込ませたんだ、神が我を許し給わんことを」彼はソニーに詫びるように微笑みかけ、ソニーは、たいしたことじゃない、わかっているというような身振りをしてみせた。

マイケルは、電話を右手に持って肘掛け椅子にもたれながら、二人をじっと見守っていた。ハーゲンが部屋に入ってくるや、ソニーは彼を抱きしめようとして駆け寄っていったのだ。ソニーとトム・ハーゲンが、自分と兄との仲よりももっと親密であることを、マイケルはかすかな嫉妬の痛みと共に理解した。

「仕事にかかろう」ソニーが言った。「計画を立てねばならん。俺とテッシオが作ったこのリストをちょっと見てくれ。テッシオ、クレメンツァにコピーをやってくれ」

「計画を立てるのなら」マイケルが口をはさんだ。「フレディもいたほうがいいんじゃないかな」

ソニーは冷酷に言い放った。「フレディは役に立たん。ひどいショックを受けているから、安静にしてなきゃいかんと医者は言うのさ。俺にはわからんな。いつだってフレディはかなりタフな奴だったのに。おやじが撃たれるのを見たのがこたえたんだろう、あいつはいつもドンを神様だと思っていたからね。あれは、おまえや俺とはちがうんだよ、マイク」

ハーゲンが素早く割って入った。「オーケー、フレディは省こう。彼をあらゆることからはずす、完全にあらゆることからだ。それでと、ソニー、この事件にすっかり片がつくまで、君は家に籠っているべきだと思うな。つまり、決して家を離れるなってことだ。ここなら安全だよ。ソッロッツォを見くびってはいかん、奴はペッツォノヴァンテの地位を狙う本物の危険人物なんだ。病院には守りをつけたかい？」

ソニーはうなずいた。「警官が封鎖しているし、俺のところの者にもしょっちゅうおやじを見に行くように言ってある。そのリストをどう思う、トム？」

ハーゲンは名前のリストに顔をしかめてみせた。「ああ、ソニー、君はまったくこれを個人的な事件と見てるんだな。ドンだったら、純粋にビジネス上の争いと考えただろうに。ソッロッツォが鍵なんだよ。ソッロッツォを殺るんだ、そうすれば全部の順序がそろってくるよ。タッタリアの連中を追いかけるべきじゃないんだよ」

ソニーは二人の幹部を見やった。テッシオが肩をすくめて言った。「どっちとも言えないな」

クレメンツァはなんとも答えなかった。

ソニーがクレメンツァに言った。「議論はともかく、一つだけ始末できることがある。俺はもうこれ以上、ポーリーにうろうろしてもらいたくないんだ。奴をリストの最初にしてくれ」太った幹部は首をうなずかせた。

ハーゲンが言った。「ルカはどうしてる？ ソッロッツォは、ルカについては心配しているようだぜ。それで俺は心配なんだ。もしルカが俺たちを裏切ったのなら、本当に厄介なことになる。それをまず最初にやるべきだよ。誰か彼と連絡を取ったかい？」

「いや」ソニーは言った。「一晩中電話しているんだが。女としけこんでいるのかもしれん」

「ちがうな」とハーゲンは言った。「彼は絶対に女と泊まったりはしないよ。終わればいつも家に帰るんだ。マイク、相手が出るまで電話し続けてくれ」マイケルは忠実に電話を取り上げ、番号を回した。電話の向こうに呼び出し音が聞こえるが、誰も答えず、彼はとうとう電話を切った。

「十五分ごとにかけてみてくれ」ハーゲンがさらに言った。

苛立たしげにソニーが言った。「オーケー、トム、君はコンシリエーレだ。何か助言してくれちゃどうなんだい？　いったい俺たちは何をしたらいいのかね？」

　ハーゲンは机の上のウイスキーのボトルを取った。「おやじさんが指揮をとれる状態になるまで、ソッロッツォと交渉を続けるんだ。必要とあれば、取り引きだってすることになるかもしれない。おやじさんがベッドを離れられるようになれば、騒ぎを起こさずに問題をすっかり解決できるだろうし、すべてのファミリーもこちら側についてくれるだろうさ」

　声を荒だててソニーは言った。「まさか君は、ソッロッツォは俺の手に余るとでも考えているんじゃあるまいな」

トム・ハーゲンは、彼の目をまっすぐに覗きこんだ。「ソニー、確かに君は奴と太刀打ちできるよ。コルレオーネ・ファミリーには力がある。君にはクレメンツァとテッシオがいるし、もし全面戦争になれば、二人で千人の男を召集できる。だがその果ては、東海岸全体に混乱が起こり、ほかのファミリーはこぞってコルレオーネ一家を非難することになるだろう。たくさんの敵を作ることになるんだよ。そして、それこそおやじさんが決して認めなかったことなんだ」

ソニーを見つめていたマイケルは、彼がこれを充分に理解したものと思った。だが、ソニーはハーゲンにこう訊いた。「もしおやじが死んだらどうする、そうしたらなんと助言する、コンシリエーレ？」

ハーゲンは静かに言った。「君がやりっこないだろうとはわかっているけど、私は、本当にソッロッツォと麻薬の取り引きをやるよう君に勧めるだろうな。おやじさんの政治的なこねと個人的な影響力なくしては、コルレオーネ・ファミリーの力は半減してしまう。おやじさんがいないとなれば、ニューヨークのほかのファミリーたちは長期の破滅的な戦いはありっこないと確信し、タッタリアとソッロッツォを支持するほうにまわるだろう。もしもおやじさんが死んだら、取り引きをするんだ。そしてじっと様子をみていることだ」

ソニーの顔は怒りで蒼白になった。「そう言うのは君にはたやすいだろうよ。奴らが殺ったのは君のおやじじゃないんだからな」

素早く、そして誇らかにハーゲンは答えた。「あの人にとって、私は君やマイクと同様に申し分のない息子だった。君たち以上かもしれん。私は君にビジネス上の意見を述べているんだ。個人的には、私はあのろくでなしどもを皆殺しにしてやりたいぐらいだ」その声にひそむ激情がソニーを恥じ入らせ、彼は言った。「ああ、トム、そんなつもりで言ったんじゃないんだよ」だが実際のところ、ソニーはそ﹅の﹅つ﹅も﹅りだったのだ。血縁は血縁であり、それに匹敵するものなどほかにありはしなかった。

気まずい沈黙のうちにみんなが待ちうけるなかで、ソニーはしばらくじっと考え込んでいた。やがて彼はため息をつき、静かに言った。「オーケー、おやじが指導できるようになるまで、腰を据えていよう。だがトム、俺は君にも散歩道の中に留まっていてもらいたい。危険なことは絶対にするな。マイク、おまえも注意しろよ、ソッロッツォのほうでも、自分の家族を戦いに巻き込むような真似はしないと思うがね。そんなことをすれば、みんなが奴の敵になるだろう。でも注意してくれ。テッシオ、君は予備の連中を集めて、街じゅうを探らせてくれ、クレメンツァ、ポーリー・ガットーの件が片づいたら、君の身内を家と散歩道の中に移して、テッシオの者たちと代わってほしい。トム、朝まず一番に、電話か手紙でソッロッツォとタッタリアとの交渉を始めてくれ。マイク、おまえは明日クレメンツァの部下二人とルカの家に行って、彼が姿を見せるのを待つか、どこへ雲隠れしたのか探るんだ。こんどの事件を聞いたとすれば、この瞬間にでも彼は、ソッロッツォをつけ狙っているかもしれん。タークがどんな申し出をしたとしても、彼がドンに刃向かうとは思えないんだ」

ハーゲンが気の進まぬ様子で口をはさんだ。「マイクはそれほど直接、この事件にかかわりあわないほうがいいんじゃないかな」

「そうだな」とソニーは言った。「今のことは忘れてくれ、マイク、どっちにしろ、おまえには家で電話番をしてもらわなくちゃならない。そのほうがもっと重要だ」

マイケルは何も言わなかった。きまり悪く、恥ずかしいほどの思いがした。そして彼は、クレメンツァとテッシオが用心深く無表情を装っているのに気づき、二人は不満を押し隠しているのだと確信した。彼は電話を取り、ルカ・ブラージの番号を回して受話器を耳にあてた。だが、それはいつまでも鳴り続けるばかりだった。

6

その晩、ピーター・クレメンツァはよく眠れなかった。朝になると彼は早々にベッドから出て、グラッパ酒と、今でも昔ながらに配達されてくる焼きたてのイタリアパンを大きく切った上に、ジェノバ・サラミの厚切れをのせて朝食をとった。それから、大きな無地の陶器のコップに、アニス酒を加えた熱いコーヒーを注いで飲んだ。そして、古い化粧着と赤いフェルトのスリッパ姿で家をぶらぶら歩きまわる頃には、彼はもう目前に控えている今日の仕事のことに思いめぐらしていた。ソニー・コルレオーネは、ポーリー・ガットーを直ちに始末すべきだと主張した。となれば、今日やらねばならなかった。

クレメンツァは当惑していた。ガットーが彼の部下であり、それが裏切者に転じたからではない。そのことはこの幹部の判断に影響を与えはしなかった。なんといっても、ポーリーの経歴には非の打ちどころがないのだ。両親共にシシリー人で、コルレオーネ家の子どもたちとすぐ近所で育ち、実際彼らの一人と一緒に学校に通いさえしたのだ。彼はあらゆる点で申し分なかった。テストされた結果も、欠点は見当たらなかった。そして〝筋金入り〟となってからは、ファミリーから充分な収入――イーストサイドの〝賭け屋〟の歩合と組合の給料を受け取っていた。クレメンツァは、ポーリー・ガットーがひそかにピストル強盗をやって――まったくファミリーの規則に反することだが――、収入を補っているのには気づかなかったが、それさえもこの男がたいした者である印だった。このような規則違反は、手綱に抗《あらが》う秀《すぐ》れた競走馬が示すのと同様に、血気盛んな証拠と考えられたのである。

それに、ポーリー・ガットーは決してピストル強盗のことで面倒を引き起こしたりしなかった。それは常にこのうえなく周到に計画され、騒ぎや混乱もほとんどなく、一人も傷つけることとなしに実行された。マンハッタンの衣料センターの給料三千ドル、ブルックリンのスラム街にある小さな陶器工場の給料。その結果、この若者のふところにはいつでも余分の小遣い銭がしまいこまれていた。いつもこの調子だった。ポーリー・ガットーが裏切者になるなどと、誰が予想しえただろう？

今朝、ピーター・クレメンツァを悩ませているのは、管理上の問題だった。ガットーに対する実務の執行は、お決まりの雑用にすぎなかった。問題は、ファミリーの中から誰をガットーに代えて昇格させるかである。それは〝カポレジーム〟(部幹)になるという重要な昇進であり、軽々しく扱えないものだった。タフで利口な男でなければならない。安全で、面倒に巻き込まれても口を割ったりしない男、シシリーの掟、オメルタ――沈黙の掟を充分呑みこんでいる者でなければならない。それにしても、その男は新しい任務に対してどれほどの報酬を受けることになるのだろう？　クレメンツァは、面倒が起こればまっ先に矢面に立つ最高幹部の報酬引き上げのことで、何度かドンに話してみたが、ドンは彼の話に耳を貸そうとしなかった。もしポーリーがもっと金を稼いでいたなら、彼は狡猾なトルコ人ソッロッツォの甘言に応じなかったかもしれないのだ。

クレメンツァは結局、候補者のリストを三名にしぼった。最初の候補者はハーレムで黒人相手に保険業を営んでいる、たいそう腕力の強い屈強な獣のような男で、人々とうまくやっていけ、しかも必要な時には彼らを恐怖に陥れることもできる、非常に人間的魅力に富んだ男だった。しかしクレメンツァは、三十分ほど彼の評判を考えた末に、その名前をリストからはずした。この男は黒人たちとうまくやりすぎており、それはなんらかの性格の欠陥を暗示するもののように思われた。それに彼は、自分の現在の仕事を替えることに難色を示すにちがいなかった。

クレメンツァが二番目に考えて、そしてほとんど決めかかった候補者は、骨身を惜しまずによく働き、組織にも忠実に仕えている男だった。彼は、マンハッタンのファミリー認可の高利貸付けの滞納金を集めて歩いている。賭け屋の集金人から身をたてた男だった。しかしながら、彼にはまだこのような重要な昇進は早すぎるという懸念をぬぐい去ることはできなかった。

結局クレメンツァはロッコ・ランポーネに決めた。ランポーネは、ファミリーで短いながらも印象的な見習い期間を務め上げていた。大戦中にアフリカで負傷し、一九四三年に除隊、若い者が不足していたので、クレメンツァは、ランポーネが負傷でいくぶん体力が落ち、片足をひどくひきずってはいたものの、彼を雇い入れることにしたのだった。クレメンツァは、衣料センターや、OPAの食料切符を管理する政府雇用人との闇交渉に彼をあたらせた。そこからランポーネは、経営全般に関する紛争解決者へと徐々にのし上がっていった。クレメンツァは彼の秀れた判断力を好んでいた。彼は、重い罰金や六カ月ほどの懲役ですむことに暴力をふるってもなんの益もないことを、それが莫大な利益を得るためのささやかな忍耐にすぎないことをよく心得ていた。ここで押すべきか引くべきかを識別する、秀れた感覚を持ち合わせていたのだ。彼は経営全体を地味なものに保っていたが、それこそまさに必要とされることなのであった。

クレメンツァは、難しい人事問題を解決したあとの、良心的な管理者の安堵といったものを感じていた。そう、助手はロッコ・ランポーネにしよう。クレメンツァは、経験の浅い男を〝筋金入り〟にするのを助けるためだけでなく、ポーリー・ガットーに対して個人的な恨みを晴らすためにも、この仕事は自分自身が乗り出して処理するつもりだった。ポーリーは彼の子飼いであり、彼はもっと功績のある忠実な連中をさしおいてポーリーを昇進させてやり、ポーリーが、〝筋金入り〟になるのを援助し、ことごとに出世を助けてやったのだ。ポーリーはファミリーを裏切ったというだけでない。彼は彼の、統率者《パドローネ》、ピーター・クレメンツァを裏切ったのである。この非礼は報いを受けねばならなかった。

手はずはすべてととのった。ポーリー・ガットーは午後三時に車で来るように、それも自分の車で来るように——別に珍しいことではなかった——指示されていた。次にクレメンツァは電話を取り上げ、ロッコ・ランポーネの番号を回した。そして自分の名前は言わずに、ただ簡単にこう言った。「俺の家に来てくれ、用があるんだ」クレメンツァは、早い時刻にもかかわらず、ランポーネの声には驚いたりねぼけたりしたところがなく、簡単に「オーケー」とだけ言ったことに気づいて満足した。いい奴だ。クレメンツァは言い足した。「急がなくてもいい。会いにくる前にまず朝飯と昼飯を腹に入れてきてくれ。だが二時より遅くはならないようにな」電話の向こうにもう一度簡単なオーケーが響き、クレメンツァは電話を切った。彼の配下の者にはすでに、コルレオーネ家の散歩道にいるテッシオの部下たちと交代するよう伝えてあり、彼らは指示どおりに動いているにちがいなかった。彼の部下は有能な者ばかりで、このような機械的な操作には彼はまったく不安を持っていなかった。

クレメンツァは自分のキャデラックを洗うことにした。彼は車が好きだった。それは彼に静かで平穏なドライブの一時を与えるからであり、また車内の装飾品が非常に立派で、家の中にいるよりも気持ちがいいため、彼は時々、天気のよい日などには一時間あまりも車内に坐っていることがあった。また車の手入れをしていると、いつも必ず何かすばらしいアイデアが浮かんでくるのだった。彼は父親がイタリアで、これと同じことをロバでやっていたのを思い出していた。

クレメンツァは寒さが苦手なので、暖房のきいたガレージの中で仕事をすることにした。彼は自分の計画をざっと復習してみた。ポーリーには用心しなくてはならない。鼠のような奴で、危険を嗅ぎつけられる恐れがあるのだ。それに今ごろは、いくらタフだといっても、ドンがまだ生きているとあっては奴も怖気づいているにちがいない。尻に蟻がはい上がったロバみたいにびくびくしていることだろう。しかしクレメンツァは、こういった状況には慣れていた。彼の仕事にはよくあることなのだ。第一に、ロッコが同行するうまい口実を作ること。第二には、彼ら三人が出かけるためのもっともらしい仕事を見つけること。

もちろん、厳密に言えば、これは不必要なことだった。このような無用の手間をかけなくともポーリー・ガットーを殺せるのだ。閉じ込めてしまえば、逃げ出すことはできない。だがクレメンツァは、確かな仕事をするという習慣を守り、危険が入り込む余地をいっさい除去することにした。何が起こるかわかったものではないし、それになんといっても、こういう事柄は生死にかかわる問題なのだ。

空色のキャデラックを洗いながら、ピーター・クレメンツァは熟考し、自分の台詞や表情の練習をくり返した。ポーリーには、腹を立てているみたいに無愛想にかかってやろう。ガットーのように敏感で疑い深い男には、この手が判断を誤らせるだろうし、少なくとも不安を与えることだろう。余計な親しさは奴を警戒させるにちがいない。だがむろん、その無愛想も度を過ごしてはいけない。むしろ、苛立っていてうわの空といったふうにすべきだ、そして、ランポーネはなぜ同行するのか？　ポーリーはこれを最も警戒することだろう、特にランポーネが後部席に坐らねばならないとあっては、ポーリーは、ランポーネを頭の後ろに置いて、車の中で孤立無援になることを好まないにちがいない。クレメンツァはキャデラックの金属をごしごしこすり、磨きをかけた。事は扱いにくくなりそうだった。それもひどく扱いにくく。一瞬、彼はほかの男を加えるべきかどうかを考えてみたが、そうはしないことに決めた。それは根本に立ち返った彼の思案の結果だった。将来、この仕事の助手の一人にとって、クレメンツァに不利な証言をするのが得策になるといった事態が生じるかもしれない。共犯者が一人ならば、それは話が対立するというだけで済む。しかし、二人目の共犯者の言葉は、このバランスを崩し得るのだ。そう、手順はこれまでどおりでやらなければならない。

クレメンツァを悩ませているのは、処刑が〝公開〟であらねばならないということだった。すなわち、死体は発見されねばならなかったのだ。死体を隠してしまっていいのだったら、事はもっと簡単だった（普段の埋葬地は、近くの海か、ファミリーが知人を介して、あるいはさらに手のこんだ手段で奪いとったニュージャージーの沼沢地だった)。しかしこれは、裏切ろうとしている者を恐れさせ、敵にコルレオーネ・ファミリーはけっして間抜けでも能なしでもないと警告するためにも、公開でなければならなかった。スパイのあっけない発覚で、ソッロッツォは用心することだろう。コルレオーネ・ファミリーはその威信をいくらか取りもどすにちがいない。ドンが撃たれたことで、ファミリーはみんなから笑いものにされているのだから。

クレメンツァはため息をついた。キャデラックは青い鋼鉄の卵のように輝いていたが、殺し方の方法の糸口さえさっぱり見つかっていなかった。その時、一つの解答が——筋が通って、しかも細部に至るまで完璧なやつが——ぱっと頭に浮かんだ。それは、ロッコ・ランポーネと彼自身とポーリーとが一緒に車に乗ることであり、そうすれば彼も秘密で重要な仕事だと気を許すだろう。

ポーリーには、今日の仕事はファミリーが〝マットレスに突入する〟と決めた場合に備えて、アパートを捜しにいくのだと説明するのだ。

いつでもそうだが、ファミリー間の緊張が極度に高まってくると、対立者たちは秘密のアパートに本部を置き、〝戦闘要員〟は部屋中にばらまいたマ、ッ、ト、レ、スの上に寝ることになる。非戦闘員に対する攻撃は思いもよらぬことなので、これには何も、彼らの家族——妻や小さな子どもたち——を危険から守るという意味合いはなかった。そのような卑劣な報復行為に出ることは、あらゆるファミリーを敵に回すことを意味しているのだ。しかしながら、敵あるいは勝手に手出ししようとするかもしれない警察に日々の行動を知られないためには、どこか秘密の場所に身を置いていることがより賢明というものなのだった。

　そこで通常、秘密のアパートを借りてマットレスを敷きつめるために、信用ある幹部が派遣されることになる。攻撃が開始されれば、そのアパートは街への出撃門《サリー・ポート》として使用される。クレメンツァがそのような用向きで派遣されるのは自然なことであった。アパートに手を加えることを含め、あらゆる準備をするために、彼がガットーとランポーネを連れていくのも自然なことだった。それに――クレメンツァはにやりとしながらそう思った――ポーリー・ガットーが貪欲な男であることは証明ずみであり、彼はまっ先に、この貴重な情報でソッロッツォからどれくらいふんだくれるものかと思いをめぐらせるにちがいないのだ。

　ロッコ・ランポーネは早めに到着し、クレメンツァはするべき仕事と二人の役割を説明した。ランポーネは思いがけない喜びで顔を輝かせながら、ファミリーへの忠誠を認める昇進に対し、クレメンツァに恭《うやうや》しく礼を述べた。自分がうまくやったことをクレメンツァは確信した。彼はランポーネの肩をたたいて言った。「今日以後、おまえはもう少し稼ぎが上がることになる。が、それについては後で話すことにしよう。ファミリーが今、もっと差し迫って重大な問題をかかえていることはおまえも知っているだろうからな」報奨は確実と判断してか、ランポーネは納得したというような素振りをみせた。

クレメンツァは書斎の金庫へ行くと扉を開け、拳銃を取り出してランポーネに渡した。「これを使え」と彼は言った。「こいつなら絶対に足がつかないからな。ポーリーと一緒にこいつを車の中に置いてくるんだ。この仕事が片づいたら、女房と子どもを連れてフロリダに休暇に行ってほしい。当座は自分の金を使っておいてくれ。その金は後できれいにする。ゆっくりと日光浴でもしてるんだな。しかし必要な時に連絡がとれないと困るから、宿泊先はマイアミビーチのファミリーのホテルってことになっている」

クレメンツァの妻が書斎のドアをノックし、ポーリーが着いたことを知らせた。彼は車道に車を停めていた。

クレメンツァはガレージを抜けていき、ランポーネが後ろに従った。ガットーの隣の助手席に乗り込む際、クレメンツァは挨拶がわりにただぶつぶつと言っただけで、ひどく腹を立てているといった表情を顔に浮かべ、ガットーが遅れたとばかりに腕時計を覗き込んだ。

白イタチのような顔をした男は、手がかりを求めてクレメンツァを見つめていた。ランポーネが後部席の真後ろに坐るや、ガットーはいくらかたじろいだように言った。「ロッコ、もっと向こうに坐ってくれよ。おまえのようなでっかい奴だと、バックミラーが見えなくなっちまうんだ」

そのような要求はこの世で最も自然なことであるというかのように、ランポーネはクレメンツァの背後に坐るよう、素直に席を移した。

クレメンツァは気難しい調子でガットーに言った。「ソニーの奴、すっかりびくついているんだ。もうマットレスに取りかかることを考えているんだからな。ウエストサイドに場所を捜さねばならん。ポーリー、おまえとロッコの二人で、ほかの戦闘員たちに使用命令がおりるまで、アパートの準備をしていてもらいたい。いい場所を知らないかね?」

クレメンツァの期待どおり、ガットーの目には強欲そうな表情が浮かんできた。ポーリーは餌を飲み込み、ソッロッツォにこの情報をどれくらいの値で売りつけようかと考えだしたため、自分の身を警戒するのを忘れてしまったようだ。同様に、ランポーネは興味のなさそうなのんびりした態度で窓の外を見つめ、自分の役割を完璧に演じていた。クレメンツァは、自分の選択に喜ばしい思いだった。

ガットーは肩をすくめて言った。「ちょっと考えさせてくださいよ」

クレメンツァは不平を鳴らした。「運転しながら考えてくれ。今日じゅうにニューヨークに着きたいんだ」

ポーリーは熟練の運転手で、市へ通じる道路も午後のこの時刻にはすいており、彼らが着いたのは早い冬の夕暮れがちょうど帳《とばり》をおろしはじめたばかりの頃だった。車内では、雑談を交わす声すら聞こえなかった。クレメンツァは、ポーリーに車をワシントン・ハイツ区域に向けるよう指示した。彼は二、三軒のアパートを点検し、アーサー・アベニューの近くに停めて待っているようにポーリーに言うと、ロッコ・ランポーネともども車に残して外に出ていった。彼は何人かの知り合いにうなずいて挨拶しながら〈ベラ・マリオ・レストラン〉に入っていき、ビールとサラダの軽い夕食をとった。一時間ほど経つと、彼は車が駐車している地点まで数ブロック歩いてもどり、車内に入った。ガットーとランポーネはまだ待っていた。「チッ！」とクレメンツァは言った。「ロングビーチにもどれよ。ほかの仕事があるんだそうだ。ソニーの話じゃ、この件よりずっと重大なことらしいんだな。ロッコ、おまえは市内に住んでいるんだろう、置いていってやろうか？」

ロッコは静かに言った。「俺は車をお宅に置いてきちまったんです。ところが女房の奴が明日の朝まっ先に車を使いたいらしいんで」

「そうか」クレメンツァは言った。「それじゃ結局俺たちと一緒にもどらなきゃならんわけだ」

ロングビーチへもどる途中でも、三人はまったく無言のままだった。市に続く一筋の道にさしかかった時、クレメンツァが突然言った。「ポーリー、止めてくれ、小便をしてくる」長らく彼と共に働いてきたガットーは、この太った幹部の膀胱《ぼうこう》の調子が悪いことをよく知っていた。彼は度々そういう要求をすることがあったのだ。ガットーは、ハイウェイから沼地に続く柔らかい土のほうへ車を乗り入れた。クレメンツァは車から降り、灌木の中に二、三歩入っていった。実際に用をたして、それから車に入ろうとドアをあけながら、彼はハイウェイの前後に素早く目を走らせた。明かりは一つもなく、道路はまっくらだった。「やれ」とクレメンツァが言った。次の瞬間、車内に銃声がこだました。ポーリー・ガットーは前にとび出したように見え、身体がハンドルにとびかかり、それから座席にどすんと落ち込んだ。頭蓋骨の破片や血を浴びないように、クレメンツァは素早く後ろにさがっていた。

ロッコ・ランポーネが後部席からはい出てきた。まだ銃を握っていたが、それを沼に投げ込むと、クレメンツァと二人して急いで近くに停めておいた別の車の所に行き、それに乗り込んだ。ランポーネはシートの下に手を入れ、このために隠してあった鍵を取り出した。彼は車を出し、クレメンツァを家まで送りとどけた。それから同じ道をもどるかわりに、彼はメリックの町中を抜けるジョーンズビーチ・コーズウェイをとり、そこからメドウブルック・パークウェイを通ってノーザンステート・パークウェイに達した。それからロングアイランド・エクスプレスウェイに向かい、さらにホワイトストーン・ブリッジを走り抜け、ブロンクスを通り、マンハッタンの我が家へと帰っていった。

7

ドン・コルレオーネが狙撃される前の日の晩、彼の最強にして最も忠実、かつ最も恐れられていた部下は、敵に会見する準備をしていた。ルカ・ブラージは数カ月前から、ソッロッツォの配下の者たちと接触していた。彼はドン自身の命令に従ってそうしていたのだった。彼はタッタリア・ファミリーが経営するナイトクラブにしばしば顔を見せ、そこの一流のコールガールの一人とつきあいを始めた。そしてこのコールガールとベッドを共にしながら、彼は、コルレオーネ・ファミリーの中で自分がどれほど冷遇されているか、いかに自分の価値が認められていないことかとこぼしてみせた。コールガールとのこの情事から一週間後、ルカはナイトクラブのマネージャー、ブルーノ・タッタリアから話を持ちかけられた。ブルーノは一番下の息子で、表面上はファミリーの売春業に関係していなかった。しかし、長い脚の美女たちが一列になって踊る彼の有名なナイトクラブは、町の多くの売春婦どもの花嫁学校なのであった。

最初の会見はまったくあけっぴろげなものであり、タッタリアは彼に、ファミリーのビジネスの監督者としての勤め口を申し出ただけだった。この遊戯が一月《ひと》ほど続いた。ルカは若く美しい娘にのぼせ上がった男の役割を演じ、ブルーノ・タッタリアは、ライバルから有能な幹部を引き抜こうとする実業家の役を演じていた。ある時、そのような会合で、ルカは動かされた振りをしてみせてこう言った。

「だが一つだけわかってもらいたいね。俺はゴッドファーザーには決して刃向かわないつもりなんだ。ドン・コルレオーネは俺が尊敬する人でね。彼がファミリーのビジネスで、俺よりも自分の息子を立てなくちゃならないっていうのも、俺には理解できるんだよ」

ブルーノ・タッタリアは、ルカ・ブラージやドン・コルレオーネ、それに自分の父親さえも含めた古いタイプの人間に対する軽蔑をほとんど隠そうともしない、新しい世代の一人であった。つまり尊敬の念といったものをあまり持ち合わせていないのだ。彼が言った。

「俺のおやじは、あんたがコルレオーネ一家に不利なことをするのを期待してなどいないさ。なぜそんなことを期待すると思うんだい？　今じゃみんなが仲良く手をつないでやっていく時代でね、昔とはちがうんだ。あんたが新しい仕事を捜しているんなら、俺はその話をおやじに取り次ぐ、それだけのことさ。俺たちの商売にゃ、あんたのような人間が必要なんだ。骨のおれる仕事だし、順調にやっていくためには、働きのいい人間がいるんだな。決心がついたら知らせてくれ」

ルカは肩をすくめてみせた。「今いるところもそれほど悪くはないんでね」それで彼らは、この件を保留にしたのだった。

大体の計画は、ルカが割りのよい麻薬売買のことを知っており、自由な立場でそれを少々扱いたがっているとタッタリアに思い込ませる、というものだった。この方法によって、ソッロッツォの計画や――もしタークが何事か目論んでいるのならばの話だが――、彼がドン・コルレオーネの感情を害するような画策をしているのかどうかを探り出す手はずになっていた。ほかには何事も起こらないまま、二カ月待った末、ルカはドンに、ソッロッツォは明らかに自分の敗北を認めていると報告した。ドンはなおも探りを入れてみるよう、だが打診するだけにとどめて、無理をしてはいけないとそう彼に告げた。

ドン・コルレオーネが撃たれる前の晩、ルカはナイトクラブに立ち寄った。席に着くと同時に、ブルーノ・タッタリアが彼のテーブルにやってきて腰をおろした。

「あんたと話をしたいという友だちがいるんだがね」と彼は言った。

「連れてこいよ」ルカが言った。「あんたの友だちなら、誰とでも会うぜ」

「いや、彼は内密に会いたがっているんだよ」

「誰だい、そいつは?」ルカが尋ねた。

「俺の友だちということにしておいてもらおうか」ブルーノ・タッタリアは言った。「奴はあんたに何か仕事の口を世話したいらしいんだ。今夜遅くにでも会ってもらえないかな?」

「いいとも」とルカは言った。「何時に、どこにしよう?」

タッタリアは静かに言った。「このクラブは朝の四時に閉まるんだ。給仕たちが掃除しているあいだに、ここで会うってのはどうだろう?」

奴らは俺の習慣を知っている、俺のことを探っていたのにちがいない、ルカはそう思った。普段彼は、午後の三時か四時頃に起きて朝食をとり、それからファミリーの仲間と賭けを楽しんだり、女を買いに行ったりするのだった。時には、深夜映画を見て、どこかのクラブに立ち寄って酒を飲むこともあった。夜明け前に寝ることは決してなかった。従って、午前四時に会おうという提案もさほど奇異なことではなかった。

「わかったよ、いいとも」彼は言った。「四時にもどってくる」彼はクラブを出ると、十番街にある自分の家具付きアパートまでタクシーを拾った。彼は遠い親戚にあたるイタリア人の家族と共に、間借りしており、彼の二部屋は特別のドアによって、ほかからは入れないように仕切ってあった。彼はこの装置が気に入っていた。それはなにがしかの家庭生活の味を彼に与え、同時に、彼の最も苦手とする奇襲に対する防御にもなっているからだった。

ずる賢いトルコの狐が毛深いしっぽを出そうとしている、ルカはそう思った。ひょんなことから今晩ソッロッツォが行動を起こすかもしれないし、そうなればすべてに結着がつき、ドンへのクリスマス・プレゼントができ上がるかもしれない。自室で、ルカはベッドの下のトランクの鍵を開け、防弾チョッキを取り出した。ずっしりと重い。彼は服を脱ぎ、ウールの下着の上にそれをつけると、またその上にシャツと上着をつけた。一瞬、この新たな進展を伝えるためにロングビーチのドンの家に電話をかけてみようかと思ったが、相手が誰であろうと、ドンが決して電話では話さないことがわかっていたし、それに、ドンがこの任務を自分に内密に与えたからには、誰にも、ハーゲンやドンの長男にさえも、これを知られたくはなかった。

ルカは常に拳銃を携えていた。彼は拳銃を携行する許可証を持っていたが、恐らくそれは、かつていついかなる場所で発行されたものよりも高価な銃砲許可証であったろう。総額一万ドルもかかったのだが、しかし、たとえ警官に所持品検査をされても、これで刑務所行きを免れることができるのである。彼はファミリーの幹部扱いを受けて免許証の携帯を許されていたのだが、今晩は、仕事が完了する場合に備えて、〝安全な〟銃——絶対に出所を突き止められない拳銃が望ましかった。だが問題をよく考え直してみたあげくに、今晩は相手の申し出を聞くだけにとどめ、ゴッドファーザー、ドン・コルレオーネにその結果を報告することに決めた。

彼はクラブのほうへもどっていったが、酒はもう飲まなかった。そのかわりに、ぶらぶらと四十八丁目のほうへ歩いていき、お気に入りのイタリア料理店〈パッチー〉でのんびりと遅い夕食をとった。約束の時間が迫ると、彼はクラブに向かって住宅地区をゆっくり歩いていった。彼が入っていった頃には、もうドアボーイもクロークの女の子の姿も見えなかった。ブルーノ・タッタリアだけが迎えに待っていて、店の隅の人けのないバーへ彼を案内した。彼の前には、いくつもの小さなテーブルと、その中央に小さなダイヤモンドのように輝いている、磨きぬかれた黄色いダンスフロアの殺風景な光景がひろがっていた。暗がりにはがらんとしたバンドの舞台があり、マイクの細い金属の足が突き出ていた。

ルカはカウンターに坐り、ブルーノ・タッタリアはカウンターの向こうにまわった。ルカは出された酒を断り、タバコに火をつけた。これが結局いつもの会合だけで終わり、タークは関係していないということもあり得るのだ。だがその時、彼は、店のずっと奥の暗がりから、ソッロッツォが姿を現わしたのに気がついた。

ソッロッツォは彼の手を握り、カウンターの彼の横に坐った。タッタリアがタークの前にグラスを置くと、彼は軽く頭をうなずかせた。「私が誰だか知ってるかね？」ソッロッツォが尋ねた。

ルカはうなずき、不気味な笑みをみせた。鼠が穴から飛び出そうとしているのだ。この裏切者のシシリー人を始末するチャンスを与えてくれたことは、まことに光栄と思わねばならないことだった。

「私が君に何を頼もうとしているか知っているかね？」とさらにソッロッツォが尋ねた。

ルカは首を振った。

「たいした儲け口があるんだよ」ソッロッツォは言った。「つまり、幹部のレベルで何百万ドルも手に入るような仕事だ。一回目の出荷の際には、君に五万ドルを約束できる。むろん麻薬のことを言っているのだよ。それにこの仕事は、これからはもっと大きく伸びるはずなんだ」

ルカが言った。「なぜ俺に話すんだね？　俺からドンに伝えろと言うのかい？」

ソッロッツォは顔をしかめた。「ドンにはすでに話したんだ。ところが彼は断わってきた。結構、私は彼なしでもできるさ。だが、身体を張って売買の際の邪魔を追っ払ってくれる強い男が入用なんだ。君が君のファミリーの中で楽しくやっていないってことは知っている。そろそろ鞍替えをしたほうがいいんじゃないかな？」

ルカは肩をすくめてみせた。「そう、条件さえ充分ならな」

ソッロッツォはじっと彼を見つめ、結論に達したようだった。「私の提案を二、三日考えてみてくれ。それからまた話しあおう」そう言って彼は手を差し出したが、ルカは気づかないふりをして、せわしげにタバコを吹かしていた。カウンターの向こうから、ブルーノ・タッタリアが魔法のようにライターを出し、ルカのタバコに近づけた。そして次に、彼は妙なことをやってのけた。ライターをカウンターに落とすと、ルカの右手をひっつかみ、それをきつく握りしめたのだ。

ルカはただちに反撃し、バーの腰掛けからすべりおりるや、身体をよじって逃れようとした。だがソッロッツォがもう一方の手首をつかんでいた。それでもルカは彼ら二人よりはるかに強く、背後の暗がりから現われた男が彼の首に細い絹紐を巻きつけさえしなければ、なんなく、ふりほどいていたことだろう。紐がきつく締まり、ルカの息を詰まらせた。顔は紫色に変わり、腕の力がしだいに脱けていく。その手を、タッタリアとソッロッツォは今では軽く握り、ルカの後ろの男が首に巻いた紐をきつく、さらにきつく引きしぼっているあいだ、二人はもの珍しげな、子どものような無邪気な様子でそこに立っていた。突然、床が濡れてぬるぬるになった。もはや制御のきかなくなったルカの括約筋がゆるみ、体内の排泄物が流れ出ているのだった。もうまったく力は失せ、脚を折りたたみ、身はだらりとたれている。ソッロッツォとタッタリアが手を離した。今や、締めている男だけが餌食に取り組み、崩れ落ちるルカの身体にあわせて自分も膝を折りながら紐を力いっぱい引くと、それは首の肉にのめりこみ、見えなくなってしまった。ルカの目はひどくびっくりしたように顔からとび出ており、そしてこの驚愕の色だけが、彼に残っている唯一の人間らしさだった。ルカはすでに息絶えていた。

「死体は隠しとけ」ソッロッツォが言った。「すぐに発見されちゃ具合が悪いんだ」そして彼は踵をかえしてそこを離れ、再び暗がりの中へと姿を消した。

8

ドン・コルレオーネが狙撃された翌日は、ファミリーの人々にとって実に多忙な一日となった。マイケルは電話のそばにつきっきりで、伝言をソニーに取り次いでいた。トム・ハーゲンは、ソッロッツォとの会見が実現されるよう、双方のファミリーに満足のゆく仲裁者を見つけようとおおわらわだった。タークは急に用心深くなっていた。恐らくは、コルレオーネ・ファミリーのクレメンツァとテッシオの部下が、彼の跡を追って街じゅうをうろついていると知ったからだろう。ソッロッツォは隠れ家にしがみついており、タッタリア・ファミリーの最高メンバーもみな同様だった。しかしソニーはむろん、敵がこういった初歩的な予防策を講じるだろうとはあらかじめ予期していた。

クレメンツァはポーリー・ガットーの件で忙殺されていた。テッシオはルカ・ブラージの行方を捜し出すよう指示されていた。ルカの足跡は、ドンの狙撃の前の晩以降ぷっつりと途切れている——不吉な兆候だった。しかしソニーには、ブラージが裏切ったとか不意打ちを喰ったとはどうしても思えなかった。

ママ・コルレオーネは、病院近くにいたいという彼女の希望で、市内にあるファミリーの知人の家に寝泊りしていた。義理の息子のカルロ・リッツィも手助けを申し出たが、ドン・コルレオーネが手配してやった彼の仕事――マンハッタンのイタリア人地区にある、割りのよい賭け屋の仕事に専念するよう言われていた。コニーは、やはり病院の父を見舞えるよう、母親と一緒に街にいた。

フレディはまだ、両親の家の自室で安静状態にあった。彼を見舞いにいったソニーとマイケルは、その顔の青さと明らかな衰弱ぶりにびっくりした。「なんてことだ」とソニーは、フレディの部屋を出るなりマイケルに言った。「あいつ、まるで自分が撃たれたみたいじゃないか」

マイケルは肩をすくめてみせた。彼は、同じような状態に陥った兵士を戦場で見かけたことがあったが、まさかフレディがそんなふうになろうとは思ってもみなかった。彼らが小さかった頃の彼の記憶では、家族の中で下の兄が肉体的に一番タフだったのである。しかしフレディは、父親に対して最も従順な息子でもあった。そして、ドンにこのまん中の息子をファミリー・ビジネスの要職につける気がないことは、まわりの誰もが知っていることだった。彼はいささか聡明さに欠けており、そんな仕打ちを受けても無理からぬところがあったのだ。彼はあまりにも引っ込み思案で、充分な気力を持ち合わせていなかった。

その日の午後遅く、マイケルはハリウッドのジョニー・フォンテーンから電話を受けた。

ソニーが電話に出た。「いや、ジョニー、おやじに会いにこっちへ来てもらってもしようがないんだ。容体がひどく悪いし、それに、来れば来るで君の評判がぐんと悪くなるだけだからな。おやじはそんなことを喜ばないだろうと思うぜ。もう少し回復し、家に移せるようになるまで待って、それから会いにきてくれよ。オーケー、おやじにはよろしく伝えとくさ」ソニーは電話を切り、マイケルに向かって言った。「おやじ喜ぶだろうな、ジョニーが様子を見にカリフォルニアから飛んできたがっていると知ったら」

同じ午後遅くに、マイケルは、クレメンツァの部下の一人にキッチンにある登録ずみの電話のほうへ呼び出された。ケイからだった。

「お父様、大丈夫？」ケイが尋ねた。その声は少し緊張し、いくぶん不自然だった。彼女は、今度の事件はむろんのこと、彼の父が本当に新聞でギャングと呼ばれるような人間なのかどうか、信じかねているのだ。

「大丈夫さ」とマイケルは言った。

「あなたが病院へお見舞いに行く時、あたしも一緒に行っていいかしら？」ケイが尋ねた。

マイケルは声をたてて笑った。彼女は、旧式のイタリア人たちとうまくやっていきたければ、そういったことをするのがいかに大切かと彼女に話して聞かせたのを覚えていたのだった。「この場合は特別なんだよ」彼は言った。「もし新聞記者が君の名前や素性を嗅ぎつけたら、君は《デイリー・ニューズ》の三面に載ることになるんだぜ。古い北部の家柄の娘が、大物のマフィアの首領の息子と親しく交際しているってね。君の両親がどう思うか考えてごらんよ」

ケイの答えはそっけなかった。「あの人たち、《デイリー・ニューズ》なんか読みやしないもの」再びぎごちない沈黙が続き、やがて彼女は言った。「あなたは大丈夫なんでしょうね、マイク、危険なことはないんでしょう？」

マイクはまた笑い声をたてた。「ぼくはコルレオーネ・ファミリーの意気地なしで通っているんだ。無益無害ってところさ。だから奴らもぼくを狙うような手間はかけやしない。そう、全部片がついたんだよ、ケイ。もうこれ以上厄介なことは起こらない。どっちにしろあれはまったくの事故だったんだ。詳しいことは会った時に説明するよ」

「それはいつ？」彼女が訊いた。

マイケルは思いをめぐらした。「今晩遅くはどうだい？　君のホテルで飲んで夕食をとり、それからぼくは病院におやじを見舞うことにする。オーケー？　でも、誰にも言っちゃいけないよ。ぼくたちが一緒にいるところを、新聞社のカメラマンにつかまりたくないんだ。冗談じゃないんだぜ、ケイ、ひどく面倒なことになる。特に君の両親にとってはね」

「わかったわ」ケイは言った。「待ってるわ。あなたのためのクリスマスの買物をしようかしら？　それとも何か他のことがいい？」

「いや、ただ準備していてくれればいいよ」

ケイは少し興奮した笑い声をたてた。「準備しているわ。いつだってそうじゃない？」

「うん、そうだね」彼は言った。「それでこそぼくの恋人なのさ」

「あなた好きよ」彼女は言った。「あなたもそう言えて？」

マイケルはキッチンにいる四人のガンマンのほうを見やった。「だめだな。今夜にするよ、オーケー？」

「オーケー」彼女が答え、彼は電話を切った。

クレメンツァはやっと一日の仕事からもどり、湯気を上げているトマトソースの大きな鍋のまわりで息を切らしていた。マイケルは彼にうなずいてみせ、隅の事務室に入っていった。そこでは、ソニーとハーゲンがいらいらしながら彼を待っていた。「クレメンツァは向こうにいるのか？」ソニーが訊いた。

マイケルはにやりとした。「部隊のためにスパゲティを煮立てているよ。まるで軍隊そっくりだな」

ソニーは腹立たしげに言った。「彼にそんなろくでもないことはやめてここに来るように言ってくれ。彼にはもっと重要な仕事があるんだ。それからテッシオも一緒に呼んでくれ」

二、三分後に、彼らはみな事務室に集まった。ソニーがクレメンツァにぶっきらぼうに訊いた。「奴の始末は？」

クレメンツァはうなずいた。「もう奴には会いたくたって会えないね」

かすかな、電気に触れた時のようなショックと共に、マイケルは、彼らがポーリー・ガットーのことを話しており、そしてポーリーが死んだことを――婚礼の日のあの陽気な踊り手、ピーター・クレメンツァに殺されたのだということを理解した。

ソニーがハーゲンに尋ねた。「ソッロッツォのほうはうまくいきそうかね？」

ハーゲンは頭を振った。「奴は交渉に乗り気じゃなくなったようだ。少なくともそれほど熱心だとは思えない。われわれの手の者につかまらないようひどく用心深くなっているだけのことかもしれんがね。いずれにしろ、私はまだ奴が信用するような一流の仲裁者を用意できていないんだ。だが奴にしても、今では交渉に応じなければならんとわかっているはずさ。おやじさんを逃がしてしまった時、奴はチャンスもまた逸したんだからね」

ソニーが言った。「あいつは利口な奴だ。今までに俺たちのファミリーが敵対したうちじゃ一番利口な奴だよ。ひょっとしたら奴は、俺たちがおやじが回復するまで、あるいは奴について情報を集めるまで、時間かせぎをしているのだと考えているのかもしれんな」

ハーゲンは肩をすくめた。「ああ、きっとそうも考えているだろうな。しかしそれでもなお、奴は交渉せざるをえないんだ。相手に選択の余地はないんだよ。明日私はそれを証明してみせる、まちがいない」

クレメンツァの部下の一人が、事務室のドアをノックしてから中に入ってきた。「今ラジオで聞いたんですが、警官がポーリー・ガットーを見つけたそうです。自分の車の中で死んでいたとか言ってましたが」

クレメンツァはうなずいて男に言った。「そのことは心配しなくていいんだ」男は自分のボスの言葉にびっくりしたような顔をしてみせたが、キッチンへもどっていく前に、それは納得した表情に変わっていた。

何事もなかったように、協議は続けられた。ソニーがハーゲンに尋ねた。「ドンの容体に変化はないだろうな？」

ハーゲンは首をうなずかせた。「うん、だがあと二日は話せまい。すっかり参っちゃったからな。まだ手術が終わったばかりだし、お袋さんはほとんど一日じゅうそばについている。コニーもだ。病院のまわりには警官がいっぱいいるし、万一に備えて、テッシオの部下も待機している。二日もすれば話せるようになるだろうから、そうすれば彼がわれわれに何を望んでいるかがわかるってものさ。そのあいだは、ソッロッツォにせっかちな真似をさせてはならない。だからこそ君に奴と取り引きの話をはじめてもらいたいんだ」

ソニーは鼻を鳴らした。「奴がその気になるまで、俺はクレメンツァとテッシオに奴を捜させるさ。ひょっとしたら、運に恵まれて、いっさいがっさい片がついてしまうかもしれんからな」

「そんな運は期待できないね」ハーゲンが言った。「ソッロッツォはそれほど馬鹿じゃないよ」ハーゲンはちょっと口をつぐんだ。「奴は、いったん話し合いの場に着いたら、自分のほうが譲歩する度合いが大きいってことを知っているんだ。それで奴は姿をくらましているのさ。私は、おやじさんの指令を受けてわれわれが奴を狙ったりしないように、奴は他のニューヨークのファミリーたちから援護部隊を集めようとしていると見ているんだが」

ソニーは顔をしかめた。「なんだってそんなことをするんだ?」

ハーゲンはもどかしげに言った。「みんなに損害を及ぼし、新聞や政府に行動を起こさせるような大規模な戦いを避けるためさ。それにソッロッツォは、連中に仕事の割前をやるつもりだろうな。麻薬が莫大な儲けになることはみんな承知している。コルレオーネ・ファミリーには必要でなくとも——われわれには賭博があるし、これは今のところ最上の商売だ——他のファミリーはそいつをひどく欲しがっているんだ。ソッロッツォはやり手で通っているし、みんなは、奴がどでかい仕事をやる男だってことを知っている。つまり、奴が生きていればみんなのふところには金が、奴が死ねば面倒が、というわけさ」

ソニーの顔は、マイケルが今までに目にしたことのないようなものだった。大きなキューピッド形の唇と褐色の肌は鉛色になっていた。「奴らが何を望もうと俺の知ったことか。この戦に奴らが手を出すこたあないんだ」

自分たちの将軍が、いかなる犠牲を払おうとも難攻不落の丘めがけて突撃しろとわめくのを聞いた歩兵の指揮官、クレメンツァとテッシオは、椅子の中で居心地悪そうにもじもじしていた。ハーゲンは少し腹立たしげに言った。「よせよ、ソニー、おやじさんは君がそんなふうに考えるのをよしとはしないだろうぜ。彼がいつも言っているのを知ってるだろう、『それは無益なことだ』って。確かに、もしおやじさんがソッロッツォを狙えと言うなら、誰にもわれわれの行動を止めさせやしない。だがこれは個人的な問題じゃない、ビジネスなんだ。われわれがタークを狙って、それで他のファミリーが干渉するようなら、いやでもおうでも問題を交渉に移さざるをえないんだ。しかしもしわれわれがソッロッツォを殺《や》ると決定したことを知れば、彼らはきっと黙認してくれるだろう。そしてドンは、別の件で譲歩してその埋め合わせをすることになる。だが、こういったことに関してはひとりでのぼせちゃいけない。ビジネスなんだよ。おやじさんが撃たれたことさえもビジネスだったんだ、決して個人的なものじゃない。もうそのくらい君にもわかっていいはずだよ」

ソニーの眼差しはまだ荒々しかった。「オーケー、ようくわかった。俺たちがソッロッツォをやっつけようと思えば、誰にも邪魔だてできないってことが君にもわかっているのならばな」

ソニーはテッシオに顔を向けた。「ルカに関する情報は？」

いよ」

テッシオは首を振った。「まったくないね。ソッロッツォにひっさらわれたにちがいな

ハーゲンが静かに言った。「ソッロッツォはルカのことを気にかけていなかった。それで私は変だと思ったんだ。あれだけ抜け目のない奴が、ルカのような男のことを心配しないはずはない。恐らく、奴はなんらかの方法でルカを消したんだろうな」

ソニーがつぶやくように言った。「ああ、ルカが敵に回ってなきゃいいんだが。それを俺は恐れているんだ。クレメンツァ、テッシオ、あんたたちはどう思う？」

クレメンツァがゆっくりと言った。「誰だって身を誤ることはあるさ、ポーリーがいい例だ。だがルカとなると、あいつは一つの道しか歩くことのできない男だった。ゴッドファーザーこそ彼が信頼する唯一のもの、彼が恐れるただ一人の人間だった。しかもそれだけじゃない、ソニー、ゴッドファーザーは誰からも尊敬されているが、ルカは他の誰にもましてあんたのおやじさんを尊敬していたんだ。いや、ルカは絶対にわれわれを裏切ったりはしないな。それに、ソッロッツォがどれほど狡猾でも、ルカが不意打ちを喰うとは私には信じがたいね。ルカは誰をも、何事をも疑ってかかる男だった。たぶん二、三日どこかへ出かけているだけだと思うな。今にでも彼から連絡があるかもしれないぜ」

ソニーはテッシオのほうに顔を向けた。ブルックリンの幹部は肩をすくめてみせた。

「どんな人間でも裏切者になり得るさ。ルカはえらく怒りっぽかった。ドンが何かのこと

で彼を怒らせたのかもしれん。あり得ることだよ。だが私としては、ソッロッツォが彼に不意打ちをかけたんだと思う。そう考えると、コンシリエーレの話とぴったり合う。最悪の事態を覚悟しているべきだな」

ソニーは全員に向かって言った。「ソッロッツォはすぐにポーリー・ガットーの一件を知るにちがいない。で、それが奴にどのように影響するかだが？」

陰気な口ぶりでクレメンツァが言った。「奴にとっくり考えさせるだろうよ。コルレオーネ・ファミリーは間抜けじゃないとわかるだろう。昨日はまったく運がよかっただけだと悟るだろうさ」

ソニーが語気鋭く言った。「あれは運じゃない。ソッロッツォはあれを何週間もかけて練っていたんだ。奴らは、毎日おやじをオフィスまでつけて、おやじの日課を見張っていたのにちがいない。それからポーリーと、それにたぶんルカを買収し、トムを予定どおりひっさらった。すべて望むがままにやってのけたんだ。しかし運不運でいえば、奴らはついていなかった。奴らが雇ったガンマンはそれほど腕ききじゃなかったし、おやじも思ったより素早かった。もしおやじが死んでいたら、俺は交渉せざるを得ない羽目になり、ソッロッツォが勝っていただろう。といっても、しばらくのあいだはだ。たぶん俺は辛抱強く待って、五年か十年後に奴を殺ったにちがいない。だが、奴が幸運だったとは言うな、ピート、奴を過小評価することになるからな。俺たちはそれで先手を取られてしまったんだ」

部下の一人が、スパゲティのボウルと、次には皿とフォークとワインをキッチンから運んできた。彼らは話しながら食べ、マイケルは驚き呆れてながめていた。彼は食べる気がせず、トムも同様だったが、ソニーとクレメンツァとテッシオはパンの皮でソースをぬぐい取りながらさかんにぱくついている。それはほとんど滑稽なほどだった。みんなは討論を続けた。

テッシオは、ポーリー・ガットーの死がソッロッツォを狼狽させるとは思っていなかった——タークはそれを予想し、実際、それを歓迎しているかもしれない、何しろもうあいつの役目は終わってしまったのだから。それでタークが不安に襲われたということはないだろう——だいたい、こちらの思惑どおりに相手が動いてくれるものだろうか？

マイケルが遠慮がちに口を切った。「ぼくは自分がこういったことについて素人だと知っているけど、あんた方がいろいろソッロッツォについて言ったことや、それに奴が突然トムと連絡を断ったことを考えると、ぼくは奴がひそかに切り札を用意しているんじゃないかと思うんだ。奴をまた優勢にするような、何か手のこんだことを準備しているのかもしれない。それが何かわかれば、主導権はこっちが握ることになるんだが」

気乗りしない様子でソニーが言った。「うん、それは俺も考えてみた。しかしわかったのはルカのことだけだ。彼がファミリーの中で許されている特権を行使する前にここに連れてくるよう、もう指令を出してある。考えられるあと一つのことは、ソッロッツォがニューヨークの他のファミリーと取り引きしていて、戦がはじまればみんなが敵にまわるという知らせを明日にでも受けるかもしれないってことさ。つまり、俺たちはタークの申し出を呑まねばならないってことだ。そのとおりだろう、トム？」

ハーゲンはうなずいた。「私にはそう思えるんだよ。そして、おやじさんがいないかぎり、われわれにはそういった動きを妨害することはできないんだ。彼は他のファミリーに対抗できるただ一人の人間だからね。こういった場合に絶対に必要な政治的なこねを握っているし、それを取り引きに利用することもできる。たとえ彼が最悪の状態を予想していてもだ」

つい最近、自分が最も信頼する部下に裏切られた人間にしてはいくぶん傲慢な調子で、クレメンツァが言った。「ソッロッツォはまずこの家には近づかないだろうね、ボス。そのことで気をもむ必要はないさ」

ソニーはしばらく考え深げに彼を見つめていたが、やがてテッシオに向かって言った。「病院のほうはどうなんだ、君の部下はちゃんと守りを固めているんだろうな？」

協議のあいだで初めて、テッシオは自信満々といった様子を見せた。「内も外もな」と彼は言った。「それも四六時中だ。警官もがっちりと固めている。刑事ときたひにゃ、おやじさんを尋問しようと病室の戸口で待っているよ。まったく笑わせるじゃないか。ドンはまだ管で飲み物をとっている状態だから、食べ物はだめ。ということは、調理室のほうも――トルコ人って毒薬に頼るから心配したんだが――気にすることはない。まあ、奴らはどうあがいたってドンに近づけっこないね」

ソニーは椅子の背に寄りかかった。「俺ってことはないな。奴らは俺と取り引きしなきゃならんのだし。しかし奴らにとっちゃ、ファミリーの要職にいる人間が必要なわけだ」彼はマイケルににやりと笑いかけた。「まさかおまえじゃないだろうな？ ソッロッツォはおまえをつかまえて、取り引きのための人質にするつもりかもしれんぞ」

マイケルはしょんぼりしてしまった――これでケイとのデートもおじゃんだ。ソニーは自分を家から出してくれないだろう。だがハーゲンがじれったそうに口をはさんだ。「いやちがうね。もし奴が担保を欲しがっているのなら、いつでもマイクをつかまえることができたんだ。しかもマイクがファミリーの仕事に携っていないことは誰でも知っている。彼は堅気の人間だし、ソッロッツォが彼に手を出せば、奴はニューヨークのファミリー全部を失うことになるんだ。タッタリア・ファミリーでさえも、奴の敵に回らざるをえなくなるだろう。そうさ、わかりきったことだよ。明日、全ファミリーの代表がやってきて、コルレオーネ・ファミリーはタークと取り引きすべきだと告げるだろうね。奴はそれを待っているんだ。それが奴の最後の切り札なんだよ」

マイケルは安堵のため息をついた。「助かったよ」と彼は言った。「ぼくは今晩街に行かなくちゃならないんだ」

「なぜだい？」ソニーが鋭く尋ねた。

マイケルはにやっとした。「病院に寄っておやじを見舞い、お袋やコニーに会ってくるよ。それに、ちょっとほかにもやることがあるんだ」ドンと同様、マイケルは決して自分の本当の用向きを口にしなかったし、それに今は、ケイ・アダムスに会いにいくことをソニーに話したくはなかった。話していけない理由はないのだが、ただそれが彼の習慣だったのだ。

キッチンで大きなざわめきがした。クレメンツァが何事かと出ていき、もどってきた時、その手にはルカの防弾チョッキがかかえられていた。チョッキには大きな死んだ魚がくるんであった。

クレメンツァがそっけなく言った。「タークの奴、スパイのポーリー・ガットーの一件を聞いたんだな」

テッシオもまたそっけなかった。「これでルカ・ブラージの件も片がついたってわけだ」

ソニーはシガーをつけ、ウイスキーをあおった。マイケルが面喰らって尋ねた。「この魚いったいどういう意味だい？」彼に答えたのは、アイルランド人でありコンシリエーレであるトム・ハーゲンだった。「つまり、ルカ・ブラージは海の底で眠っているということさ」彼が言った。「シシリーに伝わる古い挨拶だよ」

9

その晩、マイケル・コルレオーネは街に出かけたが、気分は重かった。彼は自分が意思に反してファミリーの仕事に巻き込まれようとしているのを感じた。そして、たとえ電話を受けるだけにしろ、ソニーが自分を使うことに憤慨していた。殺人のような大きな秘密を明かしても絶対大丈夫だと思われていても、自分がファミリーの会議に立ち入っていることに不安を覚えた。ケイに会いに行こうとしていながら、マイケルは彼女に対しても良心の呵責を感じていた。彼は自分の家族について、ケイに完全に正直ではなかったのだ。家族のことを話しはしたが、いつもちょっと冗談めかしていた。彼らを実際よりもカラー映画の冒険者みたいに思わせるような、華々しい逸話をまじえて話してきかせたのだった。そして、彼の父は路上で撃たれ、長兄は殺人の計画を練っている。事態は単純明白だったが、決してケイにどのように話したらいいかを彼に教えるものではなかった。すでに彼は、父の狙撃が〝事故〟のようなものにすぎず、面倒はすっかり終わったのだと言ってしまったのだ。まったくなんてことだ、今はじまったばかりだというのに。ソニーとトムはソッロッツォという男を見損なっている。ソニーは危険を悟るに充分聡明ではあるが、それでもなお彼らはソッロッツォを過小評価している。タークはいったい何をひそかに準備しているのだろうか、マイケルはその点について考えてみようとした。疑いようもなく、彼は大胆で、利口で、並はずれた気力をもった男だ。どんな手口でくるか予想のつかぬ男と見てまちがいない。ところがソニーやトムやクレメンツァやテッシオたちは、すべての行動を抑えることができると踏んでおり、しかも彼らは、自分よりも経験を積んでいる連中なのだ。この戦いでは自分は〝一般人〟なのだ。マイケルは皮肉まじりにそう思った。そして彼らは、自分をこの戦いに参加させることにより、第二次大戦で得たよりもはるかにすばらしい勲章を自分に与えることになるにちがいない。

マイケルは、こんな風に考えている自分はあまりに父親に冷たすぎるのではないかと、やましさを感じざるをえなかった。自分の父親が蜂の巣のように撃たれ、しかも、トムが、あれはビジネスにすぎず個人的なものではないと言った時、奇妙なことながらマイケルは、他の誰にもまして理解したのだった――父親は、彼が生涯かけてほしいままにした権力と、まわりの人々から取りつけた尊敬の代価を、あのような形で支払ったのだということを。

マイケルが望むのは身を引くこと――自分自身の生涯を過ごすために、これら一切から身を引くことだった。しかし、この危機が去るまでは家族から逃げ出せなかった。一般人の立場で手助けせねばならなかった。突然はっきりと、彼は自分が自分に当てがわれた役割に、特権を与えられた非戦闘員、兵役を免除された忌避者という役割に、苛立っているのだと気がついた。だからこそ〝一般人〟という言葉が、こんなにも苛立たしく胸に響いてくるのだった。

ホテルに着くと、ロビーでケイが待っていた（クレメンツァの部下が二人、彼を車で街まで送り、尾行《つけ》られていないことを確かめてから、ホテル近くの角で降ろしてくれた）。二人は夕食と飲み物を少々とった。「何時にお父様をお見舞いに行くつもり？」とケイが尋ねた。

マイケルは腕時計を見やった。「面会時間は八時で終わるんだ。みんながいなくなってから行くつもりだよ。ぼくなら入れてくれるだろう。でもおやじは一人部屋にいて、専属の看護婦がついているから、ぼくのできることといったら黙って坐っていることぐらいだろうね。まだ話せやしないだろうし、ぼくがいることにも気づかないと思うよ。でもとにかく顔ぐらいは見に行かなくちゃ」

ケイが静かに言った。「お父様、本当にお気の毒だわ。結婚式の日、素晴らしい方だと思ったのよ。お父様について新聞に載っていること、あたし信じやしないわ。記事のほとんどが嘘っぱちなんだと思うわ」

マイケルも静かに言った。「ぼくだって信じちゃいないさ」彼は、ケイに対してなぜこんなにも隠しだてするのか、自分でもよくわからなかった。マイケルは彼女を愛し、そして信じていた。だが父親やファミリーのことについては、彼は何も話そうとはしなかった。いずれにしても、ケイは部外者だったのだ。

「あなたはどうなの？」とケイが尋ねた。「新聞が興味本位に書きたてているギャングの争いに、あなたも巻き込まれてしまうのかしら？」

マイケルはにやっと笑って上着のボタンをはずし、大きくひろげてみせた。「ほら、ピストルなんか持ってないぜ」彼のその言葉に、ケイは声をたてて笑った。

夜も遅くなり、二人は部屋へ上がっていった。ケイは二人のために飲み物をつくり、飲む時にはマイケルの膝の上に坐った。衣服の下のなめらかな肌の上を、彼の手がすべり、赤く火照った太ももにまで達した。二人は一緒にベッドに倒れ込み、唇と唇をぴったりと合わせ、服も脱がずに愛し合った。終わると、彼らは衣服を通してお互いの身体の火照りを感じながら、静かに横たわっていた。ケイがささやいた。「これが、あなた方兵隊がちょいの間《クイッキー》って呼んでるものなの？」

「まあね」

「悪くないわ」ケイは真面目な声でそう言った。

二人はそのまま少しうとうとしていたが、マイケルが急に身体を起こし、腕時計をのぞきこんだ。「しまった。もう十時に近いよ。病院に行かなくちゃ」彼はシャワーを浴びて髪を整えるため、浴室へ行った。ケイがあとからついてゆき、後ろから彼の腰に腕を巻きつけながら訊いた。

「あたしたち、いつ結婚するの？」

「いつだっていいさ」マイケルは言った。「この家のごたごたが落ち着いて、おやじがよくなったらすぐにしようよ。でも君は両親に事情を説明しなきゃならんな」

「なんて説明するの？」ケイが静かに言った。

マイケルは髪に櫛をあてていた。「ただこう言えばいいのさ、イタリア人の家柄の、勇敢でハンサムな青年に出会ったって。ダートマスの優等生。大戦中、殊勲十字章と名誉戦傷章を授与される。正直にして勤勉。でも彼のお父さんは悪い人間を殺さなくてはならないマフィアの首領で、時には政府の高官に賄賂を使い、そして仕事中に自分も撃たれて穴だらけにされました。でもそれは、正直で勤勉な彼の息子にはなんの関係もありません。全部覚えられそうかい？」

ケイは彼の身体をはなし、浴室のドアに寄りかかった。

「お父様って、本当にそんな方なの？」彼女が訊いた。「本当にそんなことをするの？」

彼女はそこでちょっと口ごもった。「人を殺すなんてことを？」

マイケルは髪の手入れを終えた。「ぼくは実際よく知らないんだよ」と彼は言った。

「誰も本当のところは知っちゃいない。でもぼくは意外には思わないだろうな」

ドアを出ていこうとする彼に、ケイが尋ねた。「今度はいつ会えて？」

マイケルは彼女にキスをして言った。「家にお帰り、そして、田舎の君の小さな町で、もう一度ようく考えてほしいんだ。それにぼくは、どんな形ででも、君をこの件に巻き込みたくない。クリスマスの休暇が終わったら、ぼくは大学にもどるよ。だから今度はハノーバーで会おうじゃないか、オーケー？」

「オーケー」彼女は言った。ケイは、彼がドアを出て、エレベーターに乗り込む前に手を振るのを見守っていた。彼をこれほど身近に思い、これほど深く愛していると思ったことはこれまでになかった。そして、もし誰かが彼女に三年間は再びマイケルに会うことはなかろうと告げたならば、彼女はその苦しみにきっと耐えられなかったことだろう。

フレンチ・ホスピタルの前でタクシーを降りたマイケルは、通りにまったく人影がないのを見てびっくりした。その驚きは、病院に入ってがらんとしたロビーを見るや、驚愕にとって変わった。なんてことだ、クレメンツァとテッシオはいったい何をしてるんだ？確かに二人はウエストポイントにいたことはないにしても、前哨《しょう》を置くぐらいの戦術は充分心得ているはずではないか。少なくとも彼らの部下二人は、このロビーにいて然るべきなのだ。

時刻は十時半に近く、最後の見舞い客ももう帰ったあとみたいだった。今やマイケルは緊張し、神経は油断なく研ぎ澄まされていた。彼は四階にある父親の病室の番号をあらかじめ聞いており、受付に寄る手間をかけずに自動エレベーターに乗った。奇妙なことに、四階の看護婦詰め所に着くまで、彼を引き止める者は一人としていなかった。彼は看護婦の質問を無視してまっすぐ大股に通り過ぎ、父親の部屋へ向かった。ドアの外にも誰もいなかった。護衛を兼ねて、おやじを尋問しようとここで待ちかまえているはずの刑事二人は、いったいどこにいるのか？　そしてテッシオとクレメンツァの部下たちは？　部屋の中に誰かいるのだろうか？　ドアは開いたままになっている。マイケルは中に入った。ベッドに人影があり、窓から差し込む十二月の月明かりの中に、マイケルは父の顔を見てとることができた。その顔はまったくの無表情で、不規則な呼吸に伴い胸が浅く上下していた。ベッドの脇の鉄の掛け具から垂れている管が、彼の鼻に続いている。床にはガラスのびんがあり、別の管で胃から出る毒素を受けている。マイケルは父親の無事を確かめるためにしばらくそこにいてから、また部屋の外に出た。

彼は看護婦に言った。「ぼくはマイケル・コルレオーネというんだが、しばらくのあいだ父のそばにいたいんだ。父を護衛しているはずの刑事たちはどうしたんだい？」

看護婦は、自分の職権に絶対の自信をもっているといった感じの、非常に若い娘だった。「ほんとに、あなたのお父様には見舞い客が多すぎますわ。病院の業務に差し支えるほどですもの」彼女は言った。「十分ほど前、警官が来てお客さんをみんな帰らせました。それからちょうど五分後に本署からの非常呼集だということで、私が刑事さんを電話口に呼び出し、それでその人たちも出ていったんです。でもご心配なく、私はたびたびお父様のところに立ち寄りますし、あの部屋で音がすれば全部聞こえますもの。それでドアを開けておくんです」

「ありがとう」マイケルは言った。「ぼくはしばらく父のそばにいるつもりだけど、いいだろう？」

看護婦は彼に微笑んでみせた。「ほんの少しだけね、そうしたら申し訳ないけどお帰りください。規則なんですの、ご存知でしょうが」

マイケルは父の部屋へもどり、電話を取って病院の交換を呼び出すと、ロングビーチの自宅の端にある事務室の電話番号を告げた。ソニーが電話に出、マイケルは低い声で言った。「ソニー、ぼくは今病院にいる、遅く着いたんだ。ところがソニー、ここには誰もいないんだよ。テッシオの部下も一人もいない。ドアの前の刑事もだ。おやじはまったくの無防備だったんだぜ」彼の声は震えを帯びていた。

長い沈黙があり、それからソニーの声が低く、刻み込むように伝わってきた。「おまえが話したそれは、ソッロッツォの仕事だな？」

マイケルは言った。「ぼくもそうは考えたよ、でも奴はどうやって警官にみんなを立ちのかせたんだ、そして連中はいったいどこに行ったんだ？　テッシオの部下はどうしたんだ？　ひょっとしたら、ソッロッツォの野郎、ニューヨーク警察まで抱きこんでしまったんじゃないのかい？」

「落ち着けよ、おい」ソニーはなだめるように言った。「おまえがこんなに遅く病院へ見舞いに行ったとは、俺たちは今度もついてたな。おやじの部屋にいてくれ。中からドアに鍵をかけておくんだ。すぐに連絡して、十五分以内に何人かそっちへ行かせる。ただじっと腰を据えていろ。うろたえるんじゃないぜ、わかったな？」

「うろたえたりするもんか」マイケルは言った。今度の事件が起こってから初めて、彼は、自分の内に激しい怒りが、父親の敵に対する冷たい憎しみが湧き上がってくるのを感じていた。

電話を切ると、マイケルは看護婦を呼ぶブザーを鳴らした。自分自身の思慮分別を働かせ、彼はソニーの指示を無視しようと決心していた。看護婦が入ってくるなり彼は言った。

「君を驚かせたくはないけど、父をすぐに移さなきゃならないんだ。ほかの部屋か、ほかの階に。ベッドを押して行けるように、この管を全部はずせるかい？」

看護婦が言った。「そんなこと無理ですわ、先生の許可がなくちゃ」

マイケルは早口に説明した。「君も新聞で父のことを読んだはずだよ。それに今晩はここで父を守る者が一人もいないってことはわかるだろう？　今ぼくは、誰かが病院へ父を殺しにやってくると連絡を受けたんだ。頼むからぼくを信じて、手伝ってくれないか」マイケルはそうしたいと思えば、並はずれた説得力をもつことができるのだった。

看護婦は言った。「管をはずさなくてもいいわ。ベッドと一緒にスタンドも押していけます」

「空き部屋はあるのかい？」マイケルは小声で訊いた。

「廊下の端に」と看護婦が答えた。

非常に素早く、かつ能率的に、それはごく短時間のうちに行なわれた。それからマイケルは看護婦に言った。「味方が来るまで、彼と一緒にここにいたほうがいい。廊下にいると怪我をするかもしれないからね」

その時マイケルは、ベッドからしわがれてはいるが力強い父親の声がするのを聞いた。「マイケル、おまえかね？　何が起きたのだ、どうしたのだね？」

マイケルはベッドにかがみこみ、父の手をとった。「マイクです」彼は言った。「心配しないで、いいですか、絶対に音をたてちゃいけません。たとえ父さんの名前を呼ぶ声が聞こえたとしてもです。誰かが父さんを殺したがってる、わかりますね？　でもぼくがここにいるから心配することはありませんよ」

ドン・コルレオーネは、昨日自分の身に起こったことをまだ完全には自覚しておらず、ひどい苦痛の中にあったが、それでも末の息子に温かく微笑みかけた。そして、大変な努力を払ってこう言った。「わしがなにをいまさら心配するっていうんだ？　十二の時からずっと、妙な男がわしを殺そうとつけ狙っていたのだからね」

10

病院は私立で、入口が一つだけのこぢんまりとしたものだった。マイケルは窓から道路を見おろした。丸い前庭があり、そこから階段が道路に通じているが、そこに車の影はなかった。病院に入ってこようと思う者は、誰でもこの入口を通ってこなければならない。時間にせかされている彼は、部屋から飛び出し、四階を駆け降り、一階入口の広いドアを通り抜けた。はずれのほうに救急車の駐車場があったが、そこにはやはり一台の車も救急車も見えなかった。

マイケルは病院の外の歩道に立ち、タバコに火をつけた。上着のボタンをはずし、自分の姿が見えるように街灯の明かりの下に立っていた。九番街のほうから、小わきに包みをかかえた一人の若者が急ぎ足で歩いてきた。その若者は戦闘服《コンバット・ジャケット》を着て、豊かなもじゃもじゃの黒い髪をしている。明かりの下に入ってきたその顔にはどこか見覚えがあったが、マイケルは思い出せなかった。しかし若者は彼の前で立ち止まり、ひどいイタリア訛で話しかけながら手を差し出した。

「ドン・マイケル、ぼくを覚えてますか？　エンツォです、パン屋のナゾリーネのところのパン焼き職人ですよ。ナゾリーネの義理の息子です。あなたのお父さんは、ぼくがアメリカに留まれるよう政府に働きかけて、ぼくの命を救ってくれたんです」

マイケルは彼の手を握った。今では彼のことを思い出していた。

エンツォは言葉をついだ。「お父さんにご機嫌をうかがいに来たんですが、こんなに遅くても病院に入れてもらえますか？」

マイケルは微笑して頭《かぶり》を振った。「それがだめなんだ、でもとにかくありがとう。君が来てくれたことはドンに伝えとくよ」その時、一台の車が轟音と共に近づいてき、マイケルはさっと緊張した。彼はエンツォに言った。「急いでここを離れるんだ。面倒が起こるかもしれない。君は警察とかかり合いにならないほうがいい」

マイケルは、若いイタリア人の顔をよぎった恐怖の色を見て取った。警察とのいざこざは、国外追放とか、市民権剝奪とかいったことになりかねないのだ。しかし若者はすぐに踏み止まり、イタリア語で囁いた。「面倒が起こるのでしたら、手助けに残ります。ゴッドファーザーにはそれだけのお世話になっているんです」

マイケルは心をうたれた。もう一度若者に立ち去るよう言おうとしたが、それからこう考えた――どうしてこの男を帰さなけりゃならないんだ？　病院の前に二人の男がいれば、仕事に遣《つか》わされたソッロッツォの部下は驚いて引き下がるかもしれない。一人では恐らくだめだろう。マイケルはエンツォにタバコを渡し、火をつけてやった。二人は寒い十二月の夜の街灯の下に立っていた。クリスマスの飾りの木の枝で二分された、病院の窓ガラスから洩れる黄色い明かりが、二人の頭でチカチカ光っている。タバコをほとんど吸い終えた頃、長く低い車体の黒い車が九番街から三十丁目に曲がり、歩道すれすれに二人のほうへゆっくりとやってきて止まりかかった。無意識のうちに身体をあとずらせながら、マイケルは相手を確かめようと車内を透かし見た。車はほとんど止まりそうになったが、それから速度を増し、二人の前を通り過ぎた。車内の何者かが彼を認めたのだ。マイケルはエンツォにタバコをもう一本渡し、パン屋の手が震えているのに気がついた。自分でも驚いたことに、彼自身の手はしっかりとしていた。

そうやって十分ほど、彼らはタバコをふかしながら道路に立っていたが、突然、警察のサイレンが夜のしじまを破った。パトロールカーが軋りを立てて九番街を曲がり、病院の前に止まった。そのすぐ後に、さらに二台のポリスカーが続いた。病院の入口はにわかに、制服の警官と刑事でいっぱいになった。マイケルは安堵のため息をついた。ソニーの奴、電光石火に手を打ってくれたのにちがいない。マイケルは病院の入口に歩み寄った。

二人の大柄なたくましい警官が彼の腕をつかんだ。もう一人が所持品を検査した。部下がうやうやしく道をあける中を、帽子に金筋の入ったがっしりとした警部が階段を登ってきた。そのたいこ腹と帽子の下からのぞく白い髪にもかかわらず、赤ら顔をした元気いっぱいの男だった。彼はマイケルの前で立ち止まると、容赦のない調子で言った。「おまえたちギャングどもは残らずぶち込んだはずだがな。いったいおまえは何者だ、そして何をしてるんだ？」

マイケルの脇に立っていた警官の一人が言った。「武器は持っておりません、警部」

マイケルは返事をしなかった。彼はこの警部の顔を、その金属のような青い瞳を、冷やかにじっと見つめていた。私服の刑事の一人が口をはさんだ。「こいつはマイケル・コルレオーネだ。ドンの息子ですよ」

マイケルは穏やかに言った。「ぼくの父を護衛しているはずの刑事はどうしたんだい？誰の命令で彼らは持ち場を離れたんだ？」

警部は激しい怒りをあらわした。「やかましい、貴様のような与太者がこの俺に仕事の指図をしようってのか？　俺だよ、俺が命令したんだ。イタ公のギャングどもがどれだけ殺し合おうと、俺の知ったことじゃない。もし俺が好き勝手にできるんだったら、おまえのおやじが目の前で殺されようと、俺は指一本上げやしなかったぜ。さあ、出ていけ。この道路から消え失せろ、くずめが、そして、面会時間以外は病院に近づくな」

マイケルはなおも彼をじっと見つめていた。この警部の言葉に腹を立てているのではなかった。彼はすさまじい勢いで思いをめぐらしていた。あの最初の車にソッロッツォが乗っていて、自分が病院の前に立っているのを見たということがあり得るだろうか？　それからソッロッツォはこの警部に電話をかけて言う。「奴らをぶち込むように金を払ったのに、どうしてまだコルレオーネの連中が病院のまわりをうろついているんだ?」——こんなことがあり得るだろうか? ソニーが言ったとおり、これらはすべて綿密に仕組まれたものなのだろうか? しかしそう考えれば、何から何までしっくりとする。依然として冷静に、マイケルは警部に向かって言った。「ぼくは、あんたが父の部屋のまわりに護衛をつけるまでは、この病院を離れないよ」

警部には答える気がなかった。彼は横に立っている刑事に言った。「フィル、この若造をぶち込んどけ」

刑事がためらいがちに言った。「こいつは武器を持ってませんよ、警部。戦争の英雄で、悪事に加わったこともないんです。新聞がうるさいことになりゃしませんか?」

警部は怒りで顔を真っ赤にして、刑事に食ってかかった。彼はがなりたてた。「くそっ! 俺は奴をぶち込めと言ったんだぞ」

腹も立てず、依然として冷静に頭を働かせながら、マイケルは意図的な悪意をこめて言った。

「おやじを罠にはめて、タークからいくらせしめようというんだね、警部?」

警部は彼のほうに向き直り、二人のたくましい警官に声をかけた。「奴を押さえてろ」

マイケルは自分の腕が両脇に押さえつけられるのを感じ、大きな拳が自分の顔めがけて弧を描くのを見た。彼は身をよじって逃がれようとしたが、拳は狙いたがわず頬骨にめり込んできた。頭の中で手榴弾が炸裂《さく》した。口の中は血と、自分の歯だと気づいた小さな固い骨のようなものでいっぱいになっている。頭の片側は、空気でも入っているみたいに脹れ上がっている。脚に力が入らず、二人の警官の支えがなければ倒れこんでしまうところだった。しかしまだ意識はあった。私服の刑事が、さらに殴りかかろうとする警部を止めようと前にとび出し、こう言っていた。「どうしたんです、警部、本当に奴に怪我させてしまいましたぜ」

警部は大声で言った。「いいか、俺はこいつにさわらなかったぞ。奴が攻撃してきて、自分で転んだんだ。わかるか？　奴は逮捕に抵抗したんだ」

赤い靄を透かして、マイケルはさらに何台もの車が歩道の脇に止まり、男たちが出てくるのを見て取った。その中には顔見知りのクレメンツァの弁護士がおり、今彼は警部に向かって、慇懃に、自信ありげに話しかけていた。「コルレオーネ・ファミリーは、ミスター・コルレオーネを護衛するために私立探偵を雇いましてね。私と一緒に来たこの連中は、銃砲携帯の許可を取っているんです。彼らを逮捕なさると、朝には判事の前に出頭して、その理由を述べなくてはならないだろうと思いますよ」

弁護士はマイケルをちらっと見やって尋ねた。「君に危害を加えたのが誰であれ、君は告訴したいと思うかね？」

マイケルは話すのが困難だった。両顎が合わないのだが、彼はやっとの思いで低くつぶやいた。

「滑ったんだ」彼は言った。「滑って転んだんだよ」マイケルは、警部が彼に勝ち誇った一瞥をくれるのを見、それに微笑で答えようとした。どのような犠牲を払おうとも、自分の頭を支配しているこの爽快な氷のような冷たさを、身内に染みわたる冷えびえとした憎悪の波だちを、今は隠しておきたかった。この瞬間、自分がいかように感じているか、それをこの世の誰にも警告したくなかったのだ、ドンがそうしないのと同様に。それから彼は、自分が病院に運び込まれるのを感じ、意識を失った。

翌朝、目を覚ましたマイケルは、顎が針金でつなぎ合わされ、左側の歯が四本なくなっているのを知った。ベッドの傍らには、ハーゲンが坐っていた。

「麻酔をかけたのかい？」マイケルが尋ねた。

「うん」ハーゲンが答えた。「医者は歯茎から骨のかけらをいくつか取り出さねばならず、それで苦痛を和らげるためにそうしたのさ。まあ、君は麻酔をかけずともくたばってはいたけれどもね」

「ほかに悪いところは？」マイケルが訊いた。

「ないね」ハーゲンが言った。「ソニーは、君にロングビーチの家へ帰ってもらいたがっている。できそうかい？」

「もちろん。それでドンは大丈夫かい？」

ハーゲンは顔を赤らめた。「私たちは今ごろになって、やっと適切な手を打ったみたいだよ。私立探偵社を雇い、連中をあたり一帯に張りこませてある。車に乗ってからもっと詳しく話そう」

クレメンツァが車を運転し、マイケルとハーゲンは後部席に坐った。マイケルの頭はズキズキと脈打っていた。「それで昨夜の件はいったいどういうことだったのか、調べはもうついたのかい？」

ハーゲンが静かに言った。「警察の中にはソニーの息のかかった男がいてね。君を守ろうとしたあのフィリップス刑事がそうなんだが、彼がいろいろと面白い話をしてくれたよ。警部のマクルスキーはパトロール巡査の頃から獲物に対してひどく残酷な奴だった。われわれのファミリーも奴にかなりの金を払っているが、奴は強欲で、取り引きするにも信用できないところがあるんだ。だがソッロッツォは奴に大金をつかませたんだろうな。マクルスキーは、面会時間が切れるとすぐに、病院の中やまわりにいたテッシオの部下を拘引させた。連中のうちの何人かは拳銃を持っていたが、役には立たなかったよ。それからマクルスキーは、正式の護衛刑事をドンの部屋の戸口から引き払わせた。彼らに用事があると言い、ほかの警官を代わりに差し向けると言った。だがむろんそんな連中は来やしない。口から出まかせに言ったんだからな。奴はドンを罠にはめるように金を受け取ったんだ。

フィリップスは、奴はもう一度同じことをやりかねない男だと言っていた。ソッロッツォは手付金としてまず奴に大金を払い、首尾よくいったらそれ以上の金を支払うと約束したんだろうな」

「ぼくが怪我したことは新聞に出たのかい?」

「いや」とハーゲンは言った。「その件は内密にすることにした。警察にしてもわれわれにしても、あれは黙っていたほうが得策なんでね」

「結構だ」マイケルは言った。「それから、エンツォって坊やはうまく逃げたのかな?」

「ああ、彼は君より利口だったよ。警官が来たとたんに姿をくらましちまった。彼は、ソッロッツォの車が通り過ぎるあいだ、君と一緒に頑張っていたと言ってるんだが、本当かね?」

「うん」マイケルは言った。「いい奴だよ」

「それじゃ礼をしなくちゃな」ハーゲンは言った。「気分が悪いのかい?」彼の顔は心配げだった。「大分ひどそうだが」

「ぼくは大丈夫だよ」マイケルは言った。「あの警部、なんていう名前だって?」

「マクルスキーだ」ハーゲンが言った。「ところで、コルレオーネ・ファミリーがやっと一点入れたと知れば、君の気分もよくなるかもしれないな。今朝の四時、相手はブルーノ

・タッタリアだ」

マイケルは思わず坐り直した。「どうしてまた？　ぼくたちは腹を据えているはずじゃなかったのかい？」

ハーゲンは肩をすくめた。「病院での事件の後、ソニーがやたらと強硬になってしまってね。ニューヨークとニュージャージーの到る所に部下が張りこんでいる。私たちは昨夜、リストを作ったんだよ。私はソニーをなだめようとしたんだが、マイク、たぶん君なら彼を説得できるかもしれないな。今度の問題にはまだ、全面戦争にまでいかずに解決される余地が残っているんだ」

「ぼくが話してみるよ」マイケルは言った。「今朝、会議があるのかい？」

「そうなんだ」ハーゲンが言った。「ソッロッツォがついに連絡してきて、われわれと話し合いたいと言ってきた。現在、交渉人が細かい点を打ち合わせているところだ。つまりわれわれが勝利を収めるってことだよ。ソッロッツォは自分の敗北を認め、命だけは助けてくれというわけなのさ」ハーゲンはちょっと言葉を切った。「恐らく奴は、われわれが反撃しなかったので、われわれは弱腰になっている、今がつけ目だと思ったんだろう。ところが今朝、タッタリアの息子の一人が殺られ、奴はわれわれが本気だと知ったんだ。ドンを狙うなんて、奴もまったくすごい賭けをやったものさ。ところで、ルカの件も確認したよ。奴ら、おやじさんを撃つ前の晩に、ルカを殺っているんだ。ブルーノのナイトクラブでね。ちょっと信じられないことだとは思わないかい？」

マイケルは言った。「油断すれば誰だってやられるさ」

ロングビーチの家の散歩道への入口は、横づけされた長い黒い車で遮られていた。二人の男が車のフードに寄りかかっている。マイケルは、両側にある二軒の建物の上階の窓が開け放されているのに気がついた。ソニーの奴、どうやら本気になっているようだ。

クレメンツァは散歩道の外に車を止め、彼らは中に入っていった。二人の見張りはクレメンツァの部下で、彼は二人に挨拶代わりにしかめ面をしてみせた。男たちは返礼にうなずいた。微笑も、挨拶の言葉もなかった。クレメンツァが先に立ち、ハーゲンとマイケル・コルレオーネは後に続いた。

ベルを鳴らす前に、ドアは他の見張りによって開けられた。窓から見張っていたのだろう。三人は建物の端の事務室へ行き、そこではソニーとテッシオが彼らを待っていた。ソニーはマイケルに歩み寄り、両手で下の弟の頭をかかえると、からかうように言った。

「おう、きれいになったじゃないか」マイケルはその手を振り払い、机のほうに行き、針金でつないだ顎の痛みを柔らげてくれることを願いつつ、自分でスコッチを少し注いだ。

五人の男たちは部屋のあちこちに腰をおろしたが、雰囲気は以前の会合とはすっかりちがっていた。ソニーはもっと陽気でもっと元気がよかった。そしてマイケルには、その陽気さが何を意味するのかわかっていた。上の兄の頭の中には、もはやいかなる逡巡もないのだ。彼はすでに行動を起こしており、何物も彼を動揺させはしないだろう。ソッロッツォの昨夜の攻撃は、まさに最後のあがきだったのだ。もはや休戦にはなんの問題もありはしなかった。

「君がいないあいだに交渉人から電話があったよ」ソニーがハーゲンに言った。「タークはすぐにでも会見したいんだそうだ」ソニーは声を上げて笑い、「あの野郎の図太いことときたら」と、感嘆するように言った。「ゆうべ博打《ばくち》をうっておいて、今日か明日に会見をしたいって言うんだからな。そのあいだ、俺たちはただ手をこまぬいていて、奴が取り分けてくれる物をなんでも食べるだろうと思っているんだ。まったく図太い野郎だよ」

トムが用心深く尋ねた。「それで、君はどう答えたんだい？」

ソニーはにやりとした。「結構、と言ってやったさ、いけないかい？　いつでも結構、こちらは別に急いじゃいないってね。俺は一日二十四時間じゅう、百人の部下を通りに出してある。もしソッロッツォが毛一筋でも見せたら、奴は終わりだ。奴らには好きなだけ時間を与えてやろうさ」

ハーゲンが訊いた。「具体的な提案はあったかい？」

「ああ」ソニーが言った。「奴は、取り引きの条件の聞き役にマイクをよこすよう望んでいる。マイクの安全は交渉者が保証する。ソッロッツォは自分の安全を保証しろとは言っていない、そんなことは頼める筋じゃないと知っているのさ。それに、そんなことをしてもなんの意味もありゃしない。とにかく、会見の手はずはすべて奴のほうでととのえられる。奴の部下がマイクを拾い、会見の場所へ連れていく。マイクはソッロッツォの話を聞き、それから向こうは彼を放すだろう。だが会見の場所は秘密だ。取り引きはどうやら、こっちが拒絶できないほど申し分のないものになりそうだな」

ハーゲンが尋ねた。「タッタリアはどうしてる？　ブルーノの件について奴らはどう出る気なんだろう？」

「それも取り引きの一部なんだ。交渉者は、タッタリア・ファミリーはソッロッツォと歩調を合わせることに決めたと言っている。ブルーノ・タッタリアの件は忘れるそうだよ。ブルーノは、奴らがおやじにやったことの償い役ってわけさ。一つが一つを帳消しにするんだ」ソニーはまた笑い声をたてた。「まったく面の皮の厚い奴らだぜ」

ハーゲンが慎重に言った。「われわれはまず、相手の言い分を聞くべきだな」

ソニーは首を大きく左右に振った。「いや、いや、コンシリエーレ、今度はだめだ」彼の声にはかすかなイタリア訛があった。からかい半分に、父親の真似をしているのだった。「もう話し合いは結構。議論も、ソッロッツォの策略ももうご免だ。交渉者が返事を訊くためにまた連絡してきたら、一言だけ伝えてくれ。俺はソッロッツォにだけ用がある、さもなきゃ全面戦争だとな。俺たちはマットレスに取りかかるし、すべての部下を通りに張りこませる。損害を無視していたら、初めっからビジネスなんて成り立ちやしないんだ」

「しかしほかのファミリーは全面戦争に賛成するまいよ」ハーゲンが言った。「そうなると誰も知らん顔をできなくなるんだからね」

ソニーは肩をすくめてみせた。「それには簡単な解決策があるさ。ソッロッツォを俺に殺らせりゃいい、さもなきゃ、コルレオーネ・ファミリーを相手に戦えばいいんだ」ソニーはちょっと口をつぐみ、それからさらに荒々しい調子で言葉をついだ。「事態をいかに丸く収めるかなんて、もう忠告は無用だ、トム。決定したんだ。あんたの仕事は俺が勝つよう助けることなんだぜ。わかってるのか？」

ハーゲンはうつむいた。そして、しばらくじっと考え込んでいたが、やがて言った。

「私は警察にいる手先と話してみた。彼の話では、マクルスキー警部は確かにソッロッツォに雇われており、それもかなりな額でだそうだ。それだけじゃない、マクルスキーは麻薬にまで手を出す気でいる。奴は、ソッロッツォのボディガードになることを承諾したんだよ。〝ターク〟・ソッロッツォは、マクルスキーなしでは絶対に穴から顔を出しゃしない。奴が話し合いのためにマイクと会う時は、マクルスキーが横に坐っているだろう。私服でだが拳銃《はじき》を持ってな。そこで君が理解しなくちゃならないことはだ、ソニー、ソッロッツォがこんな具合に守られているかぎり、奴は不死身だってことだよ。ニューヨークの警部を射殺して逃げおおせた者なんて、今まで一人もいやしない。新聞、警察、教会、すべてのものが敵に回り、この街にはとてもいられなくなってしまうだろう。悲惨なことになるんだ。ほかのファミリーは君をつけ狙い、コルレオーネ・ファミリーはのけ者にされてしまうんだよ。おやじさんの政治的なこねさえも、そうなれば知らん顔を決め込むだろう。君にはこういったことすべてを考慮に入れてもらいたいんだ」

ソニーは肩をすくめた。「マクルスキーも永久にタークのそばにくっついていることはできまいよ。たっぷり時間をかけてやるさ」

あえて口出ししようとはしないものの、テッシオとクレメンツァは冷や汗をかきながら、居心地悪そうにシガーをふかしていた。銃火にさらされるのは彼ら自身であり、それがここでの決定いかんによって決まるのだ。

マイケルが初めて口を開き、ハーゲンに尋ねた。「おやじは、病院からこの散歩道まで移せるのかい？」

ハーゲンは首を振った。「私もそれをまず訊いてみたんだが、不可能だよ。彼の容体は非常に悪いんだ。差し迫った危険はないが、あらゆる注意と、恐らくは再度の手術が必要だろうと言っていた。不可能だね」

「それじゃあ、すぐにソッロッツォを始末しなきゃならないな」マイケルが言った。「待ってはいられないよ。奴は危険すぎるんだ。奴は必ず別の手段でやってくるにちがいない。いいかい、おやじを消しさえすれば、奴にはまだ勝ち目が残っているんだ。奴はそれを知っている。そりゃあ目下のところは奴にとって不利な状況だから、命が助かるためには喜んで敗北を認めるだろう。だがいずれにしろ自分が殺されると知ったら、何度でもドンに罠を仕掛けてくるにちがいないよ。しかもあの警部が後ろについているんでは、いったい何が起こるかわかったもんじゃない。とてもそんな危険を冒すことはできないね。われわれはすぐにもソッロッツォを殺らなきゃならないんだ」

ソニーは考え深げに顎をかいていた。「そのとおりだな」彼が言った。「おまえの言うとおりだよ。ソッロッツォがもう一度おやじに手出しするのを、許すわけにはいかないんだ」

ハーゲンが静かに言った。「マクルスキーのことはどうなんだね？」

ソニーは奇妙な薄笑いを浮かべてマイケルのほうに向いた。「そうだ、おい、あの荒っぽい警部はどうする？」

マイケルはゆっくりと言った。「オーケー、極端な手段だがね。でも、最も極端な手段が正しいとされる場合もあるんだよ。まずはマクルスキーを殺らねばならないという場合で考えてみよう。それには、マクルスキーに、義務を果たした正直な警部ではなくて、悪事に加わり、ほかの悪党同様、当然の報いを受けた悪徳警官といった印象をがっちり植えつけるんだ。それを記事にできるだけの充分な証拠を添えて、ファミリーの息のかかった新聞記者たちに渡す。そうすればわれわれに対する追及をいくぶんでも弱めることができるにちがいない。これをどう思う?」マイケルは控え目な眼差しをまわりの者たちにおくった。テッシオとクレメンツァは陰気な表情を見せ、口を開こうとしなかった。ソニーが例の奇妙な笑いを浮かべて言った。「続けろよ、うまくやってるぜ。ドンがいつも言ってるように、無知なる者の言葉こそよしだ。さあ、マイク、もっと聞かせてくれ」

ハーゲンもかすかに微笑し、顔をそむけていた。マイケルは顔を赤らめた。「そこでだ、向こうはソッロッツォとの会見にぼくが行くことを望んでいる。ぼくとソッロッツォとマクルスキー、それで全部だろう。会見を二日後と決めて、そのあいだにこっちの手の者にどこで会見が開かれるのか探り出させるんだ。公けの場所でなければならない。ぼくがアパートとか家の中に連れ込まれるのはご免だと言っていると伝えてくれ。ぼくが危険の恐れなしと思えるように、夕食時のレストランとかバーとか、どこかそういったところがいいってね。奴らもそのほうが安全だと思うだろう。いくらソッロッツォでも、われわれが警部を撃つような真似をするとは思やしまい。奴らと会う時には所持品検査をされるだろうから、その際には空手でなくてはならないが、会見のあいだにぼくに武器を渡せるような方法を考えてくれ。そうすれば、あの二人をぼくが殺る」

四つの顔がさっと振り返り、まじまじとマイケルを見つめた。クレメンツァとテッシオは心底驚いていた。ハーゲンはいくぶん淋しげだったが、驚いてはいなかった。彼は口を開きかけ、思いとどまった。しかしソニーは、大きなキューピッド形の顔をひきつらせると、出し抜けにころげるように笑い出した。それはこしらえものでない腹の底からの大笑いで、しまいに彼は笑い疲れた。笑いにむせかえりながら、彼はマイケルに指を突きつけた。「おい、上品な学生さんよ、おまえはファミリーの仕事に巻き込まれるのをいやがっていたんじゃないのかい。それが今、マクルスキーに顔をつぶされたというだけで、警部とタークを殺したいなんて言いだしやがった。おまえはこれを個人的に考えているが、まったくのビジネスなんだぜ。それをおまえは個人的なものに取っちがえているんだ。顔にびんたをくらったという理由だけで、この二人を殺したがっているのさ。まったくむだだったな。この長い年月はまったくのむだだったよ」

ソニーが笑っているのは、このような片意地張った申し出をした弟の虚勢に対してだと勘ちがいしたクレメンツァとテッシオは、いくぶん保護者ぶった寛大な笑みをマイケルに見せていた。だがハーゲンだけは用心深く無表情のままだった。

マイケルはみんなを見まわし、それから、まだ笑い続けているソニーをじっと見つめた。「おまえが二人を殺るって？」ソニーは言った。「おい、ぼうず、みんなはおまえに勲章なんかくれやしない、電気椅子に送り込むだけなんだぜ、わかってるのか？　これは人間を一マイル先から狙い撃ちするような恰好のいい仕事じゃないんだ。訓練所で教わったようにな、相手の白目が見えたら引き金を引くんだ。覚えてるだろう？　相手のすぐ横に立って頭を吹っ飛ばす、そして脳味噌がおまえの素敵なアイビーリーグ・スーツに飛び散るんだ。どうだい、どっかの間抜けなお巡りにひっぱたかれたというだけで、おまえはこんなことをやる気なのかい？」彼はまだ笑っていた。

マイケルは立ち上がった。「笑うのはよしたほうがいいぜ」彼が言った。マイケルの態度の急激な変化に、クレメンツァとテッシオの顔から笑いが消えた。マイケルは大柄でもなく、がっしりした体格でもないが、その身体は殺気を放射しているように見えた。そういう時、彼はドン・コルレオーネその人の化身であった。瞳が薄い黄褐色に変わり、顔からは血の気が失せていた。彼は、自分より年上の、力のまさった兄にいつ何時でも飛びかかろうと身構えており、もし彼が武器を手にしていたら、ソニーは身の危険を覚悟しなければならないところだった。ソニーの顔から笑いが途切れ、マイケルは冷たい押し殺したような声で言った。「野郎、俺にはできないっていうんだな？」

ソニーの笑いの発作は治まっていた。「おまえができることはわかってる」彼は言った。「おまえの言ったことを笑ったんじゃない。俺はただ、事態が妙なことになってきたんで笑っていたんだ。いつも言ってたんだが、おまえはファミリーの中でもいちばん強情な奴だ、ドンよりも頑固だ。おやじをやりこめることができるのはおまえだけだよ。今でも覚えているが、子どもの頃のおまえはそれはひどい癇癪もちだった。おまえはずっと年上のこの俺と取っ組み合いまでしたもんだ。そしてフレディは、少なくとも週に一度はおまえにぶん殴られていたっけな。ところが今では、ソッロッツォは、おまえがやり返しもせずにマクルスキーに殴られるままになり、しかもファミリーの戦に手を出そうとしないので、おまえのことをファミリーの中でも与《くみ》し易い相手だと考えている。おまえとだったら、顔と顔を突き合わせて会っても心配ないと思っているんだ。それにマクルスキーもな、あいつはおまえを腰抜けと考えているのさ」ソニーは言葉を切り、それからもの静かに言った。「だがやっぱりおまえはコルレオーネ・ファミリーの人間だった。そして、俺だけはそれがわかっていたんだ。俺はこの三日間ここで待っていたんだ、おやじが撃たれてからずっと、おまえがそのインテリぶった、戦争の英雄といった衣裳を脱ぎ捨てるのを待っていたんだ。俺たちのおやじとファミリーを滅ぼそうとしているあの下司どもの息の根を止めれるよう、おまえが俺の右腕になってくれるのを待っていたぜ。そして、そう決心させてくれたのが、顎へのパンチだったたってわけさ。どうだ、気に入ったか？」ソニーはおどけてパンチをふるう真似をし、繰り返し言った。「お気に召しましたかな？」

部屋の緊張が和らいだ。マイクは首を振った。「ソニー、ぼくはこれよりほかに手がないからそうするんだよ。ソッロッツォにもう一度おやじを狙うチャンスをやることはできないし、奴に充分近づけるのはぼくだけのようだ。それでこれを考えついたんだ。それに警部を殺ろうなんていう男がおいそれと見つかるわけがない。たぶん君がやるつもりだったんだろう、ソニー、でも君には妻と子どもがあるし、君はおやじが回復するまでファミリーのビジネスを管理しなけりゃならない。そこで残っているのはぼくとフレディだが、フレディはショックを受けていて、作戦に加わっていない。結局、残るはぼくだけだ。完全な論理だよ。頭を殴られたこととはなんの関係もなかったんだ」

ソニーが歩みより、マイケルを抱きしめた。「おまえが今、俺たちと一緒に行動してくれるんなら、動機がなんだろうと構やしない。それに、もう一つ言っておこう、おまえはまったく正しい。トム、何か言うことがあるかい？」

ハーゲンは肩をすくめた。「論理はしっかりしているな。それというのも、私にはタークが取り引きに対して誠実だとは思えないからだ。奴はまだドンを殺る気でいると思うね。どっちにしろ、奴のこれまでの行為からして、俺たちは奴をそのように考えねばならない。だからこそソッロッツォを殺ろうとするわけだ。たとえ警部を巻き添えにしてでも、奴は殺さなけりゃならない。だが、その仕事をするのが誰にしろ、彼は大変な追及を受けることになるな。マイクじゃなければいけないのかい？」

ソニーが静かに言った。「俺はやれるんだがな」

ハーゲンはじれったそうに首を振った。「たとえ十人の警部に守られていても、ソッロッツォは君を一マイル以内に近づけやしないさ。それに君はファミリーの首領代理だ。危険を冒すことはできないよ」ハーゲンはしばし思案し、クレメンツァとテッシオに尋ねた。「君たちのどちらかに、この仕事を引き受けてくれるような信用のおける部下はいないかい、誰か、まったくとっておきの奴が？　そいつはこれから一生、金の心配をせずにすむんだが」

クレメンツァが先に口を開いた。「ソッロッツォに顔を知られていないような男は一人もいないな。すぐにばれちまうよ。私やテッシオが行っても同じことだろうよ」

ハーゲンが言った。「誰か、まだ名の売れていない腕っ節の強い奴はどうだい、腕のいい新入りなんかは?」

幹部は二人とも首を振り、言葉の棘《とげ》を取り去るような微笑をしながらテッシオが言った。「そりゃあ、ワールドシリーズで投げさせるために、マイナーから選手を引っ張ってくるようなもんだぜ」

ソニーがそっけなく口をはさんだ。「マイクでなきゃだめだな。理由はいろいろとあるが、まず一番重要なのは、奴らがこいつを役立たずだと思い込んでいることだ。ところがマイクなら任せても大丈夫だし、それは俺が保証する。これは、俺たちがあの卑怯なタークの奴を攻撃するただ一度のチャンスだ。ここも重要だ。そこで俺たちとしては、マイクを掩護する最上の方法を考えねばならん。トム、クレメンツァ、テッシオ、君たちはソッロッツォが予定している会見の場所を探り出してくれ、金はいくらかかろうと構わない。それがわかれば、どうしたらマイクに武器を渡せるか考えられるんだ。クレメンツァ、あんたのコレクションから、確実に〝安全な〟拳銃《はじき》をこいつに渡してくれ、あんたの持っている中で〝一番においのしない〟やつだ。出所《でどこ》の突き止められないものをな。なるべくなら強力で銃身の短いものがいいが、精確じゃなくたっていい。それを使う時には、マイクは奴らの頭の真横にいることになるんだからな。マイク、拳銃《はじき》を使ったら、すぐに床に捨てるんだぞ。いつまでも持ってるなよ。クレメンツァ、こいつの指紋が残らないよう、あんたの持っているあの特殊なテープで、銃身と引き金を巻いといてくれ。いいか、マイク、俺たちは目撃者だったらいくらでも買収できる、だが万一おまえが拳銃《はじき》を持ったまままつかまったら、もう絶対に買収はできなくなるんだ。俺たちは旅券と国籍証明書を手に入れる。それから、追及が下火になるまで、おまえを楽しい長い休暇へと送り出してやろう。長いあいだ行ってることになるぜ、マイク。だがおまえはガールフレンドに別れを言うことも、彼女に電話することさえもできない。これがすっかり片づき、おまえが国外へ出たら、俺から彼女におまえの無事を伝えてやろう。これは命令だ」ソニーは弟に微笑みかけた。「さあ、クレメンツァと一緒に行って、彼が選んでくれる拳銃《はじき》の扱いに慣れてくれ。少しは練習もしたほうがいいかもな。ほかのことは俺たちがいっさい処理する。何もかもだ。わかったか？」

マイケル・コルレオーネは再び、あの爽やかな快い冷たさを身体じゅうに感じていた。彼は兄に向かって言った。「ガールフレンドに電話しちゃいけないなんて、そんな馬鹿げたことをぼくに言う必要はなかったんだぜ。彼女に電話して別れを言うなんて、いったいぼくがこれから何をしにいくと思ってるんだい？」

ソニーはあわてて言った。「オーケー、ただおまえはまだ新米だから、俺は事情をはっきり説明しただけさ。忘れてくれ」

マイケルはにやりとして言った。「どういう意味だい、新米ってのは？　ぼくだって兄さんと同じように手厳しくおやじに鍛えられたんだぜ。ぼくがこんなに利口になったのはなぜだと思う？」二人は笑い出した。

ハーゲンがみんなに酒を注いだ。彼はいくぶんむっつりとしているみたいだった。政治家は戦争を始めることを強いられ、法律家は訴訟を起こすことを強いられるのだ。

「さてと、目下のところは、次に何をすべきかわかっているわけだ」そう彼は言った。

11

マーク・マクルスキー警部は、賭けの伝票でふくらんだ三通の封筒をもてあそびながら、自分のオフィスに坐っていた。額に八の字を寄せ、伝票の記号をなんとか解読できないものかと考えているのだった。これは非常に重要な仕事であった。昨夜、部下の取り締まり班がコルレオーネ・ファミリーの賭け屋の一人に行き当たった時に、偶然にこの封筒を手に入れたのだが、その賭け屋は、博打うちどもが自分の勝ちを主張して彼を消しに来たりしないように、この伝票をぜがひでも買いもどさねばならないのだった。

賭け屋に売りもどす際にペテンにかけられるのは業腹であり、それゆえマクルスキー警部にとって、伝票を解読するのは非常に大切なことなのだった。もし五万ドル相当の記載があるならば、恐らく五千ドルで売れるだろう。しかしもし多額の賭け金が動き、伝票が十万ドルないしは二十万ドルを表示しているのなら、当然売り値はそれ相応に高くなるにちがいない。マクルスキーは封筒をいじくりまわしていたが、やがて、賭け屋を少々痛い目に遭わせて、それから最初の提案をすることに決めた。そうすれば、正確な価格がどれほどのものか探り出せるかもしれないのだ。

マクルスキーは、警察署のオフィスの壁にかかった時計に目をやった。あのいやに愛想のよいトルコ人《ターク》のソッロッツォを途中で拾い、コルレオーネ・ファミリーとの会見の場所に連れていく時間だった。マクルスキーは壁のロッカーのところへ行き、私服に着替えると、妻に電話をかけ、今夜は夕食までには帰れない、仕事で外に出るからと伝えた。彼はどのようなことでも、決して妻に打ち明けたりしなかった。彼女は、夫の警察官としての給料でこうして暮らしているのだと思っており、マクルスキーは面白がって不平をこぼしてみせたりするのだった。彼の母親も夫を同じように考えていたものだが、彼は早くから父親には裏があるということに気づいていた。そして、彼の父親がこの秘訣を、息子に伝授したのだった。

父親は巡査部長だった。そして毎週、父子は管轄区域内を散歩して回り、父親のマクルスキーは、「これがうちの坊主だよ」と言っては、六歳になる息子を店の主人たちに紹介するのだった。

店主たちは彼と握手し、大袈裟に誉め言葉を並べたて、レジスターをチンといわせて開けると、少年に五ドルか十ドルのプレゼントをくれるのだった。一日の終わりには、小さなマーク・マクルスキーの上着のポケットはみんなお札でいっぱいになった。父の友だちは会うたびにプレゼントをくれるほど好いてくれるのだと、ひどく自分を誇らしく思ったのだった。むろん父親はそうやって得た金を、彼の大学の教育資金として銀行に預け、マークは、多くても五十セントしかもらえなかった。

それからまた時には、やはり警官をしている叔父たちが、大きくなったら何になりたいかとマークに尋ねた。彼が子どもらしく、「お巡りさん」と言うと、彼らはいっせいにわっと笑うのだった。後年、父親は彼がまず大学に行くことを望んだが、彼は高校を出るなり警察官としての道を歩みはじめたのだった。

彼は秀《すぐ》れた警官であり、勇敢な警官だった。町角にたむろしている屈強な若い与太者たちも、彼が近づくと逃げ出し、ついには彼の巡回区域からすっかり姿を消してしまった。彼は非常に腕っ節の強い警官であり、また職務に忠実でもあった。彼は清掃違反や駐車違反を見逃すかわりに店主たちから金を受け取るのにも、自分の息子をだしに使うようなことはしなかった。自分の手で稼ぎ出したものは、自分の手で受け取っていた。また彼は、冬の寒い夜などに同僚の警官がよくやっているみたいに、徒歩巡回中にも映画館にもぐり込んだり、レストランで時間をつぶしたりはしなかった。彼は決して巡回をさぼろうとせず、管轄区域内の店に非常な保護と援助を与えていた。彼の巡回区域で物乞いをしようと、浮浪者や酔っ払いが入り込んだ時には、彼は情容赦なく彼らを追い払い、それに懲りたか彼らは二度とこの区域に足を踏み入れようとしなかった。彼の管区の商店主たちはこれに感謝し、その感謝の気持ちを表わすのにやぶさかではなかった。

マクルスキーはまた、規律に従って行動した。彼の管区内の賭け屋たちは、彼がさらに賄賂を要求して悶着を起こすようなことは決してせず、警察の中で分けられる金で満足していることを知っていた。彼の名前は特別な配当を要求したりはしない他の名前と一緒に彼らの名簿に載っていた。きれいな賄賂しか受け取らない立派な警官であり、警察署における彼の昇進は、目覚ましいものではないにしても、着実なものであった。

この間にマクルスキーは、四人の息子のいる大家族を養育してきたが、息子たちは一人も警察官にならなかった。彼らはみんなフォードハム大学へゆき、この頃、マーク・マクルスキーは巡査部長から警部補へ、そしてついには警部へと昇進した。息子たちは何ひとつ不自由のない生活を送ることができた。マクルスキーがすご腕だとの評判をとったのはこの時期であった。彼の管区の賭け屋たちは、他のどの地区の賭け屋よりも多額のショバ代を支払わされた。恐らくこれは、四人の息子を大学へやる費用を捻出するためだったのであろう。

マクルスキー自身、きれいな賄賂にはなんの不都合もないと考えていた。警察庁がその職員に、暮らしを立て、家族を適当に養うに足るだけの金を出さないからといって、なぜ彼の息子がＣＣＮＹ（ニューヨーク市立大学）とか、南部の安っぽい大学へ行かねばならないわけがあろうか？　彼は人々を命がけで守り、彼の記録には、管区内の強盗や、タフな用心棒、それに売春婦の客引きたちとの撃ち合いが列挙されていた。彼はこの連中を地面に叩きのめした。彼には、一般市民のために街の一隅を安全に守るために、週百ドル以上の給料を受ける権利があったのである。しかし、彼は警察の安い給料にも腹を立てず、誰でも、自分のことは自分で始末していかねばならないということを理解していた。

ブルーノ・タッタリアは彼の古い友人だった。ブルーノは彼の息子の一人とフォードハム大学に行った。それからブルーノはナイトクラブを開業したのだ。マクルスキー一家は、たまに街で夜を過ごす時はいつでも、そのクラブで飲み物やディナーの無料接待を受け、ショーを楽しむことができた。大晦日にはクラブ側の客として印刷した招待状を受け、常に最上の席が用意された。そしてブルーノはいつも、クラブのショーに出演する名士たち——有名な歌手やハリウッドのスターもいた——に、彼らを紹介してくれるのだった。むろんブルーノは時々、売春容疑などで前科のある美しい女たちが、キャバレーで働く許可を得られるよう、ちょっとした骨折りを彼に求めることもあった。マクルスキーは喜んで好意を示してやった。

マクルスキーは、たとえ相手が何をたくらんでいるのか知っていても、知らないふりをすることをたてまえにしていた。それゆえソッロッツォが、ドン・コルレオーネがいる病院から護衛をはずすことを頼んできた時にも、マクルスキーはその理由を尋ねはしなかった。代わりに彼はその報酬を訊いた。ソッロッツォが一万ドルと答えた時、マクルスキーはその金額の意味を知った。そして迷わず引き受けた。コルレオーネは、カポネ以上の政治的こねを持つ、米国で最大のマフィアの一人であった。誰にしろ彼を片づけた者は、祖国に非常に恩恵を施すことになろう。マクルスキーは金を前払いで受け取り、その約束を果たした。ソッロッツォから、病院の前にまだコルレオーネの者が二人いると電話を受けた時、彼は血が逆流するほどの怒りに襲われた。テッシオの部下は全員拘留し、護衛の刑事はコルレオーネの病室の戸口から引き払わせたのだ。それなのに、節操ある男として、彼はあの一万ドルを、すでに孫たちの教育費として銀行に用途を指定してしまったあの金を、ソッロッツォに返さねばならなくなったのだ。彼が病院へ行き、マイケル・コルレオーネを殴りつけたのは、こういう怒りからだったのである。

　しかしそれは、マクルスキーにかえって良い結果をもたらした。彼はタッタリアのナイトクラブでソッロッツォから、さらに割のよい取り引きを申し込まれたのだった。今度もマクルスキーは理由を尋ねなかった。答えはすっかりわかっていたのだ。彼はただ、自分の報酬を確かめただけだった。彼は、それが自分の身の危険を意味しているなどとは思ってもみなかった。たとえそれが一瞬であっても、誰であれニューヨーク市警察の警部殺害を企てるなどということは、あまりにも馬鹿げているというものだ。マフィアの中で最もタフな連中でも、警官に――たとえ相手が最も身分の低い巡査であっても――殴られるとなれば、じっとそれに耐えているものなのだ。警官を殺すことは、なんの得にもならなかった。もしそんなことをすれば、逮捕に抵抗したとか逃亡のおそれありといった些細な理由で、多くのギャングどもが断わりもなく撃ち殺されることになるのである。いったい誰がそんなことを敢えてしようと思うのだろうか？

マクルスキーはため息をひとつつき、警察署を出る用意をした。いつも何か問題が起こるのだ。アイルランドにいる妻の妹が長年癌を患ったあげくに、つい最近亡くなり、その癌は彼に相当の出費を負わせていた。今度は、葬式でさらに金がかかることだろう。故国にいる彼の叔父や叔母たちは、馬鈴薯農場の経営に必要な援助を時々無心しては、彼はそのたびに希望どおりの額を送ってやっていた。彼は決して出し渋ったりしなかった。そして彼と妻が故国を訪れると、二人は王と王妃のようにもてなされるのだった。大戦が終わった。さらに今度の臨時の収入で、二人は今年の夏、また故国を訪れる予定にしていた。マクルスキーは、内勤の巡査に行き先を告げ、用事があればそこに連絡するように言った。彼は用心する必要があるなどとは思いもしなかった。たとえ今から会う相手がソッロッツォであっても、情報提供者だと説明すればすむことだった。マクルスキーは警察署を出ると、二、三ブロック歩き、それからタクシーを拾うと、ソッロッツォと会う予定の場所へと向かった。

マイケルが国を離れるのに備えて、偽の旅券や海員証、シシリーの港に向かうイタリアの貨物船内での彼の仕事など、すべての準備を整えるのはトム・ハーゲンの役目だった。

その同じ日、山岳地帯に住むとあるマフィアの首領の家に隠れ場所を用意するため、使者が飛行機でシシリーに派遣された。

ソニーは、ソッロッツォとの会見を終えたマイケルを拾う車と、完全に信用できる運転手の手配をした。運転手は、自らその仕事をかってでたテッシオがなり、車は、見掛けはおんぼろだがエンジンは上等のものだった。偽のナンバープレートを付け、車自体、出所の知られないもので、完璧を要する特別の仕事のためにとっておかれたものだった。

マイケルは、自分の手もとに届けられるはずの小型拳銃を試しながら、その日をクレメンツァと共に過ごした。拳銃は、人体に入る時には針の刺し傷ほどの穴しかあけないのに出る時にはびっくりするほど大きく肉をえぐっていく柔頭弾を使った二二口径だった。彼はこれが、標的から五歩離れた所までは誤たずに当たることを確かめた。それ以上離れると、弾丸はどこに飛んでいくかわからなくなる。引き金が少し重かったが、クレメンツァが器用に細工を施し、ずっと楽に動くようになった。二人は拳銃の音はそのままにしておくことに決めた。何も知らぬまわりの連中が状況を誤解し、つまらぬ邪魔をしないともかぎらないのだ。銃声がすれば、彼らはマイケルに近づこうとはしないだろう。

練習のあいだにも、クレメンツァはマイケルに指示を与え続けた。「使い終わったら、銃はすぐに捨てろよ。手を脇へおろしさえすれば、銃は滑り落ちる。誰も気がつきやしないだろう。みんな、あんたがまだ武器を持っていると思うだろうさ。みんなはあんたの顔をじっと見ている。急いでその場を出るんだ、だが走っちゃいかん。誰の目とも視線を合わせてはいかんが、かといって目をそらせてもいけない。いいかい、みんなはあんたを恐がっているんだ、本当だよ、みんなはあんたの姿に震え上がっている。だから誰も邪魔しやしないだろう。外に出ればすぐに、テッシオの車があんたを待っている。乗り込んで、あとは彼に任せろ。突発事故のことなど気にかけるんじゃない。この仕事がどんなにうまくいくか、あんた自身でも驚くほどだろうさ。さあ、この帽子を被って、様子を見せてくれ」彼は灰色の中折帽をマイケルの頭にぽんとのせ、帽子を被ったことのないマイケルは顔をしかめた。クレメンツァは元気づけるように言った。「これは、万一の場合に備えてだが、目撃者の証言に反論するのに役立つんだ。たいていこの帽子が、彼らに証言を撤回する口実を与えるんだよ。それからマイク、指紋のことは心配しなくていい。銃把と引き金には特殊なテープが巻いてある。しかし銃のほかの部分にはさわってはいかん。このことはようく頭に入れておいてくれよ」

マイケルが訊いた。「ソッロッツォがぼくをどこへ連れていくのか、ソニーはもう探り出したのかな?」

クレメンツァは肩をすくめた。「まだだ。ソッロッツォはひどく用心深くなっている。だが、奴があんたを傷つけるというような心配は無用だよ。あんたが無事にもどるまで、交渉人はわれわれの手の中にいる。もしあんたの身に何か起これば、交渉人が償うことになるのさ」

「そいつはなんだってそんな役を買って出たんだろう?」マイケルが尋ねた。

「たんまりと手数料が入るからさ」クレメンツァが言った。「ちょっとした財産だよ。それに彼は、向こうのファミリーにとっては重要な男だ。彼は、自分の身が危うくなるような真似をソッロッツォがしないことを知っているんだ。ソッロッツォにとっては、あんたの命よりも交渉人の命のほうがよっぽど大事なのさ。実に簡単なことだよ。あんたは絶対安全だ。ひどい目に遭うのはその後の私たちのほうなんだからね」

「どれくらいひどくなるかな?」マイケルが尋ねた。

「とてつもなくひどいことになるだろうね」クレメンツァは答えた。「つまりそれは、タッタリア・ファミリー対コルレオーネ・ファミリーの全面戦争ということなんだ。ほかのファミリーのほとんどは、タッタリアにつくだろう。この冬、衛生課の連中はたくさんの死体をかき集めることだろうさ」彼は肩をすくめてみせた。「十年かそこらに一度ずつ、こういった事件が必ず起こるんだよ。それが悪い血を取り除いてくれるんだ。そして、そういう時に、どんな小さなことであれ相手の言いなりになっていたら、向こうはつけ上がって何もかも欲しがるようになるんだ。相手の出鼻をたたいておく必要があるんだよ。ミュンヘンでヒットラーを抑えるべきだったようにね、絶対、ミュンヘンで奴を台頭させてはいけなかったんだ。ミュンヘンでのヒットラーの台頭を許したその時、人々はまさに大きな困難を求めつつあったんだな」

大戦が実際に始まる直前の一九三九年のことだったが、マイケルはこれと同じことを父が言うのを聞いたことがあった。もしファミリーが国務省を管理していたなら、第二次大戦は決して起こりはしなかったろうに、と、マイケルはにやりとしながらそう思った。

二人は車に乗り、散歩道から、さらにまだソニーが司令部にしているドンの家へもどってきた。マイケルは、ソニーがどれほど長く、散歩道の安全な領地に閉じこもっていられるだろうかとあやぶんだ。結局は、思いきって出ていかねばならないだろう。ソニーはソファで昼寝をしているところだった。コーヒーテーブルの上には、ステーキの切れ端やパンくず、半分空になったウイスキーのびんなど、遅い昼食の残りがのっていた。いつもはきちんと片づいている父の事務室が、管理の悪い家具付きの貸間のような様相を呈していた。

マイケルは兄を揺り起こして言った。「これじゃ飲んだくれと変わりないじゃないか。なんだってもう少しきれいにしないんだい？」

ソニーは欠伸《あくび》をしながら言った。「兵舎を視察して回っている貴様はいったい何者だ？　マイク、ソッロッツォとマクルスキーの野郎がどこにおまえを連れていくのか、まだ連絡が入ってこないんだ。それがわからなければ、いったいどうやっておまえに拳銃《はじき》を渡したらいいのかね？」

「ぼくが持っていってはいけないのかい？」マイケルが訊いた。「奴らは所持品を調べないかもしれないし、たとえ調べたとしても、ぼくたちがうまくやれば奴らは見落とすかもしれないよ。それに、もし奴らが銃を見つけたにしても——だからどうだっていうんだい？　取り上げるだけで、危害は加えやしないだろうさ」

ソニーは頭を振った。「だめだ。俺たちはこれをソッロッツォを殺る確実な一撃にしたいんだ。いいか、必ず奴を最初に殺れ。マクルスキーはもっとのろまだし間抜けだ。奴を殺る時間はたっぷりあるだろう。拳銃《はじき》をすぐに捨てるようにって、クレメンツァから聞いたかい？」

「百万遍もね」マイケルは言った。

ソニーはソファから立ち上がり、伸びをした。「顎の具合はどうだい？」

「ひどいよ」マイケルは答えた。麻酔薬を入れた針金でつなぎ合わせてあるおかげで、しびれた感じのする部分を除いた顔の左半分が、ずきずきと痛んでいた。マイケルはテーブルからウイスキーのボトルを取り上げ、直接がぶ飲みした。痛みがやわらいだ。

ソニーが言った。「落ち着けよ、マイク、今は酔っ払っている時じゃないんだぜ」

「ああ、ああ、ソニー、兄貴ぶるのはよしてくれ。ぼくはもっと悪い状況で、ソッロッツォより手強い連中相手の戦闘に加わったことがあるんだぜ。いったい奴の迫撃砲がどこにあるっていうんだ？　奴は掩護の航空機部隊を手に入れたのかい？　重砲兵部隊を？　地雷をさ？　奴は大物のお巡りを相棒にしたこすからいろくでなしにすぎないんだ。いったん奴らを殺ると決心したら、あとは何も問題なんかありゃしない。まあ、その決心するというのが難しいところだがね。こちらの胸の内を知ったら、奴らびっくりして腰を抜かすことだろうよ」

トム・ハーゲンが部屋に入ってき、二人にうなずいて挨拶すると、まっすぐに、偽の登録をしてある専用電話の所へ行った。彼は二、三電話をかけ、それからソニーに首を振ってみせた。「ちらっとも聞き出せないね」彼が言った。「ソッロッツォの奴、できるだけ長く隠そうとしているんだ」

電話が鳴った。ソニーが受け、誰もしゃべってはいなかったが、彼は静かに、と合図するように手を上げてみせた。彼は何かメモを書き留め、それから「オーケー、そこに行かせるよ」と言うと、電話をもどした。

ソニーは笑っていた。「ソッロッツォの奴め、確かにあいつはただ者じゃないよ。取り決めだ。今晩八時、奴とマクルスキー警部は、ブロードウェイのジャック・デンプシーのバーの前でマイクを拾う。そこからどこか別の場所へ行き、話に取りかかる。マイクとソッロッツォは、アイルランド人のお巡りが何を話しているのかわからないように、イタリア語で話すこと。あいつ、俺に心配するなとほざいたぜ。奴はマクルスキーが、〝ソルディ（金《かね》）〟以外にはイタリア語がぜんぜんわからないってことを知っているんだ。それに、奴はおまえのことも調べたんだよ、マイク、そしておまえがシシリーの方言を理解できると知ってやがるんだ」

マイケルはぶっきらぼうに言った。「もうすっかり錆び付いちまっているが、長くしゃべらなければ大丈夫だろうさ」

トム・ハーゲンが言った。「交渉人がこちらに来るまで、マイクを行かせるわけにはいかない。そのほうの手配はもうついているのかい？」

クレメンツァがうなずいた。「交渉人は私の家で、私の手の者三人とピノクル（トランプ遊びの一種）をやってるよ。彼らには、私の電話を受けてから奴を放すように言ってある」

ソニーは革張りの肘掛け椅子にどっと腰をおろした。「それでと、俺たちはいったいどうやって会見場所を探り出したらいいんだ？　トム、タッタリア・ファミリーの中にはわれわれの情報屋がいるんだろう、そいつらはなんだって黙ったままなんだい？」

ハーゲンは肩をすくめた。「ソッロッツォはまったくもって利口な奴だよ。いっさいの準備をきわめて秘密裡に進めている。部下を一人も護衛につかわないほどだ。護衛役は警部で充分だし、安全のほうが銃より頼りになると考えているのさ。奴は正しいな。私たちはマイクに尾行をつけて、最善を祈るほかないだろう」

ソニーは頭を振った。「そりゃだめだ。その気になれば尾行を撒《ま》くぐらい簡単なことだからね。それに、奴らもまず最初にそれを調べるだろうさ」

時刻はすでに午後の五時になっていた。苦しげな表情を浮かべて、ソニーが言った。

「こうなったらもう、奴らがマイクを拾おうとする時に狙うしか手がないかもしれんな」

ハーゲンは言下に否定した。「その車にもしソッロッツォが乗っていなかったらどうする？　われわれはむだに手の内をさらしてしまうことになるんだよ。いや、われわれはぜがひでも奴の行く先を突き止めなきゃならん」

クレメンツァが口をはさんだ。「なぜ奴が事をこれほど秘密にしているのか、それを考えてみるべきじゃないのかな？」

マイケルがじれったそうに言った。「そのほうが安全だからさ。知らせないですむことはなるべく知らせないでおきたいんだよ。それに、奴は危険を嗅ぎつけたんだ。たとえあの警部が影のように付き添っていても、奴は不安で仕方がないんだろうな」

ハーゲンが指をぱちんと鳴らした。「あの刑事だ、あのフィリップスだよ。彼に電話してみたらどうだい、ソニー？　彼ならたぶん、警部がどこへ行ったか探り出せるだろう。やってみる価値はあるよ。マクルスキーのほうは自分の行き先を誰が知ろうとかまやしないだろうからね」

ソニーは電話を取り、ダイヤルを回した。電話に向かって小声で話し、やがて切ってから言った。「向こうから電話してくれるそうだ」

それから三十分ほど経った頃に、電話が鳴った。フィリップスからだった。ソニーは何事かメモを取り、電話を置いた。顔が引き締まっていた。「どうやらわかったようだぞ」彼が言った。「マクルスキーは、出かける時にはいつも自分の連絡先を言いおいていくんだ。今夜八時から十時まで、奴はブロンクスの〈ルナ・アズレ〉にいる。誰かそこを知ってるかい？」

テッシオが自信ありげに言った。「私が知ってるよ。われわれにとっては申し分のない所だ。こぢんまりとした家庭的な雰囲気の店で、内輪の話ができる大きな仕切り席がある。食事もいい。誰も人のことなど気にしない。まずは完璧だな」彼はソニーの机の上にかがみこみ、タバコの吸い殻を使って見取り図を作った。「これが入り口だ。マイク、仕事を終えたらすぐにここを出て、左へ曲がり、さらにこの角を曲がるんだ。私はここにいて、あんたの姿が目に入りしだいヘッドライトをつけ、徐行しながらあんたを拾う。何か面倒が起こったら大声で叫べ、私が飛び込んで、なんとかあんたが逃げられるようやってみる。クレメンツァ、そっちのほうも大至急でやってくれ。誰かをそこにやって、銃を隠させるんだ。あそこの便所は古い型で、貯水槽と壁のあいだに隙間がある。あんたの部下に、その隙間に銃を張りつけさせてくれ。マイク、車の中で所持品検査をして、あんたが武器を持っていないとわかれば、奴らはあまりあんたのことを心配すまい。レストランに入ったら、席をはずすまで少し待つんだ。いや、席を立つ許可を得たほうがいいだろう。最初に、ちょっと困った様子を見せるんだ、ごく自然にな。奴らは何も気をまわしやしない。だが、出てきたら一刻もむだにするなよ。また腰をおろしたりしないで、そのままぶっ放すんだ。万一を頼んだりするな。頭に、一人二発ずつ、そして足の動くかぎり早く歩いて出ることだ」

ソニーは考え深げに耳を傾けていた。「その拳銃《はじき》を隠すには、誰かきわめて有能で、しかも絶対に信用の置ける奴がいるな」彼はクレメンツァに向かって言った。「小便しただけで弟が便所から出てくるんじゃ困るんだ」

クレメンツァはきっぱりと言いきった。「銃はそこにあるともさ」

「オーケー」ソニーが言った。「それじゃ、みんな動き出してくれ」

テッシオとクレメンツァは立ち去った。トム・ハーゲンが言った。「ソニー、私がマイクをニューヨークまで乗せていこうか？」

「いや」とソニーは言った。「君はここにいてもらいたい。マイクの仕事が終われば、今度は俺たちの出番なんだからな、俺には君が必要なんだ。新聞記者の用意はできているのか？」

ハーゲンはうなずいた。「事が起こったらすぐに、彼らにネタを提供してやるよ」

ソニーは立ち上がると、マイケルの前に行き、その手を握り締めた。「いいか、マイク」彼は言った。「いよいよ始まるぞ。お袋に黙っていくことについては、俺からうまく言っておくよ。それから、適当な時期をみて、おまえのガールフレンドにも知らせといてやろう。オーケー？」

「オーケー」マイクは言った。「ぼくが家にもどれるまで、どれくらいかかると思う？」

「少なくとも一年だな」ソニーが言った。

トム・ハーゲンが口をはさんだ。「ドンがもっと早くさせられるかもしれないよ、マイク。だがそれを当てにしちゃいかんな。時間的なことは、たくさんの要素によって決まるんだ。新聞がどれだけわれわれの話にのってくるか、警察はどの程度事を内密にしたがるか、ほかのファミリーがどのような反撥を見せるか、とかね。いずれにしても、大変な騒動が持ち上がるにちがいない。今のわれわれが確実に知っているのはこれだけなんだよ」

マイケルは、ハーゲンの手を握って言った。「とにかく、最善を尽くしてくれ。三年間も帰ってこられないんじゃやたまらないからね」

ハーゲンが静かに言った。「手を引くには今でも遅くはないんだよ、マイク。誰かほかの者を捜すこともできるし、もう一度別の道を選ぶことだってできるんだ。それに、ソッロッツォを殺る必要もないかもしれない」

マイケルは笑い声を上げた。「見方ひとつでどんな説明だって成り立つものさ」彼は言った。「しかしぼくたちは、まっ先にこれがいちばんいい方法だと思ったんだ。ぼくは今までずっと、楽な汽車にばかり乗ってきた、そろそろ料金を支払ってもいい頃だよ」

「だけどその顎の怪我のことで判断を左右してはいけないよ」ハーゲンは言った。「マクルスキーは相手にするのも馬鹿らしいほどの男だし、それにあれはビジネスで私的なことではなかったんだからね」

またもやトム・ハーゲンは、マイケル・コルレオーネの顔が急激な変化を見せ、ドンの顔に不気味なほど似通ったものになるのを見た。「トム、だまされちゃいけない。仕事というものは、一から十まですべて私的なものなんだ。あらゆる人間の、生きていく上でのあらゆる営みはすべて私的なものであり、それを人々は仕事と呼んでいるんだ。それでも結構。だがそれはあくまでも私的なものでしかないんだな。これをぼくがどこから学んだか知っているかい？　ドンだ。ぼくのおやじだ、ゴッドファーザーからさ。彼の友だちが稲妻に打たれたとしても、おやじはそれを人為的なものと考えるだろう。ぼくが海兵隊に入ったことも、おやじは私的なことと考えていた。それが彼を偉大にしているんだ。偉大なドンに。彼はすべてを私的なこととして受け止める。神のようにね。彼は、雀の尾から抜け落ちる羽毛のことも、それがどこに飛んでいくかもお見通しなんだ。ちがうかい？それに、こんなことを知ってるかい？　災難というものは、それを人為的な侮辱と考える者の頭上を避けて通るんだよ。確かにぼくは、そのことに気づくのが遅すぎた。しかしもう後もどりはしないよ。そうとも、ぼくはこの顎の怪我を私的なものと考える。ソッロッツォがおやじを殺ろうとしたことも私的なものと考える」マイケルは笑い声をたてた。「おやじにこう伝えてくれ、ぼくはこういったことすべてを彼から学び、そして彼がぼくにしてくれた一切のことに報いるため、この機会に巡り合えて喜んでいるとね。彼は本当にいい父親だった」彼は言葉を切り、やがて感慨深げにハーゲンに言った。「そういえば、ぼくはおやじに殴られた覚えがないんだ。ソニーだって、フレディだって殴りはしなかった。むろんコニーもだが、彼女には声を荒らげることさえしなかったな。そこで、本当のところを聞かせてくれ、トム、ドンは何人ほどの人間を殺した、あるいは殺させたと思うかい？」

トム・ハーゲンは顔をそむけた。「君がおやじさんから学ばなかったことを一つだけ教えてやろう――彼は決して、今の君のような話し方をしなかったってことさ。やらねばならないことがあって、そしてそれを君がやるつもりなら、そのことを決してあれこれ話したりしないことだ。それを正当化しようなんて思ってはいけない。というよりも、正当化され得ないものなんだ。君はそれをやるだけだ。そして、すぐに忘れてしまうことだよ」

マイケル・コルレオーネは顔をしかめ、静かに言った。「コンシリエーレとして、あんたは、ソッロッツォを生かしておくことが、ドンとわれわれのファミリーにとって危険だと認めるかい？」

「認めるな」ハーゲンが言った。

「オーケー」マイケルは言った。「それなら、ぼくは奴を殺らねばならない」

マイケル・コルレオーネは、ブロードウェイのジャック・デンプシーの店の前に立ち、車が自分を拾うのを待っていた。腕時計をのぞくと、八時五分前を指していた。ソッロッツォは時間どおりにやるつもりなのだ。マイケルはかなり前から指定の場所に来ており、すでに十五分ばかり経っていた。

車でロングビーチから市内へと向かうあいだ、マイケルは自分がハーゲンに言ったことを忘れようと努めていた。もし自分が自分の言ったことを信じているのなら、彼の人生は、取り返しのつかない方向に進路をとったことになるのだ。しかもそれは、今晩を境にスタートする。いや、こんなことを考えていたら、スタートするどころか今夜でこの世とおさらばすることになるかもしれない、マイケルは冷ややかにそうに思った。目前に迫った仕事に専念するべきだ。ソッロッツォは決して馬鹿ではなく、マクルスキーは非常にタフな奴なのだ。彼は針金を通した顎に痛みを感じ、その苦痛を喜んで迎えた――その痛みが、自分の油断を戒めてくれるだろう。

劇場の開演時間に間近かったが、この寒い冬の夜、ブロードウェイはそれほど混雑していなかった。長い黒塗りの車が歩道に近寄って止まり、運転手が身をのり出してフロント・ドアを開け、「乗りなよ、マイク」と言った。マイケルは一瞬たじろいだ。オープンシャツを着て、つややかな黒髪のこの若い運転手は、彼が初めて見る男だった。マイケルは車に乗り込んだ。後部席には、マクルスキー警部とソッロッツォが坐っていた。

ソッロッツォがシートの背越しに手を伸ばし、マイケルはそれを握った。その手はしっかりとして、温かく、乾いていた。ソッロッツォが言った。「来てくれて嬉しいよ、マイク。私は、これですべてにけりがつくことを願っている。今度はまったくひどいことばかり起こってしまったが、私はこのような事態になるのを望みはしなかったのだよ。決して起こっていいことではなかったんだ」

マイケル・コルレオーネは穏やかに言った。「今晩のうちに、事態を解決できるようにしたいものだな。もうこれ以上おやじにつきまとってもらいたくないんでね」

「そんなことももうあるまいよ」ソッロッツォが誠意をこめて言った。「そんなことはもうないと、私の子どもにかけて誓ってもいい。われわれとの話し合いも、わだかまりのない気持ちでやってくれたまえ。君は兄貴のソニーのようにせっかちではないはずだ。何しろ彼と仕事の話をするのは難しくてね」

マクルスキー警部がうなり声を上げた。「この男はいい奴だよ、まったく申し分ない」彼は身をのり出し、マイケルの肩を親しげに叩いた。「こないだの晩は悪かったな、マイク。わしは今の仕事には年を取りすぎたようだし、ひどく気難しくなってきているんだよ。もうじき引退せにゃならんだろうな。癇癪がこらえきれなくてな、一日じゅう癇癪を起こしている有様なんだ。あの晩もちょうどそんな最中だったってわけさ」そして彼は陰気なため息をつき、マイケルの入念な所持品検査にかかった。

マイケルは、運転手の口もとに浮かんだ薄笑いを見逃がさなかった。車は、尾行を撒くような気配も見せずに西に向かっていた。車の流れに出たり入ったりしながら、やがてウエストサイド・ハイウェイにさしかかった。追っている者があれば、同じようにしなければならなかっただろう。ところがそれから、マイケルの心中の狼狽を嘲笑うかのように、車はジョージ・ワシントン・ブリッジへ抜ける出口をとり、ニュージャージーへと向かいだしたではないか。会見が開かれるはずの場所をソニーに教えたのが誰であれ、その男の情報はまちがっていたのだ。

車は橋へ向から流れの中を縫うように進み、やがてネオンサインのきらめく街を背後に残して橋にさしかかった。マイケルは無表情のままだった。こいつらは自分を沼地の中に沈めるつもりなのだろうか、それとも狡猾なソッロッツォが、土壇場になって会見の場所を変更しただけのことなのか？　ところが、橋を渡り切る寸前に、運転手は大きくハンドルを横に切った。重い車は分離帯に当たってはね上がり、ニューヨークシティにもどるほうの車線に飛び込んだ。マクルスキーとソッロッツォの二人は、後続車で同じことをする車があるかどうかと、後ろを振り返っていた。運転手は確かに再びニューヨークに車を向けており、それから一行は橋を抜け、イースト・ブロンクスの方角へ向かった。後続車は一台もなく、彼らは裏道を走り抜けていった。時刻は九時に近かった。彼らは、尾行がないことを確信していた。ソッロッツォはタバコの箱をマクルスキーとマイケルに差し出し

——二人とも断わったが——それからタバコに火をつけた。ソッロッツォが運転手に言った。「見事な手並だったな。覚えておこう」

十分後、車は狭いイタリア人地区にあるレストランの前に止まった。通りに人けはなく、時間が時間なので、二、三人が遅い夕食をとっているだけだった。マイケルは、運転手が一緒に店に入るのではないかと心配していたが、彼は車と共に外に残ることになった。交渉人を含めて誰も、運転手のことには一言も触れていなかった。厳密にいえば、ソッロッツォは運転手をともなってきたことで、協定に違反したことになるのだ。彼らはむろんのこと、マイケルがそれを口にして平和へのチャンスをつぶすような真似はしまいと高をくくっているのだが、マイケルは敢えてそれには触れないことにした。

ソッロッツォが仕切り席をいやがり、三人は一つだけある丸いテーブルについた。レストランには他に二人の客がいるだけだった。その二人の男がソッロッツォの手の者なのかどうか、マイケルには見当がつかなかった。しかしそれはどっちだっていいことだ。彼らが邪魔に入る前に、すべて片づいてしまっていることだろう。

露骨な興味を示しながら、マクルスキーが尋ねた。「ここのイタリア料理はうまいのかね？」

ソッロッツォは請け合うように言った。「子牛の肉を食べてみたまえ、まずニューヨーク一だよ」一人だけいる給仕がテーブルにワインのボトルを運んできて、栓を抜き、三つのグラスいっぱいに注いだ。だが驚いたことに、マクルスキーは酒を飲まなかった。「わしは酒の嫌いな唯一人のアイルランド人だろうな」と彼は言った。「わしはたくさんの立派な人間が、酒のせいで悶着を起こすのを見てきたんだ」

ソッロッツォが説明するような調子で警部に言った。「私はこれからマイクにイタリア語で話すつもりだが、これは何もあんたを信用していないからじゃないんだ。英語だと、私はうまく自分の考えを言い表わすことができないのだよ。ところが私は、自分の考えを、今晩同意に達することがわれわれ双方にとって有利であるということをマイクに納得させなければならない。だからこうしても気を悪くしないでくれ、あんたを信用するとかしないとかいうことではないのだからね」

マクルスキー警部は、二人に皮肉まじりの笑みを見せた。「いいとも、君たち二人はどんどんやってくれ。こっちは、子牛の肉とスパゲティさえありゃあ結構だ」

ソッロッツォは、シシリー語で早口にマイケルに話し始めた。「まずは君に、私と君の父上のあいだに起こったことは厳密に仕事上のことであったことを理解してもらいたい。私はドン・コルレオーネに対して非常な尊敬の念を抱いているし、彼の下で働きたいと幾度も思ったことがある。だが君は、父上が旧式の人間であることを理解せねばならない。彼は進歩の途上に立ちはだかっているのだよ。私が関係している仕事は将来を見越したものであり、誰もが何百万という莫大な金を得られるのだ。しかし君の父上は、ある非現実的なためらいのために、この道に立ちはだかろうとした。そうやって彼は、私のような人間に自分の意思を押しつけるのだ。そう、そうとも、わかっている、彼は言うだろうさ、『やりたまえ、それは君の勝手だ』とね。だがわれわれは二人とも、それが現実に即していないことを知っているのだ。つまりそうすれば、われわれはお互いの畑を荒らし合うことになるのだよ。だから彼が言ったことは、私の商売を認めないと言ったことと同じなのだ。私は自尊心のある男で、他人が意思を押しつけてくるのを許せない、そこで起こるべきことが起こったのだ。私は支持を受けていた。すべてのニューヨーク・ファミリーから、暗黙の支持を受けていたのだ。そして、タッタリア・ファミリーは私のパートナーになった。もしこの反目が続けば、コルレオーネ・ファミリーは孤立無援の戦いを強いられることになるだろう。恐らく、君の父上が健康だったら、そうなっていたにちがいない。だが長男はゴッドファーザーとはちがい、いかなる非礼も企てなかった。それに、アイルランド人のコンシリエーレ、ハーゲンも、ジェンコ・アッバンダンド――彼の霊の安からんことを――のような人間ではない。そこで私は、和平を、休戦を提案する。君の父上が健康を回復し、もう一度取り引きに参加できるようになるまで、一切の戦闘行為を中止しよう。タッタリア・ファミリーは、私の説得と補償によって、息子ブルーノの報復を放棄することに同意している。われわれは停戦するのだ。そのあいだ、私は生活がかかっていることでもあり、私の商売を少々先に進めるつもりだ。君たちの協力は求めないが、君に、コルレオーネ・ファミリーに、邪魔をしないよう頼んでおく。以上が私の提案だ。君は、同意する、ないしは協定に応じる権限をもっているものと思うが？」

マイケルがシシリー語で言った。「あんたが商売を始めるにあたっての取り引きの詳細、つまりコルレオーネ・ファミリーはその中で具体的にどのような役割を果たすことになるのか、そして、われわれはこの取り引きからどのような利益を期待できるのか、そういったところをもっと話してもらいたい」

「それでは、取り引き全体を詳しく知りたいのだね？」ソッロッツォが尋ねた。

マイケルは重々しく言った。「なかでも一番重要なのは、父の命をもう二度と狙ったりしないという保証を得ることなんだ」

ソッロッツォは表情たっぷりに手を上げてみせた。「私が君にどんな保証をしてあげられるね？　私は追われるほうなんだよ。私は好機を逸したのだ。私を買いかぶりすぎているよ、君。私はそれほど頭の切れる男じゃない」

今やマイケルは、この会見が二、三日、時を稼ぐためのものにすぎないことを確信した。ソッロッツォは再び、ドン殺害を企てるにちがいない。素晴らしいのは、タークが自分を臆病者と見くびっていることだった。マイケルはあの奇妙な快い冷たさが、身体じゅうに満ちてくるのを感じた。彼は困っているような表情をしてみせた。ソッロッツォが鋭く尋ねた。「どうしたね？」

マイケルはきまり悪そうな様子で言った。「ワインがまっすぐ膀胱に行ったんだな。ずっと我慢していたんだが。洗面所に行ってもかまいませんかね？」

ソッロッツォはその黒い目でマイケルの顔をじっと見つめていた。それから手を伸ばし、マイケルの股のあいだに乱暴に突っ込むと武器を探りはじめた。マイケルは不愉快そうな顔をしてみせた。マクルスキーがぶっきらぼうに口をはさんだ。「彼の所持品は調べたよ。わしはこれまでに、何千という若い連中の所持品検査をやってきたんだ。彼は空手だよ」

ソッロッツォは気に入らなかった。まったくなぜということもなく、気に入らなかった。彼は向かいのテーブルに坐っている男をちらっと見やり、洗面所のドアのほうに眉をつり上げた。男は、そこは調べた、中には誰もいないというように、かすかにうなずいてみせた。ソッロッツォはしぶしぶ言った。「あまり長くかかるなよ」彼は不思議な触角を持っていたのだ。そして神経質になっていた。

マイケルは立ちあがり、洗面所へ入っていった。便所には、金網で固定したピンクのせっけんが置いてあった。彼はボックスに入った。尿意を催し、実際に入る必要があったのだ。急いで用を足すと、彼は琺瑯《ほうろう》引きの貯水槽の背後に手を伸ばし、その手の先が、テープでとめた短銃身の小型拳銃に触れた。クレメンツァが、テープに指紋が残る心配はしなくてもよいといったのを思い出しながら、拳銃をはぎ取った。それをベルトに差しこんで、上着のボタンをかけた。手を洗い、髪を湿らせ、銃口から指紋をぬぐい取った。それから彼は、洗面所を出ていった。

ソッロッツォはその黒い目を油断なくぎらつかせながら、まっすぐ洗面所のドアに向いて坐っていた。マイケルは微笑んでみせ、「さあ、話を続けよう」と、ほっとした様子で言った。

マクルスキー警部は、運ばれてきた子牛肉の料理とスパゲティをぱくついていた。ずっと向こうの壁際にいる男は、警戒に全身をこわばらせていたが、今ではその男も明らかに力を抜いていた。

再びマイケルは腰をおろした。坐ってはいけない、洗面所から出たらすぐにぶっ放せ、とテッシオが言ったことを覚えてはいたが、何か危険を告げる本能か、あるいは本物の恐怖からか、彼は言われたとおりにできなかった。もしちょっとでも妙な動きを見せたなら、自分はまちがいなく殺されていただろうと思った。今では彼は身の安全を感じ、そして自分がもう立ってはいないのを喜んでいることに、内心ぞっとしなければならなかった。脚ががくがくして頼りなくなっていたのだった。

ソッロッツォは彼のほうに身をのり出し、マイケルは腹をテーブルで隠し、上着のボタンをはずしながら、熱心に聞き耳を立てていた。だがマイケルは、相手が言っていることを一言も理解できなかった。文字どおり、わけがわからなかった。頭の中いっぱいに血液がどくどくと脈打ち、相手の言葉が少しも意味をなさないのだった。テーブルの下で、彼の手はベルトに差しこんだ拳銃のほうへ動き、それを引き抜いた。ちょうどその時、給仕が注文を取りに来て、ソッロッツォは給仕のほうに顔を向けた。その瞬間、マイケルは左手でテーブルを払いのけ、拳銃を握った右手をまっすぐにソッロッツォの頭に突きつけていた。ソッロッツォの運動神経は非常に鋭く、すでに彼はマイケルの動きに対し、身をかわそうとしていた。だがマイケルは、より若く、反射神経もより素早く、彼は引き金を引いた。弾丸はまともに目と耳のあいだをとらえ、反対側に飛び出して、茫然自失した給仕の上着に、血と頭蓋骨の破片の大きな固まりを浴びせかけた。本能的にマイケルは、一発で充分だと知った。ソッロッツォはいまわの際に顔をめぐらせ、マイケルは、ろうそくが消えるようにはっきりと、男の目の中で生命の輝きが薄らぐのを見た。

すぐさまマイケルは、拳銃をマクルスキーに向けた。警部は、これは自分になんの関係もないというかのように、鈍い驚きを浮かべてソッロッツォをじっと見つめていた。我が身の危険には気づいていないみたいだった。彼は子牛の肉を突き刺したフォークを宙に浮かせたまま、マイケルのほうに視線を転じた。そしてその顔と目の中に浮かんだ表情は、マイケルが降伏するか逃げ出すものと今でも思っているかのように、大胆な憤りをたたえており、引き金を引きながらマイケルは微笑した。この一撃はまずく、致命傷ではなかった。それはマクルスキーの太い雄牛のような喉に当たり、彼は大きすぎる子牛の肉切れを飲み込みそこなった時のように、激しくむせかえりはじめた。それから彼は、くだかれた肺から血をがっと吐き、あたりは細かい血の霞に満たされたかのように見えた。まったく冷静に、しかも落ち着き払って、マイケルは相手の白い髪に被われた頭の天辺に、二発目を撃ち込んだ。

　大気はピンクの靄に被いつくされたようだった。マイケルは壁際に坐っている男のほうへ身体を向けた。この男は身動き一つしていなかった。麻痺してしまったようだった。すぐにマイケルは両手を注意深くテーブルの上に並べ、あたりを見渡した。給仕は恐怖の色を顔に浮かべ、信じがたいようにマイケルを見つめながら、台所のほうへよろめきながら後ずさっていた。ソッロッツォは身体の片側をテーブルに支えられ、まだ椅子の中にあった。マクルスキーは、重い身体を前かがみにして床にころがっていた。マイケルは、拳銃を身体にそって音を立てないように手からすべり落とし、壁に寄りかかった男も給仕も、自分が拳銃を捨てたのに気づかなかったことを見てとった。彼は大股に数歩あるいてドアを開けた。ソッロッツォの車がまだ歩道脇に駐車していたが、運転手の姿はなかった。マイケルは左に折れ、角を曲がった。ヘッドライトがつき、古ぼけたセダンが近づいてくるなり、ドアがさっと開いた。マイケルが飛び乗ると、車は轟音とともに走り出した。運転席にいるのはテッシオだった。彼はその整った顔を大理石のようにこわばらせていた。

「ソッロッツォをやっつけたかい？」テッシオが尋ねた。

　ちょっとその時、マイケルはテッシオが口にした言葉にひっかかった。それは普通、淫らな意味に使われていて、女をやっつけるというのは、誘惑するということなのだから。テッシオがこんな時にその言葉を使ったのは奇妙だった。

「二人ともだ」マイケルは言った。

「確かかね？」とテッシオは訊いた。

「脳味噌が見えたよ」マイケルは答えた。

車の中にはマイケルの着替えがあった。二十分後、彼はシシリー行きのイタリアの貨物船上にあった。その貨物船はそれから二時間後に出航し、マイケルは、自分の船室から、業火のように輝くニューヨークシティの灯火を見ることができた。彼は非常な安堵の思いを味わっていた。それは以前にも覚えのある感覚であり、彼は、海兵隊の彼の分隊が進攻した浜辺から、自分が移送された時のことを思い出した。戦闘はなおも続いていたが、彼は軽い傷を負い、フェリーで救護船へと送り返されたのだ。その時、今感じているのと同じ圧倒的な安堵感を覚えたのだった。地獄の口が開こうとも、自分はもうそこにいやしないのだ。

ソッロッツォとマクルスキー警部が殺害された翌日、ニューヨークシティの警察は、次のような命令を発した――マクルスキー警部殺害の下手人が逮捕されるまで、賭博、売春など、いっさいの違法行為を厳禁する。街じゅうで一斉手入れが開始された。すべての不法な商業活動は活動を停止した。

その日遅く、各ファミリーからの使者がコルレオーネ・ファミリーを訪れ、下手人を引き渡す用意はあるのかと尋ねた。コルレオーネ・ファミリーは、この件は彼らには何も関係のないことだと突っぱねた。その夜、ロングビーチのコルレオーネ・ファミリーの散歩道で、手榴弾が爆発した——散歩道の入口に張られた鎖のところまで車で近づき、そこから投げ込んでいったのだった。その夜にはまた、コルレオーネ・ファミリーの部下が二人、グリニッチ・ビレッジの小さなイタリア料理店で、夕食に舌鼓を打っているところを殺された。一九四六年の五大ファミリー間の戦いが、いよいよその火蓋を切って落とされたのである。

第二部

12

ジョニー・フォンテーンは、さりげなく執事に手を振り、「じゃあ、ビリー、また明日な」と言った。黒人の執事は、太平洋を見はるかす食堂兼居間の大きな部屋の戸口のところで、頭を下げた。そのおじぎの仕方は、召使というより友だちのするような感じだった。ジョニー・フォンテーンの食卓にお客がある時だけこのような挨拶をするのだった。

ジョニーの連れは、シャロン・ムーアというニューヨークのグリニッチ・ビレッジ出身の女で、今はハリウッドにいて、往年の名プロデューサーの作る映画の中で端役を務めていた。ジョニーがウォルツの映画に出演している際、彼女がセットを訪れた。ジョニーは若々しく新鮮で、しかもチャーミングでウィットに富んだ彼女にひかれ、その夜の食事に招待したのだった。彼の食事への招待はつとに有名で、それなりの重みもあり、むろん彼女が拒むはずはなかった。

シャロン・ムーアは、彼の評判からすれば、ジョニーが強引にせまってくるだろうと予想していた。しかし、彼は〝食事から〟接近するというハリウッド流の信奉者ではなかった。よほど気に入らないかぎり、女と寝たりはしなかった。もちろん、ひどく酔っ払って、気がついてみるとまったく見ず知らずの女の横に寝ていたということも時にはあった。だが、彼はすでに三十五歳になり、一度離婚し、二度目の妻とも疎遠になってしまっていた。さらに女にかけては千人斬りをすませたともいえる今では、それほどの情熱がわくわけでもなかった。しかし、シャロン・ムーアにはどこか、惹きつけられるものがあった。それで夕食に招待したのだった。

ジョニー自身はあまり食べるほうではなかったが、若くて美しい女の子は奇麗なドレスに目がないのと、デートの時にはかなりよく食べることを知っていた。そんなわけでテーブルの上にはたくさんの食べ物が並べてあった。酒の類もふんだんにあった――バケットにはシャンペンが冷やしてあり、サイドボードにはスコッチやライ、ブランデー、それにリキュール類が置いてある。ジョニーは酒と、あらかじめ用意してあった食べ物をすすめた。食事が終わると、ガラス窓越しに太平洋を見はるかす大きな居間へシャロンを案内した。ハイファイにエラ・フィッツジェラルドのレコードをかけ、彼はソファのシャロンの隣に坐った。取りとめのない話を交しながら、ジョニーは、彼女は女としてどんなタイプだろうか、おてんばなのかそれとも男に夢中になるタイプか、家庭的か派手好きか、淋しがりやかそれとも陽気なほうか、などと考えていた。彼はいつも、こういった細かい事柄に感動し、愛情をかき立てられ、物にしなければすまないような気持ちになってしまうのだった。

二人は身を寄せ合い、親しげにゆったりとソファに坐っていた。ジョニーはシャロンの唇にキスをした。友だちにするような、乾いたキスだった。シャロンはそれ以上の反応を示そうとはせず、彼もさらに進もうとはしなかった。大きな見晴らし窓の外には、月の光を浴びて静かに横たわる、太平洋の深い紺色がのぞいていた。

「どうして自分のレコードをおかけにならないの?」シャロンが訊いた。その声はからかっているようで、ジョニーは彼女にほほ笑んでみせた。彼女が自分をからかうなどと思ってもみなかったのだ。「ぼくはそれほどハリウッド・タイプの男じゃないよ」彼は言った。

「でも、何か聞きたいわ」「それとも歌ってくださる? ねえ、映画みたいに。そしたらわたし、映画の中の女の子みたいに、あなたのまわりで泡になって溶けてしまうと思うわ」

ジョニーは遠慮のない笑い声をたてた。昔だったら、すぐにもそれに応えたことだろう。そしてその結果は、必ずといっていいほど芝居がかっていた。女の子は大仰にセクシーになり身体をわななかせ、想像上のカメラを求めて視線を泳がせるのだ。だが今は、女の子を相手に歌をうたおうなどという気はてんから起きなかった。一つには、もう何カ月も歌っていないので、声に自信がないことがある。もう一つには、プロの美声がどれほど技術のおかげをこうむっているか、素人は気づいていないのだ。むろんレコードをかけてもよかったのだが、自分の若かりし頃の情熱的な声を聞くと、ジョニーは、年をとって頭がはげ、すっかり腹の突き出た男が、人生の花ともいうべき青年時代の写真を人に見せる時と同じ恥ずかしさを感じるのだった。

「声の調子がよくなくってね」彼は言った。「それに正直言って、自分の歌を聞くのにうんざりしてるんだよ」

二人は酒をすすっていた。「あなた、今度の映画ではとても素敵だそうね」シャロンが言った。「でもギャラなしでなさったって本当?」

「ああ、ほんのおしるしていどでね」ジョニーは言った。

彼は立ち上がってシャロンのブランデー・グラスに注ぎ足すと、金の頭文字の入ったタバコを渡し、ライターに火をつけて彼女に差し出した。シャロンはタバコをふかしブランデーを口にふくんだ。ジョニーはまた、彼女の脇に坐りこんだ。ジョニーのグラスには、シャロンのそれに比べてかなりたくさんのブランデーが入っていた。彼は自分を温めて、焚き付け励まさなければならなかった。彼の場合は、普通の恋人とは逆であった。女でなく、彼のほうが酔わねばならなかった。また女はたいてい、彼にその気がない時にかえってその気になるのだった。この二年間ほど、ジョニーの自尊心がこれほど痛めつけられたことはなかった。そして彼は、次のような単純な方法によって癒そうとしたのだった。若いぴちぴちした女と一回寝て、何度か食事に連れていき、高価な贈り物をして、そしてなるべく相手を傷つけない口実のもとにほうり出してしまうのだ。ところが女たちは、十人中十人がといっていいほど、あの偉大なジョニー・フォンテーンと関係があったと騒ぎたてるのだった。それは本物の愛ではなかったわけだが、もしその女が美人で本当に気立てのよい子だとしたら、どうしてそのことで彼女に文句をつけたりできるだろう。彼の嫌いなタイプは、心が冷たく好色で、寝たそばから友だちのところへかけつけ、偉大なジョニー・フォンテーンと寝てみたけど、まあまあだったわなどと言いふらす女だった。しかし何よりもかによりも彼を驚かせたのは、従順きわまりのない夫たちの態度だった。彼らは時に面と向かってさえ、偉大な歌手であり映画スターであるジョニー・フォンテーンにかかってはどれほど貞淑な女でもよろめくのが当たり前であり、それゆえ妻の不貞も大目に見ることにしたと言ってのけるのだ。それでジョニーは完全に参ってしまうのだった。

ジョニーはレコードで聞くエラ・フィッツジェラルドが大好きだった。彼女の澄んだ声と歌い方が魅力だった。それはジョニーが人生の中で理解できる唯一のものであり、他の誰よりも自分がよく理解していると思っていた。長椅子にもたれ、ブランデーで喉を温めているうちに、歌ってみたい思いにかられた。それは歌をうたうというよりも、レコードに合わせてただ口ずさんでみたかっただけなのだが、それでも知らない人間の前でできることではなかった。ジョニーは片手でグラスを持ち、空いたほうの手をシャロンの膝の上に置いた。それは少しも邪心のない温もりを求める子どものような無邪気な仕種で、やがてその手は絹のドレスを引き上げ、金色で薄地の網ストッキングの上の、乳白色の太ももをあらわにした。それを目にしたとたん、これまでの有り余るほどの数と歳月と慣れとにもかかわらず、ジョニーは、ねばっこく温かい液体が全身にひろがっていくのを感じた。奇跡はまだ起こるようだ。しかしもし、彼の声と同じようにそっちまでだめになったとしたら、ジョニーはいったいどうしたらいいのだろうか？

ジョニーの準備はできていた。象眼模様のカクテル・テーブルの上にグラスを置くと、身体をシャロンのほうに向けた。彼は自信にあふれ、落ち着き払い、しかも優しかった。またその愛撫には、少しも好色じみたいやらしいところがなかった。彼は唇を彼女の唇に重ね、両の手を胸の上にはわせた。やがてその手は、絹のような温かい太ももへと降りて行った。シャロンが返す口づけは、情味こそあれ情熱的ではなかったが、今のジョニーにはそのほうが心地よく思われた。スイッチが入ると急に、エロチックな電流が全身をめぐり、身体をくねらせはじめるような女は好きになれなかったのだ。

ジョニーはいつもとまったく同じ手順を踏んでいた。そうすることによって、彼はいつも自らを元気づけてきたのだ。巧妙に、できるかぎり軽やかに、しかし手ざわりだけは感じながら、彼は中指の先を太ももの奥深くにすべり込ませた。これが愛の行為に至る最初の仕種であることに、まったく気づかない女もいた。またある女は、同時に彼が強く唇を吸っているので、自分の身体をまさぐられていることにさえ気づかなかった。また、知らぬうちに腰を押し上げ、彼の指を呑み込もうとする女もいた。そしてむろん、彼が有名になる前には、彼の顔に平手打ちを食わせた女もあった。だが、これが彼のテクニックのすべてであり、たいていは期待どおりの成果を収めることができるのだった。

シャロンの反応は一風変わっていた。彼女は指先も口づけも、すべてを受け入れていたが、やがてジョニーの口づけをのがれると、身体をソファにそって軽く後ろに押しやり、グラスを手に取った。それは冷静で、しかも断固とした拒否であった。時々あることだった。まれではあるが、そういうこともあったのだ。ジョニーもグラスを取り、タバコに火をつけた。

シャロンは甘く陽気に何事かしゃべっていた。「あなたのことを嫌いっていうわけじゃないのよ、ジョニー。あなたはわたしが考えていたよりずっと素敵だわ。それにわたし何も気取っているわけでもないの。ただ男の人とそうするには、わたしもその気にならなければならないの。わたしの言うこと、わかってもらえるでしょう?」

ジョニー・フォンテーンは笑みを浮かべた。とくに腹も立ててはいなかった。「つまり、ぼくが相手じゃその気にならないっていうことだね?」

シャロンは少しどぎまぎした。「あのねえ、あなたが一世を風靡していた時には、わたしはまだほんの子どもだったのよ。それでちょっとなつかしい気はしたんだけど、実際にはわたし、次の世代の人間なんだわ。べつにお利口さんぶっているわけじゃなくってよ、本当よ。もしあなたがジェームズ・ディーンとか、わたしが一緒に育った時代の人だったら、わたしもその場でパンティを脱いでしまっているわ」

今はもう、それほど彼女が好きだとは思わなかった。シャロンは愛らしく、ウィットに富んでいて、しかも賢かった。彼との関係がショー・ビジネスでは有利だからといって、すぐに身を任せたり、モーションをかけたりするような女ではなかった。それどころかてもきちんとした娘だった。しかし彼は、それとは別のことに気づいていた。以前にも何度かあったことだが、その女はジョニーが好きなくせに、絶対に彼と寝ようとはしないのだった。今にして思えば、彼女はあの偉大なジョニー・フォンテーンを袖にしたと友だち、いや自分自身に言いたいばかりに、そうしていたのだ。今やジョニーも年をとり、たとえシャロンがそうであっても、怒る気はしなかった。ただ、あれほど魅力を感じていたシャロンが、今では少々うとましく感じられるだけだった。

熱が冷めるにつれて、ジョニーは気が楽になった。彼は酒をすすり、太平洋をながめやった。彼女が言った。「怒ってはいないわよね、ジョニー。ハリウッドの女の人って、おやすみのキスと同じように気軽にそうするって聞いたけど、わたし強情すぎるのかしら。それともきっと、慣れていないからかもしれないわ」

ジョニーは笑いかけ、シャロンの頰を軽くたたいた。そして手を伸ばし、彼女の丸い絹のような膝の上に優しくスカートをおろしてやった。「怒ってなんかいないよ」と彼は言った。「昔風のデートだってなかなかおつなものさ」偉大なセックスのテクニシャンぶりを発揮しなくてよかった、スクリーンでの偶像化されたイメージに従って行動しなくてすんだ、という安堵感――ジョニーの胸の内に去来するこのような思いに、シャロンは気がついているのだろうか。それはまた、ありふれた女が自分の持ち物を実際以上に錯覚し、イメージ化されたジョニーとのセックスにあられもなく取り乱す様を見なくてもすんだという安堵感だったのだ。

二人はもう一杯酒を飲み、何回か形ばかりのキスをかわし、やがてシャロンは帰ることにした。ジョニーは丁重に言った。「またいつか、夕食に誘ってもいいかな？」

シャロンは最後まで、あけすけで正直だった。「時間をむだにして、そのあげくにがっかりするんじゃおいやでしょ？」彼女は言った。「今夜はほんとに楽しかったわ。いつの日にかわたし、自分の子どもたちに、ママはあの偉大なジョニー・フォンテーンと彼のアパートで二人っきりで食事をしたのよ、って話してあげなくちゃ」

ジョニーはにやっとした。「そして、君は譲らなかったってね」彼が言った。二人は声を上げて笑い、「ほんと、まず信じっこないわね」と彼女が言った。彼は急に、意地の悪いことを言ってみたくなり、こう言った。「よかったらその旨、紙に書いてあげてもいいんだよ」彼女は頭を振った。彼は言葉をついだ。「誰か君を疑う人がいたら、いつでもぼくに電話すればいい。ぼくがはっきり言ってやるさ、アパートじゅう追いまわしてみたけれど、君は最後まで貞節を守ったってね。オーケー？」

やはりこれは、少々残酷すぎたようで、シャロンの若々しい顔に傷つけられた表情が浮かび、ジョニーは思わず後悔した。これはつまり、自分はそんなに夢中になって口説きやしなかったと言っていることであり、彼女のささやかな勝利の喜びに水を差してしまったのだ。今やシャロンは、彼女が今夜の勝利者になれたのも、結局自分にそれだけの魅力がなかったからだと思いはじめているにちがいない。それゆえ、あの偉大なジョニー・フォンテーンの誘いを拒み通したという話をする時にはいつも、苦笑まじりにこうつけ加えなければならないのだ。「そりゃね、あの人はそれほど熱心でもなかったけど」と。ジョニーは急に哀れを催し、シャロンに言った。「困ったことがあったら、いつでも電話していいからね。オーケー？　ぼくだって毎晩女の子と遊んでいるわけじゃないんだ」

「ええ」そうシャロンは言い、帰っていった。

ジョニーの前には、長い夜が待っていた。ジャック・ウォルツが言うところの〝セックスの溜り場〟――つまり、誘いがかかるのを待ち受けているスターの卵たちのグループの誰かに声をかけてもよかったのだが、今は心の通じ合う相手が欲しかった。人間らしい話がしたかった。彼は最初の妻ジニーのことを思った。今では映画の仕事も一段落し、これからはもっと子どもたちと遊ぶ暇もできるだろう。ジョニーはもう一度、以前の生活にもどってみたかった。それに、ジニーのことも心配だった。ハリウッドには、ジョニー・フォンテーンの最初の女房とやらかしたと自慢したいばかりに、彼女の尻を追いまわすような卑劣な連中がたくさんいた。彼女がそんな連中からうまく身をかわしているかどうか心配だった。しかし今のところ、そんなことを言いふらしている男は誰もいなかった。二番目の女房についちゃ、何人そんな男が出てくるかわからんな、ジョニーはそう自嘲するようにつぶやいた。それから、彼は受話器を手に取った。

ジョニーは彼女の声を忘れてはいなかった。が、それは別に驚くほどのことでもなかった。最初にその声を聞いたのは彼が十歳の時であり、二人は四Bのクラスで一緒だったのだ。「やあ、ジニー」と彼は言った。「君、今夜は忙しいかい？　ちょっと寄ってもいいかな？」

「いいわよ」彼女は言った。「でも子どもたちはもう眠っているの。起こしたくないんだけど」

「それはかまわないよ」彼は言った。「ぼくは君と話がしたいだけなんだ」

ジニーはかすかに息をのんだが、内心の不安を押し隠すように、落ち着いた調子でこう尋ねた。「話って、大変なこと？　何か大切なことなの？」

「いや、別に」ジョニーは言った。「今日撮影が終わってね、君と会って話がしたくなったんだ。それに、子どもたちの寝顔もちょっとのぞいてみたいし」

「わかったわ」彼女は言った。「それから、映画ではご希望の役がとれてよかったわね」

「ありがとう」彼は言った。「じゃ、三十分後に」

ジョニー・フォンテーンは、かつては自分も住んでいたビバリーヒルズの家に着くと、しばし車を止めて様子を見つめていた。そして彼は思い出した、自分の人生を思いどおりに生きてみる、とゴッドファーザーが言った言葉を。自分の望みさえはっきりしていれば、素晴らしい可能性をものにできるのだ。だが、彼の望みとは一体なんだったのだろう？

ジョニーの最初の妻は戸口で待っていた。彼女は、美しく小柄で、褐色の髪の素敵なイタリア女、彼とは友だちづきあいの仲だが、いまだに男と遊び歩かない女、それが今は彼にとって大きな意味をもっていた。俺はまだこの女が欲しいのだろうか、と彼は自問してみた。答えはノーだった。一つには、二人の愛情はすでに過去のものとなっており、今さらベッドに誘うことはできなかった。それに、セックスとは関係ないことだが、彼女にはどうしてもジョニーを許せないことがいくつかあったのだ。けれども、二人はもはや憎み合ってはいなかった。

ジョニーは居間へ行き、彼女はコーヒーと手作りのクッキーを持ってきた。「ソファに横におなりなさいな」彼女が言った。「とても疲れているみたい」彼は上着と靴を脱ぎ、ネクタイをゆるめた。彼女は生真面目な笑みを唇の端に刻みながら、向かいの椅子に腰をおろした。「おかしいわ」と彼女が言った。

「おかしいって何が?」彼は訊き返し、飲みかけたコーヒーを少しシャツにこぼしてしまった。

「偉大なジョニー・フォンテーンにデートの相手もいないなんて」彼女が言った。

「偉大なジョニー・フォンテーンももうお手上げなのさ」

ジョニーがこれほど感情をあらわにするのは珍しいことだった。ジニーが尋ねた。「あなた、何かあったのね?」

ジョニーはにやりとした。「アパートでデートしてたんだが、見事振られちまったんだ。ところがこちとら、だらしのないことに腹も立たないんだからね」

驚いたことに、ジニーの顔を怒りの色がかすめすぎた。

「そんなくだらない女なんかほっときゃいいのよ」彼女は言った。「そうやってあなたの興味を引こうとしたのにきまってるわ」彼に肘鉄を食らわした女に対し本気で腹を立てているジニーの様を、ジョニーは感慨深く見守っていた。

「いや、いいんだよ」と彼は言った。「ぼくはもうそういったことには飽きあきしているんだ。少しは成長しなけりゃね。それに、これからは歌もうたえないし、女もいずれぼくに寄りつかなくなるだろうさ。なにせ見てくれのほうにはまったく自信がないんだから」

ジニーはむきになって言った。「あなたいつだって写真より実物のほうが素敵だったわ」

ジョニーは頭《かぶり》を振った。「ぼくはふとってきたし、髪の毛も薄くなってきた。もし今度の映画で失敗したら、ピザの焼き方を習いに行かなきゃならなくなる。それとも、君を映画に出そうかな。君はほんとに素敵に見えるよ」

しかしながら、ジニーが実際の年よりも若く見えるというわけではなかった。三十五歳にしてはましなほうだが、やはり三十五歳は三十五歳だった。ここハリウッドでは、その年齢は百歳にも等しいのだ。若いきれいな女の子は、レミングのように町に群がるが、たいていは一年、長くて二年ぐらいしかもたない。そんな女の中には、口を開かない限り、またその貪欲なまでの成功への望みが美しい目を曇らせたりしない限り、男の心臓の鼓動を止めてしまうほどに美しい女もいた。普通の女が、これらの女と外観で太刀打するのは初めから無理な相談だった。さらに彼女らは、内面的な魅力とか、知性、上品な着こなしや身のこなしなども身につけていた。そして裸の彼女たちは、他を完全に圧倒するのだ。もし、こういった女がそれほどたくさんいなければ、普通の美しい女にもチャンスはあるにちがいない。

ジョニー・フォンテーンはこういった女たちをあらいざらい、ほぼあらいざらい手に入れることができたので、彼がそういったのは、単にお世辞にすぎないということをジニーは知っていた。彼はいつもこんなふうに上手なのだ。名声をほしいままにしていた時でさえ、女性には礼儀正しく、必ずほめ言葉を用い、タバコの火はつけてやり、ドアを開けることを忘れなかった。しかもそれはすべて彼自身のためにやったことだったのだが、相手の女には強い印象となって残ったのだった。その相手が一夜かぎりの女であろうと見ず知らずの女であろうと、彼のその態度に変わりはなかった。

ジニーは親しみをこめて彼に笑いかけた。「もうたっぷりと聞かされたことよ、ジョニー、覚えてる？　十二年間ですもの、わたしにもうお世辞はきかないわ」

ジョニーはため息をつき、ソファの上で身体を伸ばした。「嘘じゃないよ、ジニー。君は素敵だ。ぼくも君ぐらい素敵だったらなと思っているんだ」

ジニーは答えなかった。彼が意気消沈しているのがわかったのだ。「映画はどうだったの？　ちょっとはあなたのためになるかしら？」彼女が尋ねた。

ジョニーはうなずいた。「うん、ぼくをまた元どおりにしてくれるだろうさ。もしアカデミー賞でも取れて、余計なヘマさえしなけりゃ、歌などうたわなくてもうまくやっていけるだろうね。そうしたら、君や子どもたちにももっと金を渡せるんだ」

「わたしたち、充分過ぎるほどいただいているわ」ジニーが言った。

「それにもっと子どもたちにも会いたいし」ジョニーは言葉をついだ。「もう少し落ち着いた生活をしてみたいんだ。毎週金曜日の夜に、ここで夕食をご馳走になってもいいかな？　絶対にすっぽかしたりしないよ。どこにいようとどれほど忙しかろうと、ぼくはその日には飛んでくる。それにできるかぎりここで週末も過ごしたいし、子どもたちにもできたら、休暇の何日かはぼくと一緒に過ごしてもらいたいんだ」

ジニーは彼の胸の上に灰皿を置いた。「わたしはかまわないわよ」と彼女は言った。「わたしが再婚しないのも、あなたにあの子たちの父親でいてもらいたいからですもの」

ジニーはさらりと言った。ジョニー・フォンテーンは天井を見つめながら、彼女がそう言ったのは、かつて二人の結婚が破綻をきたした時に、彼女が一度だけ残酷なことを口にした償いのためであろうと考えていた。それから、彼の仕事が下り坂をたどり始めた。

「ところで、誰がわたしのところに電話してきたと思う?」彼女が訊いた。

ジョニーはそんな問いを考える気にならなかったし、また答えもしなかった。「誰だい?」彼は尋ねた。

ジニーが言った。「一人ぐらい想像してみたらどう?」ジョニーは答えなかった。「あなたのゴッドファーザーよ」と彼女が言った。

ジョニーは目を白黒させてしまった。「彼は電話で話をしないはずなんだがな。で、君に何って言ったんだい?」

「あなたの力になってやってくれって」ジニーが言った。「あなたはまた元どおり有名になるが、今度は信じ合える人間が必要なんだって、そう言ってたわ。どうしてわたしが、って訊いたの。そうしたら彼は言ったわ、あなたがわたしの子どもの父親だからだって。

本当に優しい方なのね、うわさではひどく恐ろしい人のようだけど」

ジニーは電話が嫌いで、自分の寝室とキッチン以外のすべての電話を取りはずしていた。そして今、そのキッチンの電話が鳴っていた。ジニーが電話をとりにいき、もどってきた彼女の顔にはびっくりしたような表情が浮かんでいた。

「ジョニー、あなたによ」と彼女は言った。「トム・ハーゲンから。大切なことですって」

ジョニーはキッチンに行き、電話をとった。「やあ、トム」彼は言った。

トム・ハーゲンの声は落ち着いていた。「ジョニー、ゴッドファーザーの命令でね、私は君に会い、撮影が終わった段階で君を助けられるよう手はずをととのえることになったんだ。明日の朝の飛行機に乗るから、ロサンゼルスまで迎えに来てくれるかね？　ところで私はその日のうちにニューヨークにもどらなけりゃならないんでね、私のために夜のプランをあけておいてくれなくとも結構だよ」

「わかったよ、トム」ジョニーは言った。「だけどそんなに急いで帰ることもないじゃないか。一晩ゆっくり泊まっていけばいい。パーティを開いて、君を映画の連中に紹介するよ」ジョニーはどんな場合でもそう言って勧めたが、それは、彼が昔の仲間を恥ずかしがっていると思われたくないからだった。

「うれしいんだがね」ハーゲンは言った。「でも本当に朝一番には戻ってなければならないんだ。よし、それじゃあニューヨーク発午前十一時半の飛行機を迎えに来てくれるかい？」

「わかった」ジョニーは言った。

「君は車の中にいてくれ」とハーゲンが言った。「そして誰か別の人間を迎えに寄こし、そいつに君のところまで案内してもらう」

「そうしよう」ジョニーは言った。

居間にもどってきた彼を物言いたげにジニーが見つめた。「ゴッドファーザーがぼくのために何か計画してくれているらしいんだ」ジョニーは説明した。「どうしてだかわからないけど、彼のおかげでぼくは映画のあの役がとれた。しかし実際のところ、後のことはほっておいてもらいたいんだよ」

ジョニーはソファにもどった。ひどく疲れを感じていた。ジニーが言った。「今夜は家に帰らずに、来客用の寝室でおやすみになったらどう？　子どもたちと一緒に朝食が食べられるし、こんなに遅く車を運転して帰る必要もないわ。私、あの家の中にあなたがひとりっきりでいるなんて、思っただけでもいやなの。淋しくはない？」

「あまり家にはいないからね」ジョニーは言った。

ジニーは笑い声をたてた。「それじゃあ、あんまり変わってないじゃないの」彼女はしばらく口をつぐみ、やがて言った。「ベッドを用意しましょうか？」

ジョニーが言った。「君の寝室で寝るわけにはいかないのかい？」

ジニーの顔に赤味がさした。「だめよ」そう彼女は言って彼にほほ笑みを返した。二人は元のとおり友人のままだった。

翌朝かなり遅くに、ジョニーは目を覚ました。引き降ろしたブラインド越しに差し込む陽光でそれがわかった。昼近くにならないとこんな陽の射し方はしないはずだった。彼は大声を上げた。「ねえ、ジニー、朝飯をまだ作ってもらえるかな？」遠くのほうから、「今すぐできるわよ」と言う彼女の声が聞こえた。

まさに今すぐだった。彼女はすべて用意し、温めるものはオーブンの中に入れ、トレイは載せるばかりにしておいたにちがいない。ジョニーがその日はじめてのタバコに火をつけるかつけないうちに、寝室のドアが開き、彼の二人の小さな娘たちが朝食用のワゴンを押して入ってきた。

娘たちはあまりに美しく、ジョニーは唖然としてしまった。二人の顔は輝き透き通るようで、目には好奇心と、彼のもとに走っていきたいという気持ちがにじみ出ている。髪は昔風に長くピッグテールにしていて、流行遅れの子供服を着、白いエナメルの靴をはいていた。彼がタバコの火を消しているあいだ、二人は彼を見つめながら朝食用のワゴンのそばに立ち、彼が二人の名前を呼んで手を広げるのを待っていた。それから二人は彼のもとへ走り寄ってきた。彼は二つの柔らかくいいにおいのする頬のあいだに自分の顔を押しつけた。髭が痛いのか、二人は叫び声を上げた。ジニーが寝室の戸口に現われ、彼がベッドの中で食べられるように、ワゴンを近づけた。彼女はベッドの上の彼の横に坐り、コーヒーを注ぎ、トーストにバターをぬった。二人の娘は寝室のソファに坐り、彼を見守っていた。二人はもう、枕の取りあいや高い高いをしてもらう年頃は過ぎていた。髪の毛にもちゃんと手入れがゆき届いている。ああ、神様、と彼は思った。すぐに娘はおとなになって、ハリウッドの色狂いどもがお尻を追いまわすようになるだろう。

食事の合間に、ジョニーは娘たちにトーストとベーコンを分けてやり、コーヒーをちょっぴり飲ませてやった。これは、彼がバンドで歌っていた頃からの習慣だった。一緒に食事をする機会が少なかったせいか、彼が午後の朝食と朝の夕食といった半端な時間に食事をする時、娘たちは食べ物を分けてもらいたがったのだ。時間外れの食事が——朝の七時に食べるステーキとかフレンチフライ、午後に食べるベーコンエッグなどが、二人の娘にはとても楽しいものに思われたのだ。

ジョニーがどれほど娘たちを溺愛しているかは、ジョニーと彼の身近な友人の何人かが知っているだけだった。このことが、離婚し別居するにあたっての最大の問題だった。彼がなんとしても譲らなかったのは、娘たちに対する父親としての立場だった。彼は、再婚してほしくないこと、それは彼女への嫉妬心からではなく、父親という地位への嫉妬心からであるということを、実に巧みにジニーに納得させてしまった。彼女が再婚しなくてもすむよう、途方もない額の生活費がジョニーから支払われることになった。また彼女は、家庭生活に影響を及ぼさない限り、恋人を持ってもよいということが了解された。しかしこの点については、彼は確固たる信念をもっていた。彼女はセックスに関しては驚くほどはにかみやで古風だったのだ。そして、有名な夫から経済的安定と恩恵とを受けている彼女のまわりに、ハリウッドの男めかけどもが群がりだしたが、彼らはおしなべて打率ゼロを喫したのだった。

昨夜ジョニーは、一緒に寝たいというようなことをほのめかしてしまったが、ジニーはそれを本気にして縒《よ》りをもどそうなどという気配はまったく見られなかった。二人とも以前の結婚をやり直してみようなどと思っていなかった。ジニーは、彼の美人への渇望、自分よりはるかに美しく若い女への抑えきれない衝動を、無理からぬものとして認めてしまっていた。彼が映画での共演者と少なくとも一度は必ず寝るということは、知らぬ者がいないくらいだった。彼の子どもっぽい魅力は、共演者の美しさが彼にたまらないのと同じように、彼女らの心をかきみだすのだった。

「すぐに仕度をしたほうがいいわ」とジニーが言った。「トムの飛行機もそろそろ着く頃だし」彼女は娘たちを部屋の外に追い出した。

「ああ」ジョニーが言った。「ところでね、ジニー、ぼくはもうじき離婚しようと思っているんだ。いずれまた自由の身に逆もどりさ」

ジニーは、身仕度をする彼の様子を見守っていた。ドン・コルレオーネの娘の結婚式のあとに、二人のあいだで新しい取り決めができて以来、ジニーの家にはいつも彼の新しい衣類が置いてあった。「クリスマスまで、あと二週間しかないわ」彼女が言った。「あなたがここにいらっしゃるつもりで、予定をたてていいかしら？」

ジョニーが休暇のことを考えたのは、これが初めてだった。彼の声がまともだったら、神聖な休暇であるはずのクリスマスも、絶好の稼ぎ時となったことだろう。考えてみれば、去年もクリスマスを一緒にしていなかった。去年の彼は二番目の妻になる女を追いかけてスペインまで行き、結婚してくれと懸命に口説いていたのだ。

「ああ」と彼は言った。「イブとクリスマスにね」彼は大晦日については何も言わなかった。その夜は、友人と飲んでどんちゃん騒ぎをやるはずであり――彼は時々無性にそういったことをしたくなるのだった――妻や子どもにわずらわされたくなかったのだ。ジョニーはそのことで特に後ろめたいとは感じなかった。

ジニーは彼に上着を着せてやり、それにブラシをかけた。ジョニーはいつも口やかましいほどきちんとしていた。その彼が今顔をしかめている。ワイシャツのプレスの具合が彼の好みに合わず、また、しばらく使っていなかったカフスは、今日の彼の装いにちょっとばかり派手すぎたのだ。ジニーが小さく笑って言った。「トムにはそんなちがいなんかわからないわよ」

その家の三人の女性は、車道に停めてある車のところまでジョニーを送ってきた。二人の小さな娘たちは、彼をはさむようにして手をつないでいた。彼の妻はその少し後を歩いていた。彼はとても幸せそうで、彼女にもその喜びが伝わってくるみたいだった。車のそばまで来ると、ジョニーは娘をひとりずつ空に高く抱き上げ、降ろす途中キスをしてやった。ついで妻にキスをし、車に乗り込んだ。長々としたお別れはご免だった。

PR関係の人間や助手たちによって、すべての手はずはととのっていた。ジョニーのアパートの前には、運転手付きの車が待っていた。レンタカーだった。中にはPR係の男と助手が一人乗っていた。ジョニーは自分の車を停めると、それに乗り替え、車はすぐに空港に向けて出発した。PR係の男がトム・ハーゲンを迎えに行っているあいだ、ジョニーは車の中で待っていた。トムが車に乗るや二人は握手を交し、彼らはジョニーの家へともどってきた。

やがて、居間にはジョニーとトムの二人だけが残った。二人のあいだには、一種冷たいものが流れていた。コニーが結婚する前のこと、ジョニーはいろいろと面倒を引き起こし、ドンが彼に対し腹を立てていると知って連絡を取ろうとしたのだが、ハーゲンがどうしてもそれをドンに取り次いでくれなかったのだ。ジョニーはそれをいまだに恨みに思っており、またハーゲンのほうも、その行動について何ひとつ言い訳をしてはいなかった。というよりも、彼にはできなかったのだ。人々がドン個人にぶつけることをはばかるような憤りに対し、避雷針の役目を果たすのがトムの仕事のひとつだったのである。

「ゴッドファーザーが私を寄越したのは、君に力を貸すためなんだ」とハーゲンが言った。「それもクリスマス前にはすべてを片づけなきゃならないんだ」

ジョニー・フォンテーンは肩をすくめてみせた。「撮影はもう終わったよ。監督は公平で、ぼくの扱い方にも文句はなかった。ぼくの出る場面は重要だから、ウォルツがどうあがいたってフィルムをカットしたりはできっこない。彼にしたって、一千万ドル映画をめちゃめちゃにはできないからね。だから、今となっては、映画の中のぼくがどのような印象をみんなに与えるかによってすべてが決まるんだ」

ハーゲンが注意深く訊いた。「このアカデミー賞ってやつは、俳優という職業にはひどく大切なものなのかい？　それとも、実際には大して意味のない宣伝の一種なのかね？」

彼は一息つき、早口に言い足した。「むろん名誉は別にしてだ。誰だって名誉は好きだからね」

ジョニー・フォンテーンはにやりとした。「ゴッドファーザーと、それに君は例外なのさ。いいや、トム、あれはただの宣伝なんかじゃないんだ。一つのアカデミー賞で俳優が一人、十年間も飯が食えるんだよ。札束がごろごろ入ってくるし、みんなもそいつに注目する。それがすべてってわけじゃないが、俳優にとってはそれが一番重要なことなんだ。

今度はぼくにもそのチャンスがあるかもしれない。とはいっても、ぼくが大スターだからじゃないんだ。ぼくは歌手出身だし、そのことは馬鹿でも知っていることだからさ。それに、冗談じゃなく、ぼくはけっこういい線をいってるんだよ」

トム・ハーゲンは肩をすくめて言った。「ゴッドファーザーが言うには、今の状況では、君に賞をもらうチャンスはないそうだよ」

ジョニー・フォンテーンは怒りをあらわにした。「君はいったい何を言ってるんだい？映画はまだ編集されていないし、いわんや上映されてもいないんだよ。それにドンは映画界のことは何も知らないはずじゃないか。君はそんなたわごとを聞かせるためにわざわざ三千マイルも飛んできたのかい？」ジョニーはあまりの怒りに今にも泣き出しそうになっていた。

ハーゲンは心配そうに彼を見やりながら言った。「ジョニー、確かに私は映画界のことについては何も知らないさ。ただいいかい、私はドンのメッセンジャー・ボーイにすぎないんだ。しかし私たちは、今度の件について何度となく話し合ったんだよ。ドンは君のこと、君の将来のことをとても心配している。彼は、君にはまだ彼の助けがいると思っているんだ。そして、今度こそ問題を根こそぎ片づけてしまおうとしているんだよ。それでぼくはここにいるんだ。事態の進行役としてね。しかし君にも成長してもらわなければならないよ、ジョニー。君は自分のことを歌手だとか俳優だとか考えちゃいけない。まず、自分は血気盛りの発動機、筋肉隆々の若者だと思うことからはじめるんだ」

ジョニー・フォンテーンは笑い声を上げ、グラスに酒をついだ。「もし今度のオスカーを獲りそこなったら、ぼくの筋肉は娘ほどにもないってことがわかるだろうさ。声のほうもだめになってしまった。それだけでももどってくれたら、少しは動きがとれるんだがね。ああ、あ。しかし、ぼくがアカデミー賞を獲れないってことがどうしてゴッドファーザーにわかるんだろう？　けど、いいや、ぼくは彼を信じるよ。彼はこれまで一度だってまちがったことはないんだからね」

ハーゲンは細身のシガーに火をつけた。「われわれは情報をつかんだのさ、ジャック・ウォルツは君を候補に推すために撮影所の金を使わないだろうというね。それどころか、彼は投票者の全員にその旨圧力をかけている。そんなことをしなくても、宣伝その他に金をいっさい使わなければ、君にはまず勝目はないんだ。しかも彼は、反対票をかき集められそうな男を一人、かつぎ出そうと目論んでいる。そのためには手段を選ばぬつもりらしい——仕事、金、女、その他あらゆるものを注ぎこんでいる。それも映画に傷をつけないように、つけるにしても最小限の傷ですむよう気を配りながらそれをやっているんだな」

ジョニー・フォンテーンは肩をすくめた。そしてグラスにウイスキーを注ぐと、一息に飲みほした。「つまり、俺はもう死んだも同然てことか」

ハーゲンは口をとがらせ、にが虫をかみつぶしたような顔でジョニーを見やった。「飲んだって声はよくならないよ」彼が言った。

「やかましい」ジョニーが言った。

ハーゲンの顔から急にいっさいの表情が失せた。やがて彼が言った。「オーケー。ここではビジネス以外の話はしないことにしよう」

ジョニー・フォンテーンはグラスを置き、ハーゲンの前に行った。「すまなかった、トム」彼は言った。「本当にごめんよ。あのいまいましいジャック・ウォルツを殺したいと思ったからって、何も君に八つ当たりすることはなかったんだ。それにゴッドファーザーに叱られるのがこわくて、それで思わず君に腹を立ててしまったんだよ」ジョニーの目には涙が浮かんでいた。彼はからになったウイスキーグラスを壁に投げつけたが、力が弱かったので厚手のグラスはこわれもせずに床をころがり、彼のところへもどってきた。彼はそれを当惑し、憤慨したように見おろしていた。それから笑い声を上げた。「まったく、なんてこった」彼は言った。

ジョニーは部屋の反対端に歩いていき、ハーゲンと向かい合うようにして坐った。「君も知ってるだろうけど、ぼくはこれまでずっと自分の考えだけを押し通してきた。ところがジニーと離婚した後、何もかもがうまく行かなくなりはじめたんだ。声が出なくなり、レコードも売れなくなった。映画の仕事もこなくなった。それにゴッドファーザーはぼくに腹を立てていて、電話をかけても出てくれないし、ニューヨークまで行っても会ってくれない。ドンの命令でそうしているのだろうとは思ったけど、ぼくは君がいちいち邪魔をしているようで我慢がならなかった。それにドンに怒りをぶつけるわけにはいかないんだ。神様を相手にするようなものだからね。そこでぼくは君をのろったんだ。でも君のほうがやっぱり正しかった。そこでと言っちゃなんだが、謝罪をする意味で君の忠告を受け入れるよ。ぼくは声が元どおりになるまで酒はもう口にしない。それでいいかい?」

その謝罪は心からのものだった。ハーゲンの怒りは遠ざかっていた。この三十五歳の坊やには何かあるにちがいない。でなかったら、ドンが彼を気に入るはずはないのだ。ハーゲンが言った。「忘れよう。ジョニー」彼はジョニーの感情の深さにまごついてしまった。ひょっとしたらジョニーは、自分がドンと彼の仲を裂こうとしていると考えたのではあるまいか。だがむしろドンは、誰からも、いかなる理由によっても、心変わりを強いられることはなかった。彼の愛情が変化するとすれば、それは彼自身の意見による場合だけだったのだ。

「事態はそんなに悪くはないんだよ」とハーゲンはジョニーに言った。「ウォルツの策謀は全部つぶすことができる、とドンは言っている。それにオスカーはきっと君のものになるだろうってね。しかし、それだけじゃ問題の解決にはならないと彼は思っているんだ。ドンは、君自身がプロデューサーになり、一から十まで君自身の映画を作るだけの脳みそと肝っ玉が君にあるかどうか知りたがっている」

「いったいドンはどうやってぼくにオスカーを獲らせようというんだろう?」ジョニーはいまだに信じられないといった様子だった。

ハーゲンは鋭い調子で言った。「どうして君は、ウォルツにできることがゴッドファーザーにはできないだろうって考えるんだい? われわれの取り引きのためにも、君には自信をもってもらわなければ困るんだ。いいかい、ようく胸に刻み込んでおいてくれ、君のゴッドファーザーは、ジャック・ウォルツなどよりもっと力があるんだ。それに、ドンはもっと決定的なところで、ウォルツとは比較にならない力をもっているんだ。どうやってオスカーを君のものにするかって? 支配するんだ、支配力をもっている人間を支配するのさ——映画界のすべての労働組合とか、すべての、いやほとんどすべての投票者とかをね。もちろん君はちゃんとしなくてはいけないよ。そして自分にとっては何が利益かをしっかり見きわめるんだ。君のゴッドファーザーには、ジャック・ウォルツなど問題にならないぐらいの脳みそがある。彼はこういった連中のところに出かけていって、頭に拳銃をつきつけて、『ジョニー・フォンテーンに投票しろ、さもないと仕事ができなくなるぞ』などと言ったりはしない。腕力沙汰が効果のない時、またそれが悪感情を残すような時には、彼は絶対に腕力に訴えたりしないんだ。彼は、そういった連中が進んで君に投票したくなるように仕向けるのさ。しかしそうは言っても、彼らが君に興味をもたないかぎり、自ら進んで投票したいと思わないだろう。さあ、ドンなら君にオスカーを獲らせることができるってことを信じてくれ。ドンが動き出さないかぎり、君には勝算がないんだってことをね」

「わかった」とジョニーは言った。「君を信じるよ。ぼくにはプロデューサーになる肝っ玉と脳みそはあるけれど、金はないよ。どこの銀行だってぼくに金は貸してくれないだろう。映画一本作るには何百万もの金がかかるんだ」

ハーゲンはぶっきらぼうに言った。「オスカーを獲ったら、君自身がプロデュースする作品を三本用意するんだ。そして、そのために必要な最高の人間、一流の技術者、一流のスターを集めてくれ。用意する作品は三本から五本といったところだろう」

「とても正気とは思えないね」ジョニーが言った。「そんなにたくさんの映画だったら、二千万ドルはかかるんだよ」

「金がいる時は」とハーゲンが言った。「私に連絡してくれ。その都度ここカリフォルニアで融資を頼める銀行の名前を教えてあげる。心配は無用、君の映画にいつでも融資してくれるはずだ。普通のやり方で、相応の理由をつけて、一般の商取り引きみたいに融資を頼むんだ。断わられることは絶対にない。しかしあらかじめ、私に会って金額その他の計画を話してもらいたい、オーケー?」

ジョニーは長いあいだ黙っていた。それから静かに言った。「で、他には?」

ハーゲンはにやりとした。「つまり、二千万ドルの借金のお礼に何かしなければいけないのか、ということだろう？　もちろんそうさ」彼は、ジョニーが何か言いかけるのを待ってから言葉をついだ。「ドンが君に何を頼もうと、君はそれを拒んではいけないんだ」

ジョニーが言った。「もしそれが何か重要なことだったら、ドンは自分でぼくに頼むべきだよ。これがどういう意味かわかるだろう？　君やソニーにドンの言葉を取り次いでもらっても困るんだ」

ハーゲンはジョニーの頭の回転のよさにびっくりした。フォンテーンにもどうやら脳みそはあるらしい。彼は、ドンが彼をたいそう気に入っていて、しかも分別があり、それで彼を危険に追いやるようなことを頼むわけがないと見抜いていたのだ。ところが、ソニーだったら何を言いだすかわかったものではない。ハーゲンはジョニーに言った。「ひとつ安心してもらいたいことがある。ゴッドファーザーは私やソニーに、われわれの失敗で君に悪い評判をもたらす可能性のあることにはいっさい、君を巻き込んではいけないという指示を出しているんだ。となれば、彼自身もむろんそんなことはしないだろう。だから、彼が君に頼むことは、君のほうから先にやらせてくれと頼みたくなるようなことだけだと思って差しつかえないね、オーケー？」

ジョニーは笑みを浮かべ、「オーケー」と言った。

ハーゲンが言った。「それにドンは君を信じているんだよ。彼は君に脳みそがあり、だから銀行のほうも営利が目的で君に融資してくれるだろうと考えているんだ。つまり、ドンもそれでひと稼ぎしようってわけさ。要するにこれはまったくの商取り引きなんで、君もその点はよく承知しておいてくれ。金ができたからって、女に入れあげてもらっちゃ困るんだ。君はドンのお気に入りのゴッドサンかもしれないが二千万ドルといえば大金だ、彼は君の行動を逐一見守っているだろうよ」

「ドンに心配しないようにと伝えてくれ」ジョニーが言った。「ジャック・ウォルツのような男が映画界の大物になれるんなら、誰だってなれるさ」

「ゴッドファーザーも同意見さ」ハーゲンは言った。「さあて、空港まで送ってもらえるかい？　話は全部すんだからね。いよいよ契約という段になったら、専門の弁護士を雇うんだ。私はそこに顔を出さないことにする。しかし君に差しつかえないかぎり、サインをする前に全部見せてもらいたい。それからストライキは絶対に起こらない。それである程度は費用の節約になるだろう。だからもし計理士がそれを計算に繰り入れていたら、その分だけ差っ引いてもかまわないよ」

ジョニーが用心深く訊いた。「他にも君の許可を得なければならないことがあるのかな、台本とか配役とか？」

ハーゲンは頭を振った。「ないね」彼が言った。「ドンのほうで何か反対することがあるかもしれないが、その時には、彼が直接君にそう言うだろうさ、しかし可能性はまずないだろうね。映画はドンにとってまったく無縁のものだし、はなっから興味をもっていないんだ。それに経験からわかることだが、彼はお節介ってやつが嫌いなんだよ」

「わかった」とジョニーが言った。「それじゃ、ぼくが空港まで君を送っていこう。ゴッドファーザーによろしく言っておいてくれよ。ぼくが電話をしてお礼を言いたいんだけど、彼は絶対、電話に出てくれないからね。あれはいったいどうしてなんだろう？」

ハーゲンは肩をすくめてみせた。「ドンはめったに電話で話をしないんだ。自分の声を録音されるのがいやなんだよ、たとえそれがどんなにつまらないおしゃべりでもね。彼は誰かが言葉をつなぎ合わせて、まるで彼が何か別のことを言ったように操作されるのがこわいんだ。それが原因だと思うよ。とにかく彼は、警察の悪だくみに陥ることをひどく恐れている。それで奴らに弱みを握らせたくないんだ」

二人はジョニーの車に乗り込み、飛行場に向かった。ジョニーは思ったよりもいい奴だ、ハーゲンはそう考えていた。それに呑み込みもずんといい。ジョニー自ら飛行場まで彼を送ってくれることがそれを証明していた。自発的な思いやり、これこそがドンがいつも心していたことだった。それに謝罪。あれには真心がこもっていた。ハーゲンとジョニーのつき合いは長く、また謝罪が恐怖心からもたらされるものでないこともわかっていた。ジョニーは肝っ玉の太い男だった。だからしょっちゅう、たとえば映画のボスや女たちとの面倒事に巻き込まれてしまうのだ。それからジョニーは、ドンを恐れない数少ない人間のひとりだった。ハーゲンが知っている人間のうちでそう言えるのは、多分フォンテーンとマイケルの二人だけだろう。それゆえに謝罪は心からのものであり、ハーゲンも額面どおりに受け取ることにした。これからの二、三年、ハーゲンとジョニーは頻繁に会うことになるだろう。そしてジョニーは次の試験に合格しなければならず、その試験とは、彼が本当に頭脳明晰であるか否かを占うものだった。彼は、ドンが決してやってくれとは言わず、また協定の一部分として当然やらなければならないことを、自ら考えてドンのためにやらねばならない。ジョニー・フォンテーンは、はたして、取り引きのその部分を推測できるほど頭がきれるだろうか、とハーゲンは考えていた。

ジョニーは、ハーゲンを飛行場で降ろしてから(飛行場でうろうろしていないようにとハーゲンが言ったのだ)、ジニーの家にもどってきた。彼女はジョニーを見てびっくりしたようだったが、考えをまとめ計画を練るにはジニーのところが一番だったのだ。ジョニーは、ハーゲンの言ったことは非常に重要であり、自分の人生が転換期を迎えつつあることを感じ取っていた。かつての大スターは、今や三十五歳の若さで、もうすっかり疲れ果ててしまっていた。これは紛れもない事実だった。たとえアカデミー賞最優秀男優賞を獲ったとしても、それが何になるというのだろう? なんにもなりはしないのだ、声がもどってこないかぎりは、彼は声量も実力もない二流の歌手になるにすぎない。それに彼に肘鉄を食らわしたあの女、とても素敵でかしこくて遊び好きのあの女にしたって、もし彼がトップクラスのスターだったら、あれほど彼に冷たくしただろうか？　今やドンが金銭的に援助してくれるのだから、ジョニーはハリウッドきっての大物になれるのだ。王様だって夢じゃない。ジョニーはにんまりした。畜生！　ドンにだってなれるんだ。

二、三週間余りを、ジニーとまた一緒に過ごすのも悪くはない。毎日子どもたちを外に連れ出して、それに少しは友だちも呼んで。酒もタバコもきっぱりやめて、身体を充分にいたわるんだ。声ももどってくれるかもしれない。もしそうなったら、それにドンの援助も加えて、ジョニーは無敵の存在になるだろう。それはきっと、アメリカでは夢のような、昔の王様や皇帝に近い存在なのだろう。そしてそれは、彼の声がいつまでもつかとか、大衆が俳優としての彼にいつまで関心をもつだろうか、といったこととはまったく関係のないことなのだ。それは金と、最も特殊な、最も人のうらやむ力とに基づいた帝国なのである。

ジニーは、客用の寝室を彼のために用意してくれた。二人のあいだでは、彼がジニーの部屋で寝ないこと、二人は夫と妻として暮らすのではないという了解がついていた。二人はもう決してそういう関係にはならないだろう。外部のゴシップ記者や映画ファンは、二人の結婚の失敗についてジョニーにばかり非難を浴びせかけたが、当の二人には、離婚の原因はより多くジニーのほうにあるということがわかっていたのだ。

ジョニーが最も人気のある歌手となり、ミュージカル・コメディのスターとなってからも、妻と子どもを見捨てようなどとは思ってもみなかった。彼はあまりにイタリア的で古風だったのだ。当然のことのように彼は妻に対して不実ではあった。彼の職業柄、幾多の誘惑が常に眼前にちらついており、それはまず避けられないことであったのである。そして外見は痩せてきゃしゃであったが、小柄なラテン系の人間によく見られるように、衣服の下の彼の身体は堅く引き締っていた。また彼は、相手の女性から思わぬ発見をするのが好きだった。いかにも上品そうで、愛くるしい顔つきの一見処女のような女とデートをし、いざブラジャーを取ってみると、ビックリするほど大きく豊かな、そのカメオのような顔からは想像できぬほどに成熟した乳房がこぼれだす、ジョニーにはそれがこたえられなかった。セクシーな顔に、バスケットボールの選手のような敏感な身のこなし、そして百人もの男と寝たといった風情の女が、いざとなるとやたらにはにかんで臆病になったり、何時間もかけて口説いたあげくにやっと目的を果たしてみると、なんと、彼女は処女だった――このような新たな発見をすることが、ジョニーにとっては何よりも楽しみだったのである。

しかしハリウッドの仲間うちでは、ジョニーの処女好みは物笑いの種になっていた。彼らはそれを四角四面の古くさいイタ公趣味だと嘲笑い、処女にフェラチオをやらせるまでにどれほど手数がかかるか考えてみろ、しかもそんな女にかぎってろくな器《アス》を持っちゃいないんだ、と言うのだった。しかしジョニーはそんなことは扱いしだいだと思っていた。

こういったことはまず最初が肝心で、相手の女が初体験をもし気に入ってくれたら、これほど素晴らしいことはないではないか。それに、処女ほど味わい深い存在も他にはないのだ。処女が足をからませてくる時の快感ったらない。太ももはみんな形がちがうし、器もちがう、白い肌、茶色、淡褐色、日焼けした肌など、その色合も実に様様だ。ジョニーはかつてデトロイトで黒人の若い娘——彼女は非常に美しい素人娘で、彼と同じナイトクラブに出演しているジャズシンガーの妹だった——と寝たことがあったが、それはまさに彼にとって最高のセックス経験だった。その唇は熱い蜂蜜にミントが混じったような味がし、その濃い茶色の皮膚は弾力があって、しかもクリームで練ったようにしっとりとしていた。それはまさに神が創りたもうた最高傑作ともいうべきもので、そして彼女は処女だったのである。

またジョニーの仲間たちはしょっちゅう、ブロー・ジョブ（口腔性交の総称）のあれこれについて話し合っていたが、ジョニーはあまりブロー・ジョブが好きでなかった。彼はそれだけに熱中する女は好きになれず、またそれだけでは満足も得られなかった。彼と二番目の妻の仲がうまくいかなくなったのも、彼女が昔ながらのシックスナインにばかり固執して、彼の望みをかなえさせてくれなかったからだった。彼女はやがてジョニーを馬鹿にしはじめ、無能呼ばわりし、いつの間にか、彼は子どもだましのセックスしかできないといううわさがひろまってしまった。昨夜の女が彼を袖《そで》にしたのも、ひょっとしたらそのせいかもしれない。畜生め！　どうせあんな女の器など大したもんじゃないのだ。本当にやりたい女を見つけ、その女とやるのが一番だ。とはいっても、あんまりやりすぎている女も困る。ジョニーがどうしても好きになれないのは、十二歳ごろから男遊びをはじめ、二十歳の頃には奥の奥まで知り尽くし、もうただの惰性でやっているといった感じの女だった。そんな女でも、中にはびっくりするほどの美人がおり、こちらはすっかりたぶらかされてしまうのだった。

ジニーが彼の寝室にコーヒーとケーキを持ってき、ソファの脇の細長いテーブルの上に置いた。ジョニーはジニーに話した。ジョニーは、ハーゲンが映画製作に必要な金を借りる手伝いをしてくれるとだけジニーに話した。彼女の喜びようはたいへんなものだった。ジョニーはまた大物になることだろう。しかし彼女には、ドン・コルレオーネが実際にどれほどの権力をもっているのかまったく見当がつかず、ハーゲンがニューヨークからわざわざやってきたことの重要性にまでは思い至らなかった。ジョニーはまた、ハーゲンは法律上の細々としたことにも力を貸してくれるはずだと話してやった。

コーヒーを飲み終えると、ジョニーは今晩から早速仕事に取りかかり、電話をいくつかかけ、将来の計画を立てるつもりだと言った。「この仕事の半分は子どもたちの名義にするつもりさ」彼はそうジニーに言った。彼女は感謝の思いをこめてほほ笑み、おやすみのキスをして部屋を出ていった。

ジョニーの書き物机の上には、彼のお気に入りの頭文字の入ったタバコを山積みにしたガラス皿と、鉛筆ほどの細さの黒いキューバ・シガーを入れたタバコケースがあった。ジョニーは椅子に背をもたせかけ、電話をかけはじめた。彼の頭は、忙しく回転していた。最初に彼が自分の映画の第一作目に予定しているベストセラー小説の作家に電話をかけなければならない。その作家はジョニーと同じくらいの年齢で、苦労したあげくに今では文壇の名士となっている人物だった。彼は大物待遇を期待してハリウッドにやってきたのだが、他の作家たちと同様、まったく無視されていた。ジョニーは、〈ブラウンダービー〉である夜、彼が手痛い辱めを受けたのを目撃したことがあった。その作家は有名な若手のグラマー・スターと街でデートをし、その後どこかにしけこむことになっていた。ところが二人が食事をしているあいだに、ねずみのような顔をした喜劇俳優が彼女に向かって指を振り、それで彼女は有名な作家を袖にして逃げてしまったのだ。このことから、彼はハリウッドにおける人間関係をはっきりと思い知ったにちがいなかった。彼の著作が世界的に有名だということは問題にならなかった。若いスターの卵たちは、相手がいかに下品で愚劣でいんちきくさくとも、映画界の大物であれば尻尾を振ってついていってしまうのだ。

ジョニーはニューヨークにいるその作家に電話をかけ、以前彼の作品のおかげで大役をもらったことのお礼を言った。ジョニーは歯の浮くようなお世辞を並べたて、やがて何気なく、次の小説はどうなっているか、またどんな内容かを尋ねた。作家がさわりの部分を話している最中に、ジョニーはシガーに火をつけ、それが終わると言った。「うーん、そりゃいい！　できたらぜひ読ませていただきたいですね。コピーを送ってくれませんか——ひょっとしたらウォルツよりもいい条件で買い取ることになるかもしれませんから」

作家は声を熱っぽくさせて、さすがに目が肥えているとジョニーに言った。ウォルツは本心を隠し、本をばかにしていたのだ。ジョニーは、休暇のあとすぐにニューヨークへ行くから、自分の友だちと一緒に食事をする気はないかと尋ねた。「何人か美人を紹介させてもらいますよ」ジョニーは冗談めかして言い添えた。作家の笑い声が聞こえ、彼はオーケーと言った。

次にジョニーは、撮影が終わったばかりの映画の監督《ディレクター》とカメラマンに電話をかけ、世話になったことの礼を言った。そしてさらに、ウォルツと自分の仲がうまくいっていないことを打ち明け、それゆえにいっそう、彼らの助力が嬉しかったと述べ、何か自分にできることがあったらいつでも電話してくれと言い足した。

ジョニーにとっては、その次の電話が一番肝心のものだった。つまり、ジャック・ウォルツに電話をかけたのだ。彼はやはり映画の礼を言い、同時に、これからも一緒に仕事ができたらどんなに嬉しいだろうと言った。これはむろん、ウォルツを油断させるためのものだった。ジョニーは借りを返さないと気のすまない質《たち》だったのだ。二、三日して、ウォルツはこの策略に気づき、仰天することだろう。それこそまさに、ジョニー・フォンテーンが狙いとするところなのだった。

電話がすむと、ジョニーは椅子に坐り直し、シガーをくゆらした。サイドテーブルの上にはウイスキーが置いてあったが、ハーゲンには飲まないと約束したし、自分自身にも同じように誓いを立てていた。本来ならタバコだってやめるべきなのだ。しかしひょっとしたら、こんなことはまったく馬鹿げているのかもしれない。声が出なくなった原因がどこにあるのか知らないが、酒とタバコを断ったぐらいでよくなるものだろうか。だが今の彼は、少しでも自分のためになることは何でもやってみたかった。今こそ男になるかならぬかの瀬戸ぎわだった。

家の中は静まり返り、離婚した妻も可愛い娘たちももう眠っていた。ジョニーは、彼女たちを捨てたあの恐ろしい時のことを振り返ってみた。二番目の妻となったあんなあばずれ女のために、彼女らを見捨ててしまったのだ。しかし今の彼は、とくに彼女を恨んでもいなかった。愛すべきところもたくさんある女だったのだ。こうした経験からの唯一の救いは、絶対に女を憎んではいけないという、一つの信念みたいなものが彼の内に生まれてきたことだった。それゆえ、もっと具体的に言えば、最初の妻や娘たちにも、ガールフレンド、二番目の妻、そして偉大なジョニー・フォンテーンを袖にしたと言いふらしたいばかりに寝るのを嫌がったジャロン・ムーアを含め、その後の幾多のガールフレンドに対しても、彼は少しも敵意を感じてはいないのだった。

ジョニーはバンドで歌いながら各地を巡業していたが、やがてラジオのスターとなり、舞台のショーに出るようになり、最後に映画スターとなったのだった。その間ずっと、彼は思いのままの生活をし、寝たい女と寝ていたが、それを私生活にまで影響させることはなかった。それから彼は二番目の妻となるマーゴット・アシュトンに一目惚れし、完全に理性を失ってしまった。彼の仕事はそれ以来下り坂となり、家庭生活はめちゃくちゃになった。そしてついには、彼は何もかもなくし、ひとり取り残される羽目になったのだった。

しかしジョニーは、いかなる時も寛大で公正だった。彼は最初の妻との離婚に際し、自分が持っているはずのものはすべて彼女にくれてやった。彼は娘たちに、レコード、映画、クラブの仕事などのどれからも、その一部の収入が得られるように手配した。彼が豊かで有名だった時には、最初の妻には何でもしてやった。彼女の兄弟姉妹はむろんのこと、両親から、彼女の学校時代の女友だちやその家族までの面倒を見た。彼は決してお高くとまった名士ではなかった。気が進まなかったけれど、妻の二人の妹の結婚式には歌をうたいさえした。彼自身の全人格の降伏でないかぎり、ジョニーは何でも彼女の言うとおりにしたのだった。

やがてジョニーにどん底が訪れ、映画の仕事も歌の仕事ももらえず、二度目の妻にも裏切られた。そんなある日、すっかり打ちのめされた彼は、ジニーや娘たちに会いに行った。

そこで二、三日過ごし、ジニーの思いやりにすがって傷を洗い流そうとしたのだ。その日、彼は自分のレコードを聞き、その昔の歌のあまりのひどさに、技術者が手を抜いたと文句をつけた。やがて、それが現在の自分の声以外の何物でもないということに気がついた。彼はレコードをたたきこわし、もう二度と歌わないと心に誓った。その時に受けたショックは強烈で、その後コニー・コルレオーネの結婚式でニノと一緒に歌って以外、歌らしきものを口ずさんだことすらなかった。

ジョニーの心をさいなむこれらの不幸を知った時のジニーの顔を、ジョニーは決して忘れることがないだろう。それはほんの一瞬、彼女の顔をよぎったにすぎなかったが、彼には、それだけで充分だった。それはいかにも残酷な、満足げな表情で、ここ数年のあいだ、彼女がジョニーを憎みさげすんでいたことを如実に示しているかに思われた。だが彼女はすぐに表情を元にもどし、丁重ながら冷ややかな慰めの言葉を述べた。そして彼のほうも、それを受け入れる振りをした。それからの二、三日、ジョニーはここ何年間かとくに親しくつき合っている三人の女に会いに行った。彼女たちは彼の友人でもあり、時には友人として寝ることもあった。彼はその女たちに自分の力の及ぶかぎり何でもやってやり、何百ドル、何千ドルに相当する贈り物や就職の機会を与えたこともあった。だがその女たちの顔にも、彼はジニーと同じ残酷な、満足げな表情がかすめ過ぎるのを認めたのだった。

ジョニーがいずれかに決断を下さねばならないと思いだしたのは、ちょうどこのころだった。彼は、成功したプロデューサーや作家、監督、俳優などのハリウッドにいるたくさんの男たちと同様、好色な憎しみをもって美しい女どもを餌食にすることもできただろう。その場合、常に油断なく身構え、女はいつかは裏切るものと決して心を許さず、まわりの男をすべて敵だとみなしながら、けちくさく自分の威光と金を使っていればいいのだ。さもなければ、つまりもう一つの生き方は、女を憎むことを拒否し、女を信頼する立場をとることだった。

ジョニーは、自分が女を愛さずにはいられないことをよく知っていた。どれほど女が心変わりしやすく不誠実であろうと、もし女を愛することをやめたなら、彼の心の中にはぽっかり穴があいてしまうだろうと思われた。彼が世界で一番愛した女が、気まぐれな運命にもてあそばれ屈辱を受けている彼を見てひそかに喜んだとしても、それはそれでかまわなかった。セックスの面ではなく、最もいまわしい方法で裏切られたとしても彼はかまわなかった。仕方がないのだ。彼は受け入れなければならなかった。そして彼は、彼女らの好奇の視線から自分の不幸な傷口を隠しながら、女を口説き、贈り物をしつづけてきた。どんな目に遭おうとも、彼は、この生き方こそが女を自由に楽しむ方法であり、その香を存分に味わうことができる方法であると信じたがゆえに、許すことができた。そして彼は、自分が女に対して不実だからといって後ろめたく思ったことはなかった。これはジニーに対してもそうだった。子どもたちの父親としての立場を主張しながら、彼女と再び結婚する気はなく、しかもそのことをジニーに納得させたということについても、彼はまったく後ろめたさを感じていなかった。つまり彼は、女を傷つけることに鈍感になっていたのだった。これこそまさに、彼が得意の絶頂からころげ落ちる時に身につけたものであり、つまり彼は、女を傷つけることに鈍感になっていたのだった。

ジョニーは疲れ果て、もうベッドにもぐりこむばかりだったが、一つの記憶が彼の頭から離れようとしなかった。それは、ニノ・バレンティと歌をうたっていた頃の記憶だった。そして急に、彼はドン・コルレオーネを喜ばせる最上のものに思い至った。ジョニーはすぐに受話器を取り、交換手にニューヨークにつないでくれるよう申し込んだ。彼はソニー・コルレオーネを呼び出し、ニノ・バレンティの電話番号を訊いた。それからニノに電話をかけた。ニノは相変わらず少し酔っ払っているみたいだった。

「やあ、ニノ、こっちへ来てぼくと一緒に仕事をする気はないかい？」ジョニーが言った。「信用できる人間がちょうど欲しいところなんでね」

ニノはてんから本気にしていなかった。「うーん、どうしようかな、ジョニー、俺は今のトラックの仕事で満足しているんでね。途中でおかみさんたちをからかいながら、毎週まるまる百五十ドルさ。君のほうはいくらくれる？」

ジョニーは言った。「まずは五百ドルだな。それに映画スターとお忍びのデートもできる、どうだい？」ジョニーは言った。「それからぼくのパーティで歌をうたってもらうかもしれないよ」

「うん、いいな、考えてみよう」ニノが言った。「弁護士と会計士、それにトラックの助手にも相談してみるよ」

「おいおい、冗談じゃないんだぜ、ニノ」ジョニーが言った。「ぼくはすぐに君が必要なんだ。明日の朝にでも飛行機で来てもらって、一年間、週給五百ドルの個人契約書にサインしてもらいたいんだ。もし君が、ぼくの女に手を出したら、即刻首だ。しかしそれでも、少なくとも一年分の給料はもらえる。どうだい?」

長い沈黙が訪れた。ニノの声はいくぶん真面目になっていた。「おい、ジョニー、冗談だろう?」

ジョニーが言った。「冗談なもんか。ニューヨークにあるぼくのエージェントへ行ってくれ。君の飛行機の切符と現金を用意させておくよ。明日の朝一番にそこに電話しておくから、午後にでも行ってもらいたい。オーケー? 空港まで誰か迎えにやって、君を家まで案内させるよ」

再び長い沈黙が訪れた。それから、ニノは抑えた、不安げな口調でこう言った。「引き受けたよ、ジョニー」もう酔っているような気配はどこにも見えなかった。

ジョニーは電話を切り、寝る用意にかかった。こんなに気分がいいことは、レコードをたたきこわしたあの日以来はじめてのことだった。

13

ジョニー・フォンテーンは大きな録音室の中に坐り、黄色紙のノートに費用の計算をしていた。音楽家たちが次々に入ってくる。彼らはみんな、彼がバンドのかけ出し歌手の時からの友人だった。指揮者はポップス音楽の伴奏では一流といわれている男で、ジョニーが不遇に泣いていた時にもずっと親切にしてくれた人だった。名前をエディ・ネイルズといい、今彼はそれぞれの音楽家に楽譜の束と口頭による指示を与えていた。彼のスケジュールはびっしりとつまっていたが、ジョニーへの好意からこのレコーディングを引き受けてくれたのだった。

ピアノの前に坐ったニノ・バレンティは、落ち着きなくピアノのキーをたたいては、大きなグラスからライ・ウイスキーをすり込んでいた。しかしジョニーはそんなことは気にしなかった。ニノは酔っていても素面《しらふ》の時と同じように歌うことができたし、また今日彼らが予定していることには、ニノの音楽に関する天分はそれほど必要ではなかったのだ。

エディ・ネイルズは、古いイタリアやシシリーの歌を特別に編曲し直したり、ニノとジョニーがコニー・コルレオーネの結婚式で歌った掛け合いデュエットに、専門的な工夫を施してくれていた。ジョニーがこのレコードを作ることにした主な理由は、こういった歌がドンのお気に入りだったし、彼への素晴らしいクリスマスの贈り物になるだろうと考えたからだった。それに、このレコードは、むろんミリオンセラーにはならなくとも、かなりの売れ行きを示すのではないかという予感がしていた。その上、ニノを助けることはドンへの恩返しにもなるはずだった。つまるところ、ニノもドンのゴッドサンのひとりだったのだ。

ジョニーはクリップボードとノートをすぐ脇の折りたたみ椅子の上に置くと、立ち上がり、ピアノのそばに行った。「やあ、ニノ」ジョニーの声にニノは顔を上げ、ゆがんだ笑みを見せた。少し気分が悪いみたいだった。ジョニーは上体をかがめ、ニノの肩にそっと手をかけた。「気を楽にするんだ」彼が言った。「今日いい仕事をしてみろ、ハリウッドで最上の女を君に用意してやるよ」

ニノはウイスキーをぐいとあおった。「女って誰だい、ラッシーかい?」

ジョニーは笑い声をたてた。「いいや、ディーナ・ダンさ。あの女なら絶対だよ」

ニノは満足したようだったが、これを隠しさらに念を押した。「ラッシーはどうでもだめなのかい?」

オーケストラがメドレーの最初の部分の演奏を始めた。ジョニー・フォンテーンは熱心に聞き入った。エディ・ネイルズは全曲、彼の編曲で押し通すつもりらしい。それから第一回目のレコーディングに入るのだ。ジョニーは音に耳を傾けながら、この楽句はどうこなそうか、この部分はどう歌い込もうかと考えていた。自分の声は長く続かないから、ニノがほとんど歌い、ジョニーは彼を助ける形で歌うことになるだろう。しかしむろん、掛け合いデュエットの場合は別だ。そのために彼は、声を大事にしておかねばならなかった。

ジョニーはニノを引っ張って立ち上がらせ、二人はマイクの前に立った。ニノは最初の部分を失敗した。そして再びしくじった。彼の顔は緊張のあまり赤くなってきた。ジョニーがからかうように言った。「おい、そうやって残業手当てを狙ってるんじゃないだろうな?」

「俺はマンドリンを持っていないと落ち着かないんだよ」ニノが言った。

ジョニーは素早く頭をめぐらせ、「そうだ、その酒のグラスを手に持ったらどうだい」と言った。

まるでそれが魔法のような働きをしたみたいだった。ニノは歌いながらグラスを口に運んでいたが、出来は上々だった。ジョニーは気楽に、声を抑えて歌い、彼の声は単にニノの主旋律《メイン・メロディ》のまわりを踊っているだけだった。この種の歌い方には何ら感情的な満足はなかったが、彼は自分自身の技術のうまさに驚いていた。歌手としての十年間のキャリアは、はたしてむだではなかったのだ。

レコーディングの最後の部分、例の掛け合いデュエットのところまでくると、ジョニーは思いきり声を張った。もう弱った声帯のことなどかまっていられなかった。そして音楽家たちは、この最後の歌に我を忘れていた。こういった現象は、感覚が麻痺しているはずのベテランには珍しいことだった。彼らは楽器をほうり出し、拍手がわりに足を踏み鳴らした。そしてドラマーは、歓呼のドラムをとどろかせた。

休憩と打ち合わせを入れて、彼らはおよそ四時間の仕事をした。エディ・ネイルズがジョニーのところへやってき、静かに言った。「とてもよかったよ。そろそろ次のレコードを入れたらどうだい。ちょうど君にぴったりの新しい歌があるんだが」

ジョニーは頭を振った。「おい、エディ、冗談はよしてくれよ。それに二時間もしたら、ぼくはしゃべることもできないほど声がかすれてしまうんだぜ。それはともかく、今日のレコーディングはどうだった?」

エディはゆっくりと言った。「ニノには明日、スタジオに来てもらわなきゃならない。二、三ミスしたところがあるんだ。しかし彼は思ったよりずっとよかったよ。他のところで気に入らない部分は、音響技師に手を入れてもらう、オーケー?」

「オーケー」ジョニーは言った。「で、レコードはいつ聞けるかな?」

「明日の夜だ」エディ・ネイルズが言った。「君んところにしようか?」

「ああ」とジョニーは言った。「ありがとう、エディ。明日待ってるよ」

ジョニーはニノをかかえるようにしてスタジオから出ていった。行き先はジニーの家ではなく、ジョニーのアパートだった。

時刻はもう午後もかなり遅く、ニノは大分酔っ払っていた。ジョニーは、彼にシャワーを浴びてひと眠りするように言った。夜の十一時には、大きなパーティに出席することになっていた。

ニノが目を覚ますと、ジョニーは必要な知識を彼に教え込んだ。「このパーティは映画スターのロンリー・ハーツ・クラブと呼ばれてるんだ」彼は説明した。「今夜集まってくる女たちは、君も映画で見たことがあるだろうけど、何百万もの男が本気でやりたいと思うようなグラマーな女王たちだ。そして彼女らがパーティにやってくる理由はただ一つ、誰か寝る相手を見つけるためなんだ。どうしてだかわかるか？　奴らは飢えているのさ。ちょっとばかり年がいっているために相手に恵まれず、かといってどこの馬の骨とも知れぬ男とはやる気のない連中なんだよ」

「その声いったいどうしちまったんだい？」ニノが尋ねた。

ジョニーはほとんど囁くような声で話していた。「ちょっと無理して歌うと、そのあといつでもこうなるんだ。もう一ヵ月ぐらいは歌えないだろう。しゃがれ声のほうは二、三日で治るけどね」

ニノは思いやりをこめて言った。「つらいだろうね？」

ジョニーは肩をすくめてみせた。「いいか、ニノ、今夜はあまり酒を飲むんじゃないぜ。ハリウッドの女たちに、相棒がからきし意気地がないなんて思われたらことだからな。しっかり目をひらいてるんだ。覚えておけよ、女の中には映画界に顔のきく奴も何人かいる。そいつらから仕事をもらうことだってできるんだからな。とにかく愛想よくしているんだ」

そのニノはすでに酒を飲みはじめていた。「俺はいつだって愛想よくしているさ」彼は言った。そしてグラスを飲みほすと、にやにやしながらこう尋ねた。「今夜本当にディーナ・ダンのお近づきになれるんだろうな？」

「そうあせるなよ」ジョニーが言った。「仕上げをとくとごろうじろってとこさ」

ハリウッド映画スターのロンリー・ハーツ・クラブ（ここに出席を強制されている若い俳優たちがそう呼んでいるのだ）は、毎週金曜日に、ロイ・マックエルロイの、撮影所所有の宮殿のような屋敷で開かれることになっていた。ロイはウォルツ国際映画会社の報道係、というよりもPR顧問のような仕事についていた。そしてこのパーティのアイデアは、マックエルロイのところでオープン・ハウス・パーティが開かれた時に、ジャック・ウォルツの実際的な頭から考え出されたものだった。彼のドル箱スターたちの何人かは年をとりはじめていた。特別なライトと天才的なメークアップ師の手を借りないかぎり、彼女らの年は隠せなかった。他にも彼女らは問題をかかえていた。ほんのわずかではあるが、肉体的にも精神的にも鈍くなっていた。もはや恋におぼれることはできず、また男に追い回されるヒロインの役を演じることもできなかった。それに彼女らは、財産や名声やかつての美しさのために、あまりにも傲慢になってしまっていた。ウォルツがパーティを開くのは、そういった連中に一夜の恋人を、気が合えば専用のベッド・パートナーとなる相手を見つけるチャンスを提供し、そうなれば仕事のほうにもプラスになるだろうと考えたからだった。そして初めの頃、乱痴気騒ぎがこうじて警察沙汰になり、それ以来、ウォルツはこのパーティをもっぱらPR顧問の家で開くことに決めたのだった。彼の家であれば、パーティの準備ははじめからととのっているし、記者や警官にわずらわされずに心ゆくまで楽しむことができるというわけなのだ。

撮影所で働く若く男盛りで、まだスターの座についていない俳優には、金曜日のパーティへの出席はうれしくない義務だった。彼らは未公開の新しい映画がパーティで上映されるという理由で呼び出され、実際のところ、それがパーティそのものの大義名分になっているのだった。つまりそこには、職業上の関連性があり、それで彼らは、「新しい映画の出来を拝見しようぜ」と出かけてくるのだった。

若い女性スターは、金曜日のパーティには参加できなかった。それで少々がっかりしていたが、彼女らの多くはパーティの本旨に気がついていた。

新しい映画の上映は真夜中に行なわれ、ジョニーとニノは十一時に到着した。ロイ・マックエルロイは、一見して、相手に好印象を与える、身だしなみといい着こなしといい申し分のない男だった。彼は歓声をあげ、ジョニー・フォンテーンを迎えた。「いったいなんでまたこんなところに？」彼は心底驚いているみたいだった。

ジョニーは手を差し伸べた。「故郷のいとこを案内して歩いているんですよ。ニノっていいます」

マックエルロイはニノと握手し、値踏みするように彼を見つめた。「みなさん、この人に夢中になることでしょうな」そう彼はジョニーに言い、二人を奥の中庭へと案内した。

中庭には大きな部屋がずらりと並び、そのガラス張りのドアは庭とプールに向かって開かれていた。そしておよそ百人の人間が各々手にグラスを持ち、そこかしこに群がっていた。中庭の照明は巧みに、女性の顔や肌を引き立てるように工夫されていた。そこには、ニノが十代の時、暗い映画のスクリーンの上で見たことのある女がいた。彼女らは、ニノの青春のエロチックな夢の中で、それぞれに役を演じてくれたのだった。しかし今、実物を目前にしたニノは、何か恐ろしいメークアップの女を見るような思いにかられていた。彼女たちの精神や肉体の衰えを隠せるものは何もなかった。時が彼女らの神々しさを蝕《むしば》んでいた。彼女たちはニノが覚えているような魅力的なポーズをとり、仕種をしていたが、蠟細工の果物みたいで、彼は一向に刺激を受けなかった。ニノは飲み物を二つ持ち、近くの酒のそろっているテーブルのほうへ、ぶらぶら歩いていった。ジョニーもその後に続いた。そして二人は、背後からディーナ・ダンの美しい声が聞こえるまで、一緒に酒を飲んでいた。

ニノの頭の中には、何百万もの男たちと同様、その声が永遠に焼き付いていた。ディーナ・ダンは二つのアカデミー賞を受けたことがあり、ハリウッドの映画スター長者番付けに入っていた。スクリーンでの彼女には猫のような女らしい魅力があり、それゆえ彼女は、すべての男性にとって忘れられない存在となっているのだった。しかし今の彼女は、銀幕では一度も聞いたことがないようなしゃべり方をしていた。「ジョニー、おまえさんに一晩きりでポイされたもんだから、また精神科医の世話になっちまったんじゃないの。どうして二回戦の誘いをかけてくれなかったのよ?」

ジョニーは、つき出されたディーナ・ダンの頰に口づけをした。「いやあ、ぼくはあれから一カ月間、足腰が立たなくなってしまったんだよ」彼は言った。「ぼくのいとこのニノを紹介するよ。タフでイカしたイタリア男さ。今晩の君のお相手を彼に頼もうと思っているんだ」

ディーナ・ダンは首をめぐらし、ニノに冷ややかな一瞥《べつ》をくれた。「彼は試写がお好きなの?」

ジョニーは笑い声をたてた。「いいや今日が初めてなのさ。それで君にがっちり仕込んでもらいたいんだ」

ディーナ・ダンと二人取り残されたニノは、グラスの酒をぐい飲みせずにはいられなかった。思うように無関心を装うことができないのだ。ディーナ・ダンは上向きの鼻をしており、アングロサクソン美人にある彫りの深い、古典的な顔立ちをしていた。それにニノは、彼女のことをとてもよく知っていた。彼女と子どもたちを残して死んでいった飛行家の夫の死を悲しみ、打ちひしがれ、ひとり寝室で泣きくずれているディーナ・ダン。流れ者のクラーク・ゲーブルに騙されたあげくに捨てられ、怒り、傷つき、恥辱を受けながらも、毅《き》然とした態度を失わなかったディーナ・ダン（彼女は一度として、映画の中でふしだらな女の役を演じたことがなかった）。ニノはまた、相思相愛の恋に炎を燃やした彼女が、あこがれの男性の抱擁に身もだえしているのを見たことがあったし、少なくとも六回は彼女が美しく死ぬところを見ていた。しかしこれだけ彼女のことを見、聞き、夢見ていたにもかかわらず、ニノは、二人きりになった時に、ディーナ・ダンが最初に言った言葉に対し、どう答えたらいいのか用意ができていなかった。

「ジョニーって、この町で金玉をぶら下げている数少ない男の一人ね」彼女が言った。「他の連中ときたら二束三文の薄のろばっかりで、人前ではすぐ縮みあがって、棒をおっ立てることさえできないんだからね」それから彼女はニノの腕を取り、人の群れから、ほかの女たちの視線から、彼を部屋の隅に引っ張っていった。

依然として冷ややかな微笑をくずさずに、ディーナ・ダンはニノ・バレンティ自身のことをたずねた。ニノ・バレンティは、彼女の魂胆を見抜いていた。彼女は、馬丁や運転手に親切な、裕福な上流婦人の役を演じようとしているのだ。もしこれが映画の中ならば、彼女は相手の男性（たとえばスペンサー・トレーシーなどどうだろう）に振られたり、相手の男（たとえばクラーク・ゲーブル）に対して気ちがいじみた惚れかたをして破滅する役しかできないのだ。だがニノ・バレンティは気にしないことにした。そして、ニューヨークにおけるジョニーとの少年時代のことを、小さなクラブでジョニーと二人して歌をうたった時のことなどを話してやった。ディーナ・ダンはひどく興味をそそられ、感銘を受けているみたいだった。そんなさなかに、彼女がふとさりげない調子で尋ねた。「ジョニーがどうやってジャック・ウォルツの奴から役をもらったか、あんた知ってるの？」ニノは顔をこわばらせ、頭を振った。彼女はそれ以上無理強いはしなかった。

ウォルツの新しい映画を見る時間が来た。ディーナ・ダンは、ニノの手を自分の温かい手でしっかりと握り、邸宅内にある部屋へと連れていった。その部屋には窓がなく、五十脚ほどの二人がけの寝椅子《カウチ》が、一見雑然としていながら、それぞれのぞかれる心配のないほどの間隔を置いて並べてあった。

カウチの横には小さなテーブルがあり、その上に氷の入ったボウルやグラス、酒びん、タバコのトレイなどが置いてあった。ニノはディーナ・ダンにタバコを渡し、火をつけ、二人分の飲み物を作った。二人は口をきかなかった。二、三分後に照明が消えた。

ニノが不埒《らち》なことをいっさい期待していなかったといったら嘘になる。彼はもちろん、ハリウッドの堕落した伝説の数々を耳にしていたのだ。しかしながら彼は、儀礼上の親しみをこめた言葉さえ用意しておらず、ましてや、彼の性器へのディーナ・ダンの突進に対してはまったくの無防備状態だった。彼は酒をすすり画面に目を向けていたが、味もしなければ映画の筋もわからなかった。ある意味では彼は今までになく興奮していたが、それは、暗闇の中で彼にサービスしているこの女が、彼の青春の夢の対象であったからにすぎなかった。

しかもある意味では、ニノの男としての面子が辱められていた。そこで、この世界的に有名なディーナ・ダンが十二分に満足し、ニノの後始末を終えると、彼は暗闇の中でゆっくりと飲み物を作りタバコに火をつけてやり、それからできるかぎりのくつろいだ声でこう言った。「うん、この映画いい線いってるみたいだな」

ニノは、寝椅子の隣のディーナ・ダンの身体が硬直するのを感じた。彼女は何かお世辞でも待っていたのだろうか？　ニノは手近のボトルからグラスに酒をたっぷりと注いだ。畜生め、この女は俺を男娼みたいに扱いやがった。なぜか今、ニノはこういった女たちに冷たい怒りを感じていた。映画はそれから十五分続いた。ニノは二人の身体が触れ合わないよう、身体をそらしていた。

ついにディーナ・ダンが、低いしゃがれた声で囁くように言った。「そんなに気取ることないじゃないの。あんたのあれって、ほんとに大きかったわよ」

ニノは酒をすすり、いとも平然と言ってのけた。「いつだってそんなものさ。ほんとに興奮したらあれぐらいじゃすまないさ」

ディーナ・ダンはふくみ笑いをし、あとは静かに映画をみていた。やっと映画が終わり、照明がもどった。ニノはあたりを見回した。妙な物音こそ聞こえなかったが、この暗闇の中でお楽しみがあったことは明らかだった。ある女などは、今存分にやり終えたということを如実に示す、あの張りつめた、晴ればれとして輝きをもった目つきをして、ゆっくりと映画室から出ていった。ディーナ・ダンは素早く彼のもとを離れ、年配の男のところへ話しに行った。男はニノも知っている有名な性格俳優だったが、ここでこうした実物を見てみると、チンピラといったほうがぴったりの感じだった。ニノはある種の感慨にひたりながら酒をすすっていた。

ジョニー・フォンテーンがそばにやってきて言った。「よう兄弟、楽しんだかね？」

ニノはにやりとした。「わからんな。故郷の連中に、ディーナ・ダンにおもちゃにされたって言うぐらいの土産はできたけどね」

ジョニーは笑い声をたてた。「彼女の家に招待されたらもっとすごい土産ができるんだがな。彼女そうしたかい？」

ニノは頭《かぶり》を振り、「いやあ、映画を見るのに夢中だったもんでね」と言った。しかし今度は、ジョニーはにこりともしなかった。

「ふざけるんじゃないぜ、おい」ジョニーは言った。「ああいった女には利用価値があるんだ。それなのにおまえはなんでも茶化しちまう。いいかい、俺はな、おまえが昔つき合っていたみっともない女たちのことを思い出すと、今でも悪夢にうなされるぐらいなんだ」

ニノは酔っ払ったようにグラスをヒラヒラ動かし、大声で言った。「ああ、あいつらは確かにみっともなかったよ。しかし女だったぜ」部屋の隅から、ディーナ・ダンが二人のほうへ顔を向けた。ニノは挨拶を返すように、グラスを上げてみせた。

ジョニー・フォンテーンはため息をついた。「わかったよ、おまえはいまだにイタリアの田舎もんなんだ」

「これからだってずっとそうだろうよ」ニノはいつもの、酔いの回った魅力たっぷりの笑顔で言った。

ジョニーにはよくわかっていた。ニノは見かけほど酔っ払ってはいないのだ。新しいハリウッドの雇い主に言いたいことを言うために、ニノはわざと酔っ払った振りをしているのにちがいない。彼はニノの肩に手を回し、思いやりをこめて言った。「こいつは一本やられたよ、ニノ。おまえは一年間の鉄の契約がある以上、そのあいだは何と言ったって首にされないってことを承知してるんだからな」

「俺を首にできないって？」ニノはとぼけて訊き返した。

「そのとおりさ」ジョニーは言った。

「へん、こきやがれ」ニノが言った。

一瞬、ジョニーは自分でも意外なほどの怒りに襲われた。ニノはへらへら笑い続けている。しかしながらジョニーは、ここ二年ばかりのあいだに以前よりも利口になっていた。というよりも、スターダムからすべり落ちた経験が、彼を前よりも感じ易い人間にしたのだろうか。その瞬間、彼はニノを理解していた——彼の幼なじみの歌の相手がどうして苦労ばかりなめているのか、どうして今のような成功のチャンスを自らこわそうとするのか、ジョニーはそれを理解した。ニノはあらゆる種類の成功に反撥しているのだ。彼はある意味で、彼のためにお膳立てされたすべてのことから屈辱を受けているのだ。

ジョニーはニノの腕を取り、家から出ていった。ニノはもう、かろうじて歩けるぐらいの状態だった。ジョニーはなだめるような調子で彼に言った。「いいかい、ニノ、君はぼくのために歌をうたってくれるだけでいいんだ。それで君にもたんまり金が入ってくるんだよ。ぼくは君の生活をあれこれ指図しようとは思わない。君は好きなようにしていればいいのさ。わかったね？　ぼくはもう声がでないから、君がぼくのために歌をうたって、金を稼いでくれればいいんだ。オーケー？」

ニノは上体をしゃんとさせた。「俺はおまえのためにうたってやるよ、ジョニー」と彼は言った。だがその声は不明瞭で、はっきり聞き取れなかった。「俺は今じゃ、おまえよりずっとうまくうたえるよ。いや、いつだってそうだった、ちがうかい？」

ジョニーは黙ってそこに立っていた。なるほどそうだったのか。自分の声に問題がなかった頃、彼はニノをまったく相手にせず、その何年間は、昔のように一緒に歌をうたったことさえなかったのだ。カリフォルニアの月明かりに身体をよろよろさせながら、ニノは返事を待っていた。

「こきやがれ」とジョニーは優しく言った。それから二人は、まだ二人とも若かった昔の頃のように、声を合わせて笑いころげた。

ドン・コルレオーネの狙撃事件を知った時、ジョニー・フォンテーンは、ゴッドファーザーの身の安否を気づかうとともに、映画への彼の出資はどうなるのだろうかと不安になった。すぐにも彼はニューヨークへ出向き、病院にゴッドファーザーを見舞いたいと思ったが、ドン・コルレオーネは彼に悪評が立つのを望まないだろうという理由で、足止めを食ってしまった。そこで彼は待っていた。一週間後にトム・ハーゲンの使いの者がやってき、出資は今までどおりだが、映画の製作は一時に一本にするようにと彼に伝えた。

一方、ジョニーは、ハリウッドやカリフォルニアでニノを勝手気ままに振る舞わせていた。ニノは若いスターたちとよろしくやっていた。そして時々、ジョニーから声をかけて一緒に晩飯を食べたりしていたが、そんな時でも、ニノはジョニーをおごらせっぱなしにはしなかった。話がドンの狙撃事件に及んだ時、ニノがジョニーに言った。「そういやあ、俺は一度、ドンに組織の中で働かせてくれと頼んだことがあるんだが、彼は仕事をくれなかったよ。俺はトラックの運ちゃんにも飽きたし、金をたんまりもうけたかったんだ。ところがその時、ドンは俺になんて言ったと思う？　人間にはそれぞれ運命って奴があって、俺の運命は芸術家になることだと言うんだ。つまり、俺はギャングには向いていないと言うのさ」

ジョニーは、ニノの言葉をゆっくり反芻《はんすう》してみた。どうやらゴッドファーザーは、世界でいちばん頭の切れる人間のようだ。彼は、ニノがギャングにはなれず、面倒事に巻き込まれるか殺されるかするのが落ちだろうとすぐにわかったのだ。陰険な連中の一人にたやすく殺されてしまうにちがいない。しかし、ニノが芸術家に向いているとドンが言ったのはなぜだろう？　なるほどそうか、彼はいつの日か、俺がニノに援助の手を差しのべるにちがいないと考えたのだ。でもどうしてそう考えたのだろう？　確かに彼は、俺はニノに感謝の意を表すべきだとは言っていた。しかしドンはそうしろと強要はしなかったし、ただ、もし俺がそうしたら、ニノがとても喜ぶだろうと言っただけだった。ジョニー・フォンテーンはため息をついた。ゴッドファーザーは今、重傷を負ってベッドに臥していている。

ウォルツが反対運動をしているし、ドンの援助もないとなると、自分はもうアカデミー賞を諦めなければならないかもしれない。発言力の強いドンのこねだけが頼りだったのに、今では、コルレオーネ・ファミリーはそんなことにかかずらっている暇はないだろう。ジョニーも一度手助けを申し出たが、ハーゲンはそっけなく断わってきたではないか。

ジョニーはその後、自分の映画の仕事に忙殺されていた。彼が主演する映画の原作を依頼していた作家が新しい小説を書き上げ、ジョニーの招待で、エージェントや撮影所抜きの話し合いのために西部へやってきた。その新作は、ジョニーが望んでいたものにぴったりだった。彼は歌う必要がなかったし、女やセックスが盛りだくさんのコメディ物で、ジョニーが即座に、ニノにおあつらえ向きだと見て取った配役もあった。その登場人物は、ニノそっくりの話し方をし、行動もそっくりで、外見まで似通っていた。気味が悪いほどだった。ニノは地のままスクリーンの上に登場するだけでよかった。

ジョニーはてきぱきと仕事を進めていった。彼は、思ったより自分に映画製作の才があることを発見した。彼は名の売れたプロデューサーを雇い入れた。その男は素晴らしい素質をもっていたが、ブラックリストに載っているために仕事にありつけないでいたのだ。ジョニーはケチなことをせず、彼と公平な契約を結んだ。そして「とにかく金を節約してもらいたい」と率直に彼に打ち明けた。

そんなことから、ある日そのプロデューサーがやってきて、組合の代表を五万ドルで手を打つ必要があると言った時には、ジョニーはびっくりしてしまった。残業手当や雇用のことでやっかいな問題が多く、五万ドルぐらいすぐに消えてしまうことだろう。ジョニーはしばらく話し合ったあげくに——プロデューサー自身がその脅迫行為に一枚嚙んでいるおそれがあったのだ——組合の代表を自分のところによこすようプロデューサーに言った。

組合の代表はビリー・ゴフという名前の男だった。ジョニーは彼に言った。「組合の件はぼくの友人が片をつけてくれたはずだがね。何も面倒は起こらないと、ぼくはそう聞いていたんだよ」

ゴフが言った。「誰がそう言ったんです?」

ジョニーは言った。「君がよく知っている人さ。名前は言わないが、ぼくにとっては、彼の言葉は絶対なんだ」

ゴフが言った。「事態は変わったんです。あんたの友人は災難に遭って、もうこんな西のほうに影響力がなくなってしまったんですよ」

ジョニーは肩をすくめた。「二、三日したらまた来てくれ。オーケー?」

ゴフは微笑んだ。「オーケー、ジョニー」彼は言った。「ニューヨークに電話したところで役には立たないと思いますがね」

だが、ニューヨークへの電話は役に立った。オフィスでジョニーの電話を受けたハーゲンは、支払う必要はない、とそっけなく言った。「そんな奴に一セントでも払ったら、ゴッドファーザーは気分を悪くするにちがいないよ」と彼はジョニーに言った。「そんなことをしたらドンの顔に泥を塗ることになるし、それに、今はそれだけの余裕もないんだ」「ドンと話はできるかい？」ジョニーが尋ねた。「それとも君から話してくれるかい？ぼくはすぐにも映画の話を進めなきゃならないんだ」

「今のところ、誰もドンと話すことはできないよ」ハーゲンは言った。「容体がひどく悪いんだ。ソニーに一応電話は通すが、この件については私が責任を負うことにする。その小利口な男には一セントだって払っちゃいかん。何かあったら、こちらから連絡するよ」

吹っ切れない思いのまま、ジョニーは受話器を置いた。映画を作る場合、時に組合のトラブルが命取りになることがあるのだ。しばしジョニーは、こっそりゴフに五万ドル渡してしまおうかとも考えてみた。結局のところ、ドンが彼に指示を与えるのと、ハーゲンが彼に指示を与えるのとは別個のことなのだ。だが彼は、二、三日待ってみることにした。

そしてジョニーは、待つことによって五万ドルを節約することができた。二晩後に、グレンデールの自宅でゴフの射殺死体が発見された。そのおかげで組合のトラブルは影をひそめたが、ジョニーはこの殺人にかなりのショックを受けた。彼にこんなに身近な所で、ドンの長い腕が致命的な一撃をふるったのは初めてのことだったのだ。

それから何週間かが過ぎ、台本の準備や役の振り分け、そのほか細々とした製作の仕事に忙殺されているうちに、ジョニー・フォンテーンは自分の声のことを、自分はもう歌がうたえないのだということを忘れてしまっていた。そして、アカデミー賞候補者の名前が発表され、その中に自分の名前を見つけた時にも、全国にテレビ放送されるその栄《は》えある席で、自分が一曲歌をうたうチャンスに恵まれなかったことを、不満に思う始末だった。だが、目の前には仕事が山ほどあり、そのような不満もすぐに消し飛んでしまった。ゴッドファーザーの影響力がなくなった今、自分がアカデミー賞を受賞する見込みはほとんどないと思っていたが、それでもジョニーは、候補者に名前を連ねただけでもましだろうと自らを慰めていた。

ジョニーとニノの二人で吹き込んだイタリア歌謡のレコードは、最近の彼のレコードとしては図抜けた売れ行きを示していた。しかしジョニーには、その成功が自分よりもニノのものであることがわかっていた。彼はすでに、もう一度プロとして歌をうたうことを諦めていたのだった。

週に一度、ジョニーはジニーや子どもたちと一緒に食事をした。どんなに仕事が忙しくても、その義務だけは忘れられなかった。しかし彼は、ジニーをベッドに誘おうとはしなかった。一方彼の二度目の妻は、勝手に離婚届けを出してしまい、彼はまた独身《ひとりみ》になっていた。だが彼は、すぐものになるような若いスターたちを追い回すことに、かつてのような情熱を感じられなくなっていた。彼はすっかり、実業の世界の魅力に取りつかれてしまったのだ。若いスターやトップクラスにいる女優たちから、積極的に言い寄られなくなったことに一抹の淋しさを感じはしたが、彼はそれ以上に仕事に打ち込んでいた。ほとんどの夜、彼は一人で家に帰り、レコードをかけ、飲み物をとり、少し歌をくちずさんでいた。彼の歌いっぷりは本当に素晴らしかった。こんなにも素晴らしいものとは、彼自身気がつかなかったことだった。誰の身にも起こりうる声帯の異常という点を別にすれば、彼は本当に申し分なかった。彼は本物の芸術家であったにもかかわらず、それがどれほど自分にとって大切なものなのか気づくのが遅すぎたのだ。そして、気づいた時には、酒とタバコと女のために、その大切な声をだめにしてしまっていたのだった。

ニノが酒を飲みにやってき、二人してレコードを聞いたりすることがあったが、そんな時、ジョニーはよくせせら笑うようにしてこう言ったものだった。「よう、イタリアの田舎もん、おまえさんはとてもこう歌えまいな」するとニノは、例の奇妙に人を惹きつける笑みを浮かべて頭を振り、「うん、だろうね」と、ジョニーの胸中を見すかしたような思いやりのこもった調子で言うのだった。

新しい映画の撮影を開始する一週間前に、アカデミー賞発表の夜となった。ジョニーは一緒に行ってくれるようにニノに頼んだが、ニノの返事はつれなかった。ジョニーは言った。「ニノ、ぼくは今まで君にものを頼んだことはなかったはずだ、そうだろう？　しかし今夜は、お願いだ、一緒に来てくれ。ぼくがオスカーを獲りそこなった時に、心から慰めてくれる人間は君しかいないんだよ」

一瞬、ニノははっとした様子だった。それから彼は言った。「わかったよ、ジョニー。むろん一緒に行くとも」彼は一息入れ、すぐに言葉をついだ。「もしもらえなかったら、忘れちまうんだな。そして思いっきり酔っ払うんだ、面倒は俺が見てやるよ。よし、今夜は俺は一滴も酒を飲まないことにする。どうだい、仲間としちゃあ、これぐらいでいいんじゃないかな？」

「うん」ジョニー・フォンテーンは言った。「それで上出来だよ」

その夜、ニノは約束どおりに、まったくの素面《しらふ》でジョニーの家にやってき、二人は一緒に授賞式が行なわれる劇場に出かけていった。ニノは、どうしてジョニーは、以前の妻やガールフレンドたちを授賞晩餐会に招待しなかったのだろうといぶかった。とくにジニーを、彼女が彼の受賞を喜ばないとでも思ったのだろうか？　ニノは一口でもいいから酒を飲みたいと思った。今夜はどうやら、長くひどい夜になりそうだった。

最優秀男優賞が発表されるまでのアカデミー賞授賞式は、ニノ・バレンティにとって、退屈きわまりないものであった。ところが、「ジョニー・フォンテーン」という名前を聞いたとたんに、彼は宙に飛び上がり、両手をこわれんばかりに打ち合わせていた。ジョニーが手を差し出し、ニノはそれを握り締めた。ジョニーには、誰か心を許すことのできる人間が必要であり、ニノは、この栄光の瞬間に、喜びを分かち合える相手が自分しかいないことに言いようのない悲しみを覚えた。

その後は、まさに悪夢のような出来事の連続だった。ジャック・ウォルツの映画が重立った賞を独占し、そのため、撮影所主催のパーティは、報道関係の人々や情欲をむき出しにした男女の俳優たちであふれんばかりになった。ニノは約束どおり酒を一滴も口にせず、ジョニーの様子を見守っていた。パーティに集まった女どもは折あらばジョニー・フォンテーンをベッドルームに引きずり込もうとし、ジョニーの酔いはひどくなる一方だった。

最優秀女優賞に輝いた女もまたジョニーと同じ運命にさらされていたが、彼女のほうは自分でも楽しむことに決めたらしく、巧みにいなしたり応じたりしていた。ニノはそんな彼女を袖にしたが、当夜のパーティでそんなことをしたのは彼だけだった。

最後、誰かがとてつもないアイデアを考え出した。二人の受賞者にセックスをさせ、他の連中はそれをゆっくりと見物しようというのだ。女優のほうはすぐ裸にされ何人かの女たちがジョニー・フォンテーンの服を脱がしにかかった。このパーティにおける唯一の素面の男、ニノ・バレンティの出番だった。ニノは半裸にされたジョニーを肩にかつぐと、人垣をかき分け、車まで運んでいった。ジョニーを家まで送り届ける道すがら、ニノは、もしこれが成功と呼ぶものなら、糞くらえだと考えていた。

第三部

14

ドンは十二歳で、すでにいっぱしの男になっていた。背が低く、色黒でほっそりとしており、ムーア人の集落みたいなシシリーのコルレオーネという村で生まれ、名前をヴィトー・アンドリーニといった。だが見知らぬ男たちが村にやってきて、彼らが殺害した父親の息子も殺そうとした時、彼の母親は、幼い息子をアメリカにいる友人のもとに送り出した。新しい土地で彼は、故郷の村との絆《きずな》を残すべく、自分の名前をコルレオーネと改めた。そのような感傷的な行為は、彼にしては実に珍しいことであった。

世紀の変わり目ごろのシシリーでは、マフィアは第二の政府であり、ローマにある実際の政府よりもはるかに大きな力をもっていた。その頃、ヴィトー・コルレオーネの父親は村人の一人と仲違《たが》いをし、その男はマフィアのところに応援を頼みにいった。父親は絶対に屈服しようとせず、公衆の面前で喧嘩をしたあげくに、地元のマフィアの首領を殺してしまった。それから一週間後、ルパラと呼ばれるシシリー独特の重い猟銃でばらばらにされた父親の死体が発見された。葬式から一月後、マフィアのガンマンたちが息子に会いに村にやってきた。彼らは、その少年が成人して父親の復讐を計る前に、その芽を摘んでしまおうとやってきたのだった。だが、十二歳のヴィトーは親戚の家にかくまわれ、やがて船でアメリカに送られた。寄宿先はアッバンダンドという男の家で、彼の息子のジェンコが後に、ドンのコンシリエーレとなるのである。

若いヴィトーは、ニューヨーク、ヘルズキッチンの九番街にある、アッバンダンド食料品店で働くことになった。十八歳の時に、ヴィトーは、シシリーから来たばかりのイタリアの娘と結婚した。彼女はまだ十六歳だったが、料理の腕はよく、家庭の切り盛りも上手だった。二人の新居は、三十五丁目に近い十番街にあるアパートだった。そこからは、ヴィトーの勤め先まではほんの数ブロックしか離れていなかった。二年後に長男のサンティノが生まれ、彼の友人たちは、父親に対する彼の献身ぶりから、彼のことをソニーと呼ぶのが常だった。

隣人の中に、ファヌッチという名前の男がいた。彼はがっしりとした身体つきに、獰猛《どうもう》な顔をしたイタリア人で、いつも高価な明るい色の背広を着、クリーム色のソフト帽をかぶっていた。彼はマフィアの一派〝黒手団《ブラック・ハンド》〟の手先として有名で、一般家庭や商店から暴力で金をゆすり取っていた。だが、そのあたりに住む人々もまた荒っぽかった。そんなわけでファヌッチの乱暴な脅しも、男の子のいない年配の夫婦にしか効き目がなかった。むろん商店主の中には、わずかばかりの金を彼に払っている者もいた。ファヌッチはまた、非合法なイタリアの富くじを売ったり、自宅で賭博を開帳しているような仲間をも食い物にしていた。アッバンダンド食料品店は、若いジェンコがあと腐れないようファヌッチを片づけてやると言って反対したにもかかわらず、父親の考えでいくばくかの貢ぎ物を彼に渡していた。そしてヴィトー・コルレオーネは、これらいっさいのことを自分には関係ないものと傍観していたのだった。

そんなある日、ファヌッチが若い三人の男に襲われ、喉元を左右に切り裂かれるという事件が起こった。傷自体は致命傷になるほど深いものでなかったが、恐ろしいほど出血し、ファヌッチはヴィトーの目の前を、輪のような傷口を真っ赤に染めながら逃げていった。ヴィトーは、ファヌッチがクリーム色のソフトを顎の下に持ってゆき、したたり落ちる血を受けながら走っていった姿を忘れることができなかった。それはまるで、スーツを汚しては困る、スーツにぶざまな赤い斑点をつけたくないといったような感じだったのだ。

しかしながらこの事件は、ファヌッチに幸運をもたらしたのだった。三人の若者は殺し屋ではなく、単に威勢のいい若者たちで、ファヌッチを痛い目に遭わせ、他人を食い物にするのをやめさせようとしただけのことだった。ところが、ファヌッチが殺し屋に変貌するのに時間はかからなかった。数週間後に、ナイフをふるった若者が撃たれて死に、残りの二人の若者の両親は、復讐を諦めることを条件にファヌッチに慰藉料を払うことになった。それ以後、貢ぎ物の額は高くなり、ファヌッチはやがて、近所にできた賭博場の共同経営者となった。しかしこういったこともまた、ヴィトー・コルレオーネにはなんの関係もないことであり、彼はいっさいの興味も示そうとはしなかった。

第一次大戦の合間のオリーブ・オイルの輸入が途絶えた際に、ファヌッチがアッバンダンド食料品店の利権の一部を買い取り、そこで彼は油だけでなく、輸入物のイタリアのサラミやハムやチーズなどを売りだした。それから彼は自分のおいを店に入れ、ヴィトー・コルレオーネを追い出してしまった。

この時には、二番目の息子のフレデリコがすでに生まれており、ヴィトー・コルレオーネは四人の口を養わねばならない身となっていた。食料品店の主人の息子ジェンコ・アッバンダンドは彼の親友であった。ヴィトーは物静かで自制心が強く、めったに自分の考えを口にするようなことはなかったが、この時ばかりは、主人のひどい仕打ちに対する怒りを激しくジェンコにぶっつけたものだった。ジェンコは恥ずかしさのあまり顔を赤くしながら、食料の心配は絶対にさせないからとヴィトーに誓った。ジェンコは、友人に必要な食料を店から盗み出すつもりだったのだ。父親のものを息子が盗み出すということの不埒な申し出を、ヴィトーがきっぱりと断わったことは、いうまでもなかった。

しかしながら若いヴィトーは、ファヌッチに冷たい怒りを感じていた。彼はこの怒りを決して表には出さず、じっと時がくるのを待っていた。彼は数カ月鉄道で働いた。戦争が終わると同時に仕事の量も減り、月に二、三日分の給料しかもらうことができなかった。彼を含めて仲間の職工たちは、アイルランド人やアメリカ人の親方たちに、一日じゅう口汚なく罵られていなければならなかった。そんな時いつもヴィトーは、しゃべるのはともかく聞くほうは充分理解できたにもかかわらず、何を言っているのかさっぱりわからないとでもいうようにまったくの無表情を装っていた。

ある日の夕方、ヴィトーが自宅で家族と共に夕食をとっていると、隣の建物に面した窓からノックする音が聞こえてきた。カーテンを引いてみると、近所に住むピーター・クレメンツァという若者が向かいの建物の窓から身をのり出し、手にした白い布包みをこちらに渡そうとしているではないか。

「やあ、兄弟」そうクレメンツァは言った。「こいつをまた取りにくるまで預かっといてくれ。さあ、早く」ヴィトーは機械的に建物のあいだの空間に手を伸ばし、包みを受け取っていた。クレメンツァの緊張しきった顔からしても、彼が差し迫った面倒事に巻き込まれていることは明らかで、ヴィトーは本能的に救いの手を差しのべていたのだった。台所で包みを開いてみると、中味は油で鈍く光った五挺の拳銃で、白い布には油のしみがついていた。ヴィトーは寝室の戸棚の中にその包みを隠し、クレメンツァが取りにくるのを待つことにした。後で彼はクレメンツァが警察につかまったのを知った。ヴィトーが窓越しに拳銃の包みを受け取った時に、警官たちは彼の部屋のドアをたたきこわそうとしていたにちがいなかった。

ヴィトーはむろんそのことを誰にもしゃべりはしなかったし、拳銃を見てショックを受けた彼の妻もまた、夫が刑務所に送られることになってはと堅く口を閉ざしていた。二日後に、ヴィトーは街でピーター・クレメンツァに出くわした。クレメンツァがさりげなく尋ねた。「あの品物、まだあるかい？」

ヴィトーはうなずいてみせた。なるべくしゃべらないで話を済ませるのが癖になっていたのだ。クレメンツァが彼のアパートまでやってきて、ヴィトーが寝室の戸棚から包みを取り出すのを待つあいだに、ワインが一杯出された。

クレメンツァはワインを飲みほし、善良そうな顔を油断なくヴィトーに向けて言った。「中味を調べたかい」

ヴィトーは無表情のまま首を横に振った。「ぼくは自分に関係のないことには興味がないんだ」彼は言った。

彼らはその晩、二人してワインを飲み明かした。とても気が合うように思われた。クレメンツァがもっぱら話し役で、ヴィトー・コルレオーネは聞き手に回っていた。そんなわけで、二人は思いがけないことから友だちになったのだった。

数日後に、クレメンツァが、居間に敷く素敵な絨緞はいらないかとヴィトー・コルレオーネの妻に尋ねた。そして彼は、ヴィトーを連れてその絨緞を取りに出かけた。

行く先は、大理石の柱が二本に白大理石の玄関がついたアパートだった。クレメンツァは鍵を使ってドアを開け、二人は豪華な部屋の中に入った。クレメンツァがうなるように言った。「向こうの端へ行って、こいつを巻くのを手伝ってくれ」

それは、真っ赤な色合の、ふかふかとした毛《ウール》の絨緞だった。ヴィトー・コルレオーネは、クレメンツァの気前のよさにびっくりしてしまっていた。二人はその絨緞を丸めると、互いに一方の端を持ち、ドアのほうに歩きだした。

その時、この部屋のドアのベルが鳴った。クレメンツァはすぐに絨緞から手を離し、窓ぎわに歩み寄った。そしてカーテンをわずかに引いて外をのぞくと、上着の下から拳銃を引き抜いた。呆気にとられていたヴィトーは、やっとこの時、自分たちは他人の部屋から絨緞を盗もうとしているのだということを理解した。

ドアのベルがもう一度鳴った。ヴィトーは、何が起こっているのか自分の目で確かめようと、クレメンツァのそばににじり寄った。ドアの前には制服を着た警官が立っていた。二人が見守っている中を、警官はもう一度念を押すようにベルを鳴らすと、肩をすくめ、大理石の階段から通りへと去っていった。

クレメンツァは、満足そうに一つうなり声を上げてから言った。「さあ、行こうぜ」彼は絨緞の一方の端を持ち、ヴィトーはその反対端を持った。警官の姿が角をまだ曲がらないうちに、二人は重い樫のドアを開け、通りに絨緞を運び出していた。そして三十分後には、彼らはヴィトー・コルレオーネの居間に合わせて、絨緞にはさみを入れていた。その絨緞はたいへんに大きく、居間の残りで寝室の分が間に合ったほどだった。クレメンツァは腕のいい職人で、彼のだぶだぶの上着（それほど太っていなかった当時から、彼はいつも大き目の上着を着ていたのだ）のポケットの中には、絨緞の裁断に必要な道具がすべてそろっていたのだった。

それから時は過ぎたが、生活は少しもよくならなかった。いくら絨緞が高価でも、腹の足しになるわけではない。まったく仕事はなく、親子四人がかろうじて飢えをしのいでいる状態だった。友人のジェンコから時々送られている食料品の包みも、たいした役には立たなかった。そしてついに彼は、クレメンツァやテッシオ――彼も近所の悪童連の一人だった――の仲間入りをすることになった。彼らは以前からヴィトーに好意をもっていて、また彼が生活に困っていることもよく心得ていた。そこで彼らは、トラックの乗っ取り専門のグループに加わらないかと、ヴィトーに話を持ちかけた。トラックとはいっても、相手は三十一丁目で絹のドレスを荷積みしたトラックばかりで、危険はまったくない、トラックの運転手は物わかりがよく、拳銃をちらつかせただけで自分から歩道に降りてくれ、後はそのトラックを友人の倉庫に運んで積み荷を山分けすればいいのだ。略奪品のある物はイタリア人の卸売り業者に売りとばし、物によっては、ブロンクスのアーサー・アベニュー、マルベリー・ストリート、またはマンハッタンのチェルシー地区に住むイタリア人の家庭に、一軒一軒売って歩けばよい。彼らはみんな値段の安い物に目のない貧しいイタリア人ばかりだし、商品が商品だけに、若い娘たちがとみに喜んで買ってくれるのだ。クレメンツァとテッシオは、ヴィトーがアッバンダンド食料品店で配達用トラックの運転手をしていたことを知っており、それが彼をグループに誘う理由の一つになっていたのだった。一九一九年当時には、熟練した車の運転手は貴重な存在だったのである。

ヴィトー・コルレオーネは、良心の声にさからってその申し出を受けることにした。そう決意した一番の大きな理由は、その仕事の分け前が、一人頭少なくとも千ドルになると聞いたからだった。だがヴィトーは内心では、この若い仲間たちはあまりに向こう見ずだし、仕事の計画も雑で、盗品の捌《さば》き方も無謀すぎると考えていた。彼にしてみれば、彼らの計画の立て方はあまりにも慎重さを欠いているとしか思えなかったのだ。しかしながらヴィトーは、二人の善良な、真面目な人間性を信じることにした。すでに太りだしていたピーター・クレメンツァには、どことなく人に信頼感を抱かせるところがあったし、痩せてむっつりとしたテッシオは度胸がありそうだった。

仕事そのものは順調に運んだ。二人の仲間が拳銃をちらつかせてトラックの運転手を追っ払った時にも、想像に反して、ヴィトー・コルレオーネはなんの恐怖も感じなかった。だが、クレメンツァとテッシオの冷静な仕事ぶりは驚くばかりだった。二人には少しも興奮した様子がなく、言うとおりにおとなしくしていれば女房にドレスを二、三着贈ってやるなどと、運転手相手に冗談をとばしたりしているのだ。自分でドレスを売って歩くのは馬鹿げていると判断したヴィトーは、自分の分け前を全部盗品故買屋に売り渡してしまい、そのおかげで、彼の手もとには七百ドルしか入ってこなかった。だが一九一九年においては、これだけでもかなりの額だったのである。

翌日、ヴィトー・コルレオーネは路上で、クリーム色のスーツに白いソフト帽をかぶったファヌッチに呼び止められた。ファヌッチは獰猛な顔つきをした男で、顎の下を通って左右の耳もとまで達しているあの白い半円形の傷跡を、ぜんぜん隠そうともしていなかった。眉は黒く太く、顔の造作も下品そのものだが、笑顔だけは奇妙に人なつっこいところがあった。

ファヌッチの英語にはひどいシシリー訛が残っていた。「よう、若いの」と彼はヴィトーに言った。「聞くところによると、おまえさんは金回りがいいそうじゃないか。おまえと二人の友人《ダチ》のことさ。それでおまえさんたち、この俺をちっとばかし粗末に扱っているとは思わないかい？　なんたってここは俺の縄張りなんだし、その俺のくちばしを湿してくれないって法はないと思うぜ」この最後のところを、ファヌッチは「ファーリ・ヴァニャーリ・ア・ピッツ」と表現した。これはシシリーのマフィアがよく使う言葉で、ピッツとはカナリアのような小鳥のくちばしを意味し、利益の一部を要求する時の台詞《せりふ》だった。

ヴィトー・コルレオーネは、いつもの癖で返事をしなかった。彼はファヌッチの言葉の意味をすぐに理解し、相手が具体的な要求をしてくるのを待っていたのだ。

ファヌッチは金歯をのぞかせてにやりとすると、顔のまわりの輪なわのような傷跡を引っ張ってみせた。それからハンケチで顔をぬぐい、風を入れるかのようにさりげなく上着のボタンをはずしたが、それが、ゆったりとした幅の広いズボンのベルトに差し込んだ拳銃を見せるためのものであることは明らかだった。彼はため息を一つついて言った。「俺に五百ドルよこしな、それで今度の無礼は水に流すことにするさ。とにかく今日日《きょうび》の若い連中ときたら、俺のような男に対する礼儀作法も知っちゃあいねえんだからな」

ヴィトー・コルレオーネはファヌッチに微笑んでみせた。若いながらも、その微笑にはどことなく相手を冷やりとさせるものがあり、ファヌッチは言葉を続けようとして一瞬躊躇した。「さもなきゃ、おまえのところに警官がやってきて、女房子どもは恥っさらしになり、食い物一つにも事欠くようになるだろうよ。もちろん、おまえの金儲けに関した俺の情報がまちがっていたら、少しぐらいの値引きは考えてやってもいいがな。でも最低三百ドルは出しな。それに、俺をペテンにかけようたってそうはいかないねえぜ」

ここで初めて、ヴィトー・コルレオーネが口を開いた。彼の声は穏やかで、腹を立てているような様子はみじんも感じられなかった。しかも、ファヌッチのように年上で名の売れた男に対する、弱輩の見本のような丁寧な口のきき方だった。彼は静かに言った。「ぼくの金は二人の友人が持っていますので、まずその二人に話してみなければなりませんが」

ファヌッチはほっとしたように言った。「その二人の友人にも、俺が同じように分け前を要求していると伝えてくれ。何もあいつらに話すのをこわがることはないんだぜ」彼は元気づけるように言い足した。「クレメンツァと俺は前からの知り合いだし、奴ならこういったことはちゃんと心得ているはずだよ。おまえもあいつにいろいろ教えてもらうといい。あいつならいろんなことを知っているからな」

ヴィトー・コルレオーネは肩をすくめ、ちょっと当惑したような様子をしてみせた。「わかりました」と彼は言った。「ご承知のように、ぼくはこういったことにはまったくの素人なんです。いろいろ親代わりに教えて下さって、ありがとうございました」

ファヌッチはいたく感激したみたいだった。「うん、おまえはいい男だ」そう言いながら、彼はヴィトーの手を自分の毛深い両手で包みこんだ。「おまえには人を敬うって気持ちがある。若いにしちゃあ立派な心掛けだよ。今度はまずこの俺に相談することだ、うん？　及ばずながら力になってやろうじゃないか」

後年になって、ヴィトー・コルレオーネは、あの時かくも見事にファヌッチを手なずけることができたのは、気短かな性格のためにシシリーでマフィアに殺された父親のおかげだということを理解した。しかしこの時の彼は、自分が命と自由を賭けて手中にした金を横取りしようとしているファヌッチに対し、言いようのない怒りを感じていた。しかし、恐ろしくはなかった。それどころか、彼は一瞬、ファヌッチは気がふれたのではないかと思ったほどだった。二人の友人にファヌッチの話を伝えると、太ったほうのクレメンツァは、一セントでもやるぐらいなら死んだほうがましだと言った。このクレメンツァは、紙一枚盗むにも警官を殺す覚悟でやっていたのだ。そして痩せたほうのテッシオは、身体じゅうから毒蛇を思わせる妖気を発散させていた。

だがその夜遅く、ヴィトーはこれから学ぶ修業の第一課をクレメンツァのアパートで受けることになった。クレメンツァは悪態をつき、テッシオは険悪な顔だったが、やがて彼らは二百ドルでファヌッチが満足するかどうか検討し始めた。テッシオは二百ドルで話を進めることを主張した。

だがクレメンツァは譲らなかった。「いや、あの月の輪野郎は、俺たちがドレスを売って卸売り商からいくらもらったか、ちゃんと調べ上げているにちがいないよ。だとしたら、奴は三百ドルにびた一文欠けたって受け取りやしないだろう。俺たちは奴の言い値を呑むしかないんだ」

ヴィトーはこのやり取りにびっくりしていたが、用心深くそれを表には出さなかった。

「なぜ払わなきゃならないんだい？　こちらは三人、拳銃もあるし、われわれのほうが強いんだ、奴は何もできやしないよ。せっかく稼いだ金をおとなしく渡すことはないんじゃないかな?」

クレメンツァは辛抱強く説明した。「ファヌッチには仲間がいるんだ、獣のような仲間がね。それに奴はポリ公にもこねを持っている。奴は俺たちの計画を聞き出してからポリに情報を売り、それでポリに貸しを作りたい魂胆なんだ。それがいつもの奴のやり口なのさ。それに奴は、この地域で仕事をする許可をマランザラからもらっているからね」マランザラとは、強請《ゆすり》、賭博、強盗などを専門にやっている悪党グループのボスのことで、その名前はちょくちょく新聞紙上をにぎわしていた。

クレメンツァは、自分で仕込んだというワインを出してくれた。彼の妻は、サラミやオリーブやイタリアパンを山盛りにした皿をテーブルの上に並べると、椅子を小脇にかかえ、アパートの前での、女友だちとのおしゃべりに下に降りていった。彼女はアメリカに来てからまだ二、三年しか経っていない若いイタリア娘で、英語をまだ充分に理解できなかったのだ。

ヴィトー・コルレオーネは二人の友人と一緒に腰をおろし、ワインを飲み交していた。が、それと同時に、彼の思考力はかつてなかったほどの回転を示していた。これほど明快な思考ができるとは、彼自身にとっても意外なほどだった。彼はファヌッチに関するあらゆることを思い出していた。ファヌッチが喉を切られ、したたる血をソフト帽で受け止めながら逃げていったこと、その時ナイフをふるった若者が殺され、あとの二人は慰藉料を払って命乞いをしたこと。そして突然ヴィトーは、ファヌッチには何も特別なこねなどありはしないのだということを確信した。奴は、警察にこねをつけたり、恨みをきちんと晴らすことのできる男ではない。本物のマフィアだったら、残った二人の若者も殺していたにちがいないのだ。ファヌッチは運よく一人は殺せたものの、危険を察知した残りの二人は自分の手に余ると判断したのだろう。それゆえ、彼は金で片をつけることに同意したのだ。商店主や、民間のアパートを根城にした賭博場の主人たちが彼に金を払っていたのは、ファヌッチの獰猛な容貌に恐れをなしたからにちがいない。ヴィトー・コルレオーネは、ファヌッチの要求にいっさい応じていない賭博場を少なくとも一軒知っているが、今までにそこの主人の身に異変が起こったことは一度としてなかったのだった。

　要するに、ファヌッチは一匹狼なのだ。むろん場合によっては、金で雇われたガンマンたちがファヌッチの背後に控えていることもあるかもしれない。だが、ヴィトー・コルレオーネの腹は決まっていた。自らの人生は、自らの足で歩いていかねばならないのだ。

　彼がよく口にする、人間にはそれぞれ定まった運命があるのだという信念は、この時の経験から生まれたものだった。ファヌッチに金を払い、もう一度食料品店の店員となり、いずれは自分で食料品店を経営することもできたかもしれない。だが、彼は首領《ドン》になるよう運命づけられていたのであり、ファヌッチはそのお膳立てのために登場してきたのだった。

ワインを飲み終えると、ヴィトーはクレメンツァとテッシオに向かいおもむろにこう言った。「二人とももしよかったら、ファヌッチに支払うつもりの二百ドルをぼくにくれないか？　その額で奴にうんと言わせてみせるよ。しかし、やり方はぼくに任せてもらいたい、必ず君たちの満足のゆくように解決してみせるからね」

クレメンツァの瞳が疑わしげにきらめいた。その彼に向かって、ヴィトーは静かに言った。「ぼくは友人を裏切るような真似は絶対にしないよ。君たちは明日、ファヌッチに会ってくれ。そして奴のほうから金の催促をさせるんだ。だけど、払っちゃいけないし、口喧嘩一つしてもいけない。今金は持っていないが、ぼくに渡しておくからと言うんだ。なるべくなら、喜んで金を払うような素振りを見せてくれ。値切ったりしちゃあいけない。金額についてはぼくが話をつける。君たちの言うとおり奴が危険人物なら、怒らせることには意味がないからね」

クレメンツァとテッシオの二人は、この件をヴィトーに一任することにした。翌日、クレメンツァは、ヴィトーに言われたとおりファヌッチに会いに行った。それからヴィトーのアパートへやってくると、二百ドルを手渡した。彼はヴィトー・コルレオーネの顔を見つめながら言った。

「ファヌッチの奴、三百ドル以下じゃうんとは言うまいぜ、それをどうやって値切るつもりかね？」

ヴィトー・コルレオーネは穏やかに言った。「心配には及ばないよ、ぼくは友人のために役立ちたいだけなのさ」

遅れてテッシオがやってきた。テッシオはクレメンツァよりも判断力、思考力ともすぐれていたが、万事に控え目で、押しの強さに欠けているのが難点だった。彼はいわれのない不安を感じ取っていた。そしてヴィトー・コルレオーネにこう言った。「あのブラック・ハンドの野郎には気をつけろよ。なにせ牧師みたいに油断がならないからな。金を渡す時、立会人として俺が一緒にいてやろうか?」

ヴィトー・コルレオーネは頭を振った。わざわざ返事をする気にもなれなかった。彼はそっけなくテッシオに言った。「今夜九時にぼくの部屋で金を渡すと、ファヌッチに伝えてくれ。ワインを飲みながら、値引きしてくれるように説得してみるよ」

テッシオは首を振った。「まずは無理だろうな。ファヌッチはそんなことで引っ込むような男じゃないからね」

「とにかく説得してみるさ」ヴィトー・コルレオーネは言った。これは、後に有名な台詞となるのだった。つまり、死の一撃をくらわす前の警告の言葉となったのだ。彼がドンとなり、相手方に坐って話をしようと言った時には、その相手方は、事件がなんであれ、流血や殺人なしで解決するそれが最後のチャンスなのだということを肝に銘じなければならなかった。

ヴィトー・コルレオーネは、夕食後ソニーとフレドーの二人の息子を外に連れ出し、何事があっても、自分がいいと言うまで家に入れてはいけないと妻に言い渡した。彼女は用心のためにドアの後ろに隠れていると言い張ったが、ヴィトーは、これはファヌッチとの内密の話であり、邪魔されては困ると言ってがんとして聞かなかった。妻の顔に恐怖の色が浮かび、彼は腹立たしさを隠して静かに言った。「君が結婚した相手は、それほど馬鹿な男じゃないんだよ」彼女は返事をしなかった。返事をしなかったのは、今やファヌッチではなく、自分の夫がこわかったからだった。ヴィトーは、刻一刻彼女の見守る中で、危険な力といったものを放射する男へと変化を遂げていた。これまでの彼は、若いシシリーの男にしては珍しく、いつも静かで口数少なく、しかも優しくて理性的だった。その彼が、無害無色の保護色を脱ぎ捨て、自己の運命のスタートを切ろうとしている。それは、すでに二十五歳となり、年齢的には遅い出発であったが、将来の栄光が約束された出発でもあったのである。

ヴィトー・コルレオーネは、ファヌッチを殺すことに決めていた。そうすることによって、彼は余分に七百ドルを貯金することができるのだ。彼自身がブラック・ハンドの手先に支払うはずの三百ドルと、クレメンツァとテッシオからのそれぞれ二百ドル。ファヌッチを殺さないかぎり、彼は現金で七百ドルをこの男に払わなければならない。ヴィトーにとって、ファヌッチの命は七百ドルに値しなかった。であれば、ファヌッチを生かすために七百ドルを払うことはない。たとえファヌッチが病気になり、七百ドルで手術すれば命が助かるのだがと言ってきたとしても、ヴィトーはその手術代をやりはしなかったろう。彼はファヌッチに恩義もなければ、ましてや血のつながりもなく、好意すら感じてはいなかった。このようなファヌッチに、どうして七百ドルもの大金を渡さねばならないのだろうか？

こう考えてくれば、ファヌッチが暴力によってでも七百ドルを奪い取ろうとする以上、こちらはファヌッチを殺してもいいはずだ。あのような男がいなくなれば、世の中はずっとすっきりするにちがいない。

他にもむろん、実際的な理由がないわけではなかった。ファヌッチには実際、彼の仇討ちを企むような強力な友人がいるかもしれない。ファヌッチ自身がそもそも危険な男だし、そうたやすく殺されはしないだろう。警察もいるし、つかまれば電気椅子だ。だがヴィトー・コルレオーネは、父の死後、死刑の宣告を受けながら生きのびてきたのだった。十二歳の時に死刑執行人の手から逃げ出し、海を越えて見知らぬ土地にやってき、名前まで変えることになった。そして彼は今ようやく、この長い年月一度として使う機会はなかったが、自分には普通の人以上に、知性と勇気が備わっていることに気づいたのだ。

しかしそれでもなお、ヴィトーは、運命の最初の一歩を踏み出すことにためらいを覚えていた。それで、彼は七百ドルを紙幣で一束にまとめ、ズボンの脇ポケットに入れさえしたのだった。しかしそれはズボンの左ポケットで、右ポケットには、絹ドレスのトラックを襲う際にクレメンツァから渡された拳銃が入っていた。

夜の九時きっかりにファヌッチは姿を現わした。ヴィトー・コルレオーネは、クレメンツァからもらった自家製ワインのびんを用意した。

ファヌッチは、テーブルの上のワインのびんの横に、白いソフト帽を置いた。それから、花柄模様の幅広ネクタイの喉元をゆるめた。そのネクタイにはトマトのしみがついていたが、派手な柄のためにほとんど目立たなかった。夏の夜は蒸し暑く、ガス灯の光はわびしげだった。部屋の中はしんと静まり返り、ヴィトー・コルレオーネの心は冷えきっていた。下心のないことを示すために、ヴィトーはまず金の束を渡し、ファヌッチがそれを数え、大きな革財布を取り出して、その中に札束を詰める様子を注意深く見守っていた。ワインを一口すすって、ファヌッチが言った。「まだ二百ドル足りないようだぜ」彼の眉毛の太い顔は無表情のままだった。

冷ややかな、落ち着いた口調でヴィトー・コルレオーネが言った。「ぼくはちょっとお金に困っているんです、仕事がないもんで。二、三週間、支払いを延ばしてもらえませんか？」

これはうまい話の切り出し方だった。ファヌッチはふところが温かくなったばかりだし、待ってくれるのが当たり前だった。それどころか、金はもういらないとか、支払期日をもっと先に延ばしてもいいなどと言い出すかもしれなかった。彼はワインのグラスをかかげ持ち、くすくす笑いながら言った。「うん、おまえは頭の切れる男だよ。なんだってこれまでおまえに気づかなかったんだろう。きっとおまえに欲がなかったんだろうな。今度はひとつ、もっと実入りのいい仕事を捜してやろうじゃないか」

ヴィトー・コルレオーネは愛想よくうなずいてみせながら、紫色のびんからワインを注いでやった。しかしファヌッチは、何か思い直したように急に椅子から立ち上がり、ヴィトーに手を差し出した。「おやすみ、お若いの」彼は言った。「恨みっこなしだぜ、うん？　これからはなんでも相談にのってやるからな。今夜のおまえの仕事ぶりは申し分なかったよ」

ファヌッチは階段を降り、アパートから出ていった。コルレオーネの部屋から元気に帰っていった彼の姿は、通りにいる大勢の人たちが目撃しているはずだった。ヴィトーは窓からファヌッチの姿を追っていた。ファヌッチは十一番街に向かって角を折れた。彼は自分のアパートに向かっており、戦利品と拳銃を部屋に置いてからまた街に出てくるつもりなのだ。ヴィトー・コルレオーネは部屋から出て、階段を屋上まで駆け上がった。それから、四角いれんが造りの屋根伝いに歩いてゆき、今は廃屋となっている建物の非常階段を降りて裏庭に出た。彼は裏口ドアを足で蹴り開け、表のドアに向かった。その通りの向かいにあるのが、ファヌッチのアパートだった。

アパートの並びは、西の十番街で途切れていた。十一番街はほとんどが倉庫で、十一番街からハドソン川にかけてははちの巣状に操車場がのびており、ニューヨーク鉄道を利用して貨物の輸送を計る幾多の会社によって借り受けられていた。ファヌッチのアパートは、このような荒涼とした一画に取り残された数少ないアパートの一つであり、住人のほとんどが、独身の鉄道員か操車場の下働き、あるいは最下級の売春婦たちであった。こういった連中は、善良なイタリア人のように、通りに腰をおろしておしゃべりに花を咲かせたりせず、酒場に入りびたって有金すべてを酒にはたいてしまうのだった。ヴィトー・コルレオーネにとって、人けのない十一番街を横切り、ファヌッチのアパートの玄関口にすべり込むのはたやすいことだった。そこで彼は、まだ一度も引き金を引いたことのない拳銃を取り出し、ファヌッチを待ち受けていた。

ファヌッチは十番街のほうからやってくるだろうと見当をつけ、ヴィトーは玄関のガラス戸越しに通りに視線を凝らしていた。クレメンツァが拳銃の安全装置を示し、薬莢を抜いて引き金を引いてみせたことがあった。だがヴィトーは、シシリーで九歳の頃から、父親のお供でちょくちょく狩りに出かけ、重い猟銃ルパラを何度となく撃ったことがあったのだ。そして、父親を殺害した連中がこの幼い少年にまで死刑の宣告を下したのは、彼のルパラを扱う技量を聞き及んでのことだったのである。

ほの暗い玄関で待つうちに、通りをよぎって戸口に近づいてくるファヌッチの白っぽいかたまりが見えた。ヴィトーは後ずさりし、階段に通じる中側のドアに両の肩を押しつけた。拳銃を構え、引き金に指をかけた。外側のドアは、伸ばした手から二歩ばかり先にある。ドアが内側に開き、白っぽく、がっしりとして、妙なにおいをさせているファヌッチの姿が、方形の明かりの中に現われた。ヴィトー・コルレオーネは銃を発射した。

すさまじい発射音が建物をゆるがし、音の一部は半開きのドアから外に逃げていった。ファヌッチはドアにすがりつき、足を踏ん張りながら拳銃を引き抜こうとした。そのはずみで上着のボタンがちぎれ飛び、上着の前が左右に開いた。彼の拳銃が見える。だが、ちょうど胃のあたりの白いシャツの上には、赤い血が蜘蛛の巣のようにしみ出していた。ヴィトー・コルレオーネはまるで静脈に針を刺すかのような慎重さで、その蜘蛛の巣めがけて二発目を発射した。

ファヌッチは、ドアを押し開きながら膝からくずれ落ちた。その口から恐ろしいうめき声が漏れた。それは、圧倒的な肉体的苦痛に耐えかねたうめきであり、ほとんど滑稽でさえあった。うめき声はまだ続いている。ヴィトーはファヌッチの汗にまみれて脂ぎった頬に銃口を押しつけ、脳味噌めがけて弾を打ち込むまでに、少なくとも三回はそのうめき声を耳にした。それから五秒と経たぬうちに、ファヌッチはドアで身体をはさまれるようにして息絶えていた。

ヴィトーは用心深く、死んだ男の上着のポケットから大きな財布をとり出し、自分のシャツの内側に突っ込んだ。それから、彼は通りをよぎって先ほどの建物の中に入り、裏庭から非常階段を伝って屋根へと出た。そこから彼は通りをうかがってみた。ファヌッチの死体はまだ戸口にころがっており、まわりに人の気配はまったくない。アパートの窓が二つ開き、そこから黒い頭が外をのぞいていたが、彼のところからその連中の顔を判別することはできず、それゆえ、彼のほうも気づかれる心配はなかった。とはいっても、こういった連中は警察にわざわざ届け出たりはしないだろう。ファヌッチは明け方まで、あるいはパトロールの警官が彼の死体にけつまずくまで、そこにそのままころがされているにちがいない。アパートの住人たちは、うっかり警察に届け出れば自分に疑いがかけられ、いらぬ尋問を受けなければならないことを知っているのだ。彼らは部屋のドアの鍵をしっかりとかけ、いっさい知らぬ存ぜぬで押し通すことだろう。

もはや急ぐ必要はなかった。彼は屋根伝いに自分のアパートまでもどってきた。階段を降りると、部屋のドアの鍵をあけ、中に入って再び鍵をかけた。それから、死んだ男の財布の点検にかかった。彼がファヌッチに渡した七百ドルの他には、一ドル紙幣が数枚に五ドル紙幣が一枚あるきりだった。

中折れの内側には、お守り用だろうと思われる昔の五ドル金貨がしまいこんであった。もしファヌッチが日頃から金に困っていなかったら、このような金貨を後生大事に持ち歩いたりはしないだろう。ヴィトーは、自分の判断が正しかったことに自信を強めた。

あとは財布と拳銃の始末をすればよかった（五ドル金貨は財布に返すことにした）。ヴィトーは再び屋上にもどり、二、三軒先まで歩いていった。そして通気孔の一つに財布を落とし込み、それから拳銃の弾を抜くと、屋根の縁に銃身をたたきつけた。だが銃身はびくともしない。それで拳銃を反対に持ち替え、今度は煙突の壁に銃把をぶっつけた。銃把が二つに割れ、そこをもう一度たたきつけると、拳銃は銃身と銃把の二つに分かれてしまった。彼はそれを別々の通気孔に放り込んだ。それらは五階下まで落ちていって物音ひとつたてず、通気孔の下ではきっと、柔らかいごみが山をなしているのだろう。朝方までには、方々の窓からさらに多くのごみが捨てられ、具合よくすべてをおおい隠してくれるにちがいない。ヴィトーは自分のアパートにもどってきた。

少し震えてはいたが、彼は完全に冷静だった。自分の気のつかぬところに血が付着していることを恐れて、彼は服を脱ぎ捨て、妻が洗濯用に使っている金属の桶の中にそれを投げ入れた。アルカリ液と大きな茶色の洗濯用石けんの液を流し込み、充分に浸してから、流しの下にあった金属の洗濯板に衣服をこすりつけた。それから桶と流しをアルカリ液と石けんで洗い流した。寝室の隅に洗濯したての衣類の山があり、彼はその中に自分の衣服を押し込んだ。それから新しいシャツとズボンを身につけ、アパートの前にいる妻子や近所の人々のところへ降りていった。

しかしながら、このような用心はすべて不要であった。明け方にファヌッチの死体を発見した警察は、ヴィトー・コルレオーネを尋問しようともしなかった。ファヌッチが射殺された夜、ヴィトーの家を訪れたことを警察がかぎつけもしなかったのには、彼も実際のところ驚きを禁じ得なかった。ファヌッチが生きて彼のアパートを出ていったのを、ヴィトーはアリバイに利用するつもりだったのだ。後になってわかったことだが、警察はファヌッチが殺されたことを歓迎し、本腰を入れて犯人捜査にのり出さなかったのだという。彼らは、どうせギャング同士の殺しであろうと目星をつけ、脅迫の前科や暴力行為の経歴のある与太者ばかりを洗っていたのだった。そんなわけで、前科のないヴィトーは、一度として容疑者のリストに名を連ねることはなかったのだ。

しかし、警察の目はくらませても、二人の仲間はそうはいかなかった。ピート・クレメンツァとテッシオは、三週間ばかり経ったある晩、ひょっこりヴィトーのアパートに姿を現わした。二人の態度からは、ヴィトーに対する畏怖の念がうかがわれた。ヴィトー・コルレオーネは、いつもと変わらぬ丁重さで彼らを迎え、ワインをすすめた。

クレメンツァが最初に口を開いた。彼は物柔らかな口調で言った。「九番街の商店主から金を巻き上げる奴がいなくなったよ。近所の賭博場にも誰も来なくなった」

ヴィトー・コルレオーネは二人の男をじっと見つめただけで、何も言わなかった。テッシオが言った。「俺たちでファヌッチの客を引き受ければいい。連中、おとなしく金を出すんじゃないかな」

ヴィトー・コルレオーネは肩をすくめた。「なんだってそんな話をこのぼくに？　ぼくにはまったく関心がないね」

クレメンツァが笑い声をたてた。まだ若く、腹もそれほど出っ張っていない頃から、彼は太った男に相応しい笑い方をしていた。彼はヴィトー・コルレオーネに向かって言った。「トラックの仕事の時にあげた拳銃《はじき》はどうしたい？　もう用もないだろうし、返してくれたっていいんだぜ」

ヴィトー・コルレオーネは、ゆっくりとそして慎重な手つきでズボンの脇ポケットから札束を取り出し、十ドル紙幣を五枚抜き取った。「これがその代金だよ。トラックの仕事の後であれは捨ててしまったんだ」彼は二人の男に微笑みかけた。

ヴィトー・コルレオーネは、この時はまだ、この微笑の効果に気づいていなかった。そこにはまったく気負いがなく、それだけにいっそうぞっとするのだった。彼は、自分にしかわからない冗談のように笑ってみせるのだ。だが、彼がそのような笑みを浮かべるのはいつも重大な事件の際であり、個人的な冗談にしてはあまりにも見えすいており、しかもその目は笑っておらず、その上、外から見た彼の普段の性格が大変理性的で穏やかなために、このように不意に彼が仮面を取りはずすと、人々は思わず逃げ腰になってしまうのだった。

クレメンツァは頭を振った。「金はいらないよ」と彼は言った。ヴィトーは札束をポケットにしまい、待っていた。彼らは完全に理解し合っていた。クレメンツァとテッシオは、ヴィトーがファヌッチを殺したことを知っており、また彼らはそのことについて誰にも一言もおしゃべりはしなかったが、二、三週間のうちに、近所のすべての人々の知るところとなった。そしてその後、ヴィトー・コルレオーネは〝尊敬さるべき男〟として遇されるようになったが、彼は決して、ファヌッチのように金銭をたかって歩いたりはしなかった。

それ以後の出来事は不可避的なものであった。ある晩、ヴィトーの妻が近所の未亡人をともなってきた。彼女は善良きわまりないイタリア女で、父無し子にせめて暖かい家庭をと身を粉にして働いていた。彼女の十六歳になる息子は、故国の昔からのやり方に倣《なら》って、封を切らずに給料袋を母親に渡し、お針子をしている十七歳の娘も同じようにした。また夜には、カードにボタンをつけるというただ同然の手内職に、家族全員で精を出していた。その未亡人は名前をセニョーラ・コロンボといった。

ヴィトー・コルレオーネの妻が言った。「セニョーラがあなたに頼みたいことがあるんですって。何か困った事が起きたらしいのよ」

ヴィトー・コルレオーネは、これはてっきり金の無心だと思い、お安いご用だと考えていた。だが、その困った事とは、彼女の末の息子が可愛がっている一匹の犬にあるらしかった。その犬の夜泣きがうるさいとの苦情を受けた家主は、犬を始末するようミセス・コロンボに言ってきたのだ。彼女は始末したような振りをすることにした。ところが、それが家主にばれてしまい、彼女はアパートを立ちのくよう命じられたではないか。ミセス・コロンボは今度こそちゃんと犬を始末するからと約束し、実際に約束を果たしさえした。だが家主の怒りは解けず、命令をいっこうに取り消そうとしない。自分から出ていくか、警察につまみ出してもらうかのどちらかだと言うのだ。ロングアイランドに住む親戚に犬を預けた時、かわいそうに末の息子は声を上げて泣いたものだった。これぐらいのことで、自分たちは家を追い出されねばならないのだろうか。

ヴィトー・コルレオーネは優しく声をかけた。「それでなぜ私ならあなたを助けられると？」

ミセス・コロンボは彼の妻のほうに顎をしゃくってみせた。「奥さんがあなたに頼んでみろと言ったんです」

彼は驚いてしまった。ファヌッチを殺した晩、彼がそっと洗濯した衣服について、彼女は一言も問いただそうとはしなかった。働きもしないのに入ってくるお金についても、彼女はまったくの沈黙を守っていたのだ。今も彼女の顔は無表情のままだった。ヴィトーはミセス・コロンボに言った。「引っ越しするための費用を都合してほしい、そうですね？」

女は頭を振り、両の目に涙があふれてきた。「イタリアで一緒に育った友だちがみんなここにいるんです。いまさら見ず知らずの街に引っ越したくありません。ですから、ここを出なくても済むよう、家主に話をつけていただきたいんです」

ヴィトーはうなずいた。「ではそうしましょう。あなたは引っ越すことはありません。私が明日の朝、彼に話しておきますからね」

彼の妻が笑みを漏らし、ヴィトーはそれに気づかなかったが、彼自身も誇らしい気持ちだった。だが、ミセス・コロンボはまだ少し不安そうだった。「あの人が、あの家主が本当にうんと言うでしょうか？」彼女が訊いた。

「セニョール・ロベルトのことですか？」と彼はびっくりしたような声を出した。「むろんうんと言いますよ。彼は心の優しい男です。ちゃんと説明すれば、彼はあなたの不幸に同情してくれるはずですよ。さあ、もうそんなに心配しないで、気を揉むのも今日かぎりです。そして身体にお気をつけなさい、お子さんたちのためにね」

家主のミスター・ロベルトは、自分が所有している五軒のアパートを毎日のように点検して歩いていた。彼は、アメリカにやってくるイタリア人労働者を大会社に世話する、いわゆる手配師のような仕事をしており、そこから得た金で一軒ずつアパートを増やしてきたのだった。彼はイタリア北部出身の教育のある男で、ナンキン虫のように彼のアパートに群がり、通気孔にごみを捨て、油虫やねずみがアパートの壁を食いつぶしても知らん顔で、彼の財産を守ることに手を貸そうともしないシシリーやナポリ出身の南部人を、心の隅で軽蔑しきっていた。だが彼は悪い人間ではなく、家庭においては愛情こまやかな夫でもあり父親であったが、ただ、自分の投資物や稼いだ金の行方、資産家に課せられた不可避の出費などについて常に頭を悩ませており、それが高じて彼はひどく神経質で怒りっぽくなっていたのだった。そんなわけで、ヴィトー・コルレオーネが路上で彼を呼び止めた時も、ミスター・ロベルトは無愛想そのものだった。だが無礼な態度ではなかった。いくら目の前の若者がおとなしそうだといっても、ここいらの南部人は怒らせるとすぐにナイフを抜いて突っかかってくるのだ。

「セニョール・ロベルト」とヴィトー・コルレオーネが言った。「私の妻の友人に、夫に先立たれた気の毒な婦人がおりますが、彼女の話によると、何かの理由であなたのアパートから立ちのくように命じられたそうですね。彼女は絶望しています。金もなければ、この街以外には友人もいないんです。私は、あなたなら話せばわかってくれるはずだと彼女に言いました。どうせちょっとした誤解からこんなことになったのでしょうからね。彼女は面倒の原因《もと》になった動物を処分しました。ですからどうか彼女を追い出さないでください。同じイタリア人として、あなたにお願いします」

セニョール・ロベルトは、目の前の若者をつくづくとながめやった。中肉中背だががっしりとしており、一見農民ふうで悪党には見えなかった。また、この若者がわざわざイタリア人だと断わったのがおかしかった。ロベルトは肩をすくめた。「すまんが、もうほかの家族にもっと高い家賃で貸すことに決めたんでね」と彼は言った。「君の友人のために彼らをがっかりさせるわけにはいかんのだよ」

ヴィトー・コルレオーネは、わかっているというようにうなずいてみせた。「家賃の値上げ幅はいくらです？」彼が訊いた。

「五ドルさ」ミスター・ロベルトは言った。だがこれは嘘だった。未亡人に月十二ドルで貸していた薄暗い四部屋の鉄道アパートが、新しい住人にそれ以上の値で貸せるわけはなかったのだ。

ヴィトー・コルレオーネはポケットから札束を取り出し、そこから十ドル紙幣を三枚抜き取った。「これは半年分の値上げ分の前払いです。ですが彼女に話さないでください、プライドの高い人ですからね。半年したらまた私が支払います。でも、むろんあの犬は飼っていてもよろしいでしょうね？」

「黙らんか」とミスター・ロベルトが声を荒げた。「なんだっておまえにあれこれ指図されなきゃならんのだ？　礼儀に気をつけるんだ、さもないとこの通りのシシリー人みんなが困ることになるぜ」

ヴィトー・コルレオーネはびっくりしたように手を打ち振った。「私はあなたにお願いしているんです。それだけのことですよ。人間誰しも友人が必要な時があるものです、ちがいますか？　さあ、この金は私の友情の印だと思って受け取ってください。そしてご自分で結論を出してください。そのことで私は決して文句を言ったりはしませんから」彼はロベルトの手の中に金をすべり込ませた。「ちょっとしたお願いです、この金を収めてもう一度考えてみてください。明日の朝、もしどうしても私に金を返したいのなら、そうしてくださって結構です。最終的に彼女を追い出すことになっても、私にはそれを止めることはできませんからね。いずれにしても、これはあなたが決めることです。それから、犬だけはどうしてもだめだとおっしゃるのなら、それは私にもわかります。私も犬は嫌いなんですよ」彼はミスター・ロベルトの肩を軽くたたいた。「どうかご寛大なご処置を。私は決して忘れはしません。近所にいるあなたの友人に、私のことを訊いてみてください。私が親切には親切で報いる男だということがわかるはずです」

しかしむろん、ミスター・ロベルトはすでにわかりはじめていた。その夜、彼はヴィトー・コルレオーネについて友人に問いただし、約束の翌朝まで待ってはいなかった。その夜のうちに、彼はコルレオーネの部屋のドアをノックし、時間の遅いことをあやまりながら、セニョーラ・コルレオーネからワインの接待を受けた。そして彼は、すべては恐ろしい誤解だった、セニョーラ・コロンボはむろんアパートを出る必要はないし、犬だって飼って結構だ、と、ヴィトー・コルレオーネに言った。まわりの住人があれだけ安い家賃で入っていながら、小犬の泣き声に文句をつけることなどないではないか。そして最後に、ヴィトー・コルレオーネが渡した三十ドルをテーブルの上に並べ、心からの誠意をこめた口調で言った。「貧しい未亡人を助けようというあなたの思いやりに、私は心を打たれました。私もまた、キリスト者の慈悲を示したいと思います。彼女の家賃は今までどおりで結構です」

彼らは、この喜劇を三人三様にうまく演じていた。ヴィトーはワインをすすめ、ケーキを持ってくるよう妻に言い、ロベルトの手を握りしめて彼の優しい心をほめたたえた。ミスター・ロベルトはため息をつき、ヴィトー・コルレオーネのような人と近づきになれたおかげで、人間を信じる気持ちがよみがえってきたと言った。そして最後に、彼は別れを惜しみながら帰っていった。ミスター・ロベルトは、危機一髪だったという思いでくたくたに疲れており、ブロンクスの自宅まで市電に乗ると、すぐさまベッドにもぐりこんだ。それから三日間、彼は自分のアパートに姿を見せなかった。

〝尊敬さるべき男〟であるとのヴィトー・コルレオーネの評判は、それで確固たるものになった。シシリーのマフィアの一員ではないかとうわさする者も少なくなかった。ある日、家具付きの部屋で賭けカードをやっている男がヴィトーのもとを訪れ、〝友情〟の印として毎週二十ドルずつ支払いたいと申し出た。ヴィトーは週に一、二回その賭博場へ行き、そこがヴィトーの保護下にあることをみんなに示すだけでよかった。

また、チンピラとの問題に頭を悩ましている商店主たちは、ヴィトーに仲裁を頼んできた。彼はそれを引き受け、商店主たちの満足のゆくように処理した。ほどなく、彼の収入は当時としては莫大なものになり、週百ドルもするアパートに住むようになった。クレメンツァとテッシオは彼の友人であり同志でもあったので、要求される前から彼らに収入の一部を分け与えていた。やがて彼は、幼なじみのジェンコ・アッバンダンドと、オリーブ・オイルの輸入業務を始める決心を固めた。イタリアからのオリーブ・オイルの輸入、適切な購入価格の取り決め、父親の倉庫への保管など、実務の面はジェンコに一任した。クレメンツァとテッシオはセールス担当だった。彼らは、マンハッタンからブルックリン、ブロンクスにかけてイタリア人が経営しているあらゆる食料品店に出向き、ジェンコ・プラ・オリーブ・オイル（彼一流の謙虚さで、ヴィトー・コルレオーネは商品名に自分の名前をつけることを断わった）を仕入れるよう、商店主に頼んで回るのだ。もちろん、資金のほとんどはヴィトーが提供しており、彼が同社の社長だった。そして彼は、クレメンツァとテッシオが商店主の説得に失敗したような特殊な場合に腰を上げ、あの恐るべき説得力を行使するのだった。

その後の数年間、ヴィトー・コルレオーネは、ダイナミックに拡大してゆく経済の中で、自分の企業を育て上げることに全精力を注ぎ込む少壮実業家として、充実した生活を送っていた。彼は愛情深い父親であり夫であったが、あまりの忙しさに、家族と共に過ごせる時間はごくわずかしかなかった。ジェンコ・プラ・オリーブ・オイルが、アメリカにおける輸入イタリア・オイルの売上げ高第一位を記録するにつれて、彼の会社も急速に発展した。有能な経営者なら誰でもそうするように、彼もまた競争会社の商品より価格を下げることで、相手商品の仕入れを中止するよう説得し販路を断ち切ることで、自社商品の売上げを伸ばしていった。彼はまた、むろん有能な経営者の一人として、競争会社の追い出しあるいは合併吸収により、自社の独占体制の確立を目ざした。一方、彼の会社は創立当初からあまり他からの経済的援助を受けずに、商業広告よりも口コミに頼る方針だった。彼の扱っているオリーブ・オイルは、品質的には他社とたいして変わらないものだった。そのために、彼の会社の製品の優位性を主張して事業を拡大するわけにはいかなかった。そこで彼は、自己の人間性と、〝尊敬さるべき男〟という評判で対応したのだった。

年が若いにもかかわらず、ヴィトー・コルレオーネは〝道理をわきまえた人間〟として知られていた。彼は決しておどしたりしなかった。彼は常に、相手が牙を引っ込めざるを得なくなるような論理を使った。また彼は常に、そうすることが相手にとっても利益になることを教えこもうとした。要するに、お互いの利益になることを考えようというわけなのだ。むろん彼がそうするには、はっきりとした理由があった。彼は多くの経営の天才たちと同じように、自由競争にはむだが多く、能率を上げるには独占しかないということを学び取っていた。それゆえ、彼の目的は一途に、能率的な独占体制を打ち建てることにあったのである。

その頃ブルックリンに、何人かの気性の荒い、頑迷固陋《がんめいころう》な対抗業者がいた。彼らは、ヴィトー・コルレオーネの忍耐強い説得にもがんとして応じようとしなかった。やがてさすがのヴィトーも匙《さじ》を投げ、ブルックリンに本部《ヘッドクオーター》を置いて問題を解決するようテッシオに命じた。倉庫が焼かれ、トラックに積まれてあったオリーブ・オイルは道にぶちまかれ、歩道の縁石がオイル溜まりの岸を形作った。聖者がキリストを信じている以上に警察を信じている一人のせっかちで無知なミラノ人が、十世紀前から続いている沈黙の掟《オメルタ》を破り、仲間のイタリア人を裏切って警察に苦情を届け出た。だが、事がそれ以上進展する前に、その卸し業者の姿は忽然と消えてしまい、二度ともどってはこなかった。あとに美しい妻と三人の子どもが残されたが、運のよいことに、彼らは父親の仕事を引き継げるだけの年齢に達しており、彼らとジェンコ・プラ・オリーブ・オイル会社とのあいだには、その後友好的な折り合いがついたのだった。

ところで、偉大な人間とは生まれながらに偉大なのではなく、長ずるに従って偉大さを発揮してくるものである。そしてまさにヴィトー・コルレオーネがその典型であった。禁酒法が制定され、アルコール類の販売が禁止されるようになって初めて、ヴィトー・コルレオーネはそれまでのいくぶん冷たいところはあるが平凡なタイプの実業家から、偉大なドンとして、犯罪企業の世界へ最後の一歩を踏み出したのだ。それは一日とか一年にしてなったものではなかったが、禁酒法の時代が終わり、大恐慌の兆しが見えはじめた頃には、ヴィトー・コルレオーネは〝ゴッドファーザー〟、〝ドン〟、ドン・コルレオーネになっていったのだった。

それはごくささいなことが始まりだった。その頃、ジェンコ・プラ・オリーブ・オイル会社は配達用のトラックを六台備えていた。カナダからアルコールやウイスキーを運び込んでいたイタリア人の密輸業者のグループが、クレメンツァを通じて、ヴィトー・コルレオーネに相談を持ちかけてきた。彼らはニューヨークじゅうに彼らの製品を運ぶためのトラックと、配達人を欲しがっていた。そして身元の確かな、決断力と腕力と慎重さに富んだ配達人を望んだ。彼らは、トラックと配達人に多額な代金の支払いを申し出た。ヴィトー・コルレオーネは、トラックをほとんど密輸業者たちに回し、オイルの配達の業務を大幅に削減することにした。彼らの申し出がおどし半分であったにもかかわらず、彼はそうしたのだ。当時すでに、ヴィトー・コルレオーネは円熟した人間であり、脅迫を侮辱と感じたり、そのために腹を立て、利益の多い申し出を断わったりするようなことはしなかった。彼は相手のおどしがつまらないものだと判断し、新しい仕事仲間を取るに足りぬ輩だと見て取った。何しろ彼らは、必要のない時にまでおどしをかけてくるような間の抜けた連中なのだ。だが彼は、こうした判断を、しかるべき時がくるまで胸に秘めておくことのできる人間であった。

再度、彼の仕事は隆盛をきわめた。それ以上に、何物にも替えがたい知識や経験や友人を得ることができた。銀行員が有価証券を積み重ねていくように、彼は人々のためになる行ないを重ねていった。そしてそれから数年のうちに、ヴィトー・コルレオーネは、自分が単に才能に恵まれた男というだけでなく、一種の天才だということを世に示したのであった。

個人としてのヴィトー・コルレオーネは、自宅をこぢんまりとしたもぐりの酒場に改造し、一杯十五セントで独り者の労働者にウイスキーを売るような、貧しいイタリア人の家族の保護者になっていた。彼はまた、ミセス・コロンボの末の息子が教会で堅信礼を受けた時に、彼女に頼まれてゴッドファーザーとなり、ピカピカ光る二十ドル金貨をお祝いにプレゼントしたりした。一方、トラックが時折り警察の取り締まりに引っかかるのはやむをえないことであった。そこでジェンコ・アッバンダンドは、警察庁や司法部にこねのある優秀な弁護士を雇い入れた。彼らに対する報酬制度が設けられ、やがてコルレオーネの組織は、月々報酬を送る必要のある公務員の分厚い名簿を持つことになった。弁護士がある時、経費を理由にこの名簿の中から不要な人物を削ろうと計ったが、ヴィトー・コルレオーネはこう弁護士に言ったものだった。「いやいや、今すぐわれわれの助けになるかどうかは問題じゃない。私は友情を信じている、そのためにはまず私のほうから友情を示さなくてはならないんだ」

時の経過につれて、コルレオーネ帝国はますます強大になり、トラックの数も増し、名簿もさらに分厚くなっていった。また、テッシオやクレメンツァの直属の部下の数も大幅に増大した。組織全体が肥満症状を呈してきた。ヴィトー・コルレオーネはついに、組織の制度化に手をつける決心をした。彼はクレメンツァとテッシオの二人にカポレジーム、つまり幹部《キャプテン》の名称を与え、彼らの部下を兵隊《ソルジャー》と呼ぶことにした。ジェンコ・アッバンダンドには顧問役、つまりコンシリエーレの役が与えられた。彼はまた、いかなる作戦行動においても、何層かの絶縁帯を設けることにした。彼が命令を与える時は、ジェンコか幹部のいずれかであり、それがどんなに特別な命令であっても、証人を置くようなことはまったくといっていいほどなかった。それから彼はテッシオの部隊を切り離し、彼にブルックリン一帯の管理を任せることにした。それからまた、テッシオとクレメンツァとを切り離し、万やむを得ぬ場合をのぞき普段の付き合いすらやめるよう、この時初めてはっきりとさせた。彼はこれをより知性的なテッシオに説明したが、法律に対する防衛手段だという ヴィトーの説明だけで、テッシオはすぐにその主旨を理解した。ヴィトーは、二人の幹部に共謀して叛旗をひるがえす機会を与えまいとしたのだ。またテッシオは、そこにはなんの悪意もなく、それが単なる予防策に過ぎないということを理解していた。ヴィトーはブルックリンをテッシオの自由裁量に任せたが、クレメンツァに任せたブロンクス一帯には常に目を光らせていた。クレメンツァは外見の陽気さに似合わず、勇敢で向こう見ずで、しかも残酷なところがあり、手綱をときおり引き締める必要があったのだ。

大恐慌のおかげで、ヴィトー・コルレオーネの帝国はさらに強大なものとなった。彼がドン・コルレオーネと呼ばれるようになったのも、まさにこの頃からであった。当時は、まっとうな職につけないまっとうな人間が街じゅうにあふれていた。誇り高き人々も、生活のためには膝を折り、無礼きわまりない役人どもの慈悲にすがらなければならなかった。だがドン・コルレオーネの部下たちは、頭を高くかかげ、硬貨や紙幣でポケットをいっぱいにしながら表を闊歩《かっぽ》していた。とにかく失業の恐れがまったくなかったのだ。これには、驕《おご》ることを知らぬドン・コルレオーネも、さすがにまんざらでもない顔をしてみせたものだった。彼は自分の世界とそこで働く人々の世話を怠らなかった。彼を頼り、彼のために額に汗して働き、自己の自由と生命を賭けて尽くしてくれる人々を、彼は決して失望させはしなかった。運悪く警察につかまり、刑務所送りになった部下がいても、その不運な男の家族には生活費が支給された。しかもそれはしみったれたものではなく、その男が自由の身の時に稼いでいたものと同じ額が支給されたのだった。

しかしむろんこれは、純粋な意味でのキリスト教的慈悲の精神とは異なっていた。ドン・コルレオーネを聖者と呼ぶような友人は一人もいなかった。この寛大さの中に、いくばくかの利己主義が潜んでいることは否めない事実だったのだ。刑務所送りになった部下たちは、自分が口さえ閉じていれば、妻や子どもたちの生活になんの不安もないということを心得ていた。警察に口を割りさえしなければ、釈放されたあかつきには、温かい歓迎が彼を待ち受けている。自宅ではパーティが催され、最上の食物、手作りのラビオーリ、ワイン、パイなどがテーブルを賑《にぎ》わし、友人や親戚がみんな集まって彼の釈放を喜んでくれることだろう。そして時には、コンシリエーレのジェンコ・アッバンダンドが、ひょっとしたらドン自身さえもが、夜の闇にまぎれてひょっこり彼の家に立ち寄り、その忠誠心をたたえてワインで乾杯し、日常の仕事にもどる前に家族ともども一、二週間の休暇を過ごせるよう、ぽんと大金をプレゼントしてくれるだろう。これがドン・コルレオーネの無限の思いやりであり理解なのだった。

彼よりも大きな支配圏を持ち、そして常に彼の行く手に立ちはだかる多くの敵よりも、自分のほうがはるかに自己の世界の運営に長じているとドンが気づいたのは、ちょうどこの頃であった。この思いは、ひっきりなしに彼の助けを求めにくる近隣の貧しい人々によって、いよいよ確固たるものになっていった。彼らは、生活の保護を受けるために、息子たちに職を見つけたりあるいは刑務所から出してもらうために、どうしても必要な少額の金を借りるために、さらには、失職中の住人から無理矢理家賃を取り立てようとする家主に話をつけてもらうために、引きも切らずドンのもとを訪れてくるのだった。

ドン・ヴィトー・コルレオーネは、こういった人々への助力を惜しまなかった。そればかりではない、彼は自分の施しからにがい棘を取り除こうと、善意と励ましの言葉と共に彼らを援助してやるのだった。それゆえ、このようなイタリア人が、州議会や市議会、国会などに自分たちの代表を選ぶ際、考えあぐねて友人のドン・コルレオーネに、彼らのゴッドファーザーに意見を求めにくるのは、当然の成行きであったといえるだろう。その結果、彼の政界に対する発言力が増し、彼は現職の政党の幹部から相談を受けるほどになった。そして彼の持つ政治家に必要な先見の明によって、この発言力をますます強固なものにしていった。つまり貧しいイタリア人の家庭から能力のある息子には学資を出して大学に行かせてやり、彼らはやがて、弁護士や地方検事補、さらには裁判官などとなって実を結んだのだ。彼は国家の偉大な指導者がもつすべての洞察力を働かせ、自らの帝国の将来を設計していたのだった。

禁酒法の撤廃は彼の帝国にとって大きな打撃となった。しかし、ドンは再び、事前に予防策を講じていた。一九三三年に、彼は、波止場でのクラップ博打《ばくち》（さいころ博打の一種）、野球につきもののホットドッグのように、賭博とは切っても切れない縁のある高利貸し、スポーツや競馬の賭け屋、ポーカーをやる違法な賭博場、ハーレムで盛んなポリシーと呼ばれる数当て博打など、マンハッタン全域の賭博事業を牛耳っている男に使者を送った。この男は名前をサルバトーレ・マランツァーノといい、ニューヨーク暗黒街の大物の一人としてつとにその名を知られていた。コルレオーネの使者は、双方の組織にとって有利となるような、平等の協力関係をマランツァーノに提案した。コルレオーネ側は、その組織の力と警察並びに政界に対するこねによって、マランツァーノの事業に強力な掩護を提供することができるし、その代わりに、自分たちはブルックリンとブロンクス地区にもうひとつ確固とした足場を築きたいというものだった。だがマランツァーノは目先のことにしか頭の働かない男で、コルレオーネのこの申し出をにべもなく拒絶した。あの悪名高いアル・カポネが彼の友人で、しかも自らの組織と兵隊と莫大な軍資金を持っているマランツァーノは、真のマフィアというよりも政治家としての世評の高いコルレオーネに、がまんならなかったのだ。そしてこのマランツァーノの拒絶こそが、一九三三年の大戦争の口火を切り、ニューヨーク市暗黒街の組織図を根底から書き替えることになったのだった。

一見して、それは不利な戦のように思われた。サルバトーレ・マランツァーノは、多数の兵隊を擁した強力な組織を誇っていた。シカゴにいるカポネと親交があり、彼の援助を要請することもできる。マランツァーノはまた、市内の売春組織や当時すでにわずかながら行なわれていた麻薬売買を一手に取り仕切っていた、タッタリア・ファミリーとも友好関係を保っていた。そればかりではない、彼は実業界の大ボスどもとも政治的なつながりをもっており――彼らは、衣服センターのユダヤ系の組合員や建築業のイタリア人無政府主義者のグループを弾圧する際に、マランツァーノの部下を利用していたのだった。

これに対し、ドン・コルレオーネは、クレメンツァとテッシオに率いられる二つの小さな、統制の行き届いた組織を持っているだけだった。政界や警察とのドンのつながりは、実業界のボスどもの差し金でほとんど役に立たなくなっていた。しかしドンにとって有利な点は、敵が彼の組織について正確な知識を欠いていることだった。彼らはドンの兵隊の力量を知らず、また、ブルックリンのテッシオのグループを、別個の独立した組織だと思いちがいしていたのだ。

これらのことにもかかわらず、それはやはり不利な戦だった、ヴィトー・コルレオーネの必殺の一撃が両者の差を一気に縮めるまでは。

マランツァーノは、この成り上がり者を消すために優秀なガンマンを二人ニューヨークへ送ってくれるよう、シカゴのカポネに要請した。コルレオーネ・ファミリーはシカゴに友人と情報員をもっており、彼らから、二人のガンマンは汽車でニューヨークに到着する予定だとの連絡が来た。ヴィトー・コルレオーネは、彼ら二人の始末をルカ・ブラージに任せることに決め、この奇妙な男の最も残虐な本能を解き放つような指示を与えた。

ブラージと彼の部下の四人は、鉄道の駅でシカゴのギャングどもを迎えた。ブラージの部下の一人がこの目的のためにタクシーを一台手に入れ、運転手に成りすまし、荷物を抱えた駅の赤帽がこのタクシーまで彼らを案内してきた。二人が乗り込むと同時に、ブラージと残りの部下が銃を片手に車に押し入り、シカゴの二人のギャングを床にはいつくばらせた。タクシーは、ブラージがあらかじめ用意しておいた波止場近くの倉庫に向かって走り出した。

二人のカポネの部下は、手足をしばられ、悲鳴を上げないようにと口には小さなタオルが押し込まれた。

それからブラージは、壁に立てかけてあった斧を手に取り、カポネの部下の一人を切り刻みはじめた。彼はまず男の足首を切り離し、ついで膝を、最後に胴体に続いているふとももの部分を切り離した。ブラージは非常に腕っ節の強い男だったが、これだけの仕事をやり終えるまでには何度となく斧をふるわねばならなかった。むろん男はすでに息絶えており、倉庫の床は肉の切れ端や吹き出した血でぬるぬるになっていた。ブラージは二人目の男のほうに向き直ったが、それ以上の努力はむだ骨だということがすぐに見て取れた。カポネの二人目のガンマンは、あまりの恐ろしさに口の中のタオルを自ら呑み込んでしまい、すでに窒息死していたのだ。警察で死因を確かめるために検死解剖を行なったところ、そのタオルは男の胃袋の中から発見されたのだった。

数日後、シカゴにいるカポネのもとに、ヴィトー・コルレオーネからのメッセージが届けられた。そこには次のような意味の言葉が記されていた。「私が敵をどのように遇するか、これでおわかりいただけたことと思う。二人のシシリー人の争いに、なにゆえナポリ人が介入するのか？　貴方のほうに私を友人とみなす用意があるのなら、私はそのお礼に要求に応じた額の支払いをしよう。あなたほどの人物なら、助けをすぐに求める代わりに、自分のことは自分で処理し、将来の揉め事にいつでも力を貸そうと待ち受けている友人を持ったほうが、どんなに利益が多いものか理解できるはずだ。私の友情が不要なら、それでも結構。しかしその場合には一言ご忠告申し上げる。この街の気候は湿度が高く、ナポリ人の健康には不向きである、それゆえ、当地への訪問は心して差し控えるように」

このメッセージの尊大さは、初めから計算ずくのことであった。ドンはカポネを強敵とはみなしておらず、頭の鈍い単なる殺し屋としか考えていなかったのだ。ドンの情報員からの報告によると、市民に対する威圧的な態度や犯罪で得た財産の誇示により、カポネはそのあらゆる政治的こねを失っていたし、ドンは自己の経験から、政治的こねと社会的な庇護《ひご》を失ったカポネの組織が、砂上の楼閣にすぎないことをよく承知していたのだった。また、彼の地におけるカポネの影響力がどれほど圧倒的であろうと、それがシカゴの境界線を越えないものであることはわかりきったことであった。

戦術は大成功だった。それはブラージの凶暴さのためというよりも、ドンの恐ろしいまでの反応の素早さのためであった。ドンの知性がこれほど秀《す》れているのなら、これ以上の介入は危険を呼ぶだけのことであろう。金の支払いをほのめかした彼の友情を受け入れたほうが、何層倍も賢明というものにちがいない。そこでカポネは、これ以上介入しない旨のメッセージを、ドンのもとに送り届けたのだった。

これで初めて、勝負は対等のものとなった。しかもヴィトー・コルレオーネは、カポネをやりこめたことで、米国じゅうの地下組織から非常な〝尊敬〟を得たのだった。六カ月をかけて、ドンはマランツァーノの戦力を次々に打ち破っていった。マランツァーノの保護下にあるクラップ博打の賭博場をすべて手中に収め、ハーレムにはニューヨーク最大のポリシーの賭博場を設け、それは収入の面だけでなくあらゆる面で、それまでの一日の記録を更新したのだった。ドンは完膚なきまでに敵を打ちのめす決意を固めていた。そのため、衣服センターにはクレメンツァを送り、組合員の側に立って、マランツァーノの手先や洋品会社の所有者たちに戦を挑んだ。そしてすべての戦線において、ドンのたぐいまれな知性と組織力とが彼に勝利をもたらした。コルレオーネが予想したとおり、クレメンツァの陽気な凶暴さが、戦況を有利に展開するのに大いに役立ったのだった。やがてドン・コルレオーネは、それまで待機させてあったテッシオの部隊に、マランツァーノ個人への襲撃を指示した。

この頃には、マランツァーノは和平を求めて使者を送ってきていた。だがヴィトー・コルレオーネは会うことを拒否し、なんとか口実を設けて会見を引き延ばしていた。また、マランツァーノの兵隊たちは、犬死にを嫌い、すっかり戦意を喪失しているような有様だった。賭け屋や高利貸しは、コルレオーネの組織にすでに庇護金《プロテクション・マネー》を支払うようになっていた。戦いの趨勢《すうせい》はもはや誰の目にも明らかだった。

そして一九三三年の大晦日に、テッシオがついにマランツァーノの喉仏に喰いつくことに成功した。マランツァーノの幹部たちは取り引きを望み、自分たちのボスを殺し屋の手に引き渡すことに同意したのだ。彼らはマランツァーノに、コルレオーネとの会見がブルックリンのとあるレストランで行なわれることになったと告げ、自分たちが護衛役として付き添っていくと言った。そして、テッシオと四人の部下がレストランに入ってくるのを見るや、格子じまのついたテーブルに坐って気むずかしい顔でパンをかじっているマランツァーノを残し、一目散にレストランを逃げ出したのだった。死刑執行は素早く、しかも確実だった。マランツァーノは噛みかけのパンで口をいっぱいにしたまま、全身はちの巣のようになってしまった。戦いは終わった。

マランツァーノの帝国はコルレオーネの組織に吸収された。ドン・コルレオーネは配分制度を設け、在職者はすべてこれまでどおり賭け屋やポリシーの仕事を続けてやっていいことにした。ボーナスとして彼は衣服センターの組合に足がかりを得たが、これが後に非常に重要な役割を果たしてくれるのだった。こうしてビジネス面での問題の解決を見たドン・コルレオーネは、今度は家庭内の問題に目を向けなければならなかった。

十六歳を迎えたサンティノ・コルレオーネ、つまりソニーは、身長六フィートにもなり、肩幅広く、その彫り深く一点の柔弱さも見えない顔には、ひどく肉感的な趣きがあった。そして、フレドーはおとなしい少年で、マイケルはむろんまだよちよち歩きの子どもだったが、サンティノはいつも面倒を引き起こしてばかりいた。喧嘩に明け暮れする毎日で、学校の成績も悪く、ついにある夜、少年の名付け親で父親に報告する義務のあるクレメンツァが、ドン・コルレオーネのもとを訪れ、彼の息子が強盗の一味に加わり、もう少しでそれは大事件になるところだったとドンに告げた。ソニーが明らかにその一味の首謀者で、他の二人の少年は彼の子分だったのだ。

それを聞くや、珍しくヴィトー・コルレオーネは癇癪玉を破裂させた。トム・ハーゲンが彼の家に住むようになってから三年経っており、彼は、その孤児が一味に加わっていたかどうかをクレメンツァに尋ねた。クレメンツァは頭を振った。ドン・コルレオーネは車をやり、ジェンコ・プラ・オリーブ・オイル会社の彼のオフィスにサンティノを連れてこさせた。

そしてこの時ドンは、初めて敗北感を味わったのだ。息子と二人きりになると、彼はありったけの怒りをぶちまけ、シシリーの方言を使って図体の大きいソニーを罵った。彼にとって、相手を罵るにはシシリーの方言が一番だったのだ。最後に彼はこう問いただした。

「そんなことをする権利がおまえのどこにあるのだ？　理由は一体なんなのだ？」

ソニーは怒りで顔を赤くし、黙ってそこに立っていた。ドンが嘲笑うように言った。

「しかもじつに愚かだ。その腕でおまえは一体いくら稼いだんだ？　一人頭五十ドルか？　二十ドルか？　おまえは二十ドルのために命を賭けたのか、ええ？」

あたかもその言葉が耳に入らなかったかのように、ソニーがけんか腰で言った。「ぼくはあんたがファヌッチを殺すところを見てたんだ」

ドンは「あーあ」と言うなり、椅子に腰を落としこんだ。彼は待っていた。

ソニーが言った。「ファヌッチがアパートから出てきたのを見て、母さんが部屋に入ってもいいと言ったんだ。そうしたらあんたがちょうど屋根に上がっていくところで、ぼくはその後をつけていった。ぼくはあんたがやったことを全部見たんだ。財布や拳銃を捨てるところも、全部この目で見たんだよ」

ドンはため息をついた。「それじゃ私にはおまえの振舞いにあれこれ口出しする資格はないわけだ。しかしおまえは学校を卒業して、弁護士になりたいとは思わないのかい？弁護士になったら、千人の男の覆面をして拳銃片手に稼ぐ以上の金を、書類カバン一つで稼ぎ出すことができるんだよ」

ソニーはにやりとし、うかがうような調子で言った。「ぼくはファミリーの仕事をやりたいんだ」ドンの顔が無表情のままにこりともしないことを見て取ると、彼はあわてて言い足した。「そうしたら、オリーブ・オイルの売り方も勉強できるしね」

ドンはしばらく返事をしなかったが、やがて肩をすくめて言った。「人間にはそれぞれ運命って奴があるものさ」だが彼は、ファヌッチの殺害を目撃したことが息子の運命を決めたのだとは、口にしなかった。彼は顔をそむけ、静かに言った。「明日の朝九時にここにおいで。ジェンコにおまえの仕事を頼んでおくとしよう」

コンシリエーレに必要な鋭敏な洞察力を備えたジェンコ・アッバンダンドは、ドンの真意がどこにあるかをすぐに理解し、父親の護衛役としてソニーを多く用いることにした。そこで働くことによって二代目ドンになるための仕事の機微を習得できると考えたのだ。そしてそれはドン自身の職業的本能を呼びさまし、彼は折に触れ、自分の長男に仕事の要諦を教えこんだのだった。

人間にはそれぞれ定まった運命があるという彼の持論は別にして、ドンは、ソニーが癇癪を起こすたびに、厳しくそれを戒めた。彼は、おどしを手段にするのは愚の骨頂だと考えていたのだ。ドンにしてみれば、前後の見境なく腹を立てることは、いたずらに危険を招いている行為としか思えなかった。誰ひとりとして、ドンがあからさまなおどしを口にするのを聞いたことはなかったし、また、抑えきれないほどの怒りにかられているドンの姿を見たこともなかった。それはまさに考えられないことだったのだ。そんなわけで、ドンは自分の戒めとするところを熱心にソニーに教えようとした。自分の長所を過小評価する友人を持つ場合を除いては、欠点を過大評価する敵を持つほど自己の人生にとってたくまざる強味となることはないというのが、ドンの意見であった。

ソニーの面倒を任された幹部《カポレジーム》のクレメンツァは、拳銃と絞首刑具の使い方を彼に伝授した。だがソニーは、イタリア式のロープの使い方にはさっぱり興味を示さなかった。彼はあまりにもアメリカナイズされており、クレメンツァの慨嘆もどこへやら、単純にして直截かつ非人間的なアングロサクソン流の拳銃のほうが、彼の好みに合っていたのだ。しかしながらソニーは、車の運転や細かい仕事で父を助け、ドンにとっては忠実でしかも歓迎すべき友人となっていた。その後の二年間、彼は頭の面でも仕事の面でも特に目立った働きはせず、細々とした仕事で満足しながら、父親の仕事を見習おうとする息子に相応しい生活を送っていた。

一方、幼なじみであり、半ば義兄弟のような形のトム・ハーゲンは、その頃大学に通っていた。フレッドはまだ高校生で、末の弟のマイケルは小学生、妹のコニーは四歳のよちよち歩きの幼女だった。ドンの一家はずっと以前に、ブロンクスにあるアパートに移っていた。ドン・コルレオーネはロングアイランドに新たに家を買おうと考えていたが、それは、彼が今思案中の計画を成功させてからにするのが望ましかった。

ヴィトー・コルレオーネは洞察力のある男だった。米国の大都市はすべて、地下組織間の抗争で大きく揺れ動いていた。ゲリラ戦が到る所で勃発し、帝国の一端に食い入らんものと野心に燃える悪党どもが跳梁《ちょうりょう》していた。そのため、コルレオーネのような地位にある男たちは、自らの境界線とビジネスの安全の確保に追いまくられているような状態だった。ジャーナリズムや政府当局は、これらの抗争に徐々に厳しい法を適用させ、警察にはもっと徹底した方法による取り締まりを要請しようと計っていた。ドン・コルレオーネの目には、この状態がこのまま進めば、やがては一般大衆の怒りが爆発し、彼や彼の同類にとっては致命的ともいえる、民主的な手続きの廃棄といった事態を招くことは明白であった。ドンはニューヨークシティの、ひいては全国の抗争中の党派に、和平をもたらさねばならないと決心した。

ドン・コルレオーネは、自分の使命に潜む危険性を充分に心得ていた。最初の一年間、彼は土台固めのためにニューヨークのあらゆるギャング団のボスどもに会い、それぞれの意向を探り、自由参加を原則にした連合会議の権威によって、各々の領分を決定したらどうかと提案して回った。しかしながら、あまりにも党派が多く、またあまりにも多くの特殊利害がぶつかり合っており、意見の一致をみるのは不可能だった。歴史上のあらゆる支配者や立法者と同じように、ドン・コルレオーネは、支配する人間の数を適当な数に減らさない限り、秩序と平和の達成は不可能事であると思い知ったのだった。

排除するには勢力の強すぎる〝ファミリー〟が五つから六つあった。しかし、近隣を跋《ばっ》扈《こ》する黒手《ブラック・ハンド》団のテロリストや、闇営業の高利貸し、適切な法的保護を受けないで――つまり金を支払わずに営業している賭け屋などは、たやすく一掃できるはずだった。かくしてドン・コルレオーネは、こういった連中に対し事実上の帝国主義的戦争を仕掛ける腹を決め、コルレオーネ組織のあらゆる力をそれに投入したのだった。

ニューヨーク一帯に平穏が訪れるまでには三年の歳月を要したが、そのあいだには思わぬおまけがついていた。それは初めのうち、不運な出来事のように思われた。その頃、ドンが根絶を目論んでいるグループの一つに、勇猛果敢なアイルランド人ばかりから成る強盗団があった。彼らはそのいかにもアイルランド人らしい大胆不敵なやり口で世人を震え上がらせていたが、ある時、そのうちのガンマンの一人が特攻精神を発揮してドンの護衛陣を突破し、彼の胸めがけて銃弾を一発撃ち込んだのである。その暗殺者はむろんその場で穴だらけにされたが、ドンもすでに傷を受けてしまっていた。

そして、この事件がサンティノ・コルレオーネにチャンスを与えたのだった。前線からの後退を余儀なくされた父親に代わり、ソニーが臨時の幹部として自己の部隊を持ち、同時に全軍の指揮にあたることになった。そして彼は、若き日のナポレオンのように、市街戦における天賦の才を自他に誇示したのだった。彼はまた、容赦ない残忍さをも見せつけたが、これこそまさに、征服者としてのドン・コルレオーネには欠けている資質だったのである。

一九三五年から三七年にかけて、ソニー・コルレオーネは、暗黒街はじまって以来の狡猾な、しかも無慈悲きわまりない死刑執行人であるとの評判がたっていた。しかしながら、いわれのない恐怖から、さすがのソニーもルカ・ブラージにだけは頭が上がらなかった。

アイルランド人の残りのガンマンたちの後を追い、単身で彼ら全員を片づけてしまったのはブラージであった。六大ファミリーの一つが介入し、闇業者たちの保護者的立場をとろうとした時、警告のためにそのファミリーの首領を殺害したのもブラージだった。そしてこの事件のすぐ後、ドンは健康を回復し、そのファミリーとのあいだに和平を成立させたのだった。

一九三七年には、まかり間違えば決定的な破滅となる小さな事件や小さな誤解を除き、ニューヨークシティには平和と調和がもたらされていた。

しかしながらその後も、城壁のまわりをうろつく野蛮人に常に目を光らせていた古代都市の支配者のように、ドン・コルレオーネは外界の動向にも常に気を配っていた。彼は、ヒットラーの台頭、スペインの崩壊、ミュンヘンにおけるドイツのイギリスに対する高圧的態度などに注目した。世界大戦の勃発は必至であり、彼はそれが何を意味するかを理解した。それによって、彼の世界はかってないほど堅固なものになることだろう。そればかりではない。戦時中であれ、深謀遠慮によって巨万の富を築くことは可能なのだ。しかしそのためには、いかに外界で戦争の嵐が荒れ狂っていようとも彼の領土内は平和でなければならなかった。

ドン・コルレオーネは米国じゅうにメッセージを発した。彼はロサンゼルス、サンフランシスコ、クリーブランド、シカゴ、フィラデルフィア、マイアミ、そしてボストンなどにいる同胞と協議を重ねた。彼は地下組織における平和の使徒であり、一九三九年までに、いかなるローマ法王にも引けをとらぬ手腕を発揮し、米国内の強大な地下組織のあいだに実際的な協定を締結させた。この協定は、合衆国憲法と同じように、州内または市内における個々のメンバーの権限を全面的に尊重しており、勢力範囲に関する取り決めと地下組織間の平和実施に必要な条約のみが含まれていた。

　かくして、一九三九年に第二次世界大戦が勃発し、一九四一年に米国が参戦に踏み切った時にも、ドン・ヴィトー・コルレオーネの世界は平穏で、秩序が保たれ、にわかに景気づいた国内のすべての産業と同様に、黄金の収穫物を刈り入れる準備がととのっていた。コルレオーネ・ファミリーは、OPA（物価管理局）の闇食料スタンプ、ガソリンスタンド、前売り旅行券などの販売業務に携わっていた。また、政府契約がないために原料不足に陥っている衣服センター関係の衣料会社に、軍事契約を取らせたり闇物資を供給したりしていた。ドン・コルレオーネは、徴兵資格がありながら、異国人の戦争に巻き込まれることを嫌っている若者を、自分の組織の中に雇い入れた。彼はこれを、身体検査の前にどのような薬を飲むべきか医師の助言を借りたり、また彼らを軍需産業の徴兵免除の部署に置くことによって行なったのだった。

　ドンは自らの組織の有様に誇りを感じていた。彼に忠誠を誓うかぎり、彼らの身の安全は保証されていた。一方では、法と秩序を信じる人々が何百万と死んでいった。ただ一つの誤算は、自分の息子のマイケル・コルレオーネが彼の助けを断わり、母国のために働きたいと言い張ったことだった。そして、ドンが驚いたことに、組織の中の若者が何人かマイケルに同調したのだった。そのうちの一人が、動機を幹部に説明しようとしてこう言った。「この国はずっとぼくによくしてくれたんです」これを伝え聞いたドンは、腹立たしそうに幹部に向かって言ったものだった。「私だって彼によくしてきたではないか」と。しかしながら、彼らの身にいかような危険があるにしても、息子のマイケルを許した以上、ドンや自分自身に対する義務をないがしろにしているこれらの若者をも、許さないわけにはいかなかった。

第二次世界大戦が終焉《えん》を迎えようとする頃、ドン・コルレオーネは、再度組織の方針を変え、外部のもっと大きな世界に巧みに適応させねばならないと考えるようになった。そして彼は、これを損失なしにやってのけることに強い自信をもっていた。

この自信は、彼自身の二つの個人的な経験から生まれたものであった。この道に入ってから日も浅かった頃、まだ若くパン屋の職人にすぎなかったナゾリーネが、結婚を間近に控えて、ドンのところに助けを求めてきたことがあった。彼と未来の花嫁となる善良なイタリア娘は、せっせと金を貯め、三百ドルという大金を信用のおける家具の卸売り商に支払っていた。この卸売り商は、彼らのアパートを飾るための家具を好きなように選ばせてくれた。美しくしっかりとした造りの寝室用セットに、衣裳だんすが二棹、それにいくつかのランプ。それから、金糸織りのカバーのついた、たっぷりと詰め物の入ったソファと肘掛け椅子の居間用セット。家具のいっぱい並んだ広々とした卸売り店で希望の品物を選びながら、ナゾリーネと婚約者は楽しい一日を過ごしたのだった。卸売り商は、二人の血と汗の結晶である三百ドルを受け取り、ポケットに収め、すでに手付けのうってある二人のアパートに、一週間以内に家具を届けると約束した。

ところが、次の週にその会社は倒産してしまったのだ。家具の詰まった卸売り店は、債権者への支払いのため、封をはられて差し押えられてしまった。そして当の卸売り商は、怒りをぶちまける債権者たちを尻目に、さっさと姿をくらましてしまっていた。ナゾリーネは早速、弁護士のところにおもむいたが、事件が裁判で解決され、すべての債権者が満足するまでは腕をこまぬいて待つしかないと言われただけだった。しかもそれには三年ほどもかかり、一ドルにつき十セント返ってくればいいほうだろうというのだ。

ヴィトー・コルレオーネは、とても信じられないといった面持ちでこの話に耳を傾けていた。このようなでたらめを法が許していいものだろうか。その卸売り商は御殿のような住居を持ち、ロングアイランドには土地があり、高級車を乗り回し、子どもたちを大学に通わせているのだ。その彼が、貧しいパン屋の職人が支払った三百ドルを着服し、その分の家具を渡せないわけがどこにあろう。しかし念のため、ヴィトー・コルレオーネは、ジェンコ・プラ会社の顧問弁護士に実情を調べさせるよう、ジェンコ・アッバンダンドに指示を与えた。

調査の結果は、ナゾリーネの証言を裏付けした。卸売り商はすべての個人的財産を妻の名義にしていたのだ。しかも彼の家具会社は法人組織になっており、彼自身は個人的な責任を負わなくてもすむ仕組みになっていた。しかしながら、会社が倒産しそうだということはわかっていながら、彼はナゾリーネの金を受け取るという不正を働いたのだ。この種の不正はよくあることであり、確かに、法の力ではいかんともしがたいことなのであった。

だがむろん、事件そのものは簡単に落着した。ドン・コルレオーネは、卸売り商のもとにコンシリエーレのジェンコ・アッバンダンドを送り、そして予想どおり、自分の利害に敏《さと》い商人はすぐにこちらの趣旨をくみ取り、ナゾリーネの手に家具が渡るよう手配したのだった。いずれにしても、若いヴィトー・コルレオーネにとって、これは非常に興味深い教訓であった。

二つ目の事件というのは、より広範な影響を与えたものであった。一九三九年に、ドン・コルレオーネは郊外に引っ越すことを決心した。いずこの親もそうであるように、彼も子どもたちをよりよい学校に通わせ、よりよい友人と交際させたかったのだ。個人的な理由としては、彼は自分の評判が知られていない郊外で、ゆったりとした生活を送ることが望みだった。彼はロングビーチに散歩道のついた地所を買った。そこには当時、新築された家が四軒あるだけだったが、部屋数は充分にあった。ソニーは正式にサンドラと婚約し、近々結婚することになっていたので、そのうちの一軒は彼のためだった。そしてドンとジェンコ・アッバンダンドの家族がそれぞれ一軒に住まい、残りの一軒は当座のあいだ空き家になっていた。

引っ越してから一週間後に、そこがドンの家とも知らずに三人の作業員がトラックでやってきた。彼らはロングビーチ一帯を担当している暖房炉の検査員だと名乗った。ドンの若い護衛の一人が彼らを中に入れ、地下室にある暖房炉のところへ案内した。ドンと妻とソニーの三人は庭にいて、塩気のある海の空気の中でゆっくりとくつろいでいた。

そこへ護衛役の男が姿を見せ、家の中へ来てくれるようドンに言った。大柄でたくましい三人の作業員たちは、暖房炉を囲むようにして立っていた。彼らはすでに暖房炉を分解しており、地下のセメントの床の上には部品が散らばっていた。三人のうちのボスらしい厳しい感じの男が、しゃがれ声でドンに言った。「お宅の暖房炉はすっかりガタがきちまってますよ。これを元どおりに組み立てるとなると、労賃に部品代で百五十ドルかかるんだが、どうします？　むろんそれで郡の検査に合格することは請け合いますがね」男は赤いラベルのついた用紙を取り出した。「このシールをここにはりゃあ、それでもう郡からは誰も邪魔しに来ないって寸法さ」

ドンは内心、大いに楽しんでいた。引っ越しにともなう細々とした用事のために仕事には手がつけられず、彼はこの平穏な一週間にそろそろ退屈しだしていたのだ。ドンは普段よりももっと訛の強い英語で尋ねた。「もし金を払わないと言ったら、この暖房炉はどうなるのかね？」

三人のボスは肩をすくめてみせた。「このままにしておくさ」男は床に散らばった金属の部品を身振りで示した。

ドンはおとなしく言った。「なるほど。それじゃあ、金を取ってこようかね」彼は庭に出てゆき、ソニーに言った。「暖房炉の検査員が来ているんだが、話が通じなくってね。おまえ、中に入って面倒を見てくれないか」これは何も単なる冗談ではなかった。彼は息子を自分の代理役《アンダー・ボス》に仕立て上げようと考えており、これもビジネス上の幹部になるための試験の一つだったのだ。

だが、ソニーの解決法はまったく父親の意に反したものだった。それはあまりにも直接的で、シシリー人の巧妙さに欠けていたのだ。彼は剃刀《かみそり》ですむところを棍《こん》棒を振り回してしまうのだった。ソニーは検査員のボスの要求を聞くなり、拳銃をつきつけ、護衛の男に三人を存分にぶんなぐらせた。それから暖房炉を元どおりに組み立てさせ、地下の掃除をさせた。そのあと三人の身体検査をし、彼らが実際に、サフォーク郡に本社のある家屋リフォーム会社の従業員であることを突き止めた。ソニーは、その会社の所有者の名前を確かめてから、三人をトラックのところまで追い出して言った。「二度とロングビーチに顔を見せるんじゃないぜ。さもないと金玉を耳からぶら下げてやるからな」

若い頃のサンティノは——彼は年をとるにつれて残酷さを増していったのだった——自分の住む地域に保護の手をひろげる趣味があり、この時も、すぐさまそのリフォーム会社の所有者のもとに押しかけ、二度と再び従業員をロングビーチに送らないよう申し入れたのだった。コルレオーネ・ファミリーが当地の警察といつもの職業上のこねをつけると同時に、これと同じような苦情や、プロのギャングどもによる犯罪の報告がすべて入るようになった。そして一年もたたないうちに、ロングビーチは、同じぐらいの規模の街としては、米国で一番犯罪の少ない街となったのだった。プロの強盗や恐喝屋たちは、この街で仕事をしないよう一度だけ警告を受けた。つまり犯罪を犯しても大目に見られるのは一度だけで、二度同じことをやると、彼らは忽然と街から姿を消してしまうのだった。詐欺師や家から家を渡り歩く押売りたちは、ロングビーチに足を踏み入れないよう丁重な警告を受けた。そしてこの警告を無視した向こう見ずな連中は、足腰が立たなくなるほど痛めつけられた。また、法律やしかるべき権威に敬意を払わない街のチンピラどもは、父親から言われでもするように、家から出ていくよう忠告された。かくして、ロングビーチは模範都市へと変化を遂げたのだった。

ドンは、このようないかさま商売がもつ合法性に強い印象を受けていた。正直な若者だった頃の彼に対し堅く門戸を閉ざしていた外の世界には、今では、彼ほどの才能があればいくらでもそれを生かす余地があるように思われた。そして彼は、その世界に着実に足場を築きつつあったのである。

かようにして、ドン・コルレオーネは、散歩道のあるロングビーチの自宅で、自らの帝国を強化し拡張しながら幸福な日々を送っていたのだった。大戦が終わり、あのトルコ人のソッロッツォが平和を破ってドンの世界に波乱を巻き起こし、彼を病院のベッドに送り込むまでは。

本書は一九七二年にハヤカワ・ノヴェルズで、一九七三年にハヤカワ文庫ＮＶで刊行された作品の新装版です。

ファイト・クラブ〈新版〉

Fight Club

チャック・パラニューク
池田真紀子訳

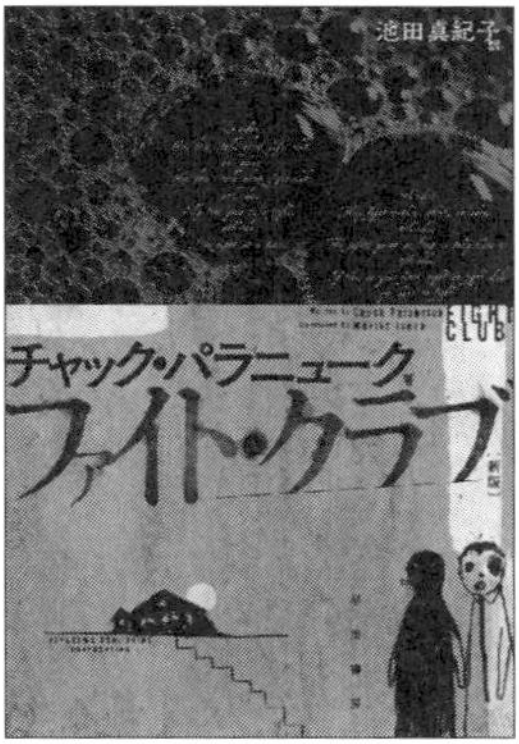

タイラー・ダーデンとの出会いは、平凡な会社員として生きてきたぼくの生活を一変させた。週末の深夜、密かに素手の殴り合いを楽しむうち、ふたりで作ったファイト・クラブはみるみるその過激さを増していく。ブラッド・ピット主演、デヴィッド・フィンチャー監督による映画化で全世界を熱狂させた衝撃の物語！

ハヤカワ文庫

訳者略歴　1923年生，1957年早稲田大学英文科卒，英米文学翻訳家　訳書『料理人』クレッシング（早川書房刊）他多数

HM=Hayakawa Mystery
SF=Science Fiction
JA=Japanese Author
NV=Novel
NF=Nonfiction
FT=Fantasy

ゴッドファーザー

〔上〕

〈NV1099〉

二〇〇五年十一月十五日　発行
二〇二四年　三　月十五日　七刷

（定価はカバーに表示してあります）

著者　マリオ・プーヅォ
訳者　一《いち》ノ《の》瀬《せ》直《なお》二《じ》
発行者　早川浩
発行所　株式会社　早川書房

郵便番号　一〇一 - 〇〇四六
東京都千代田区神田多町二ノ二
電話　〇三 - 三二五二 - 三一一一
振替　〇〇一六〇 - 三 - 四七七九九
https://www.hayakawa-online.co.jp

印刷・信毎書籍印刷株式会社　製本・株式会社フォーネット社
Printed and bound in Japan
ISBN978-4-15-041099-5 C0197

本書は活字が大きく読みやすい〈トールサイズ〉です。